TOI & MOI
À CET INSTANT PRÉCIS

GABRIEL SIMON

TOI & MOI
À CET INSTANT PRÉCIS

Luv

À E., à travers le temps et les âges.

TABLE

I

CET INSTANT PRÉCIS

1

PLUS PRÈS DU CIEL

New York, sortie du *subway*, 23rd Street.
9h36. Vendredi 6 novembre.

Retard, retard, retard. Merde, c'est pas possible…

Vent frais dans mes cheveux à peine séchés. Je remonte la fermeture de mon blouson. Claquements pressés de talons sur le *sidewalk*.

Ne pas abîmer mes Louboutin, manquerait plus que ça… Vu les deux reins et la cornée que ça m'a coûtés !

Hop, saut de côté en plein sur la rue pour éviter un troupeau de grands-mères. Klaxons, râleries. Je suis déjà loin. La voix d'un chauffeur de taxi se dissipe dans la brume de novembre.

Quand est-ce que ça a dérapé ? Voyons : réveil à l'heure habituelle, radio, douche, chansons sous la douche – bon, OK, j'ai passé pas mal de temps à hurler le refrain du dernier One D, ambiance #jai24ansetparfoisunCœurdAdo.

Pfff, rien à faire de ce qu'on peut en penser, j'assume !

Ensuite, examen du dossier White-Rose pendant les céréales.

Ben voilà, c'est ça, c'est à cause du boulot. Je ne devrais pas me sentir coupable : je suis en retard au bureau à cause du travail ! Oui, mais va expliquer ça à Voldemort...

Comment ne pas y penser non-stop à ce dossier ? White-Rose, la troisième plus grosse marque de lessive du pays, 380 millions de dollars de bénéfice net l'année dernière, rien que sur le territoire américain. C'est LA campagne de pub qui va booster ma carrière, c'est sûr... Ou bien me renvoyer à l'étage des juniors pour les douze prochains mois. Rien qu'à l'idée de faire du copier-coller de slogans dix heures par jour, j'ai des palpitations.

Mais si on m'a confié ce projet, c'est qu'on croit en moi. Une grosse agence comme Sullivan inc. ne prend pas de risques inconsidérés, c'est sûr !

En attendant, la priorité, c'est d'arriver au boulot le plus vite possible. Je sors mon portable et tape tout en courant :

[Je suis là ds 5 min. Occupe Voldemort
pour pas qu'elle me voie arriver ! ;-)]

La réponse arrive à peine trente secondes plus tard :

[Emily, t'exagères.
Bon, je fais ce que je peux. Mais dépêche.]

Je fourre mon mobile en vrac dans mon sac et arrive rapidement au pied de l'imposant immeuble tout en pierre, verre et acier. De hautes demi-colonnes encadrent la grande porte d'entrée en métal, ornée de reliefs Art déco. Le portier m'adresse un regard de bienvenue plein de flegme, et je m'engouffre dans l'entrée luxueuse.

Carraway Building, Madison Avenue, rez-de-chaussée. 9 h 44.

Le hall est gigantesque, vibrant de son habituel fourmillement d'hommes et de femmes pressés, car *time is money*.

Pas le temps de réfléchir à la raison de la dispute entre l'un des concierges et ce grand type à l'air énervé. Je file me placer devant les ascenseurs, en appuyant sur le bouton d'appel au moins trois ou quatre fois, histoire que la machine comprenne bien que je suis pressée. J'entends derrière moi un grognement : c'est le fameux grand type râleur qui s'approche, un homme à la tête boursouflée et aux cheveux roux tout frisottés, ce qui lui donne un vague air de famille avec un chou-fleur. Il marmonne dans sa barbe, mais semble incapable de garder ça pour lui. En effet, il s'empresse de m'adresser la parole à la seconde où nos regards se croisent.

– Quand même, vu le loyer qu'on paie dans cet immeuble, ils ne sont même pas fichus d'avoir des ascenseurs qui fonctionnent correctement ! peste-t-il en balayant d'un geste l'air devant lui, désignant les six portes d'acier nous faisant face.

Les ascenseurs, eux, restent impassibles face à cet affront et décomptent imperturbablement les étages sur leur petit écran à LED pixellisé.

Je ne réponds rien, hormis un petit hochement de tête à l'air approbateur. Je n'ai vraiment pas envie de me lancer dans ce genre de conversation maintenant. Mon esprit est bien ailleurs, et je trépigne en attendant le signal sonore d'ouverture des portes. Mon silence n'a pas l'air de perturber mon nouvel ami.

– Qu'en pensez-vous, mademoiselle, hein ? C'est pas une honte, franchement ?

Monsieur, je n'ai pas d'avis sur la question, je suis plus que méga en retard et ma boss risque de m'étriper, alors ces histoires d'ascenseur...

Ding !

Je suis interrompue dans mes pensées. La lumière blanchâtre de la petite cabine m'éclaire le visage comme un signe du ciel venu me sauver. Je bondis à l'intérieur alors que le grand type est encore occupé à reluquer en long et en large l'ascenseur du bout, au fond à droite, comme un détective de dessin animé. C'est vrai que ça fait un bail qu'il ne fonctionne pas, cet ascenseur-là. Et c'est pas faute d'avoir vu une foultitude de techniciens venir se gratter la tête pour comprendre pourquoi. J'adresse des excuses mentales à M. Chou-Fleur que je ne vais pas pouvoir attendre, avant d'activer la fermeture des portes. Je ne peux pas me permettre une seconde de retard de plus. Cet ascenseur du fond ne marche jamais et ce n'est pas aujourd'hui que je vais m'en préoccuper. À tous les coups, il est maudit. Je ris intérieurement de ma bêtise, tout en imaginant la pauvre âme damnée qui se retrouve à hanter pour l'éternité une cabine de deux mètres carrés.

Ascenseur tout confort, lumineux et calme, aucun vis-à-vis. À visiter absolument. Coup de cœur assuré... À perpétuité. #ImmobilierPourFantômes.

Pas mal, la pub !

Mais le stress me rattrape. J'arrive bientôt au trente-sixième et je croise les doigts : pourvu qu'Olympia ait pu distraire Voldemort et que j'aie le temps de me glisser *discretos* derrière mon bureau sans qu'elle s'en aperçoive.

L'ascenseur ralentit et s'arrête au trente-sixième. Ding !

Les portes s'ouvrent. Debout, face à moi, une grande femme brune, silhouette longiligne, bras croisés. Sa frange ne masque pas son regard de tueur.

Voldemort !

Carraway Building, 36e étage, Sullivan inc., open-space des créatifs.
19 h 26.

La nuit est tombée depuis longtemps maintenant. Je ne m'en suis même pas rendu compte, scotchée que je suis à mon écran depuis ce matin, presque non-stop. Mon regard s'égare par la fenêtre où scintille l'infinité des lumières de la ville-qui-ne-dort-jamais. Je me masse les tempes. La concentration m'a donné la tête lourde, et j'ai la sensation de respirer enfin un peu d'air frais après une longue journée d'apnée.

Le projet White-Rose me passionne. J'ai mille idées à la seconde, mais il faut que j'arrive à ordonner tout ça et à en faire quelque chose de carré. Mine de rien, Voldemort doit se rendre compte que je bosse dur, car elle n'a pas fait de psychodrame au sujet de mon retard ce matin – même si elle sait très bien me glacer le sang d'un seul regard.

Autour de moi, le calme du soir s'est installé dans l'open-space. Un doux ronronnement de murmures et de cliquetis de claviers berce notre étage. Ne reste à cette heure que les plus zélés, les surbookés et les solitaires – ceux qui n'ont personne qui les attend à la maison pour le dîner.

Et moi, je fais partie de cette dernière catégorie. À cette idée, mon cœur se serre un peu (oh, juste un tout petit peu). Sentir un homme près de moi, tendre, solide et rassurant… C'était quand la dernière fois ? À quand remonte le dernier dîner romantique ? Le dernier baiser ? La dernière nuit câline ? Si je me pose ces questions, c'est que ça fait bien trop longtemps. Je soupire, puis je chasse rapidement ces pensées de mon esprit. Pas le temps pour ces minauderies ! Je me retourne vers mon écran. Tiens, une pastille rouge de rappel de mon calendrier, en bas à droite.

Je ne l'avais même pas remarquée, concentrée que j'étais sur la stratégie *social network* de la campagne White-Rose.

Je clique dessus : *Rappel : 19 heures/Cocktail Baylight.*

Le cocktail Baylight à 19 heures ? Et il est… 19h36 ?!

Superzut et mégafuck !

Ce cocktail, c'est la grosse fête organisée par la boîte pour célébrer la signature du contrat Baylight. Peut-être bien le plus gros deal des deux dernières années pour Sullivan inc. En plus, le PDG de Baylight sera présent pour faire un speech. Impossible à rater ! Et tout ça, juste à l'étage supérieur. Déjà que j'étais en retard ce matin ; là, ça va chauffer pour mon grade. Mais pourquoi Olympia et Agnès ne m'ont pas rappel…

Tiens, un texto d'Agnès justement :

[Emily !!! Tu rates tout. Ramène-toi viiiite ! XD]

Je bondis de ma chaise et pose en pied face à mon reflet dans les hautes fenêtres. Heureusement, je suis habillée pile comme il faut : jupe crayon grise et chemisier blanc cassé. Chic, classe et bien sixties comme j'adore. Je réajuste le tissu sur mes hanches et me détache les cheveux. Ils volent de part et d'autre de mon visage. Look : OK. Je file en direction des ascenseurs, vers la salle de réception de la boîte, au 37e étage.

Va-t-on se rendre compte de mon retard ? Je retiens ma respiration alors que les portes s'ouvrent. Ouf, je souffle : je suis accueillie par un joyeux brouhaha impersonnel. Il y a du monde, et les coupes de champagne tanguent sur les plateaux des serveurs, à vingt centimètres au-dessus des têtes. Ne reste plus qu'à retrouver mes copines. Vu le texto d'Agnès, elles ne doivent pas être loin du bar.

– Les filles ! lancé-je gaiement quand je les ai enfin repérées.

Elles me répondent avec un sourire qui se fige aussitôt. Je crois que j'ai malheureusement compris pourquoi. Je me retourne doucement. Face à moi…

– Bonsoir Carmen, bredouillé-je.

Parce que Voldemort n'est pas son vrai nom, *évidemment*. Elle ne dit pas un mot et me transperce du regard. Elle n'a pas volé son surnom.

Je reprends, toute penaude :

– En fait, j'étais tellement prise par White-Rose que je n'ai pas vu le temps passer. Pourtant, j'avais mis un rappel sur mon calen…

Sans attendre la fin de mon monologue pathétique, Voldemort secoue doucement la tête de droite à gauche en me lançant un regard de profond mépris, puis elle tourne les talons et disparaît dans la foule.

Je sens mon sang qui se glace comme sous l'effet d'une pluie de grêle.

– Allez, Emily, t'inquiète pas. Elle fait juste ça parce qu'elle croit qu'être désagréable, ça justifie son salaire, lance Olympia d'un ton mi-moqueur, mi-rassurant.

– Oui, et puis franchement, te lancer un regard supérieur comme ça alors qu'elle porte des Jimmy Choo *so last year*, c'est trop abusif ! ajoute ironiquement Agnès.

Nous éclatons de rire toutes les trois. Ça fait plaisir de pouvoir compter sur des amies au boulot. Allez, haut les cœurs ! Agnès tend le bras et m'attrape une coupe de champagne rosé sur un des plateaux qui circulent.

Nous trinquons avec entrain. Je pose la bouche sur le bord de mon verre et ressens un petit frisson au contact des bulles sur mes lèvres. Cela fait bien longtemps que je ne me suis pas laissée un peu aller. La conversation va bon train, tout autant que le champagne. Je sens le rose me monter aux joues, et une douce griserie me réchauffer.

– Bon, Agnès, maintenant tu peux tout nous dire sur le type de la compta, glisse Olympia d'un air entendu. T'as concrétisé ?

– Quoi ? Frank ? J'en suis revenue, je peux te le dire. Y a que les chiffres qui l'intéressent. Il compte tout et répertorie tout. Le nombre de pas qu'il fait par semaine ; son nombre de calories par jour, etc. Ce gars a une calculette à la place du cerveau. En fait...

Agnès se penche vers nous et baisse la voix :

– Vous le répétez pas, les filles, j'ai pas envie que ça se sache, mais l'autre soir on a fini ensemble chez lui...

– Non !! l'interrompt Olympia.

– Chut, mais laisse-la finir, dis-je en riant.

– Donc, on buvait un verre dans son appart', et les choses ont commencé à chauffer. Tout se passait bien jusqu'au moment... On était au lit, et voilà que je me rends compte qu'il avait lancé le chronomètre sur sa montre, et qu'il y jetait des coups d'œil au fur et à mesure. Il chronométrait sa performance ! Non, mais vous y croyez, vous ?

– Non !! lance-t-on en chœur. Pas possible !

– Si, je vous jure. Et je t'assure que ça m'a coupé l'envie direct. J'ai pas attendu deux secondes pour me lever et je suis partie, le laissant tout seul sur le dos, tout nu, position étoile de mer sur le lit. La tronche qu'il faisait ! se réjouit-elle. Je ris maintenant, mais sur le coup, je mourais d'envie de lui mettre ma main dans la figure.

Et, comme un fait exprès, c'est à ce moment-là qu'un petit groupe de la compta passe à nos côtés pour se servir quelques douceurs au buffet. Au milieu d'eux, le fameux Frank. Nous nous redressons, toutes sages et visages impassibles – pas évident de garder son sérieux. Nous échangeons des bonjours cordiaux. Mais à la seconde où ils tournent les talons, nous ne pouvons plus nous retenir et éclatons de rire. Nous sommes interrompues par une voix sortant des haut-parleurs. C'est celle de Jimmy Sullivan, le PDG de la boîte. Le silence général se fait.

– Bonsoir à tous. Merci d'être présents ce soir pour cette occasion si importante pour notre société.

Il se racle la gorge. Ses yeux pétillent. Il parle d'une voix douce et assurée. Il n'est ni grand ni imposant, mais dégage une aura de force et de bienveillance. Il est châtain et ses tempes commencent tout juste à grisonner. Son discours est bref et direct. Il termine en annonçant la prise de parole du PDG de Baylight, d'ici un petit quart d'heure.

La musique et le murmure général reprennent. Nos amis de la compta sont déjà loin. Nous pouvons donc attaquer notre nouvelle coupe de champagne en fantasmant sur le multimilliardaire à la tête de Baylight, parce que, bon, pourquoi pas ?

– Vous croyez qu'il ressemble à quoi, vous ? demande Agnès d'un air goguenard.

– Moi, j'imagine bien le genre Christian Grey dans *Fifty Shades*, répond Olympia, les yeux gourmands.

– Ah oui, c'est ton genre, ça ? lui fais-je avec un sourire.

– Carrément ! Attends, le milliardaire puissant et charismatique, ténébreux et secret, et qui me fait découvrir des tas de trucs dingues pour m'envoyer au septième ciel… Hmmm… J'adore ! Pourquoi, c'est quoi ton genre à toi, Emily ?

J'ai tout à coup une hésitation. Elle m'a prise de court. C'est vrai ça, c'est quoi, mon genre à moi ?

– Euh, ben…

– Tu ne sais pas ou tu n'oses pas le dire ?

– Non, non, je réfléchis.

– On attend, fait Agnès d'une voix chantante.

– Je dirais… Beau.

– Évidemment ! s'exclame Olympia.

– Mais aussi, tendre. Et intelligent. Avec du style et de la classe, continué-je, songeuse.

– Madame est exigeante, s'amuse Agnès.

– Madame est surtout la plus romantique d'entre nous, je crois, glisse Olympia en me regardant d'un air complice.

À ces pensées, un petit accès de mélancolie me prend. Rien de grave : sûrement la fatigue, le vin, la fête…

– Je vous laisse dix minutes, les filles. Je vais prendre un peu l'air sur le *rooftop*, dis-je en reposant ma coupe sur le buffet.

– Ça va, Emily ? Tu veux qu'on t'accompagne ?

– Non, non, je vais bien. Je crois que j'ai juste un petit coup de chaud. Ne vous en faites pas. Je reviens tout de suite, leur réponds-je en forçant un poil le sourire.

Je quitte mes amies et me faufile entre les grappes de gens, direction le hall. Ça va me faire du bien de monter au quarantième, sur le toit de l'immeuble. La terrasse y est belle et offre une vue magnifique de la ville. On y trouve également un beau bar, très design, où se retrouvent tous les VIP après les signatures de contrat. Il est fermé ce soir, mais vu mon taux d'alcoolémie, cela vaut mieux !

Seule face aux ascenseurs, j'apprécie déjà le calme à l'écart du brouhaha. J'appuie sur le bouton lumineux. Une des portes en acier s'ouvre. Tiens, c'est celle du fameux ascenseur qui ne fonctionne jamais ! Les plaintes de M. Chou-Fleur ont porté leurs fruits : ils ont réparé dans la journée. Comme quoi, ça sert parfois de râler.

Note pour plus tard : être un peu plus Voldemort, et un peu moins Hermione.

J'entre dans la cabine et quitte le 37e étage pour monter plus haut vers le ciel. Un coup d'œil au miroir. Mais qui donc impose ces horribles éclairages dans les ascenseurs ? J'ai vraiment l'air d'un cadavre. Je passe mes doigts sous mes yeux, en dessinant des cernes que j'espère imaginaires. Je me recoiffe d'un geste quand la porte s'ouvre.

Carraway Building, 40e étage, *rooftop*.
21 h 17.

Je sors de l'ascenseur. Personne à l'horizon. Tant mieux, je n'ai pas vraiment envie de croiser du monde. Le bar du *rooftop* étant fermé, il ne devrait pas y avoir beaucoup de passage.

Pas grand-chose dans ce hall : à gauche, l'entrée de la cage d'escalier, et face à moi, la porte métallique qui donne sur la terrasse. Ici, ce n'est pas éclairé, mais je n'ai aucune envie d'allumer le minuteur. La luminosité du soir qui vient des fenêtres me suffit amplement.

Je tourne la poignée et sors sur la terrasse. Oh, elle n'a rien d'exceptionnel : juste une petite esplanade bétonnée, mais c'est le lieu sacré des fumeurs de l'immeuble ! Je fais quelques pas face au vent frais de novembre, bras croisés et serrés contre moi. L'air vif me fait du bien.

À ma droite, à cinq mètres, l'entrée vitrée du bar. Tout y est éteint bien sûr. À l'intérieur, les fauteuils se reposent. Mais quelque chose attire mon attention : c'est incroyable, tout a changé ici, ils ont tout refait ! Depuis quand ? Je suis tellement accaparée par White-Rose que je ne me suis même pas rendu compte des travaux en cours.

J'observe l'intérieur à travers la devanture. Dans la pénombre, j'arrive à distinguer une chouette déco. Tout est dans un style sixties, hyper léché. Il manque juste le côté patiné, mais bon, on ne leur en tiendra pas rigueur. Je souris et reviens sur mes pas.

Mince, je ne suis pas seule ! Un homme est accoudé à la balustrade. La lune brille derrière lui, je ne distingue pas son visage :

il est à contre-jour. Je ne vois que le point rouge orangé du bout incandescent de sa cigarette. La petite braise se lève et se baisse régulièrement à chaque bouffée.

Je ne sais pas s'il a remarqué ma présence. Quelques pas de côté, changement d'angle et de lumière ; je le vois bien maintenant.

Waow ! J'ai comme un flash d'adrénaline. Mais je me raisonne et me force à me calmer.

Oui, il est super beau… Bon. Et puis ? Et puis, et puis… Il a un air de James Franco. Visage fin et légèrement émacié ; pommettes saillantes ; yeux virils et intenses… Mais avec quelque chose de plus. Déjà le style : costume rétro, visiblement sur-mesure, un truc à la Valentino. Il doit adorer les années soixante : comme moi ! Et puis un charisme très particulier ; un je-ne-sais-quoi de craquant dans sa posture et dans ses gestes ; dans sa manière de réfléchir et d'observer le ciel. Quel âge a-t-il ? Tout juste la trentaine ? Bizarre que je ne l'ai jamais croisé auparavant. À quel étage travaille-t-il ?

Je n'ai pas le courage de l'aborder. Il fait froid. Je vais rentrer. Je me retourne et fais quelques pas. Mais soudain, au lieu de repartir, je me rapproche de lui, comme si j'étais poussée par quelque chose. Quelque chose de grand. Quelque chose de plus fort que moi.

Qu'est-ce que je raconte ? La magie et les dieux existent-ils ? À mon humble avis, non.

Peut-être que je connais cet homme ? Assurément non.

Mon subconscient a-t-il pris possession de mon esprit ? Oui, sans aucun doute…

Je ressens vraiment *physiquement* une sorte de force qui me pousse vers lui. Ou alors j'ai besoin d'une excuse pour avoir le courage de parler à un homme sexy, et c'est tout ce qu'a trouvé mon cerveau embrumé par les vapeurs d'alcool…

Au bruit de mes talons, il se tourne soudain vers moi. Je suis d'abord surprise par l'expression triste de son visage. Mais en quelques secondes, ses traits se détendent et son regard s'éclaire.

Que dire ?

Emily, c'est pas le moment de faire une bourde, n'est-ce pas ? Tu es une créative, oui ou non ? Alors, montre tes talents. Fais fonctionner la machine... C'est parti pour le top 5 des trucs à lui dire :

5. Il fait froid, n'est-ce pas ?

Ben oui, bêtasse, on est en plein mois de novembre.

4. Vous ne trouvez pas que c'est une honte, vous, cet ascenseur qui ne fonctionnait pas ?

C'est bien, et après tu embrayes sur les vertus du bicarbonate.

3. Vous attendez votre femme ?

Non, mais t'es folle, Emily ?!

2. Vous utilisez White-Rose pour votre lessive ?

Arrête, tu délires complètement, là !

1. Vous avez du feu ?

Stop, Emily, tu as décidé d'arrêter de fum...

– Excusez-moi, avez-vous du feu, s'il vous plaît ? demandé-je le plus simplement du monde.

– Bien entendu, répond-il d'une voix grave et douce.

Il fouille dans sa poche et en sort un Zippo avec, gravée sur le côté, la silhouette de Marilyn. Ah oui, il joue les sixties à fond quand même ! Et puis, pourquoi pas ? Il a tellement de classe... Le bruit de la molette crisse dans l'air et me donne un frisson. Que m'arrive-t-il ? J'en ai même oublié de sortir une cigarette. Bien sûr, je n'en ai plus. Nos regards se croisent. Je rougis et me sens bête. Il sourit et m'en propose une d'un geste vif et élégant. La flamme l'embrase. Nos visages sont éclairés un instant, et le temps semble se figer. Son sourire ; ses yeux ; à ce moment, tout paraît beau et évident. Nos regards sont happés lors de cette seconde distendue. Puis soudain, le briquet s'éteint, et tout redevient sombre et mystérieux sous le clair de lune.

Tout à coup, ça me revient : le cocktail ! Je jette un rapide coup d'œil à ma montre.

Gigazut et clusterfuck !

Le PDG de Baylight doit être en plein discours. Il faut absolument que je file en quatrième vitesse. Je tente de bafouiller quelque chose, mais rien d'autre ne sort de ma bouche qu'un murmure inaudible et quelques volutes de fumée. J'écrase d'un coup ma cigarette à peine entamée. Je souris en mimant des gestes de retard et de gêne, puis je m'échappe le cœur battant.

Une fois de retour dans l'ascenseur, je m'adosse au miroir. De grands coups cognent dans ma poitrine et résonnent dans ma tête.

Mais que vient-il de se passer ?

Trente-septième étage, les portes s'ouvrent et le brouhaha n'a pas cessé. Ouf, cela signifie que le discours n'a pas commencé. Mais à peine l'ai-je pensé que le silence se fait : le directeur commercial de Sullivan inc. vient de monter sur l'estrade. Avant d'annoncer le PDG de Baylight, il entame un discours d'autosatisfaction assez classique sur le thème « Regardez d'où nous venons, et voyez où nous allons ». Le ton est ronflant et les mots bourdonnent, monotones :

– Bonsoir à tous. Avant toute chose, je tiens à exprimer ma plus grande gratitude envers une personne très spéciale. Il est absolument certain que, sans elle, la destinée de Sullivan inc. aurait été tout autre. Je me félicite de sa présence ici ce soir avec nous, il s'agit bien entendu de Betty Sullivan.

Il indique d'un geste déférent une dame assise un peu à l'écart. Betty Sullivan, j'en avais entendu parler, mais je ne l'avais jamais vue en chair et en os. C'est une vieille dame qui doit avoir près de 80 ans, très digne et droite. Son visage est dur et fier. Son regard bleu pâle est glacial. Ce doit être une personne de poigne, et sûrement pas le genre à se laisser faire.

Le directeur commercial reprend :

– Nous savons à quel point madame Sullivan a toujours soutenu Aaron Sullivan, feu son mari et notre fondateur. Son soutien n'a jamais failli lorsque son fils Jimmy Sullivan a repris l'entreprise. Sa persévérance et sa ténacité sont un exemple pour nous tous. Elle nous a accompagnés pendant des ères de grands changements, et encore, jusqu'à ce jour, elle est là pour superviser notre collaboration avec la société Baylight. Et, justement, pour parler de cet événement qui nous réunit ici ce soir, je vous prie de bien vouloir accueillir monsieur Roth, PDG de Baylight !

Les applaudissements fusent. Monsieur Roth monte sur l'estrade et se poste derrière le pupitre. Environ 75 ans, chauve, gros, moustache et couperose. Pas exactement le *Christian* qu'aurait espéré Olympia. Je viens de la rejoindre et lui lance un petit sourire désolé, lèvres pincées, accompagné d'un haussement d'épaules. Agnès et elle éclatent de rire.

– T'inquiète, ça sera pour la prochaine fois, le milliardaire super sexy, me chuchote Olympia avec un clin d'œil.

– Le prochain, on te le réservera rien que pour toi, promis, Emily, me glisse Agnès.

Rien que pour moi ? Merci les filles, c'est gentil. Mais je n'en ai que faire. L'homme le plus sexy de la planète, je l'ai rencontré il y a vingt minutes, et il n'est pas dans cette pièce.

Je ne sais même pas où il se trouve maintenant.

Mais je sais que je le reverrai. J'en suis sûre.

C'est écrit.

2

HELLO DANNY

Salle de sport.
07h03. Mercredi 11 novembre.

Les jours filent comme un film bloqué sur avance rapide. Serena m'avait bien dit que, quand on s'installe à New York, la vie devient frénétique, et qu'il faut savoir soi-même appuyer sur pause. Je ne sais pas si Serena y arrive, mais moi, je crois que j'ai perdu la télécommande. Et ce n'est pas demain que je la retrouverai malheureusement. Tiens, d'ailleurs, ça fait un bail que je l'ai pas appelée. C'est quand même ma meilleure amie. Il faudrait que je…

– Plus haut, Emily, plus haut ! Tu rêvasses, ou quoi ?

– Oui, oui, arrivé-je tout juste à articuler.

Nom de Dieu, ces abdos sont infernaux ! Et Stan, mon coach à la salle de sport, me pousse à fond. J'ai déjà dû suer la moitié de l'Hudson River.

– Allez, encore une série de cinq ! Courage ! lance-t-il d'un air enjoué.

Arg, il va me tuer... #ViteInterdireLeFitness.

L'avantage, quand je passe à la salle de sport avant le boulot, c'est la pêche que ça m'assure pour la journée. Ça me donne un moral in-des-truc-tible ! Et du coup, j'arrive même à ne pas être en retard. Par contre, les courbatures que ça me laisse me font marcher au ralenti, toute voûtée, ce qui fait éclater de rire Olympia.

– Fais comme moi, Emily : troque ta salle de gym contre du sport en chambre, fait-elle avec un large sourire.

Je reprends une gorgée de café en rougissant. Elle parle si fort que tout l'open-space a dû l'entendre !

Olympia est très grande et fine. Elle est gracieuse, et son épaisse chevelure de métis encadre joliment son visage. Ses longs doigts qui tiennent son mug frétillent et papillonnent. Elle ne tient jamais en place et ne rate jamais une occasion de faire connaître son opinion sur tel ou tel sujet. Malheureusement, on ne travaille que rarement sur les mêmes projets. Malgré tout, nous sommes devenues proches, et elle vient me voir à mon bureau avec café et muffins quasiment chaque matin, dès que le travail le lui permet. C'est devenu notre petit rituel ; celui qui nous booste et nous fait repartir de plus belle !

Agnès, quant à elle, est commerciale, et nous la retrouvons en général pour déjeuner. Parfois, quand elle en a la possibilité, elle s'échappe de son open-space de « basse-cour », comme elle l'appelle, pour venir nous rejoindre, nous, les créatifs.

– Mais tu te rends pas compte à quel point c'est un vrai combat de coqs en permanence. C'est fatigant à force, se désole-t-elle devant sa salade quinoa-kale.

Je reprends une bouchée de mon burger de soja.

– Tu devrais bosser avec un casque pour ne pas les entendre, lui lancé-je.

– C'est ce que je fais ! Tu sais qu'ils viennent même me demander ce que j'écoute pour me donner une playlist de trucs « bien » plus intéressants, vois-tu ? Non, c'est infernal, je te dis. À croire que les seules études qu'ils ont faites, c'est apprendre à faire des concours de bi…

Agnès s'arrête net. Son regard passe par-dessus mon épaule. Olympia et moi, nous tournons la tête pour voir de quoi il s'agit. Un homme passe, costard chic et démarche élégante. Je ne l'ai jamais vu.

– Ah, typique Agnès ! s'amuse Olympia. Dès qu'il y a un nouveau, tu ne peux pas t'empêcher de craquer. T'es un vrai cœur d'artichaut.

– Oui, ben, en attendant, jouez-la discret les filles. J'ai pas envie qu'il se sente épié comme une proie.

Olympia et moi, nous rions de bon cœur devant les joues rosissantes d'Agnès. Les histoires de mecs, c'est vrai que ce doit être le sujet numéro un de nos conversations. Mais, bizarrement, je ne leur ai pas encore parlé de l'homme que j'ai rencontré l'autre soir sur le *rooftop*. Celui en costume Valentino.

Et pourquoi donc ? Parce que je me sens gênée ? Parce que je n'ai pas envie de mêler mon *Valentino* à des petites histoires d'amourettes anecdotiques ? Parce que… Parce que je sens qu'il s'est passé quelque chose de plus grand qu'une amourette ?

Pfff, je suis ridicule ! Un type m'allume une cigarette un soir de pleine lune, et j'ai l'impression de voir le cosmos dans ses yeux. On n'a pas échangé trois mots, et ça y est, c'est le *big love* en perspective. Il faut que je redescende sur terre, oui.

De plus, je suis retournée plusieurs fois sur le *rooftop* depuis ce fameux soir, et je ne l'ai jamais recroisé. Qu'est-ce que je fais maintenant ? Je colle une petite annonce ?

« JF cherche JH, fumeur, super stylé, costume Valentino, avec

le cosmos dans les yeux. Pas sérieux s'abstenir. Demander Emily, 36e étage. »

Mouais, j'ai déjà eu de meilleures idées dans la vie. Et puis, si ça se trouve, je l'ai rêvé en plus. J'étais dans un tel état l'autre soir ! Champagne + manque de sommeil + travail non-stop = proche du burn out. Même le décor tout sixties, je ne sais pas d'où je l'ai sorti. Quand j'y suis remontée, le hall et le bar du *rooftop* avaient l'air des plus modernes. Comme d'habitude, quoi.

Résultat de ma réflexion : il va falloir que je fasse un break bientôt. Et c'est pas demain la veille que ça va arriver, surtout qu'en plus de White-Rose, on vient de me charger de deux autres projets :

– Hyper urgents, Emily chérie, tu comprends, et il n'y a personne pour s'en occuper.

– Ah oui ? Et Mike par exemple ?

– Mais Mike ne fait que de l'alimentaire, voyons. Il est à bloc sur les Ricky Burgers.

– Et sinon, ces nouveaux projets, c'est à rendre pour quand ?

– Comme d'habitude, pour avant-hier.

Ce genre de choses me donne envie de hurler, mais bien entendu, je ne moufte pas et je réponds gentiment :

– Oui, oui, merci, Carmen, de me faire confiance, je vais faire de mon mieux.

Et c'est alors qu'avec son sourire mielleux sous ses yeux de panthère affamée, Voldemort me rétorque :

– Ne fais pas de ton mieux, Emily. Ce ne sera pas assez bien.

Alors je repose mes fesses sur mon fauteuil à roulettes et j'enclenche le pilotage automatique. PowerPoint, Illustrator, Chrome, c'est parti. Mes mains courent sur le clavier et la souris s'agite frénétiquement. Lors de ces phases de création, c'est comme si mon cerveau se dédoublait. Une partie de moi s'ébat dans un magma de slogans, de photos et de logos, tandis que l'autre semble naviguer à deux mètres au-dessus, me regardant travailler, comme ces anges de dessins animés assis sur leur petit nuage à contempler le monde.

C'est dans ces moments-là que j'oublie tout du quotidien... Sauf que depuis vendredi dernier, une image ne cesse de me hanter. Elle me poursuit, peu importe le travail ou mon état de fatigue. C'est d'ailleurs plus qu'une image ; c'est un visage, fin et légèrement émacié ; des pommettes saillantes ; des yeux virils et intenses...

Ces mots tournent en boucle dans ma tête comme une litanie ancienne ; une comptine des anges.

Carraway Building, 36e étage, open-space des créatifs. 18h02. Jeudi 12 novembre.

Dix-huit heures ? Déjà ? C'est une blague ? Et j'en ai probablement encore pour toute la soirée. Je m'autorise une pause clope sur le *rooftop*, sinon je sens que ma tête va exploser. Et puis, sait-on jamais qui on peut y rencontrer...

Je fais rouler mon fauteuil en arrière en repoussant mon bureau d'un grand geste énergique. J'entends un bâillement derrière moi. C'est sûrement Mike qui doit souffrir après son soixantième slogan de burger.

– Ah, tu fais une pause ? Mais t'as pas plein de boulot ? me lance-t-il, un poil condescendant.

– Oui, j'ai besoin de souffler. Une cigarette.

– Tu n'avais pas arrêté ? fait-il, demi-sourire et sourcils froncés.

– Mouais... Et sinon, ça va les burgers ? Tu frôles pas l'indigestion ?

Il se fige un instant, mine perplexe, sans être vraiment sûr de ce qu'il doit comprendre par là. Je le laisse à sa confusion et m'éclipse en soupirant.

Je n'ai rien contre Mike. Je le trouve même plutôt gentil quand il le veut. Malheureusement, il ne le veut pas souvent et il est en général hautain et méprisant. Il y a des gens comme ça dans la pub. Ils ont l'impression que c'est la seule manière d'avancer. Alors, il faut savoir se défendre…

Dans le hall des ascenseurs, j'apprécie le silence. Il est à peine gêné par le bourdonnement de la machinerie des poulies électriques. J'appuie sur le bouton. Quelques secondes passent et une porte s'ouvre. Tiens, c'est de nouveau mon ascenseur hanté ! Il marche vraiment quand il veut, celui-là. Apparemment, j'ai eu un vrai coup de chance l'autre soir : personne dans la boîte ne l'a vu fonctionner depuis. Et d'ailleurs, aucun technicien n'est passé ce jour-là. On dirait qu'il ne vient que pour moi. Il m'adore ce machin ! Allez, tu seras mon petit chouchou. Je vais t'appeler Danny. J'aime bien Danny comme nom.

Je souris à mes propres bêtises, puis je lève les yeux au ciel et me dis que j'ai vraiment besoin de repos. Si j'en suis à donner des noms à des ascenseurs, c'est qu'il faut soit :

5. Que je change de boulot.

Oui, mais quoi d'autre ?

4. Que je ne prenne plus que les escaliers.

Trente-six étages ? Vraiment ?

3. Que je dorme une bonne semaine.

OK, mais quand ?

2. Que j'aille voir un psy.

Et donner raison à ma mère ?!

1. Que j'accepte d'être quelqu'un qui a de la fantaisie.

Ah, ça me va, ça !

Mon habitude des tops 5, c'est une déformation professionnelle. Il y a une mécanique de la pub qui est en branle dans ma tête et qui ne s'arrête, pour ainsi dire, jamais. À force de rédiger des boards de tendances, des boards de design, des strategy-keynotes, des creative-keynotes, des graphic-keynotes, à force d'écrire des slogans, des catchlines et des hashtags, des statuts, des tweets, de créer des pins, d'échanger sur Snapchat, de poster sur Instagram, de configurer WordPress et de faire des croquis de chats sur des post-it pendant que je suis au téléphone, j'ai le cerveau qui va dans mille directions et je dois or-ga-ni-ser tout ça. D'où les tops 5. C'est ma manière à moi d'organiser les choses.

Ding !

Quarantième étage. Toute à mes pensées, vue embrouillée, j'avance de manière automatique à travers le hall et sors sur la terrasse en allumant ma cigarette. Première bouffée de la journée, je respire et fais place nette dans mon esprit.

RAZ. Remise À Zéro.

J'expire de longues volutes de fumée marbrée. Je commence à revenir au monde et à regarder autour de moi.

Mais… ! Enfin, c'est insensé cette histoire… D'ici, j'aperçois l'intérieur du bar du *rooftop* à travers une grande baie vitrée qui donne sur la terrasse, et je ne rêve pas : il y a bien une déco entièrement vintage !

Je me suis sacrément mélangé les pinceaux. Je perds la boule… Et je n'ai même pas l'excuse de l'alcool ce soir !

J'expire doucement. C'est très calme. J'aperçois au fond, assis sur des fauteuils, les silhouettes de quatre personnes buvant un verre. Quelques éclats de voix étouffés percent la paix ambiante.

Bon, allez, suffit la pause ! Si je veux avoir terminé avant de partir ce soir, il va falloir m'y remettre vite. J'écrase mon mégot en laissant échapper ma derrière bouffée dans un souffle pressé.

Face aux ascenseurs, je me penche vers le bouton d'appel, quand quelque chose me titille. J'ai comme une envie de faire une petite infidélité à Danny et de prendre les escaliers pour une fois. Un besoin de marcher, de bouger. Du quarantième au trente-sixième, ça me fera bosser les quadriceps ; c'est Stan qui sera content.

Mais non, tu te mens, ce n'est pas ça. C'est autre chose.

Je ressens comme un appel. Une électricité intangible dans l'air. Une excitation primitive. C'est quoi ? Une intuition ? Tout simplement une envie ? Ne devrais-je pas déjà être en train de descendre plutôt que de me poser mille questions ?

Ne prends pas les ascenseurs.

Qui me susurre cela ? Ça vibre et résonne dans ma tête. Serena me dirait quelque chose du genre : « C'est ton cœur qui parle à ton cerveau. » Ce à quoi je lui répondrais qu'elle devrait arrêter l'encens à l'eucalyptus.

Il n'empêche que c'est là, à l'intérieur de moi. Doucement, sans me presser, je glisse vers le fond du hall devant l'épaisse porte métallique donnant sur la cage d'escalier. C'est la première fois que je l'ouvre. Je me laisse faire par une palpitation du temps. Je suis comme enveloppée d'une énergie mouvante et terriblement séduisante.

Mes talons claquent de marche en marche. Je me tiens à la rampe et me surprends à dévaler l'escalier très rapidement.

Trente-neuvième étage…

Trente-huitième étage…

Trente-septième étage…

Trente-sixième étage.

Retour sur terre, à mon open-space et à mon cher Mike-le-Burger.

J'ouvre la porte métallique et me trouve dans le hall. Mais de quel hall s'agit-il ? Je secoue mécaniquement la tête, perplexe et décontenancée. Une épaisse moquette vert olive étouffe mes pas. Les murs sont habillés de papier peint orange clair, strié de petits triangles blancs, à l'envers et à l'endroit. Une chose est sûre : je ne suis pas à l'étage de Sullivan inc. C'est grave : je ne sais même plus compter jusqu'à quatre en descendant les escaliers !

Chez qui ai-je atterri ? Je tente de me remémorer la liste des entreprises de l'immeuble, cependant rien de pertinent ne me vient. Aucune raison de m'attarder, je retourne sur mes pas. Mais je m'arrête bien vite ; il se trouve que je suis aussi très curieuse…

Ah, je ne vous l'avais pas dit ?

Je vais juste aller voir l'accueil, histoire de savoir où je suis. Je passe l'entrée vitrée. Quelques coups d'œil ; je ne trouve aucune réception. J'arrive dans un grand open-space bordé de quelques bureaux fermés. Personne en vue. À cette heure, ici, il n'y a pas de *workaholics* invétérés, café aux lèvres et visages blancs. Tant mieux pour eux ! Au loin, il me semble distinguer quelques silhouettes naviguant d'un couloir à l'autre. Il règne ici une ambiance calme et feutrée. Les murs sont plaqués de panneaux acajou aux nervures foncées. Partout du mobilier dans le genre Herman Miller. Du sixties hyper bien restauré. Cette boîte doit bien fonctionner : ça vaut une petite fortune ! En tout cas, ça ne me donne pas envie de partir : je m'y sens super à l'aise.

Tellement à l'aise que… Allez, j'ose ! Je jette un regard à gauche et à droite, m'assurant d'être seule. Je me faufile en douce derrière l'un des bureaux pour m'asseoir sur l'un des super fauteuils en cuir noir et bois. Il tourne et s'incline. Je l'adore ! Je veux le même pour mon bureau ! Je me laisse aller : je cale mes reins bien au fond et je repose ma nuque. Je ferme les yeux et je cède quelques instants au charme du silence. Comme c'est bon, cinq minutes de sérénité.

– Mademoiselle ?

Je me redresse en sursaut. Je cligne des yeux. La voix vient de derrière moi.

Où suis-je ?

Ah oui, c'est vrai…

Et qui est-ce ?

Je fais pivoter le fauteuil tout en me levant prestement.
Je me fige. J'ai le souffle coupé.
C'est lui…
Valentino !

3

GOOD VIBRATIONS

Carraway Building, ?e étage, open-space.
Heure indéfinie. Jeudi 12 novembre.

Une vague de chaleur monte en moi. J'ai le visage brûlant, et les membres froids. Je me sens partir. Vite, j'agrippe d'une main le dossier du fauteuil. Je garde contenance autant que possible. Je m'applique à ne rien laisser paraître et souris doucement, tout en luttant pour empêcher mes jambes de trembler.

– Tout va bien, mademoiselle ?

Quelques secondes passent comme une éternité. Tout a concouru à me faire tourner la tête : la fatigue, le travail, l'ambiance si particulière du lieu, les quelques instants de repos, yeux clos, me relever si vite, et surtout… C'est lui. C'est l'homme de l'autre soir. Je superpose mentalement l'image de son profil encadré par la lune à la personne que j'ai en face de moi. Je l'avais trouvé beau et j'avais peur d'être déçue en le revoyant… Quelle erreur !

Il n'est pas *beau*, il est juste magnifique. Ici, en pleine lumière, j'ai tout le loisir de l'observer. Les lignes de son visage sont à la fois fines et énergiques ; dessinées et viriles. Ses yeux… Mon Dieu, son regard ! Cette couleur noisette claire qui me pénètre. Il est brun ; ses cheveux épais et courts, coiffés avec élégance, lui donnent une classe qui me fait chavirer.

Ces derniers jours, son souvenir me hantait. Mais je me rends compte que cette image mentale restait virtuelle. Elle se mêlait à un sentiment diffus et tendait à perdre de sa réalité. Ce n'est qu'en le revoyant, là, aujourd'hui devant moi, que l'émotion qui m'avait traversée me percute de plus belle.

Ma bouche s'est instantanément asséchée, et je redoute la seconde où il va me falloir parler. Oui, lui répondre vite. Il m'a posé une question. Ne pas rester sans rien faire. Mon cerveau turbine à mille à l'heure. J'avale ma salive, puis :

– Oui, je vous remercie. Tout va très bien.

Je retrouve mes esprits. Je cligne des yeux plusieurs fois. Mon champ de vision s'est comme élargi. Je peux apprécier l'homme dans son ensemble : sec et musclé, toujours un costume vintage (quel style !), il tient d'une main quelques dossiers, et de l'autre… une cigarette !

Quoi ? Il fume à l'intérieur ? C'est encore autorisé quelque part en 2015 ?

Puis l'homme reprend d'une voix grave définitivement craquante :

– Je vous attendais.

Hein ? Quoi ? Qu'est-ce qu'il raconte ?

– Pardonnez-moi ? lui réponds-je poliment.

– Vous êtes bien créative ? dit-il avec assurance.

– Euh…

Un instant d'hésitation avant de rebondir :

– Oui, oui, bien sûr ! C'est… C'est mon métier.

Il fronce un peu les sourcils, mais sourit.

– Ma secrétaire est déjà partie à cette heure. Comme tout le monde d'ailleurs, ajoute-t-il avec un demi-sourire en survolant la pièce du regard.

Puis il me tend la main :

– Je suis Max Whitman, le directeur de Whitman inc.

Je tends le bras machinalement. Nos peaux se touchent. Sa main empoigne la mienne et la chaleur de sa paume m'électrise. Mon regard, sûrement trop timide, ne peut se détacher de ses doigts, fins et musclés. Il me faut quelques fractions de seconde pour oser affronter directement ses yeux.

Et c'est *là* que quelque chose bascule. Le temps semble s'arrêter de nouveau, comme sur la terrasse l'autre soir. Mon cœur s'emplit d'une énergie vibrante. Une boule d'émotion me prend la gorge. Est-ce cela un coup de foudre ? Je ne sais pas, mais faites que cela ne s'arrête jamais.

Ses yeux intenses se plissent de nouveau en un sourire franc et curieux :

– Ne nous sommes-nous pas déjà…

Il semble chercher dans ses souvenirs l'occasion de notre précédente rencontre.

– Rencontrés, oui, dis-je en essayant de ne pas avoir l'air trop cruche.

– Oui, sur le…

– *Rooftop*, oui, l'autre soir. Un soir de pleine lune.

Mais pourquoi je précise ça ?

Il semble plutôt amusé par ma réponse.

– Et vous n'aviez pas de…

– Cigarette, oui, l'interromps-je encore une fois.

– Et vous avez l'habitude de toujours terminer…

– Les phrases des gens ? Oh non, bien sûr que non !

Je rougis comme une tomate cerise. Qu'est-ce qu'il me prend ?

Je fais n'im-por-te quoi.

Heureusement, il change de sujet rapidement :

– Suivez-moi donc dans mon bureau. Nous allons discuter travail.

Et sans que j'aie le temps d'articuler quoi que ce soit, il passe devant moi en s'attendant à ce que je marche dans ses pas. Que faire ? Il se trompe manifestement de personne. Ce n'est pas moi qu'il attendait. Ce serait le moment de lui dire, là, qu'il y a méprise, et que je me suis perdue, voilà tout.

Je trottine pour le rattraper. Je passe la porte de son bureau. Il est deux mètres devant moi.

– Monsieur Whitman, il faut que je vous dise…

La sonnerie stridente du téléphone m'interrompt. Je m'arrête net. Il s'assied à demi sur la table, répond d'une main et me fait signe de l'autre de m'installer sur la chaise face à lui.

Je n'ose rien dire et lui obéis sans broncher. Je ne pipe mot pendant sa conversation et me tiens toute droite sans bouger, comme si je pouvais casser quelque chose rien qu'en respirant. J'en profite néanmoins pour jeter un œil autour de moi. Quelle déco ! Waouh, j'adore ! Et son téléphone, il l'a choisi vintage, avec le fil torsadé pour le combiné. Serena me charrie souvent avec ma passion des années soixante, mais ce gars va peut-être plus loin que moi.

Puis mes yeux reviennent vers lui. Il est tellement sexy, là, nonchalamment posé sur son bureau, tout en gérant un dossier apparemment compliqué. Il a dû sentir l'attention que je lui porte, car il relève la tête et me fixe profondément. Je sens ses yeux me détailler discrètement de bas en haut, puis revenir vers mon visage. Nos regards sont aimantés… Jusqu'à ce que je détourne la tête.

J'espère que je ne rougis pas. Et si oui, j'espère qu'il ne l'a pas vu.

Il raccroche enfin :

– Pardonnez-moi. Un coup de fil à cette heure, c'est toujours important.

– Oui, bien sûr, je vous en prie, dis-je simplement.

Il sourit, puis redescend de son bureau. Il s'installe à ma droite, sur un grand canapé en cuir noir. Il sort prestement le dossier vert qu'il portait avec lui, et l'ouvre sur la table basse vitrée, entre nous deux.

– Monsieur Whitman, pardonnez-moi, je voulais juste…

– Ah oui, excusez-moi, m'interrompt-il. Je manque aux bonnes manières. C'est d'habitude ma secrétaire qui s'en charge. Désirez-vous quelque chose à boire ?

– Non, euh, en fait oui, un verre d'eau. Merci.

Allez, juste après le verre, je lui dis qu'il y a maldonne. Courage !

Mais à peine l'ai-je reposé sur la table que Max Whitman se lance avec passion dans la présentation de ses documents.

– Voici une campagne qui est dans les tuyaux en ce moment chez nous, me dit-il avec un regard intense.

Je hoche rapidement la tête. Une campagne de pub ? OK, c'est mon domaine. Je devrais pouvoir m'en sortir.

– Laissez-moi vous décrire le projet, reprend-il, et vous me donnerez votre avis.

Il sort un premier visuel. Il s'agit d'une campagne pour une compagnie aérienne. Et dans un style vintage en plus ! Je souris intérieurement. On dirait qu'il le fait exprès pour me faire plaisir.

– Voici le dessin pour la campagne d'affichage avant le lancement du produit, glisse-t-il. Et celle-ci, ce sera pour la sortie. Enfin, vous voyez là les différentes déclinaisons : pour *Vogue*, *GQ*, et enfin le *New York Times*.

Il pose les feuilles face à moi et se cale au fond du canapé. Il croise les bras et passe en mode écoute. Le silence s'installe. C'est à moi de parler et il est tout ouïe.

OK, j'ai plusieurs choix :

5. Je lui dis maintenant qu'il y a méprise sur la personne.

Et je sors en ratant l'occasion de ma vie ?

4. Je prétexte un gros mal crâne pour partir sur-le-champ.

Super crédible…

3. Je m'enfuis en courant sans rien dire.

Je cherche un rôle dans une sitcom, ou quoi ?

2. Je me jette à son cou en l'embrassant et je l'enjambe, là, direct, sur le canapé.

Du calme, du calme…

1. Je lui réponds tranquillement et je fais mon boulot.

Advienne que pourra !

J'enclenche les turbines dans mon cerveau, je prends un grand bol d'air et je me lance. C'est justement le genre de choses que je sais faire, non ? Je prends le premier visuel. On y voit un steward accueillir une femme à bord d'un avion.

– La femme est un peu trop âgée pour la déclinaison *Vogue*. Leur lectorat est plus jeune, et le manque d'identification n'est pas en faveur du produit. On préfère toujours s'imaginer avoir moins d'années, n'est-ce pas ? lui lancé-je en soulevant les sourcils.

À ce stade, je ne cherche pas son approbation, mais tout simplement à entretenir la conversation. Son silence reste attentif. Je continue.

– Le côté rétro est intéressant, mais peut-être un peu trop appuyé. Il faudrait y ajouter un élément plus moderne…

– Le côté quoi ? m'interrompt-il.

– Eh bien, les positions statiques des personnages, précisé-je, et les couleurs pastel. Le lettrage est très bien dessiné. C'est vraiment pile-poil ce qui se faisait à l'époque : les embases épaisses et les courbes fines. C'est du très beau boulot. Le côté *corporate* a du cachet. Il me faudrait voir le *trend 360°* pour avoir un avis définitif. Mais l'idée a de quoi créer le buzz.

Max a l'air captivé, même s'il lève parfois les sourcils, avec une expression perplexe.

– Je ne suis pas sûr de vous suivre tout à fait. Par exemple, que voulez-vous dire par « à l'époque » ? me lance-t-il.

Ah, je sens la question piège. Je n'ai pas dû être très claire. Je me suis un peu embourbée. C'est vrai que je suis restée très superficielle. Allons plus dans les détails.

– Pour aller plus loin, je privilégierais une approche DART, affirmé-je.

Max a une moue interrogative. Il veut être sûr que je sais de quoi je parle ; pas de souci, c'est normal.

– DART : *Dynamic Advertising Reporting and Targeting*, bien entendu.

Max semble fasciné. Je dois avouer que cela flatte mon ego. Soudain, il s'avance sur l'assise du canapé, pose son coude sur son genou et appuie sa bouche sur son poing. Il réfléchit. Je ne dis mot. Puis il se lève d'un coup et sort de la pièce d'un pas vif. Je reste seule sur ma chaise, dans le silence du soir. Que suis-je censée faire ?

Heureusement, il réapparaît très vite, avec un autre dossier sous le bras. Ils ne bossent pas avec des ordis dans cette boîte ? Max se réinstalle et sort de nouveaux documents. Une autre campagne.

– Cela m'intéresserait beaucoup d'avoir votre avis sur ceci également, dit-il en me tendant une grande feuille bardée de slogans.

Je compulse la longue liste. Je comprends vite que c'est pour un soda. Une nouvelle marque que je ne connais pas. Le style est très frais. Ça change de ce qu'on voit d'habitude. Il y a un côté ironique qui me plaît. Je fais part de mes réflexions à Max. Il paraît boire mes paroles. Cela me procure des sentiments de gêne et de fierté mêlés. Mais je me rends compte que je me suis laissé emporter et que je ne cesse de parler. Je m'arrête d'un coup au milieu de ma phrase.

– Pardonnez-moi, je ne voulais pas accaparer la parole, m'excusé-je.

Il lâche un éclat de rire.

– Non, ne vous excusez pas. Au contraire, c'est un plaisir que de vous entendre, fait-il en souriant.

Je rougis. OK, c'est maintenant que je me jette à son cou et que je l'enjambe ? Pas le temps de mettre mon programme en pratique, Max intervient :

– Votre présentation est réellement très intéressante. Je dirais même que je suis plutôt impressionné.

– Merci… Euh…, balbutié-je.

Et maintenant quoi ? Je me lève, et merci-au-revoir ? Ma gêne doit malheureusement être plutôt visible, car Max se dépêche de reprendre :

– Ne vous inquiétez pas, vous avez fait très bonne impression, mademoiselle Watson.

Je sens comme une pierre froide descendre dans mon cœur. Ça y est, c'est le moment que j'avais remis à plus tard ; celui que je redoutais. Il va falloir lui dire que je ne suis pas cette mademoiselle Watson et que je viens de lui faire perdre son temps. Peut-être même que cette Watson est en train d'attendre à l'entrée de l'agence depuis tout à l'heure ! Je l'imagine patienter un bon moment, puis partir de dépit. Je vais donc passer pour, dans l'ordre, une cruche et une opportuniste. Joli tableau !

Et moi qui voulais faire bonne impression… Je vais tout faire rater ! Fini le mec de mes rêves avec le cosmos dans les yeux. Je vais devoir redescendre sur terre et oublier ces moments. Et dire que je me voyais déjà au-dessus de lui, sur le canapé, mes mains dans ses cheveux, et les siennes sur mon corps.

Je suis RI-DI-CU-LE.

Je m'arme de courage pour affronter ce beau sourire que je vais voir s'effacer :

– Monsieur Whitman... Je suis désolée ; il y a manifestement une confusion, dis-je en regardant mes pieds. Je ne suis pas mademoiselle Watson.

– Pardon ? s'étonne-t-il.

Il laisse un ange passer.

– Mais qui êtes-vous ?

– Green. Emily Green. Je ne connais pas de mademoiselle Watson, m'excusé-je.

– Que faisiez-vous là ? Vous êtes pourtant bien créa dans la pub ? C'est évident, non ?

Max est déconcerté. Il se bat manifestement entre plusieurs pensées.

– Je suis vraiment navrée de cette méprise, risqué-je avec un sourire timide.

– Ne le soyez pas, mademoiselle Green. C'est à moi d'en endosser la responsabilité. C'est une vraie coïncidence que de tomber sur deux demoiselles créa au même endroit !

Je ne sais pas trop ce qu'il veut dire par là, mais je n'ose lui demander de préciser.

– Vous devez donc être chez Taylor, Baxter & Morrison, je présume ? lance-t-il.

– Non, non. Je suis désolée, je sais que je n'ai rien à faire ici. Je devrais partir, dis-je en me levant.

– Attendez, ne partez pas si vite. Il faut que je vous dise que je suis ravi d'avoir fait votre connaissance. Je dois voir Mary Watson, mais, au cas où celle-ci ne cadrerait pas avec ce que je recherche, seriez-vous prête à travailler avec moi ?

– Avec vous ? lâché-je, troublée.

– Enfin, pour moi, si vous préférez.

– Pour vous..., murmuré-je, pensive.

– Ou même en plus de mademoiselle Watson ! Vous savez, un bon créa, c'est inestimable, dit-il en me regardant droit dans les yeux.

J'ai de nouveau les jambes flageolantes. Tout cela arrive si vite. Mille choses se bousculent dans ma tête. Je ne connais rien de cette boîte, hormis ce monsieur Whitman. Ils ont l'air de travailler sur des projets intéressants, mais je n'en avais jamais entendu parler. Il faudra que je google tout ça. En tout cas, l'ambiance est très chouette ici.

Mais qu'est-ce que je raconte ?

Suis-je réellement en train d'envisager de travailler ici ? Suis-je folle ? J'ai déjà un travail ! Et même si Voldemort n'a pas volé son surnom, j'adore travailler pour Sullivan inc. Je ne suis pas mal payée et j'ai des perspectives non négligeables. Je ne vais pas tout fiche en l'air pour des yeux plein de cosmos !

Max lit la confusion en moi :

– Mademoiselle Green, je vais être direct : je n'ai jamais rencontré quelqu'un comme vous. Nous pourrions faire des choses extraordinaires ensemble. Je le sens.

Il marque une pause.

– Et je fais toujours confiance à mon intuition. Elle ne m'a jamais trompé. Enfin, pour l'instant, ajoute-t-il comme pour lui-même.

Je sens comme un poignard de miel s'enfoncer et faire fondre mon cœur. Et moi, si j'écoute mon intuition, que me dit-elle ? Elle me dit de dire oui ! De hurler oui ! Trois fois oui ! Mille fois oui !

Attends, Emily, tu t'emballes. Garde la tête froide.

Travailler pour Whitman inc., ce n'est pas possible. J'ai un contrat chez Sullivan inc. Probablement avec une exclusivité. Je ne le connais pas par cœur ; il faudrait que je le lise (et d'abord que je le retrouve dans l'immense fouillis de papiers de mon appartement), mais à tous les coups, je n'ai pas le droit de faire ça. De toute façon, je n'ai pas le temps ! White-Rose + deux autres projets + divers = à peine le temps de manger et de me doucher. Alors, pour ce qui est de me lancer dans quelque chose de nouveau…

Voilà ! Ça, c'est un bon moyen de m'en sortir sans fermer la porte à clef derrière moi. C'est une excellente excuse, parce que, justement, c'est une véritable raison. Max ne peut pas m'en vouloir, et je pourrai peut-être même trouver un moyen pour que l'on se revoie pour autre chose que du travail…

– Monsieur Whitman, je suis désolée, mon travail actuel me prend énormément de temps. Je ne crois pas être en mesure *factuellement* de pouvoir tenter une aventure avec vous.

Je n'y crois pas : j'ai utilisé le mot « aventure » ?!

Tu parles d'un lapsus !

Mais il ne relève pas :

– Je comprends très bien votre point de vue, mademoiselle Green. Alors, je vous fais une autre proposition.

Une autre proposition ? De quel genre ?

– Je vais vous donner un dossier que vous prendrez chez vous. Considérez que c'est un travail en free-lance. Il n'y a aucune pression. Revenez me voir, et si nous sommes tous les deux satisfaits de cette première collaboration, alors nous pourrons rediscuter. Qu'en dites-vous ?

– Du free-lance ? dis-je, un poil gênée.

Compliqué de trouver une raison de refuser maintenant. Mais il mésinterprète mon embarras :

– Bien entendu, je vous paierai pour cette mission. Cela va sans dire.

Puis il me gratifie de l'un des plus beaux sourires que j'aie pu voir apparaître sur le visage de quelqu'un. Mon cœur se liquéfie. Je sais que je devrais dire non. *Évidemment*. Mais c'est trop tentant.

Ce n'est pas pour le contenu projet qu'il me propose, ni pour la rémunération. Je le sais parfaitement. Mais alors, qu'est-ce qui me pousse à dire oui ? Qu'est-ce qui me pousse vers lui ? Il y a comme une force, là, à laquelle je ne peux pas résister. Bon, d'accord, Max est beau, et je tremble rien qu'en le voyant, mais ce n'est pas pour ça, j'en suis sûre. Je ne suis pas aussi superficielle, quand même !

Et comme je suis incapable de prendre une décision consciente, là dans l'immédiat, c'est à ce moment que mon corps prend le relais. Mes lèvres se mettent à bouger, et je m'entends articuler :

– Oui, monsieur Whitman. Merci pour la proposition.

– Formidable ! Cela me fait *vraiment* plaisir, s'exclame-t-il. Nous allons organiser tout ça rapidement. Je vais faire rédiger votre contrat demain matin à la première heure. Passez donc dans la journée le prendre. C'est Emily Green, G-R-E-E-N, c'est cela ? dit-il en griffonnant sur un papier.

– Oui, comme ça s'entend. Rien de bien exceptionnel.

– Ça, c'est votre avis. Le mien diffère, objecte-t-il avec un sourire.

Je ne suis pas très douée pour recevoir des compliments : je ne sais jamais si c'est intentionnel ou si j'ai mal compris. Mais l'expression de Max semble sans ambiguïté. Il attend vraisemblablement une réaction de ma part, et cela ne fait qu'ajouter à mon embarras. Je bredouille quelques onomatopées inaudibles, puis me tais.

Je me lève, un peu grise et émue, emplie de sentiments confus et frémissants.

– Avez-vous un téléphone ? demande Max.

– Oui. Enfin pas là, sur moi.

Max éclate de rire :

– Oui, bien sûr, pas sur vous ! Vous avez aussi beaucoup d'humour, mademoiselle Green.

Je ne vois pas trop ce qui le fait rire, mais je m'en fiche comme de ma première culotte : rien que de le voir se réjouir, cela me rend toute chose.

– Alors ? dit-il en me tendant un crayon.

– Ah, pardon, m'excusé-je en sortant de ma rêverie.

Je prends le papier qu'il me tend et j'y inscris mes coordonnées. C'est là qu'il ne faut pas se louper : vu l'état dans lequel je suis, je pourrais écrire n'importe quoi. J'ai bien vu récemment quels tours la fatigue peut me jouer. Donc, concentrons-nous : Emily Green, 212-4639653, emigreen1991@gmail.com.

– Voici, lui dis-je en lui rendant la feuille. Je vous ai mis mon adresse e-mail, en plus de mon numéro.

Il reprend la note sans la relire, mais m'observe avec un mélange de trouble et d'intérêt. Voilà, ça y est, je rougis. Vite, je me détourne et je prends congé le plus poliment du monde.

Je laisse derrière moi mon monsieur Whitman dans son bureau, et je trottine, toute remuée, à travers les couloirs en me demandant ce que je ferais si je croisais cette fameuse mademoiselle Watson. Mais non, personne. Face aux ascenseurs de nouveau. Le bouton. Non, ce n'est pas Danny qui s'ouvre, mais l'un de ses copains insignifiants. Il n'est pas vide. J'entre et salue courtoisement l'homme qui s'y trouve. Le bouton du quarantième – le *rooftop* – est allumé. Tant mieux, ça me permettra de prendre un petit bol d'air avant de retourner travailler.

Je regarde discrètement mon reflet dans la glace. C'est donc ce visage que Max a vu pendant les trois derniers quarts d'heure. Coiffure : OK. Maquillage : OK. Quant à la mine… Bof. Toute pâlotte, et des cernes à jouer dans un film de Tim Burton. Je soupire.

Mon regard navigue à travers le miroir sur mon voisin. Bel homme, yeux verts, plutôt avenant et à l'air sympathique. Il dégage une aura magnétique. Ce ne doit pas être un simple employé par ici ! Je lui souris. Il fait de même et prend la parole :

– Je sors au quarantième. Je vous dépose quelque part en chemin ? demande-t-il gentiment, le doigt proche des boutons.

– Non, je vous remercie, le quarantième, c'est très bien, réponds-je.

Lui aussi porte un costume vintage. Il doit travailler avec Max à tous les coups. C'est marrant, comme style de boîte. Je devrais proposer ça à Sullivan inc., tiens ! Je vois bien Voldemort en jupe crayon et lunettes papillon.

Quant à l'homme, malgré sa gentillesse et son sourire, son regard ne peut dissimuler un certain trouble. Il me regarde comme si je débarquais de mars. C'est vrai que c'est un peu ce que je ressens ! Si c'est le sentiment que je provoque, c'est que je dois le créer inconsciemment. Bah, tout ça passera après quelques nuits de sommeil réparatrices.

Les portes s'ouvrent au quarantième, et il me salue. Je le suis un instant des yeux. Il se dirige vers un groupe d'hommes. D'ici, je les entends l'appeler :

– Hey, Sullivan ! Enfin, tu es là. Viens donc vite, nous avons des tas de choses à voir ensemble.

Sullivan ? Comme Jimmy Sullivan, le PDG de Sullivan inc., mon big boss ? Il est peut-être de la même famille ? Il y a un air, c'est vrai. Il est plus jeune quand même. Ce serait son fils ? Non, non, il doit avoir la petite trentaine, l'âge ne correspond pas. Un jeune frère alors, un neveu ou un cousin ?

Ou peut-être un des deux mille autres Sullivan de New York ! Je peux vraiment me laisser prendre par mon imagination des fois. Quoi qu'il en soit, les types qu'il rejoint ne sont pas du même style. Tous plus âgés, bedonnants et riants, cigares au bec et whisky à la main, affalés dans leur fauteuil en cuir. Ça ne donne pas trop envie de prendre un drink avec eux ! Malheureusement, on ne choisit pas toujours les gens avec qui on travaille. J'en sais quelque chose.

L'air frais de la terrasse me fait du bien. J'inspire et expire à fond quelques instants, puis je repars à l'attaque. Je retourne prendre l'ascenseur. Cette fois, c'est mon Danny, mon ascenseur chéri, qui vient me chercher.

J'appuie sur le 36. Il démarre, et je ressens la douce pression de la descente. Mais, juste avant que les portes s'ouvrent, j'ai comme une petite appréhension parfaitement irrationnelle : et si je me retrouvais de nouveau chez Whitman inc. ?

Les pans de métal glissent et découvrent le hall bien habituel de Sullivan inc.

Oui, le monde est bien cohérent, et tout se passe de manière normale et sensée. Bien entendu ! Je m'attendais à quoi ?

À un lézard géant qui fait du breakdance ?

Je rejoins mon bureau, devenu bien silencieux. Il n'y a presque plus personne. La soirée va être solitaire, entre mon écran et moi. Ah, il y a aussi le petit crépitement de musique du casque de Mike. Malgré le bruit, il s'est endormi, à plat sur son clavier, devant une photo de double burger, frites et coca. À quoi rêve-t-il donc ? De fast-food en 4D ?

Je me rassieds tranquillement et tente de me remettre en mode travail. Mais il m'est quand même difficile de ne pas cogiter…

Whitman inc. ? Quelle est donc cette mystérieuse entreprise ? Il y a donc une autre agence de pub dans l'immeuble ? Où on peut fumer en plus ! Plus hipster que ça, tu meurs. Il y a des platines vinyles aussi ? Si ça se trouve, il n'y a même pas le wi-fi.

#lewificestpasswag.

Je ris intérieurement.

Bon, stop. Trop d'informations, trop de questions. Je suis fatiguée. Je soupire. Je me penche et j'appuie sur le bouton de mon écran. Il devient noir instantanément. Je ne veux pas terminer comme Mike, avec de la lessive à la place du cerveau. J'ai besoin de sommeil et je le trouverai mieux chez moi.

Mais avant de fermer les yeux dans mon lit, un visage m'apparaît.

Max Whitman.

4

CHOISIR LE CŒUR OU LA TÊTE ?

Carraway Building, 36e étage, open-space des créatifs. 10h47. Vendredi 13 novembre.

– Mffmmmmfhhbh.

– Hein ?

– Dgre Fahrce la.

– Quoi ?!

– Ghmmmmf de gavec rfaba.

– Olympia, arrête de parler la bouche pleine ! lui lancé-je en riant aux éclats. Je ne comprends rien de ce que tu racontes.

– Mais che peu pas, ichon kro bons ché muffihngs !

Olympia se marre à son tour en expulsant des miettes de gâteau partout aux alentours. Ce qui la fait rire trois fois plus ! Une sacrée fille, celle-là. Heureusement, Mike, derrière, ne s'est pas rendu compte des quelques bouts de muffin aux blueberries qui ont atterri sur le haut de son crâne.

– Donc, tu ne me diras pas où tu étais hier soir ? relance Olympia. Je suis venue te voir à ton bureau, mais personne. Et il y avait là toutes tes affaires. Donc, je *sais* que tu étais encore dans les parages.

Et elle termine avec un petit regard par en dessous lourd de sous-entendus. Je rougis à fond.

– Non, mais ce n'est pas ce que tu crois ! dis-je pour me défendre. Tu as toujours l'air d'insinuer qu'il y a un mec derrière tout ce qu'il se passe.

– Non, non, je ne l'insinue pas. Je le dis clairement haut et fort, rétorque-t-elle avec un beau sourire d'ange.

– Oui, ben, sauf que là, non.

– Non quoi ? C'est pas un mec ? Tu n'étais pas avec un homme ? Regarde-moi bien dans les yeux quand tu me réponds.

– Non… Enfin si. Mais c'est pas ce que tu crois ! Je discutais avec lui comme j'aurais pu parler avec n'importe qui. Je sais pas moi, une femme, mon grand-père, un enfant…

– Un dromadaire…

– Oui, un dromad… Non, arrête ! Tu me fais dire n'importe quoi.

Nous rions toutes les deux.

– Récapitulons. Tu veux me faire croire que tu as passé la soirée avec un homme qui aurait pu être n'importe qui, et il se trouve que tu en fais tout un secret. Si c'est pas méga louche, ça, je veux bien limer les ongles de la reine d'Angleterre !

– C'est un vrai boulot, ça, limer les ongles de la reine d'Angleterre ?

– Ben, ça l'est justement pas, parce que c'est réellement HYPER MÉGA LOUCHE ce que tu racontes !

– Mettons que, *peut-être*, j'ai discuté un temps avec quelqu'un qui s'avère être de sexe masculin. Voilà ce que je peux te dire pour l'instant.

– Bon, je vois que je n'en saurai pas plus pour le moment. Très bien. Mais fais gaffe. Ne fais pas comme Agnès qui s'amourache des gens au boulot : ça crée toujours des problèmes.

– Oui, oui, ne t'inquiète pas, lui réponds-je avec un clin d'œil, mais pas franchement sûre de ce que je raconte.

Olympia retourne en trottinant à son bureau. Je ne peux pas rater le regard furtif de Mike qui la reluque au passage. Rien de pervers, non. Je crois qu'il a un petit béguin pour elle. Son cœur n'est donc pas entièrement en ketchup !

Olympia partie, je me retrouve seule face à mon travail, et face à moi-même et à mes pensées. Je cogite sans cesse, ressassant chaque instant passé en compagnie de Max hier. Difficile de se concentrer dans ces situations-là. Voyons, voyons, où en étais-je sur la bannière web de White-Rose ?

Au passage, un coup d'œil à mes e-mails. Au cas où Max m'aurait envoyé… Rien. Pour la cinquantième fois depuis ce matin. Comme il y a trois minutes. Comme dans trois minutes ? C'est un enfer ! Il ne m'a pas rappelée non plus.

Il était tard hier quand nous nous sommes vus. Comme la nuit porte conseil, Max s'est peut-être levé ce matin en se rendant compte à quel point j'ai été cruche. Et puis, à cette heure, la fameuse Mary Watson a dû arriver et prendre le poste. Bye-bye tous mes jolis rêves. J'imagine cette Mary, arrivant toute pimpante, jeune créa douée, pleine d'idées. *Forcément* plus à l'aise que moi. Elle a dû parler avec éloquence, avec sous le bras son book gavé de projets extraordinaires. Le genre de fille à rire un peu trop fort aux plaisanteries du patron.

Ah la garce !

Bon, on va se calmer un peu. Dans ces moments-là, le mieux pour moi est de passer un petit coup de fil à Serena. J'ai besoin de soutien moral et c'est ma meilleure amie. C'est le genre de personne qui est toujours de bon conseil. C'est rafraîchissant de discuter avec quelqu'un qui n'éprouve pas en permanence la frénésie du monde de la com'. Elle s'attache d'ailleurs à vivre de manière beaucoup plus détendue que moi en général. « C'est important pour mon karma », me dit-elle. Alors moi, je dis OK en souriant, tout en faisant des gazouillis à son bébé.

Il m'arrive parfois d'aller la voir le samedi sur son lieu de travail. Elle bosse dans une librairie ésotérique dans le quartier du Village, dans un très vieil immeuble qui a résisté aux différentes générations de promoteurs qui se sont succédé à Manhattan.

Je n'ai pas le temps de faire une vraie pause, donc je m'éclipse rapidement dans le bureau fermé de Voldemort. Elle est partie pour un rendez-vous client à l'extérieur ; je devrais être tranquille quelques minutes.

Je tapote sur l'écran de mon portable. Quatre sonneries. Ça va passer sur le répondeur. Je rappellerai ce soir, quand je serai plus tranquille. Je m'apprête à raccrocher, quand soudain :

– Ouf, Emily, dit la voix essoufflée de Serena. J'étais en train de coucher Jade. J'ai couru vers le téléphone. Je suis contente de t'entendre !

– Moi aussi ! J'avais besoin de te parler.

– J'en étais sûre. J'ai rêvé de toi cette nuit et j'ai eu quelques flashs de ton visage dans le reflet de mon café ce matin.

– Et donc ? m'enquiers-je.

– Et donc, c'est un signe qui ne trompe pas. Ça se vérifie à chaque fois.

– Mais de quoi ? Que je fais un bon café ? fais-je avec une pointe d'ironie dans la voix, que Serena ne manque pas de relever – *comme d'habitude*.

– Jamais je ne reboirai de café que tu auras fait, ma poulette. Je tiens à la bonne santé de mon système digestif ! s'exclame-t-elle joyeusement.

Nous rions ensemble.

– Bon, est-ce que ton café t'a raconté pourquoi je t'appelle ?

– Mon café m'a surtout raconté qu'il va falloir que j'en rachète, j'en ai quasiment plus. Mais bon, comment veux-tu que j'arrive à faire les courses avec une toute petite pitchounette comme ça ? Ça te prend un temps fou ! Sinon, que me vaut ce petit coup de fil impromptu en pleine journée ? Ne me dis pas que tu as quitté ton boulot de dingue ?

– Non, penses-tu ! Il m'est juste arrivé quelque chose.

– Pour que, toi, tu m'appelles pendant le travail, oui, j'imagine. Quelque chose de positif ou de négatif ?

– Positif, je crois…

– Ah, c'est une histoire d'homme.

– Mais pourquoi vous croyez toutes que c'est forcément une histoire de mec ?

– Peut-être parce qu'on te connaît bien, et que quand tu as ce comportement un peu bizarre, ce ne peut être que deux choses.

– Ah oui ? Et lesquelles ?

– Soit c'est une affaire de sentiments, soit c'est que Radiohead passe en concert. Et Radiohead ne passe pas en concert, vu que j'aurais déjà moi-même acheté des places.

– OK. Je vois que je ne peux rien te cacher, dis-je dans un sourire. Radiohead, c'est sûrement le seul truc non sixties que j'adore !

– Allez, raconte, je suis tout à toi. Profitons du fait que Jade soit couch… Aïe ! s'interrompt soudain Serena.

– Serena ? Ça va ? Tout va bien ?

– Oui, oui, ne t'en fais pas. Je viens juste de me brûler avec un bâton d'encens. Continue, je t'en prie.

J'expose les faits à mon amie. Je sens que je déverse des choses restées enfermées dans mon cœur trop longtemps. Je ne m'en étais pas rendu compte, mais je crois que ces derniers jours m'ont plus touchée que je ne l'aurai cru. Je lui dis tout. Depuis le fameux soir de pleine lune où j'ai aperçu Max pour la première fois, jusqu'à hier soir et l'entretien que j'ai volé à Mary Watson.

– Toi, Emily Green, tu as fait ça ? Alors que le travail est sacré pour toi ? Et puis, ce que tu décris – et je suis désolée d'être celle qui doit te l'annoncer –, c'est *exactement* ce que j'appellerais un coup de foudre. En plus, dans une ambiance vintage ; tout ce que t'adores ! Décidément, ce Max doit être sacrément exceptionnel.

– Si tu savais, Serena…

– Mais, déjà, t'es-tu renseignée sur les différentes entreprises de ton building ? À la conciergerie, ils ont forcément des informations sur cette boîte, Whitman inc., dont tu me parles, non ?

– Je n'ai même pas eu le temps d'y penser ! Tu as raison, je vais prendre deux minutes pour les appeler.

– Fais ça. Et je *veux* que tu me tiennes au courant, OK ? Passe me voir samedi à la librairie, ça me fera plaisir. On prendra un thé ayurvédique.

– Ou un frappuccino ?

Serena rit :

– Oui, si tu veux. Ou un frappuccino.

Nous nous embrassons et raccrochons. Je me sens déjà plus détendue. Serena me fait du bien. C'est précieux d'avoir une amie pareille.

J'entends soudain frapper à la porte. Quelqu'un pour Voldemort. Je reste immobile, sans faire de bruit. Quelques secondes passent, et les pas s'éloignent. Je ne vais pas m'attarder ; je prends juste une dernière minute pour appeler la conciergerie.

Étape 1 de la nouvelle enquête de l'inspectrice Green : en savoir plus sur cette mystérieuse entreprise Whitman inc.

Lorsque je suis descendue à pied du *rooftop* l'autre jour, j'ai cru sortir au 36e étage. Or, Sullivan inc. occupe les trois étages du trente-cinquième au trente-septième. J'ai dû donc sortir au trente-huitième, c'est la seule explication. Mais comment ai-je pu me tromper de deux étages ? La fatigue m'embrouille l'esprit, mais de là à ne plus pouvoir compter jusqu'à quatre...

– Un instant, mademoiselle, je consulte nos registres, fait le concierge au téléphone de sa voix nonchalante.

– Merci bien, réponds-je, impatiente.

– Voici donc : l'entreprise qui occupait le trente-huitième vient de déménager.

– Comment ?

– Elle est partie. Il n'y a plus personne. Vous connaissez peut-être quelqu'un qui désire louer les loc...

– Vide ?! l'interromps-je. Mais ils n'avaient pas l'air en plein déménagement hier soir !

– Pardon, mademoiselle ?

– Une agence de pub, ça ne part pas comme ça du jour au lendemain ! m'exclamé-je, comme pour moi-même.

– Si je puis me permettre, je ne pense pas qu'il s'agissait d'une agence de publicité, mademoiselle. Je lis ici le nom des derniers locataires : Data Web Group.

– Ah, très bien, bredouillé-je.

Puis, décontenancée :

– Merci beaucoup pour votre aide.

– À votre disposition. Excellente journée à vous.

Je raccroche particulièrement troublée.

Je dois absolument retourner voir Whitman inc. Je veux en avoir le cœur net. Même si Max me repousse, il me faut avoir des réponses. Par contre, impossible d'y aller maintenant : Voldemort doit se demander ce que je fiche, et j'ai tellement de travail aujourd'hui que j'aurai à peine le temps de croquer un sandwich.

Allez, au boulot.

Les heures s'écoulent par saccades, tantôt effrénées, tantôt languissantes à mourir. Mike se rend compte que quelque chose me préoccupe car il est inhabituellement aimable. Il m'a même proposé d'aller me chercher à déjeuner !

– Tu bosses dur en ce moment, Emily. Je le vois bien. Ça n'a pas l'air évident. À tel point que ça fait un bail que tu ne m'as pas rabroué, dit-il en me faisant un clin d'œil. Tu ne veux pas que je te prenne un truc à manger ? Je vais me chercher un Ricky Burger et des *sweet potato wedges*.

– Merci, t'es gentil Mike, lui réponds-je après une seconde de surprise. Effectivement, ça me permettra de rester bien concentrée. Attends une seconde, je prends des sous dans mon porte-monnaie, dis-je en fouillant dans mon sac à main.

– Non, non, je t'en prie, laisse, je t'invite.

Il me fait un grand sourire. Je le lui rends. Peut-être que son indélicatesse n'est qu'une carapace qu'il s'est créée, et qu'il faut juste apprendre à le connaître un peu mieux ? Il me fait un signe de la main et file nous chercher à déjeuner.

Il réapparaît une vingtaine de minutes plus tard avec de grands sacs en papier kraft siglés du grand R rouge de la chaîne des Ricky Burgers. Il en pose un sur mon bureau.

– Je t'ai pris un Ricky Fish *gluten free* avec des Ricky Veggies en beignet, et un Ricky Frozen Yogurt 0 %. Le Ricky Cola est light et sans caféine, bien sûr.

Je souris. Il m'attendrit. Il s'imagine que, parce que je suis une fille, je me plie forcément à la liste entière des recommandations du dernier féminin en kiosque. Bon, il a peut-être un peu raison ! Sa bonne volonté se lit sur son visage.

– Merci beaucoup, Mike.

Il retourne s'asseoir tout seul devant son ordinateur. Je le regarde un instant, puis :

– Ramène donc ta chaise et installe-toi là, lui proposé-je en indiquant le seul côté non bordélique de mon bureau.

Son regard s'éclaire et il vient se poser à mes côtés. Nous partageons un petit moment amical entre collègues.

– Dis-moi, Mike, tu n'en as pas marre des Ricky Burgers, franchement ? lui fais-je une fois échangées quelques remarques sur nos projets respectifs.

– Tu veux parler du boulot ou de la nourriture ?

– De ce que tu as là entre les mains et dans la bouche !

– Carrément ! J'en peux plus. Mais j'ai une petite voix intérieure qui me dit que plus je fusionne avec le produit, meilleur sera mon boulot.

– Euh… Oui, c'est une manière de voir, dis-je, dubitative.

Heureusement qu'il ne travaille pas pour de la nourriture pour chiens !

Il n'empêche, cette mini-pause m'a été profitable et plutôt agréable. Nous nous remettons au travail, et l'après-midi déroule alors son tapis d'heures de travail insensé.

Comme à l'ordinaire, le soir arrive et l'open-space se vide progressivement. Mes yeux commencent à accuser la fatigue face à l'écran. Presque huit heures du soir. Déjà ? Je me lève et étire mes membres ankylosés. Je me laisse retomber lourdement sur mon fauteuil en soupirant. Je pivote de gauche à droite sur l'axe du siège en un mouvement de balancier. Mes yeux s'égarent au plafond. Quel boulot de dingue ! Cela veut-il dire que je suis dingue aussi, ou un poil masochiste ? Ou un peu des deux ?

Allez, ça suffit, j'ai le droit de m'arrêter maintenant ! C'est le moment ou jamais pour continuer mon investigation.

Étape 2 de la nouvelle enquête de l'inspectrice Green : aller sur le terrain.

Je ramasse mon portable, mon eye-liner, et diverses choses que j'ai laissées traîner à côté de mon clavier. D'une grande brassée, je fourre tout ce bric-à-brac dans mon sac, embarquant au passage stylos et goodies de clients. J'embarque aussi mon manteau, comme ça, pas besoin de repasser par le bureau avant de rentrer chez moi.

OK, parée, inspectrice ? Parée !

J'éteins mon écran et me faufile entre les différents bureaux vides de mes collègues pour atteindre le hall des ascenseurs. Je presse le bouton, et c'est mon petit pote Danny qui vient me chercher. Ses portes s'ouvrent même de manière plus accueillante que celles des autres cabines. Enfin, du moins, c'est l'impression que j'en ai.

Alors, quel est le programme ? Une seconde de réflexion et ça me paraît logique : direction le trente-huitième. J'appuie sur le rond de métal bombé. Ça ne marche pas. Rien ne s'allume. Les portes restent ouvertes. Mince alors ! Un problème ? Je rappuie. Toujours rien. Mais l'inspectrice Green ne se laisse pas démonter par une embûche aussi ridicule.

Ô mon Danny, je crois que je vais te faire une petite infidélité. Tu es bien venu me chercher, mais tu dois être en bout de course. Ils *avaient donc tous raison. Notre entente aura été de courte durée, mais intense. Nos chemins se séparent ici, il me semble.*

Je tapote par dépit quelques boutons juste avant de sortir, et soudain, le quarantième s'illumine !

Ah, Danny, mon héros, tu n'es pas encore complètement out *!*

Depuis le *rooftop*, je passerai par l'escalier, comme la dernière fois. Pas de souci. Ça me fera les pieds. Les portes se ferment, et Danny m'emporte silencieusement.

Carraway Building, 40e étage, *rooftop*.
20 h 07. Vendredi 13 novembre.

Je sors sur la terrasse, avec mille choses qui me trottent dans l'esprit. Ma journée de travail terminée, un nouvel engrenage s'est mis en route dans ma tête. Des images tournent et retournent devant mes yeux : le bureau de Max, les projets qu'il m'a présentés, son visage…

Toute à mes pensées, je longe la grande baie vitrée du bar du *rooftop*, mon regard verrouillé sur le bout de mes chaussures, tant je cogite. Soudain, j'entends trois coups frappés sur la vitre. Je sursaute et me retourne. Un visage apparaît à cinquante centimètres de l'autre côté :

Max !

Je me fige et je tremble un peu. Je suis prise au dépourvu. Je suis heureuse de le voir, mais une émotion fébrile m'a prise tout entière. À quelle mystérieuse maladie suis-je soumise ?

Il me sourit et me fait signe d'entrer dans le bar. Je m'exécute et le rejoins sur les hauts tabourets de cuir, disposés le long du comptoir en zinc. Une fois côte à côte, nous nous regardons. Un petit je-ne-sais-quoi dans l'air me dit qu'il est ému, lui aussi.

Quelques secondes passent comme cela, sans paroles, uniquement avec quelques regards. C'est lui qui rompt le silence :

– Je vous offre quelque chose à boire ? me demande-t-il en balayant d'un geste vague la quantité de bouteilles rangées derrière le comptoir.

– Qu'est-ce que vous buvez ?

– Un tonic on the rocks.

– Alors idem.

Max fait signe au serveur de me servir la même chose. Il amène un verre et une petite bouteille à l'étiquette jaune, qu'il décapsule et verse en cascade pétillante sur les glaçons.

Je me rafraîchis la gorge et prends une grande inspiration. Je me lance ? Je lui demande ce qu'il en est de Mary Watson ? J'ouvre la bouche, mais à peine ai-je eu le temps de réfléchir que Max prend de nouveau la parole.

– J'ai essayé de vous joindre, mademoiselle Green. J'ai tenté de vous appeler, mais le numéro que vous m'avez laissé ne correspond à rien. Sans compter ce code avec votre nom et ces signes curieux. J'ai cru que vous vous étiez payé ma tête, à griffonner n'importe quoi, pour que je ne puisse pas retrouver votre trace.

Je reste interdite quelques instants. J'ai dû écrire mes coordonnées n'importe comment sur le petit papier. C'est donc de ma faute ! L'émotion sûrement ; la fatigue encore. Ma mère m'a toujours reprise sur mon écriture pattes de mouche à l'école, mais je me serais plus appliquée si j'avais su *précisément* quels mauvais tours cela pouvait me jouer plus tard.

– Non, non, non, pas du tout ! Bien sûr que non ! lâché-je vivement. Au contraire. Je suis désolée ; j'aurais dû être plus claire. Je ne sais pas ce qui s'est passé.

– Ne vous en faites pas, mademoiselle Green. L'important est que vous soyez là. Je dois vous avouer que j'espérais secrètement vous voir en montant ici. Mon intuition ne m'a pas trahi. Encore une fois.

– Monsieur Whitman, pour le contrat…

– Oui, je suis confus. Eunice, ma secrétaire, n'a pas encore eu le temps de le taper entièrement. Mais si vous passez demain dans la journée, il ne devrait pas y avoir de souci.

– Non, ce n'est pas ça, parviens-je à marmonner.

Mais les mots se perdent. Mes yeux sont happés par les siens et, tandis que j'ai la sensation de me noyer en lui, mes pensées prennent l'eau également.

Tout ceci est un malentendu. Je n'aurais pas dû accepter. Dites à Eunice de tout arrêter. D'ailleurs, il faut que je vous laisse, il faut que je parte ; je n'ai rien à faire ici…

Tant de choses à dire qui ne passent pas la frontière de ma bouche et qui se délitent d'elles-mêmes.

– Si vous n'avez pas le temps de passer dans la journée, n'hésitez pas à venir le soir. Même tard. Vous savez, le travail me garde prisonnier le plus souvent.

– Le soir ? fais-je en rougissant discrètement.

Max ne relève pas et sort d'une serviette en cuir des documents de travail sur lesquels il planche en ce moment.

– Emily, voici… Je peux vous appeler Emily ?

– Euh… Oui, oui, bredouillé-je, prise au dépourvu.

– Très bien. Voici donc les premiers visuels d'une campagne pour une lotion capillaire. Je vous arrête, je sais ce que vous allez me dire : qui ose lancer encore une nouvelle lotion capillaire aujourd'hui ? Je vous suis parfaitement là-dessus. C'est justement ce qui fait de ce projet un vrai défi. J'adorerais entendre votre opinion sur le travail déjà accompli par notre équipe de créa.

Il dispose les papiers côte à côte sur le bar. Nous écartons nos verres pour ne pas les mouiller, et je me plonge dans la lecture. Bizarrement, le poids et la fatigue de ma journée de travail ont complètement disparu. Envolé le bourdonnement sourd qui m'alourdissait le crâne ! Mon esprit est vif et comme neuf. Il y a comme mille petits engrenages qui se sont mis en branle et qui turbinent. À peine une minute de réflexion et je donne mon avis.

– L'accent est trop mis sur les différences avec la concurrence. Si le produit doit se comparer aux autres pour avoir de la valeur, il n'inspire pas assez confiance. N'est-il pas assez bon pour se suffire à lui-même ? Il me semble qu'il suffirait d'éliminer quelques piques çà et là envers les marques rivales, et de les remplacer par de courtes phrases vantant tantôt l'aspect scientifique, tantôt l'aspect esthétique.

Je relève la tête vers Max. Il garde le silence et me regarde avec un sourire malicieux et les yeux qui pétillent.

– Monsieur Whitman ? Je veux dire… Max ? lancé-je timidement.

– Emily. C'est exactement ce que je pense. Vous êtes... Comment dire... Fascinante.

Il laisse le dernier mot vibrer dans l'air. Nous sommes quasiment seuls dans le bar. Il ne fait pas froid, mais quelque chose me fait frissonner.

Tout à coup, Max tourne le poignet et observe sa montre :

– Je suis désolé, il va falloir que je vous laisse. J'aurais adoré rester discuter avec vous, mais j'attends un coup de fil de la côte ouest. Il me faut retourner à mon bureau.

– Très bien, dis-je après une seconde d'hésitation.

Il se lève et ramasse ses papiers pour les glisser à nouveau dans sa serviette. Il s'arrête un instant :

– J'ai dans mon bureau tout ce qu'il faut pour prendre un verre, vous vous en doutez. Voudriez-vous m'accompagner ? Il y a mille autres questions qui me trottent dans la tête que j'aimerais aborder.

L'accompagner ? Seule dans son bureau ? Une chaleur envahit doucement mon corps. Mon rythme cardiaque s'accélère légèrement. Ce n'est sûrement qu'une invitation bien professionnelle, mais je serais *folle* de la refuser.

– Oui, Max, je serais ravie, mais je ne voudrais pas vous empêcher de travailler.

– Ne vous en faites pas. Ce coup de fil sera l'affaire d'une dizaine de minutes. Alors, si vous êtes prête à patienter aussi longtemps..., répond-il dans un sourire.

– Oui, c'est avec plaisir, souris-je.

Nous nous levons. Il me fait un geste d'arrêt lorsque je m'apprête à sortir mon porte-monnaie. Il salue le barman tout en laissant un billet plié sur le comptoir, sans attendre de monnaie. Il m'indique alors poliment la voie, me laissant le précéder.

Quel gentleman ! La galanterie à l'ancienne, c'est craquant aussi, dites donc.

Nous nous dirigeons vers le hall des ascenseurs où le voisin de Danny nous attend, déjà ouvert, comme en signe de bienvenue. Nous nous glissons tous les deux à l'intérieur. À son passage près de moi, je sens l'eau de toilette musquée et virile de Max. L'effluve me laisse un instant rêveuse, le temps que la porte se referme.

Mince, mon smartphone ! Ne l'ai-je pas laissé sur le comptoir ? Je plonge rapidement ma main dans mon sac et tâtonne dans mon fouillis. Ouf, c'est bon, il est là. Mais… Qu'est-ce que c'est que ça ? Je sors à demi le petit carton inconnu qui traîne dans mes affaires et j'y jette un coup d'œil discret.

Des préservatifs…

Vite, je les replonge en vitesse tout au fond de mon fatras, et mes joues deviennent rouge écarlate. J'espère que Max n'a rien vu. Je ne voudrais pas qu'il s'imagine quelque chose. C'était un cadeau de Durex pour la dernière campagne que nous avons faite pour eux, et j'ai dû l'embarquer par mégarde en rangeant mon bureau tout à l'heure. Tiens, je me demande ce que Mike ferait s'il avait dû bosser sur le projet Durex : mettrait-il autant de dévouement qu'avec ses burgers à « sentir le produit de l'intérieur » ? C'est peut-être pour ça que Voldemort ne le met que sur de l'alimentaire…

Mais je repousse en une fraction de seconde toutes ces pensées, car une autre question bien plus importante me frappe : sur quel étage Max a-t-il appuyé ?!

Je scanne du regard le panneau de boutons. Aucun n'est allumé. Les LED ne doivent pas fonctionner. Je ne peux décemment pas demander à Max : ça ne ferait pas sérieux du tout.

Inspectrice Green, rends-toi à l'évidence : tu as raté, ce coup-ci.

Arrivé à son bureau, Max me fait signe de m'asseoir sur le même fauteuil que la dernière fois. Sur le côté de la table basse, il ramasse un paquet de cigarettes, l'ouvre, et m'en propose une. D'un geste poli, je refuse. Il sourit, à moitié surpris. Il en saisit une et la tapote sur l'ongle de son pouce tout en se dirigeant vers une console sur le côté de la pièce. Il fait glisser deux petites portes coulissantes et en sort deux verres tumblers.

– Qu'est-ce qui vous ferait plaisir, Emily ? me demande-t-il en allumant sa cigarette.

Il passe en revue les différentes bouteilles en exposition sur la console. De l'alcool à disposition comme ça au boulot ? Max n'est peut-être pas l'homme parfait que je m'étais imaginé…

Après un moment, je m'aperçois qu'il ne semble pas si expert que ça en la matière. Il soulève les flacons pour lire l'étiquette et comprendre ce qu'ils contiennent.

– Je n'ai pas vraiment l'habitude, dit-il comme pour s'excuser. Vous savez, c'est surtout pour les clients. J'ai ici du whisky, du brandy, du sherry… Ah, j'ai du porto : peut-être que c'est plus votre style ?

– Du porto ? Euh… Oui, ça ira très bien, dis-je, pas très sûre de moi.

Perso, je suis plutôt chardonnay, mais il ne semble pas en avoir en boutique. Alcool fort et cigarettes en travaillant ? J'ai l'impression d'être de retour à la fac !

Il revient s'asseoir sur le canapé. Nous ne sommes séparés que par le coin de la table basse. Il me tend mon verre et nous trinquons, yeux dans les yeux.

– Max ?

– Oui ?

– Et qu'en est-il de cette mademoiselle Watson dont vous me parliez ? Cette créative qui devait avoir rendez-vous avec vous. N'a-t-elle pas attendu trop longtemps ? demandé-je avec une pointe de culpabilité.

– Vous allez être surprise, Emily : je n'ai plus eu de ses nouvelles. C'est curieux. Eunice me disait qu'elle avait l'air très motivée lorsqu'elle est venue déposer sa candidature. Bah, elle a sûrement dû trouver une autre agence : son dossier était très bon.

Je soupire intérieurement. Ouf, plus besoin de culpabiliser.

– Ce qui fait que vous m'êtes plus importante que jamais, Emily.

– Pardon ? m'exclamé-je, sans bien comprendre.

– Oui, je vous avais dit que j'aimerais travailler avec vous. Comme mademoiselle Watson ne viendra pas, ce n'est plus un caprice : c'est un besoin.

– Vous avez besoin de *moi* ? lui dis-je, incrédule, les yeux rivés dans les siens.

Nous restons un instant figés. Une émotion furtive fait vibrer mon cœur. Je ne dois pas être la seule à ressentir quelque chose : Max se lève soudain, comme troublé. Il presse ses yeux entre son pouce et son index et reprend vite :

– Veuillez m'excuser, Emily, je me rends compte que c'est inapproprié.

– De quoi parlez-vous ?

– Vous inviter, là, pour un verre dans mon bureau. Croyez-moi : ce rendez-vous téléphonique n'est pas une ruse pour vous faire venir ici. Nous attendons l'aval d'un client pour un projet à gros budget, et ce client appelle du Nevada, dit-il en tirant nerveusement sur sa cigarette.

Il s'éloigne et s'installe derrière son grand bureau de bois et se tourne un instant, face à la fenêtre et à la vue sur les buildings scintillants aux alentours.

– Non, ne vous en faites pas ! m'excusé-je presque. Je comprends : vous préférez être au calme dans votre bureau et lui avez donc donné le numéro de fixe.

– Pardon ? Le fixe ? fait Max en pivotant sur son fauteuil vers moi.

Comme un fait exprès, c'est alors que le téléphone nous interrompt. Max décroche sans le regarder et se présente d'une voix grave et professionnelle.

S'ensuit une conversation classique que je ne connais que trop bien : le client a bien lu le contrat ; il aimerait bien signer, là, sur-le-champ, mais il a aussi reçu d'autres propositions, et il hésite finalement : peut-on lui garantir son *ROI* ? Son fameux *Return On Investment*, d'après lequel une campagne de marketing peut se calculer – c'est du moins ce que pensent tous les clients. Sauf que tous ces businessmen, saturés de chiffres et de graphiques, ne savent pas qu'il y a une dimension humaine derrière tous ces dossiers et ces papiers sans fin. Cette dimension humaine, c'est la création, qui fait que la personne à l'autre bout de l'écran ou de l'affiche est touchée. Le moment où elle se détourne de son quotidien pour soudain se dire : « Tiens, qu'est-ce que c'est que ça ? » C'est là que moi, j'entre en jeu !

Max mène la discussion de main de maître. Il sait parfaitement où il veut aller, et où il veut que le client, *de lui-même*, arrive, comme s'il le faisait de son plein gré. C'est un négociateur hors pair !

Tandis que la conversation bifurque sur les détails du contrat et des différentes options, mon esprit décroche, et mon regard divague tranquillement dans la pièce. Je l'avais déjà observée brièvement lors de ma dernière venue, mais j'ai maintenant tout le loisir d'en apprécier les détails. La déco est vraiment magnifique. Tout est si bien assorti : la grande table en acajou ; la bibliothèque ; les lampes et le canapé en cuir. Sur le bureau en bois et métal reposent quelques stylos, mais même pas de MacBook ! Il ne doit le sortir qu'en cas de nécessité, et ça, c'est bien feng shui, comme dirait Serena.

Et tiens, qu'est-ce que je me disais l'autre jour : un tourne-disque ! Sur le côté sont posés une série de vinyles. J'admire de loin les pochettes des 33 tours et j'aperçois celui qui est sur la platine. C'est un disque de jazz : Ella Fitzgerald. J'adore cette nana !

Je suis interrompue dans mes pensées par le déclic du téléphone quand Max raccroche. Il tourne la tête vers moi.

– Vous aussi, vous aimez Ella ? me demande-t-il en suivant mon regard.

– J'adore. Je suis fan !

– Fan ? Ah oui ?

Je reconnais dans son regard une sorte de satisfaction animale. Il a vaincu sa proie au téléphone, et ses iris pétillent mystérieusement. Quelque chose au fond de moi s'échauffe. Un frisson me parcourt les bras. Je me replace sur mon fauteuil et je prends une grande respiration.

– Nous pouvons sortir maintenant, si vous le désirez. Il est tard ; vous devez avoir faim. Je vous invite à dîner, si vous voulez. Ou alors on peut simplement se promener…

Il se lève de son siège et contourne son bureau. Je me lève également, pour le suivre.

Sortir ? Resto ? Mais pourquoi ? Qui a envie de sortir ?

Pas moi en tout cas.

Nous nous dirigeons de concert vers la porte. Je me surprends à marcher de plus en plus lentement. Il paraît hésitant. Nous sentons tous les deux une certaine réticence. Max se décale galamment pour me laisser passer devant lui. J'avance et le frôle à peine. Tous mes sens sont en éveil. Il est juste à ma gauche. Je regarde droit devant moi et je peux deviner son regard sur mon profil.

Soudain, il pose sa main sur mon avant-bras. Je sursaute et me fige. Je tourne vivement la tête vers lui. Je n'ai pas le temps de comprendre ce qui se passe que son beau visage se penche vers moi, et que ses lèvres se pressent contre les miennes.

Un choc électrique me parcourt ; une secousse comme jamais je n'en ai ressenti.

Il m'embrasse. Mon Dieu, il m'embrasse...

Je perds complètement mes moyens et ma lucidité. Plus aucune pensée logique ne se présente à moi. Le baiser de Max est si beau, si passionné ; je sens une ferveur extraordinaire venant de lui. C'est un baiser fou, un baiser de vie.

Je prends enfin conscience de mes mains. Elles se sont agrippées à ses bras. Il me tient fermement. Nous sommes si proches ; j'ai le sentiment de fusionner. Il n'y a plus que lui et moi. Il n'y a que nous, unis l'un à l'autre.

Sa main gauche glisse sur ma taille. Je me laisse aller : il me soutient. Il me caresse. Ses doigts s'aventurent sous mon chemisier. Il gagne des centimètres, petit à petit. Un délicieux frémissement court le long de mon dos. Je sens sous sa veste ses épaules musclées et puissantes. Nos respirations s'accélèrent. Notre baiser se fait plus ardent. Notre sang s'échauffe et n'est pas loin de bouillir.

Soudain, il me soulève par la taille et m'assied sur son bureau.

– Je ne sais pas si j'ai très faim finalement, risqué-je avec un petit sourire.

– Je ne suis pas sûr d'avoir jamais eu envie d'aller dîner, répond-il.

Nos bouches se retrouvent d'un coup, impatientes, fougueuses et enflammées.

Max...

Mes lèvres goûtent les siennes sans un signe de possible satiété. La simple douceur de sa bouche me fait tanguer. J'ai les yeux fermés et je me laisse emporter. Il m'embrasse doucement à la commissure, puis, délicatement, dessine un chemin avec sa langue sur ma lèvre, pour ensuite la mordiller avec voracité. Je frémis de plaisir.

Je suis assise sur le bureau, il est debout face à moi. Il a posé ses mains sur les miennes, qui me servent d'appui. Mais il ne fait pas que les recouvrir : il les maintient fermement.

Qu'il le fasse ; qu'il me tienne plus fort.

Il approche son bassin plus près encore et se glisse entre mes genoux. Mes cuisses s'écartent automatiquement, sans a priori ni arrière-pensée. Mon corps l'accueille tout naturellement.

Ses baisers voyagent maintenant et glissent dans mon cou. Je gémis. J'adore ça. J'adore qu'il m'embrasse sous l'oreille ; qu'il descende sous mon menton pour repartir vers ma nuque. Il y laisse des vagues de chaleur voluptueuses qui se diffusent dans tout mon corps. Je tressaille et palpite sous ses caresses.

Ma respiration change de rythme. Elle s'accélère. Je ne m'en rends pas compte au premier abord, mais je me surprends à soupirer par à-coups à chacune de ses attaques sensuelles. Je sens de nouveau son parfum dont les effluves m'enivrent par bouffées. C'est celui de sa peau ; celui de l'homme qu'il est, là, ce soir, en fin de journée. Cela fonctionne sur moi comme un envoûtement. Je ressens sa puissance, sa virilité, et ça m'excite outrageusement.

Une boule de chaleur naît dans mon bas-ventre. Elle grandit. Max m'excite, il n'y a aucun doute, je n'ai jamais ressenti ça.

Ses mains quittent soudain les miennes et se posent sur mon visage, il m'embrasse comme si sa vie en dépendait. Moi, je lui agrippe les cheveux comme s'il risquait de me quitter. Ses paumes s'affolent, glissent sur ma poitrine, caressent, pincent, me happent littéralement. J'ai l'impression de n'avoir jamais désiré quelqu'un comme ça. Ma peau me brûle.

Et nous sommes encore habillés !

Mais plus pour longtemps… Tout en continuant ses baisers dingues, Max déboutonne d'une main mon chemisier. Les trois boutons du haut sautent rapidement. Sa main a désormais le champ libre et se glisse sous le tissu. Je la plaque sur mon sein.

Je laisse échapper des murmures où les mots s'entrechoquent et perdent leur sens.

– Je vous veux, Emily. Maintenant, dans ce bureau, me glisse Max au creux de l'oreille.

Ses mots déclenchent en moi une tempête. Notre étreinte s'échauffe et s'embrase. Le rythme se fait plus dense ; nos caresses plus folles, plus fougueuses. De ses mains, Max rabat d'un coup le col de mon chemisier derrière mes épaules, désormais nues. Ma poitrine électrisée est exposée. Max a un temps d'arrêt. Il scrute mon corps avec une expression qui ne laisse aucun doute sur l'intensité de son désir : il me veut. Je suis sa proie.

– Vous êtes encore plus fascinante que je ne l'aurais cru, me déclare-il avec un regard de fauve.

Je ne sais pas trop ce qu'il veut dire exactement par là, mais je ne m'y attarde pas. Nous ne pouvons plus attendre. Le désir nous consume. Max finit de déboutonner entièrement mon chemisier, tout en passant ses lèvres et sa langue sur ma peau, du sternum au nombril. Je tressaille et me trémousse, suivant le fil des sensations. Mes mains voyagent sur sa nuque et sous sa veste. Je sens sous mes doigts, à travers le tissu, tous ses muscles s'agiter, se tendre et se relaxer. J'ai l'impression de rêver, ce mec parfait ne peut pas exister.

Je fais basculer le haut de sa veste en arrière, je veux en voir plus. Il ouvre sa chemise, un bouton après l'autre, et me laisse découvrir petit à petit son torse viril et puissant. Mais c'est moi qui lui enlèverai sa chemise. Il ne va pas m'ôter ce plaisir…

Il se laisse faire. Je me penche, appuie mes lèvres sur sa peau et erre sur son torse à la recherche d'endroits que je n'ai pas encore goûtés.

Max ne me laisse pas finir mon exploration : d'un coup, il passe ses bras sous les miens, m'agrippe par la taille et me soulève.

Il me plaque violemment contre la bibliothèque. Je l'entoure de mes jambes ; je le croque comme il me mord. Mon désir monte, monte... Je n'en peux plus. Je ne veux pas attendre : je prends les devants et je dézippe moi-même la fermeture de ma jupe. Max semble surpris, mais cela ne l'arrête pas, au contraire. Il la fait glisser le long de mes jambes pour la retirer tout à fait. Encore une fois, il a un temps d'arrêt à la vue de mon tanga, coordonné au soutien-gorge. Il semble surpris, mais ses yeux pétillent de plus belle.

Peut-être a-t-il travaillé pour la marque de mes sous-vêtements ?

Dentelle noire sur le devant, habillée d'un petit nœud blanc ; un liseré, également blanc, suit les coutures et souligne le tissu anthracite uni des côtés. Je dois avouer que les sous-vêtements, c'est, avec les chaussures, mon petit péché mignon. La seule chose que je n'achète pas vintage !

Mais à peine une seconde passe que sa bouche revient à moi. Mon tanga tombe à mes pieds. Notre étreinte fait vibrer le meuble et avec lui tous les livres. Il en tombe de partout avec fracas, mais nos gémissements sont plus forts encore.

C'est pas possible : je n'ai jamais vécu ça...

Max me rend enragée rien qu'avec ses lèvres dans mon cou et ses mains qui caressent mon intimité.

Il m'emmène vers le canapé, sur lequel je me laisse tomber. Je veux juste que la folie continue.

Il se baisse et embrasse le haut de mon pied. Puis il remonte. Ses lèvres glissent, suçotent et mordillent tout ce qu'elles trouvent sur leur chemin. Ses mains ne quittent pas mon corps et travaillent de plus belle à me rendre dingue. Elles y réussissent au-delà tout ce que j'ai jamais vécu.

Je suis devenue rapace : je ne peux pas tenir une seconde de plus dans cette position sans voir son visage. Je me redresse légèrement pour qu'il comprenne que s'il ne me prend pas, là, maintenant, sur ce canapé de cuir, je vais perdre la raison. Max me regarde et je suis sûre qu'il lit ce désir fou dans mes yeux. Un sourire en coin apparaît sur son visage ; ses yeux pétillent. Quelle délicieuse torture me prépare-t-il encore ? Il me fixe comme si j'étais la plus belle femme qu'il ait jamais vue. À ce moment précis, je crois savoir ce que veut me dire son regard : « Moi aussi, j'ai envie de toi, mais patience, c'est moi qui décide. » Et comme en réponse à mes désirs les plus fous, il m'écarte les cuisses d'un geste viril avant de plonger son visage vers l'épicentre de mon plaisir.

Il s'aventure en expert dans mon intimité. Le bout de sa langue m'explore, et mon cœur bat de plus en plus fort. Je frémis et mon corps réagit en secousses violentes quand le plaisir est trop intense. Je me sens lui appartenir.

Max se relève face à moi. Je défais sa ceinture et ne me prive pas de le caresser à travers le tissu. Max se tend, laissant échapper des gémissements de plaisir.

Je déboutonne et fais tomber son pantalon et son boxer. Sa virilité est libérée, là, devant moi. C'est moi qui ai maintenant une seconde d'arrêt. Mais mes mains n'ont pas envie de s'arrêter. Elles vont et viennent sur ses abdominaux, son pubis et son sexe, si tentant. Je le vois fermer les yeux à demi. De volutes en caresses, mes mouvements deviennent plus précis.

C'est alors que je bénis mentalement le dieu du préservatif – si jamais il existe – de m'en avoir fait prendre involontairement dans mon sac tout à l'heure ! Ils sont juste à côté. Je me penche à peine et j'en sors un d'une main, sans cesser mon emprise sur Max. Je l'enfile délicatement, tout en faisant monter la tension.

Il paraît surpris, mais sourit :

– De fascinante, vous devenez étonnante, Emily.

Je ne sais pas ce qui le surprend dans ce que je viens de faire, mais je suis ravie d'être ainsi un objet de fascination pour lui. L'atmosphère est fiévreuse, électrique. Nos corps sont brûlants et fébriles. Il ne manque que la flamme d'une allumette pour tout faire exploser. Nous nous embrassons. Le temps s'arrête. Nous nous regardons, passionnés et surexcités.

C'est ça, la flamme.

En un geste, il maintient mes poignets contre le cuir ; il me mord le cou, il sait que je suis prête et me pénètre profondément ; je hurle mon plaisir.

Nos respirations se font plus ardentes, plus intenses ; il va et vient en moi avec une passion et une force délicieusement intenables. Des frissons me parcourent tout le corps. Je m'abandonne totalement. Je ne m'appartiens plus. Nos voix s'élèvent malgré nous. Nos haleines s'entremêlent. Les à-coups font vibrer tous les meubles de la pièce.

Mon esprit quitte la réalité. Je vis une ivresse seulement suscitée par lui. Je suis en état d'ébriété amoureuse et physique. Je suis *ivre de Max*.

Je veux le sentir tout contre moi. Je l'enlace de mes jambes et son torse vient s'imprimer contre le mien. Nous nous serrons l'un contre l'autre, dans un moment d'éternité.

Il me tient fermement par la taille. Max peut faire de moi ce qu'il désire : il me possède entièrement. Il plonge son visage dans mon cou pour me cribler de baisers. Je passe mes ongles sur son dos, de bas en haut, pour le faire gémir. Nous nous abandonnons dans un manège de caresses qui paraît infini. J'ai la sensation que nous ne faisons qu'un.

L'effervescence est telle que je ne suis plus que plaisir. Je n'entends ni ne vois plus rien. Tout s'accélère en une danse embrasée.

Soudain, un éclair de jouissance nous prend. Nos corps ne

nous répondent plus. Notre étreinte se resserre, passionnée et violente, en un instant d'extase. Mon esprit semble partir, exploser. Je tremble et tout vacille. Tout devient à la fois clair, total et évident.

Nous ne sommes qu'un, et je n'ai jamais ressenti cela.

Le temps s'est figé.

Le temps nous appartient.

L'univers nous appartient.

5

QUELLE VÉRITÉ ?

Carraway Building, ?e étage, Whitman inc., bureau de Max. 22 h 52. Vendredi 13 novembre.

Le bourdonnement d'excitation qui m'envahissait a cessé. Le silence a remplacé notre étreinte. Un silence parfois interrompu par de menus bruits semblant résonner dix fois plus que d'ordinaire.

Je suis assise sur le canapé, encore brûlante. Quelques reliquats de plaisir me font frissonner. Par la fenêtre, entre le scintillement nocturne de la ville. C'est notre seule lumière à cet instant, et les halos de différentes couleurs se succèdent sur nos peaux.

Max n'est pas loin, assis lui aussi sur ce même canapé. Nos regards se sont quittés et n'osent plus se croiser. Malgré nos cœurs palpitants, un voile de gêne s'est installé.

Qu'avons-nous fait là ?

Je souris en moi-même. Je ne me serais jamais crue capable de m'abandonner comme je l'ai fait.

Tout doucement, nous glanons nos effets, semés çà et là. Le contact des tissus, de nouveau sur ma peau, ferme ce soir le chapitre de nos caresses. En reboutonnant sa chemise, Max dissimule son torse fort et enivrant, que j'ai eu tant de plaisir à goûter. Il m'examine, de loin, alors que j'agrafe mon soutien-gorge. Il semble à la fois charmé et étonné. Ce n'est tout de même pas la première fois qu'il en voit un comme ça ? Impossible ! Pas quand on fait l'amour comme il le fait…

Rhabillés, et encore à demi ivres de la volupté à peine terminée, nous sommes maintenant debout, face à face. Nos yeux parlent un langage crypté que nos cœurs comprennent.

Je nous interromps d'un coup :

– Max, je… Je crois que je n'ai plus ma veste, dis-je doucement.

– Comment ?

– Oui, je ne la vois pas. Je n'ai pas dû descendre avec. J'imagine qu'elle est restée au bar du *rooftop*.

Max consulte brièvement sa montre.

– Il est tard, mais ce devrait être encore ouvert. Venez, je vous accompagne.

Il me prend par le bras et m'ouvre le chemin.

Sur le *rooftop*, l'atmosphère est douce et cotonneuse, après ces moments insensés dans le bureau de Max. À l'entrée du bar, quelqu'un me hèle :

– Mademoiselle, vous voilà donc !

Je me tourne et j'aperçois un jeune homme. Il travaille ici, vu son tablier. Il est roux, les cheveux fous. Ses yeux bleu pétrole contrastent joliment avec sa peau mouchetée.

– Donald ? Est-ce que tout va bien ? Vous connaissez mademoiselle Green ? lui demande Max, surpris.

– Tout va très bien, je vous remercie, monsieur Whitman. Quant à mademoiselle Green, je… Je vous ai vus tout à l'heure ensemble, bien sûr, finit-il après une seconde d'hésitation. J'ai justement ici votre veste, mademoiselle.

– Merci infiniment. Donald, c'est cela ? lui réponds-je avec un sourire.

– Exactement. Bonne soirée à vous.

Et il s'éloigne avec toute la politesse que requiert son travail.

Et nous voici de nouveaux seuls, Max et moi, à nous regarder, à maintenant tenter de comprendre et de trouver un *après*.

– Il est tard, glissé-je. Je devrais y aller.

– C'est vrai. Je ne peux pas vous retenir plus longtemps.

Puis, après quelques secondes de réflexion :

– Il vous faut revenir demain, dit-il.

– Demain ?

– Oui, pour votre contrat bien évidemment, sourit-il.

– Bien évidemment... répété-je automatiquement, pianissimo, pour moi-même.

Une voix nous parvient :

– Monsieur Whitman ! appelle Donald.

Max se tourne vers lui.

– Qu'y a-t-il, Donald ?

– Je suis navré de vous déranger à nouveau. Pourriez-vous venir me voir cinq minutes ?

– Bien entendu, Donald, répond Max avec gentillesse. Emily ? Il va falloir que j'y aille. Je... Enfin... Rentrez bien.

Un instant de gêne nous ralentit. Comment se saluer ? Max hésite un peu et m'embrasse furtivement. Il part rejoindre Donald tandis que je me dirige vers les ascenseurs.

Ah mon vieux Danny ! J'en ai des choses à te raconter... Tu ne peux pas savoir comme je suis heureuse. Heureuse comme je ne l'ai pas été depuis si longtemps...

Fitness Center, quartier de Chelsea.
10h31. Samedi 14 novembre.

– Ouah, Emily, tu pètes la forme aujourd'hui, dis donc ! s'exclame Stan. T'en es à ta troisième série de *burpees* et tu sautilles encore comme un cabri. Qu'est-ce qui te donne la pêche comme ça ?

Je souffle et m'aplatis au sol pour une nouvelle pompe. Je souris pour moi. Je sais très bien d'où vient mon énergie, mais de là à étaler ma vie privée devant Stan…

– J'ai très bien dormi, réponds-je en sautant.

– C'est bien : rien ne vaut de se coucher tôt ! dit-il avec un sourire.

Je n'ai pas menti. J'ai *vraiment* très bien dormi. Mais c'est surtout les quelques heures précédant le coucher qui ont compté. Un frisson me parcourt à l'évocation mentale de certaines des choses que j'ai faites avec Max. Je ne peux m'arrêter de sourire.

Une soirée parfaite.

Mais une petite pointe de culpabilité me nargue. Je n'ose trop y penser, mais tout de même… Des moments de rêve, oui, mais à quel prix ? J'ai accepté une mission free-lance pour laquelle je ne vois absolument pas comment je trouverai le temps. Et si je revenais bredouille devant Max, que se passerait-il ? Pire : si je lui rendais un travail médiocre, que penserait-il ? Me trouverait-il toujours aussi « fascinante » ? Et quelqu'un qui n'est plus fascinant, donne-t-il envie qu'on l'embrasse ? Donne-t-il envie… Qu'on l'étreigne ?

À ces pensées, je me rembrunis légèrement. Ai-je réellement lié, malgré moi, notre relation balbutiante à des considérations professionnelles ?

Re-pire : mon contrat chez Sullivan m'interdit probablement tout travail pour la concurrence. Je serais virée s'ils l'apprenaient. Et la pub est un tout petit milieu. Tout se sait… Surtout dans le même immeuble !

Je me sens bête tout à coup. N'ai-je pas enchaîné les choix stupides, moi qui n'ai pas osé refuser clairement la mission de Max ?

– Ben alors, Emily ? Et ta belle énergie, envolée ? sourit Stan.

Et alors ? Peu importe où mes choix me mènent ; il faut vivre, non ? Si on n'essaie pas, on ne vit pas, n'est-ce pas ?

Je me secoue et me reprends.

– Non, non, c'est reparti de plus belle ! m'écrié-je en sautant plus haut que jamais.

Appartement d'Emily, quartier de Little Italy.
14 h 17. Samedi 14 novembre.

Je manque tout juste de renverser mon café sur mon ordi. Et ce n'est pas la première fois que ça m'arrive. La prochaine, c'est la bonne, à tous les coups.

Je pose mon mug de l'autre côté du bureau, derrière une tonne de papiers, éparpillés dans un joyeux bordel organisé. Tous ces projets de boulot qui semblent s'amonceler comme des pièces au jackpot me donnent le vertige. Je ne pensais pas forcément faire quelque chose de mon week-end, mais je projetais au moins de dormir la nuit, un minimum. Le principal, c'est d'avancer sur la présentation White-Rose. Si je termine ça, on dira que c'est gagné.

Tout à coup, mon téléphone vibre. Je décroche machinalement et place le mobile entre l'oreille et l'épaule, tout en tapant sur mon clavier.

– Oui ?

– Bonjour ma chérie.

– Maman ! Comment ça va ?

– Très bien. Je voulais juste savoir comment allait ma petite puce, dit-elle de sa voix « j'ai-envie-de-parler ».

– Ça va super, maman. Je suis juste hyper débordée. Tu m'appelles en plein boulot, là.

– Emily, tu vas t'épuiser à travailler comme ça. Et puis, ce n'est pas en restant le nez collé à ton écran que tu vas rencontrer quelqu'un.

– Maman !

– Bon, d'accord. Je te laisse, mais du coup, tu me promets qu'on se voit ce soir. On ira au restaurant. Les Janners m'ont parlé d'un super petit mexicain qui vient d'ouvrir sur la 22e, j'ai vraiment hâte de l'essayer.

Aïe.

– Écoute, maman, c'est très gentil à toi, mais j'ai beaucoup *beaucoup* de boulot ce week-end. On se fait ça plutôt la semaine prochaine ? OK ?

– Emily ! C'est exactement ce que tu as dit la semaine dernière ! s'indigne-t-elle.

Arg… Prise en flagrant délit de tentative d'évasion du giron maternel ! Il ne faut pas croire qu'on ne s'entend pas. J'adore ma mère. Mais il y a juste des moments, où – comment dire – j'ai des choses plus importantes à faire. Voilà.

– Pardon, pardon, maman. Vraiment. Le mieux, c'est peut-être que tu viennes près du boulot pour qu'on déjeune ensemble un midi ?

– Tu sais très bien que je n'aime pas venir sur Madison en semaine. C'est une vraie jungle. Il y a tellement de monde et de bruit, c'est insupportable.

Je soupire.

– Oui, maman, je sais. Bon, je te PRO-METS de t'appeler cette semaine. Promis-promis-promis.

– Je ne suis pas très contente, tu sais.

– Oui, je sais. Mais je t'aime.

– Manipulatrice ! rit-elle. Bon, d'accord, j'attends ton coup de fil. Mais attention, si je n'ai pas de nouvelles d'ici vendredi, je viens faire un scandale à ton bureau, devant tous tes collègues, pour que tu aies bien honte.

Ma mère a quand même une bonne dose d'humour. Ça aide ! Je raccroche non sans l'avoir embrassée, et je me replonge dans ma lessive préférée. Yeux concentrés, je tends le bras vers mon mug *I Love NY* et…

Hyperflûte et gigamerde !

J'en renverse toute une partie sur les graphiques de ventes de White-Rose ! Vite, j'agrippe un débardeur sale trouvé opportunément sous ma chaise, et je tamponne vigoureusement le papier. Malheureusement, tout a viré au brun dégoûtant, et j'ai beau souffler dessus en priant, rien ne bouge ; c'est devenu parfaitement illisible. Et bien sûr, il a fallu que ça arrive au seul document que je n'ai pas en ligne. C'est rageant !

Réfléchir vite et bien. La seule solution, c'est de faire un tour au bureau. Ce n'est pas drôle, mais c'est possible. Je l'ai déjà fait un samedi. J'ai les codes et on est plusieurs à posséder un bip à l'étage des créa. Mais ai-je réellement besoin de ce papier ? Je veux dire que… Si j'arrête de me mentir… Je *sais bien* que, si j'y vais, je ne résisterai pas à l'envie d'aller le voir… *LUI*.

Il y a ce fameux contrat à récupérer. Bien entendu, il m'a dit « demain », mais bon, il voulait forcément dire « lundi », c'est évident. Mais qui sait, peut-être que lui aussi a un dossier urgent à finir ? Un projet qui l'oblige à venir chercher un document au bureau ? Et que justement, comme par hasard, bim ! j'y suis aussi. Tiens, c'est fou les coïncidences, ah là là, à croire que c'est fait exprès !

Bon, restons sérieux. Ces graphiques, il me les faut, oui ou non ?

Oui !

Alors, on arrête de tergiverser, et on prend le métro.

Carraway Building, 36e étage, open-space des créatifs. 15h43. Samedi 14 novembre.

Ça y est, j'ai les graphiques tout frais imprimés dans les mains. Ouf ! Il est maintenant temps de rentrer, n'est-ce pas ? Oui, j'ai du travail.

Attends, Emily !

Attends quoi ?

Imaginons...

Imaginons un instant. Imaginons que le métro ait un problème et que j'arrive plus tard que prévu à la maison. Est-ce que ça changerait vraiment quelque chose ? Non, probablement pas. Donc, si je fais un petit détour chez – au hasard – Whitman inc., et que ça me retarde un peu dans mon travail, ça ne changera donc rien, non ?

Non, t'as raison.

Je m'adore quand j'arrive à me convaincre de choses que j'ai déjà envie de faire.

Je file donc sans tarder vers les ascenseurs. Il n'est quand même pas question de perdre trop de temps non plus. Bien sûr, comme l'inspectrice Green n'a pas réussi à voir quel est le bon étage, il va falloir que je passe de nouveau par le *rooftop* et l'escalier.

Bah ! Et alors ? Au moins, par là, je connais le chemin.

C'est Danny qui vient me chercher, et c'est parti pour un tour ! Depuis le quarantième, je prends les marches, et, effectivement, en ouvrant la porte métallique pour sortir de la cage d'escalier, voilà que je me retrouve face au papier-peint orange. Je pénètre alors dans la société Whitman inc.

Par contre, ici, ce n'est pas comme chez Sullivan : ça bosse le samedi ! Il y a du monde et on entend le brouhaha des voix du travail quotidien. Une jeune femme vient à ma rencontre.

– Bonjour, mademoiselle. Puis-je vous aider ? demande-elle très poliment.

– Bonjour. Oui, je viens voir monsieur Whitman, s'il vous plaît.

– Et vous êtes ?

– Mademoiselle Green.

– Ah oui, bien sûr, je suis Eunice, sa secrétaire. Monsieur Whitman m'a prévenue de votre possible visite, dit-elle. Veuillez attendre ici que je vous annonce.

Je patiente quelques secondes devant le bureau que je connais maintenant de fond en comble. Eunice en ressort et laisse la porte ouverte.

– Je vous en prie, mademoiselle.

– Merci Eunice.

Mon rythme cardiaque s'accélère en entrant dans la pièce. J'y trouve Max. Un petit sourire trahit son émotion. Mon cœur bat de plus belle.

Nous nous serrons la main. C'est plutôt étrange, mais à quoi m'attendais-je dans cette situation ?

– Emily…

Max marque une pause. Il a manifestement quelque chose à me dire. J'ai une petite appréhension.

– Emily, je tenais à vous dire, pour hier…, laisse-t-il en suspens.

– Oui ? tenté-je de l'aider.

– Voilà : je suis réellement désolé. Je ne veux pas que vous vous imaginiez que je suis un habitué de… Comment dire… Que je me comporte toujours comme ça… Bref, nous devons travailler ensemble, et ce qui s'est passé hier soir doit appartenir au passé. Je… Il ne faut plus recommencer. C'est important. Je ne suis pas comme ça.

– Comme ça ? répété-je en bredouillant.

Je sens une douche glacée en moi. Toute ma belle excitation vient de se pétrifier. Tout ça n'était que du vent ?

– Je… Je ne comprends pas, marmonné-je.

Max ne relève pas et me tend un dossier.

– Voici. C'est votre contrat, dit-il en souriant gentiment.

Je le prends de manière automatique. Machinalement, je l'ouvre et mon regard balaie sans le lire le fouillis de mots qui se présente. Mes yeux n'arrivent pas à faire le point, tant je suis troublée.

Je tourne les pages, mais c'est pour me donner une contenance. Je ne peux m'empêcher de penser à ce qu'il vient de me dire. Impossible de me concentrer sur le boulot.

– Vous pourrez le lire tranquillement chez vous, fait Max d'une voix douce.

– Oui, évidemment...

Mes yeux s'égarent. J'en suis à la dernière page. Sur l'espace des signatures, je lis nos noms côte à côte : Max Whitman et Emily Green. J'ai un pincement au cœur.

Mais soudain, un détail me retient :

– Max, ici, la date ! m'écrié-je un peu fort, sans le vouloir.

– Pardonnez-moi, mais dorénavant, vous serez mademoiselle Green, et moi, monsieur Whitman, si vous le voul...

– Monsieur Whitman, ici, la date ! lancé-je de nouveau.

– Vous avez raison, Emi... mademoiselle Green, dit-il après avoir jeté un œil.

Il corrige la faute et me tend à nouveau le papier.

– Max ? Je... Vous êtes sûr... Je veux dire la date est bonne ?

Il vérifie et reprend tranquillement :

– Oui, tout est en ordre, nous sommes bien le 14. J'ai hâte de voir ce que vous rendrez pour ce projet, Em... mademoiselle Green, m'assure-t-il en me serrant chaleureusement la main.

Je chancelle. Ma respiration se bloque. Marquée au fer rouge au fond de mon œil, la date, là, inscrite sur la dernière feuille du contrat, corrigée : « New York, le 14 novembre 1963 ».

1963 ?!

Je n'ai pas bu, pourtant j'ai la tête qui tourne. Suis-je devenue folle ? Trop de fatigue ? Trop de travail ? Trop accro des sixties ?

J'ai la nausée.

Je me sens partir.

II

QUELLE ANNÉE ?!

6

BROUILLARDS

Appartement d'Emily, quartier de Little Italy.
6h43. Dimanche 15 novembre 2015.

Je suis allongée sur le dos, dans mon lit, yeux grand ouverts.

Cela fait combien de temps ? Suis-je restée ainsi toute la nuit ? Je fixe le plafond. De noir, il passe progressivement au gris. À la lumière du jour, il sera blanc. Je me concentre sur sa transformation. Petit à petit, la couleur s'éclaircit. À force de fixer mon regard, je vois des petites taches apparaître çà et là. Je me frotte les yeux pour les faire disparaître. Pour l'instant, je ne peux penser à rien d'autre.

Je ne *veux* penser à rien d'autre.

Soudain, j'ai la tête qui tourne. Un accès de nausée. Je me lève en vitesse, direction la cuisine. Vite, un verre d'eau. Je le bois, puis me ressers. Ça rafraîchit. Je plaque le verre frais contre mon front en soupirant. Bon, je crois qu'il est inutile de retourner au lit pour essayer de finir une nuit qui n'a jamais vraiment commencé.

Je m'assieds à mon bureau dans la pénombre du petit matin

et allume mon ordinateur.

C-'-e-s-t-q-u-o-i-l-e-b-u-r-n-o-u-t-?

Je vois les caractères s'afficher dans le champ de recherche à mesure que je les tape. Je sais que j'ai un peu exagéré côté travail et que je manque de sommeil ces derniers temps. Ce serait ça, l'explication ?

Les résultats ne m'aident pas trop. Je tente alors : s-y-m-p-t-ô-m-e-s-d-u-b-u-r-n-o-u-t.

OK, ça a l'air mieux. Je clique sur les premiers liens. Je tombe sur un article : *Burn out : tout savoir sur le surmenage – Les 5 signes clés.*

Titre un poil racoleur, mais à la lecture, ça a l'air sérieux. Et puis, moi, j'aime bien les tops 5.

Signe n° 1 : Vous n'avez plus le sentiment d'être efficace au travail.

Suis-je efficace au travail ? Ai-je l'impression de l'être ?

Je réfléchis.

Bon, évidemment, il ne faut pas que je demande à Voldemort son avis, parce que je connais la réponse. En revanche, et sans me vanter, je trouve que je suis pas mal productive. Donc, on peut dire que *même si* je ne suis pas très efficace, en tout cas je n'en ai pas le sentiment.

OK, signe n° 1 : out !

Signe n° 2 : Vous n'avez le temps pour rien en dehors du travail.

Hmmm... Il est hard, celui-là... Ma mère dirait que je n'ai pas de vie ; que je n'ai qu'un travail. Mais n'exagère-t-elle pas un peu ? Je veux dire, une personne qui n'a pas de vie passe-t-elle toute une soirée à baiser comme une folle avec un mec ? Bon, j'avoue, c'était au bureau.

Mais pas à *mon* bureau. Donc, ça ne compte pas.

Non ?

Allez, signe n° 2 : out !

Signe n° 3 : Pour tenir, vous avez recours à des substances psychoactives (drogues, alcool...).

Je baisse instinctivement les yeux vers mon mug. Le café, ça compte ?

Parce qu'en ce cas, j'ai probablement ma fiche chez toutes les brigades des stups de l'État. Grand poster, visage de face et de profil, yeux cernés et toise rayée en fond ; en gros, au-dessus de ma tête : « WANTED ». En dessous, le texte : « Femme dangereuse, activement recherchée par tous nos services. Si vous la voyez, ne vous approchez surtout pas. Jetez-lui quelques grains de café, puis courez vous mettre à l'abri en appelant notre numéro d'urgence. »

Je souris. Au moins, c'est déjà ça : j'arrive à me détendre un minimum.

Donc, qu'est-ce qu'on dit ? Signe n° 3 : out !

Mais un sourire, ce n'est pas assez. Quelque chose monte en moi. Comme une vague. Vite, trop vite. Subitement, j'en ai assez, ça explose sans crier gare : j'envoie balader ma tasse d'une grande gifle de la main gauche. Elle ricoche brutalement contre le mur en l'éclaboussant et atterrit sur mon lit.

Silence.

Ma respiration est haletante. Je m'effondre. Je craque. Coudes sur la table, je prends mon visage dans mes mains et les larmes coulent. Je sanglote comme jamais auparavant.

Que m'arrive-t-il ?

En même temps, à quoi je m'attendais ? Cliquer sur un lien et tomber sur : « Vous êtes persuadée d'être passée dans une faille temporelle ? Vous avez voyagé en 1963 et couché avec un mec gaulé comme un dieu ? Ne vous inquiétez pas, c'est très commun. Il s'agit d'un symptôme bien connu du surmenage que l'on nomme le BTFS, le *Back To the Future Syndrome*. Pour vous en sortir, rien de plus simple : une cure de huit jours de ginseng fortifié au galanga tropical, arôme baobab. Tout ça en suppo enrobage aloe vera. » Génial, je suis sauvée ! Vite, direction la pharmacie, et tout rentrera dans l'ordre. Merci Internet ! Tout va redevenir comme avant.

N'est-ce pas ?

Oui, s'il vous plaît ! Je veux y croire !

Je pleure et je ris en même temps. Je suis tout simplement épuisée. J'ai besoin d'aide. Je m'essuie les yeux avec le bout des manches de mon pyjama. Allez, on se détend.

C'est vrai, ça, calmons-nous. J'ai bien pleuré, maintenant essayons de raisonner. Tout ça est absurde. Il y a forcément une explication. Top 5 des explications, c'est parti ? Je me masse les tempes ; je prends une grande inspiration ; go !

5. On m'a fait une blague.

Une caméra cachée ? Il faudrait être sacrément pervers. Et puis, qui couche avec une inconnue pour une blague ? Non, c'est trop gros.

4. Je suis complètement folle.

Des antécédents dans la famille ? L'image de ma mère me vient… Non, non, non, je veux dire vraiment *folle, donc non, je chasse son image. Moi : folle ? Je suis peut-être la première ?*

3. (Suite du n° 4.) J'ai pété un câble il y a quelque temps et je vis dans une hallucination permanente. Peut-être ne suis-je même pas réellement dans mon appartement ? Je suis en ce moment même enfermée dans une chambre d'hôpital en train de cauchemarder en continu.

Brrr… À cette idée, je frissonne. Mais non : si c'était vrai, je ne pourrais même pas imaginer *cette idée.*

2. Ou alors, j'ai *réellement* voyagé dans le temps.

Ha ha ha, la bonne blague ! C'est trop drôle… Vraiment, la bonne blague ?

1. Enfin, numéro 1. Numéro 1 ? Ouh ouh, numéro 1 ? Non, rien. Je n'ai plus d'idées...

Au diable mon top 5 ! Vite, appeler quelqu'un. Mais qui ? Les visages défilent devant mes yeux : Olympia, Agnès, Serena, mes parents... J'imagine à chaque fois la conversation. Non, ils prendraient peur. Tout doucement, ils attraperaient leur téléphone, taperaient le 911, et hop, une bonne cure de repos pour Emily ! « Calmez-vous, mademoiselle, mettez la blouse blanche, c'est pour votre bien... » Non, je ne veux pas de repos, je veux des explications ! Enfin, c'est trop demander ?

Je soupire.

Je ne me résous pas à l'idée que je puisse être en train de perdre les pédales. Je sais que c'est insensé, mais l'idée du voyage dans le temps commence à faire son chemin. Enfin, ça se tient, non ?

Max porte comme par hasard un costume rétro. Il fume au bureau. Il a une platine 33 tours. Il n'y a pas d'ordinateurs. Tous les collaborateurs ont l'air de sortir de *Mad Men*.

Et le papier peint est orange, bordel, il est orange !!

Et puis, il y a le comportement de Max. Il dit qu'il a essayé de me joindre. OK, je n'écris pas particulièrement bien, mais quand même... S'il a essayé de me joindre sur un numéro de téléphone cinquante ans avant qu'il n'existe, évidemment qu'il n'a pas réussi ! Pareil pour l'adresse e-mail : « ce code avec votre nom et des signes curieux », comme il l'a appelée. Qui, en 1963, a déjà vu une adresse e-mail ?

Tout paraît soudain cohérent : le mobilier, la déco, le vocabulaire un poil suranné, les lunettes d'Eunice... Tiens, même cet étonnement de Max à voir deux femmes créa au même endroit : une coïncidence surprenante à l'époque. Et puis ces campagnes de pub vintage : elles n'étaient pas *vintage* du tout ! Elles étaient même super modernes du coup.

Et la curiosité de Max face à mes sous-vêtements ? Je rougis. Mes vêtements sixties ne l'avaient bien sûr pas perturbé. Les souvenirs se mêlent aux réflexions. Tant d'émotions confuses tourbillonnent en mon cœur. Je ferme les yeux. Ses mains sur ma peau ; ses baisers ; son torse brûlant ; son sexe puissant…

Je rouvre les yeux. Quoi d'autre ? Mais oui, à chaque fois que je pensais me perdre dans l'escalier, j'étais bien au 36e étage ! La question n'était pas de savoir *où* j'étais, mais *quand*…

Oui, tout ça paraît cohérent et logique. Super ! Ouf, je me sens mieux ! Sauf que… Sauf que… Sauf que…

Cela signifierait que j'ai *effectivement* voyagé dans le temps.

Retour au point de départ : je suis folle.

Je ressors le contrat. Je le tiens dans mes mains. C'est du vrai papier, tapé avec de la vraie encre. Ça, je ne le rêve pas. Je le caresse longuement avec la paume, page après page, comme si une vérité magique pouvait en émaner. La date est toujours là, à me narguer, insolente : 1963.

Sur le document, le nom de l'entreprise Whitman inc. est inscrit en grand. Whitman, comme Max Whitman bien sûr. Qui pourrait m'en dire plus sur cette entreprise ? Mais si, bien sûr : Google ! Ça me paraît si évident ; c'est un réflexe tellement automatique qu'il me semble fou de n'être pas passée par là plus tôt.

Retour face à l'écran. Je tape le nom de Whitman inc.

Rien.

Max Whitman ?

Rien non plus.

Mon cœur descend comme une pierre dans mon estomac. Nouveau coup dur. Whitman n'existe donc pas ? Ou plutôt n'a jamais existé ? Une boîte de pub en plein Madison Avenue, même vieille, il y en a forcément des traces, voire infimes, sur Internet.

Qu'y a-t-il de réel dans cette histoire ? Ai-je donc tout inventé ?

Faisons tourner les méninges de nouveau. Il faut que je trouve quelque chose de concret. Une chose à quoi me raccrocher. Au moins un élément qui ferait sens dans cet ahurissant chaos. Je me penche en arrière sur mon fauteuil, yeux rivés au plafond. Il est devenu bien blanc maintenant. La lumière froide et matinale du soleil de novembre a désormais envahi la pièce, et je suis tout à fait éveillée.

Étape par étape, je revis le déroulé des événements. Je me concentre. Je n'ai que cela en tête. J'oublie tout ce qui se passe autour de moi. Chaque mot, chaque phrase que nous avons échangés, je les prends, les réentends, les retourne, les repense.

Et puis quelque chose me revient. C'est encore brumeux, voilé par le filtre de ma mémoire, mais je sens qu'il y a matière. Ce sont des noms. C'est Max qui en avait parlé. La première fois que nous nous sommes vus, il m'a parlé d'une autre entreprise. Il avait cru que j'y travaillais. J'ai immédiatement remisé cette information au fin fond des limbes de mon cerveau, mais mon instinct me dit que c'est maintenant crucial. Comment s'appelait donc cette boîte ? Si elle non plus n'existe pas, promis, je baisse les armes et le rideau, et je me rends à ma folie.

C'était quoi ? Il y avait deux ou trois noms. Des noms courants en plus, ça ne va pas m'aider. Une image m'était apparue quand Max les avait prononcés. Quelle était-elle déjà ? Un visage de face, en noir et blanc, cheveux épais et mi-longs, bras en croix…

Mais oui : Morrison ! Je pensais à Jim Morrison.

Et puis avant, il y avait… Oui, Taylor, c'est ça. Taylor & Morrison. Mais non, il en manque un, c'est sûr. Ba… Barker ? Taylor, Barker & Morrison ?

Non, ça y est : Taylor, Baxter & Morrison !

Je plonge sur mon clavier et tape à la vitesse de l'éclair. Oui, des réponses ! Ouah, je ne suis pas folle ! Je n'avais jamais entendu parler de cette entreprise avant, c'est absolument certain. Seul Max a pu me donner cette information. Mon cœur bat comme un enragé.

Je ne suis pas folle, je ne suis pas folle… En tout cas, concernant *cette* information. Quant au voyage dans le temps…

Je clique, et là, mon cœur fait un bond : l'entreprise est citée sur la page Wikipédia d'une autre : Sullivan inc. !

Sullivan inc. ? *Ma* boîte ? Celle dans laquelle je travaille avec acharnement et passion sur la lessive White-Rose ? Celle qui me fait suer le cerveau et aussi me rend dingue à coups de burn out ?

Je dévore avec avidité la page Internet. Les informations s'enchaînent. J'essaie de tout retenir : les dates, les anecdotes, les personnes impliquées. Mon cerveau agit comme un disque dur externe que j'aurais branché sur mon ordi.

J'arrive à la période qui m'intéresse : les années soixante. C'est le moment charnière. À la fin de la décennie, l'entreprise Taylor, Baxter & Morrison a été reprise par un de ses cadres, qui l'a rebaptisée de son nom : Aaron Sullivan.

Donc, dans un certain sens, je travaille effectivement pour Taylor, Baxter & Morrison ! C'est complètement dingue.

Plus loin, les détails de la croissance de la nouvelle entreprise : la toute jeune Sullivan inc. a racheté à tour de bras des agences concurrentes. La liste défile par ordre alphabétique. Il y en a un paquet ! Puis, tout à la fin, je retiens ma respiration : « Wihtman inc. ».

Je tremble d'excitation en lisant l'article. Le H est au mauvais endroit, mais c'est forcément l'agence de Max. D'ailleurs, c'est sûrement à cause de cette coquille que je n'ai pas eu de résultat initialement sur Google. Tout s'explique. Il y a même quelques détails : « Wihtman inc. : l'agence est en plein essor au début des années soixante. Elle enchaîne par la suite les échecs, résultats de la dépression sévère dans laquelle est tombé son dirigeant. »

Max Whitman, cet homme si sûr de lui, si charismatique, tomber en dépression ? J'ai du mal à le croire. Je revois son visage, la première fois que je l'ai croisé. Il était si beau, paraissait invulnérable. La lune jouait en contre-jour sur sa silhouette. Il fumait calmement sa cigarette, et son aura masculine semblait mettre à ses pieds tous les gratte-ciel de Manhattan.

En revivant la scène, je songe à son expression, juste avant qu'il ne m'ait aperçue : une forme de tristesse ; une profonde mélancolie modelait ses traits. C'était très furtif, et ça ne m'avait pas marqué sur le coup, car très vite, son visage s'était illuminé, et son sourire avait immédiatement balayé tout désenchantement.

Mais alors, que s'est-il passé ? Max recèle bien plus de mystères que je ne le pensais.

Je continue ma lecture. Années 1970, puis 1980 et 1990. Sullivan inc. ne fait que grossir et enchaîner les succès. Il est également fait mention de Betty, la femme d'Aaron, qui a joué un rôle-clé dans plusieurs décisions stratégiques de l'entreprise. Ne dit-on pas que derrière chaque grand homme se cache une grande femme ? Je déteste ce genre d'expression machiste, mais à cette époque, elle avait peut-être une part de vérité.

Enfin, il s'avère qu'en 2000, Aaron décède d'un cancer, et que son fils Jimmy lui succède. *Mon* Jimmy Sullivan. Notre big boss ; notre CEO que je vois parfois filer vivement dans les couloirs.

Parce qu'ils citent mon patron directement, tous les événements décrits me paraissent très proches. Je me sens partie intégrante de l'histoire, mêlée à quelque chose qui me dépasse complètement.

Enfin, pour l'instant...

Je lance une recherche d'images sur le nom d'Aaron Sullivan. Je trouve quelques photos officielles des années 1990, dont une remise de prix à un festival de pub, et même un cliché d'une poignée de main souriante avec Bill Clinton ! Plus bas, des images d'Aaron, plus jeune. Années 1980, 1970, et enfin 1960. Et là, ça fait tilt.

C'est lui, je le reconnais, ce type ! C'est l'homme que j'ai croisé l'autre jour dans l'ascenseur, celui qui allait rejoindre ces ronds-de-cuir rigolards au bar du *rooftop* ! J'ai donc rencontré – *for real* – Aaron Sullivan, décédé il y a quinze ans, et père de mon actuel employeur…

Je me sens comme à la fin d'un roman d'Agatha Christie, lorsqu'Hercule Poirot replace toutes les pièces du puzzle dans le bon ordre pour créer un tableau logique et imparable.

– Alors Hercule, un peu impressionné par l'inspectrice Green ?

– Voyons, ma chère Emily, utiliser Google est à la portée du premier venu, n'est-ce pas ?

Pfff… Qu'il est prétentieux et rabat-joie, le Poirot ! Exactement comme dans les romans. #OldSchoolDetective !

Ah enfin, tout va bien ! Le mystère est résolu ! Tout colle et tout s'imbrique ! La vie est belle ! À un simple détail près. Oh, un *tout petit détail…*

Pour cela, il aurait fallu que j'aie *voyagé dans le temps.*

Un rire nerveux me prend. La fatigue est forte, j'accuse le coup et je ne peux m'empêcher de progressivement sombrer dans une hilarité fébrile et débridée. Je m'entends rire comme Vincent Price à la fin de *Thriller*. Si les voisins sont réveillés, ils doivent penser que j'ai basculé du mauvais côté de la raison.

OK, je résume : moi, Emily Green, 24 ans, bien vivante aujourd'hui dimanche 15 novembre 2015, j'ai voyagé dans le temps et j'ai – entre autres – rencontré quelqu'un qui est maintenant décédé.

Je me lève et me dirige en pilote automatique vers la salle de bains. J'allume la lumière maussade du néon. Je me penche sur le lavabo et m'asperge le visage plusieurs fois d'eau fraîche. Puis je me regarde longuement dans le miroir, yeux dans les yeux.

Et je fais quoi maintenant ?

7

NOUVEAU MONDE

Carraway Building, Madison Avenue.
9h13. Lundi 16 novembre.

C'est l'heure de pointe dans le grand hall d'entrée. L'habituelle foule qui s'y mêle et s'y bouscule vit son effervescence quotidienne. Mais moi, je marche au pas. Aujourd'hui, je ne cours pas. Une fois n'est pas coutume, je suis en avance. Je le sais et je m'en fiche un peu. Perdue dans mes pensées, je me sens balancée de droite à gauche par le flot des gens. Très curieux, ce sentiment d'être un petit grain d'orge balayé par des vagues houleuses de personnes allant et venant. C'est même presque plaisant d'être ainsi bercée par une énergie autre que la sienne. Je me laisse aller, et c'est reposant.

Les portes de l'ascenseur s'ouvrent au 36e étage. Je sors de la cabine, et immédiatement quelque chose me frappe. L'atmosphère est anormalement calme. Je balaie la pièce du regard. Il manque du monde. On est bien lundi pourtant…

Ah mais oui ! Tous les cadres sont partis pour le tournage de

Blue Airways. J'avais complètement oublié. Enfin, avec ce qui m'arrive, ce n'est pas étonnant que deux-trois choses m'échappent.

Ça veut donc dire qu'aujourd'hui, pas de Voldemort !

Bon, mettons tout de suite les choses au point : je n'ai rien de fondamental contre Carmen, ma N+1. Mais disons que, vu son caractère, on peut se réjouir de pouvoir souffler quand elle est absente. Et je préfère mille fois être ici, au bureau, dans un New York de novembre, qu'avec elle au soleil, sur un tournage à Saint-Barthélemy !

Toutefois, cela ne me dispense pas de me mettre au boulot. Je m'assieds, mets sur pause la partie de mon cerveau qui mouline depuis trois jours, et ouvre le dossier White-Rose sur mon ordi.

Ça me lessivera peut-être la tête !

Mais juste avant de me lancer tête baissée dans le descriptif de « White-Rose Baby – La lessive douce du nouveau-né », j'ai un déclic. Je veux savoir si je suis folle ou non. Je n'ai qu'à rapporter un objet, un truc, un je-ne-sais-quoi typique des années soixante, que j'aurais trouvé sur le bureau de Max. Ou même dans le bar du *rooftop* ! L'idée n'est pas complètement idiote, non ? Il me suffirait de le montrer à quelqu'un, *ici*, dans *mon* monde, et cela signifierait que je saute effectivement d'une époque à l'autre. Un plan du tonnerre !

À l'idée de chiper *discretos* un bibelot dans le bureau de mon monsieur Whitman, puis de le planquer sous ma veste, j'ai le cœur qui tangue. Mais après tout, qu'ai-je à perdre, n'est-ce pas ? Et puis, ne suis-je pas l'inspectrice Green, fille spirituelle d'Hercule Poirot ?

Si !

En tout cas, vu l'heure, je dois me mettre au travail. Je tenterai l'aventure lors de ma pause déjeuner.

La matinée passe à une vitesse folle. Il est midi, et je suis bien heureuse de me rendre compte que la lessive White-Rose purifie aussi bien les bodies crottés de la nouvelle génération que mon cerveau embrouillé. J'ai en effet la tête plus claire et reposée. Le travail agit sur moi comme une sorte de méditation, je crois. Profitons-en ! Debout, et direction les ascenseurs.

– Attends-moi, je t'accompagne ! me lance Mike, mon burger-collègue.

– Hein ? Comment ? laissé-je échapper.

– Tu vas bien chercher à manger, n'est-ce pas ? J'ai une faim de loup aujourd'hui ! Tu prends quoi ? me demande-t-il en marchant à mes côtés.

– Euh… En fait, je pensais faire un petit tour avant de déjeuner, bredouillé-je, ne sachant trop comment me dépêtrer de cette situation.

– Un petit tour ? fait-il en levant un sourcil.

– Oui, je… Je voulais simplement prendre l'air pour fumer une cigarette.

– Ah vous autres et votre tabac ! s'indigne-t-il gentiment.

– Ce sera pour une autre fois ? lui glissé-je avec un sourire.

Deux ascenseurs s'ouvrent en même temps face à nous. Il me fait un signe de la main et embarque seul pour le rez-de-chaussée, tandis que je monte en flèche vers le *rooftop*. Les portes s'ouvrent sur le hall du 40e étage. Mon cœur bat alors que je pousse la porte métallique qui donne sur la terrasse. Un soleil clair et frais m'accueille. Tout paraît très habituel par ici. Je m'approche de la baie vitrée du bar pour y jeter un œil.

La déco y est moderne et pas vintage pour un sou. Mince ! Je rêve, ou quoi ? 2015 ou 1963 ?

Mad or not mad, that is the question…

Je reviens sur mes pas, rouvre la porte, traverse le hall, mais vais vers la droite pour passer par les escaliers. Cela m'a toujours réussi, il n'y a pas de raison que cela change ! Je compte mentalement les étages, comme la première fois. Les murs de béton font résonner mes pas comme dans une caverne : 40, 39, 38, 37, 36…

Juste avant de sortir de la cage d'escalier, je marque une courte halte. Je reprends mon souffle. J'attends de retrouver une respiration calme et j'inspire lentement par le ventre, deux-trois fois, comme me l'avait montré l'année dernière mon prof de yoga aux mains baladeuses.

Ça y est, je suis prête. Papier peint orange, me voici !

Je me redresse et ouvre fièrement la porte.

– Mike ?!

Je reste interdite face à mon collègue, fraîchement revenu du *Ricky Burger* du coin, sacs kraft à la main.

– Emily ? Qu'est-ce qu'il y a ? Tu vas b… ?

– Mike ! l'interromps-je. Mais qu'est-ce que tu fiches là ? En mille…

… *Neuf cent soixante-trois !* m'exclamé-je intérieurement.

Je regarde de tous côtés : c'est mon hall habituel. Le buzz des smartphones rythme la pause déj', et mon Sullivan inc. familier ronronne tranquillement sous ses néons.

– En mille quoi ? reprend Mike.

– En mille, en mille… Euh… En plein dans le mille, Mike !

– Quoi ? Mais qu'est-ce que tu rac…

– Alors, combien de Ricky Burgers aujourd'hui ? tenté-je pour changer de sujet.

– Bah, trois, comme d'habitude, répond-il un peu perturbé. Mais je ne comprends pas ce que tu voul…

– On se prend un café tout à l'heure ? J'ai un boulot moooonstre, donc je cours, je cours, hein. À tout' !

– Emily ?

La voix de Mike se perd derrière moi alors que je file me rasseoir. Une fois posée, je tente de reprendre mes esprits. Je serre les poings très fort et je me concentre sur mon écran.

Quoi ? C'est une blague ? Il est où mon 1963 ?!

Je me passe les mains sur le visage et me répète en boucle : « Non je ne suis pas folle, non je ne suis pas folle, non je ne suis pas folle, non je ne… »

Ce n'est pas possible. Il doit y avoir un truc. Peut-être que quand je *veux* y aller, je ne peux pas ? Non, ce n'est pas logique : ça m'est déjà arrivé de chercher Max et de le trouver…

Mais alors ?

J'expire longuement à travers mes lèvres serrées. Je vais me laisser une deuxième chance avant d'aller frapper à la porte des urgences. J'y retournerai ce soir, après le boulot. Ça me semble pas mal. De toute façon, j'ai *besoin* d'une deuxième chance. J'ai *besoin* de croire en ma bonne santé mentale !

La tension redescend, et c'est alors que je me rends compte que je n'ai même pas déjeuné. Mince, je n'ai pas envie d'avoir à passer devant le bureau de Mike : il se poserait vraiment des questions. Pas le choix : on se remet au boulot le ventre gargouillant !

De nouveau, l'action apaisante du travail me saisit. Je ne sais pas si, en cas de burn out, c'est bon ou mauvais signe…

Tiens, un texto d'Agnès :

[Coucou poulette. Happy hour au *Rogers'* à 18 h
(vu avec Olympia) ! No Voldemort = yes coktails !!
Bizz :-P]

Pestefuck et mastermince !

Non, ce n'est pas le moment. C'est vraiment dommage, ça m'aurait bien plu. Surtout que cela fait quelques jours que je n'ai pas croisé les copines. Agnès est par monts et par vaux, et Olympia est en clientèle en ce moment, plus bas sur Madison. Mais aujourd'hui, c'est vraiment *trop* spécial. Je ne peux pas y aller. Je dois débrouiller cette histoire, et puis, et puis…

C'est alors que je rougis.

Max me manque.

Je le sens dans tout mon corps. Cela fait trop longtemps que l'on ne s'est vus. Il a imprimé quelque chose en moi qui ne s'efface pas. Je ne veux pas vraiment me l'avouer, mais je crois que je suis en train de doucement virer *Max-addict*.

Allez, reprenons nos esprits !

[Désolée les filles, ce soir c'est sans moi :-(
Demain dans la soirée, OK ?]

[T'exagères !!! Bon, OK, pour demain
mais tu paies ta tournée ;-)))]

Je repose mon mobile à côté de mon clavier et m'adosse à ma chaise pour un instant de pause. Un coup d'œil sur la montre : 16 heures. Je me donne encore deux heures, et hop, l'inspectrice Green repart à la recherche de 1963.

***

Le bureau se vide peu à peu. L'absence des cadres rend follement attractifs les bars et cafés du coin, et ce, dès 17 h 30. Quand les chats ne sont pas là, les souris dansent !

Cela ne change pas grand-chose pour moi. Je me suis donné une échéance à 18 heures, et je travaille religieusement sous le regard sévère de l'horloge.

– Et si ce café que tu m'as promis se changeait en verre de vin ?

Je me retourne vers cette voix qui m'interrompt.

– Mike ? Oh Mike, je… Je suis navrée, j'ai complètement oublié. Je dois absolument terminer ce dossier. Mais on peut reporter.

Demain soir, par exemple ? Cette fois, je te le *promets* !

Mike fait une mine dépitée. Je sens qu'il hésite entre me croire et penser que je ruse à chaque fois pour l'éviter. Il hausse les épaules, inspire et sourit d'un côté, résigné.

– Bon, je note pour demain soir. Au *Rogers'* ?

– Au *Rogers'* ! Promis ! lui dis-je avec mon sourire le plus candide et sympathique.

Il me fait un signe de tête, se retourne et disparaît dans le hall.

Ouf ! Je m'en veux de devoir l'éconduire à chaque fois, mais je n'ai pas le choix. Par contre, je peux bien dégager trente minutes pour prendre un verre avec un collègue, non ? C'est la moindre des choses. Va pour demain soir. De... Demain soir ?

Zut ! Demain soir, j'ai déjà rencard avec les filles... Comment vais-je bien pouvoir me dépatouiller de ça ? Et puis là, l'horloge indique 18 heures ! Pas le temps de tergiverser mille ans. On verra demain pour les problèmes de demain. On voit aujourd'hui pour les problèmes d'aujourd'hui. Et mon problème d'aujourd'hui, c'est de voyager cinquante ans dans le passé. Un jeu d'enfant !

Je me lève, ramasse mes affaires, jette un œil dans le miroir de mon poudrier, et quand j'estime que tous les voyants sont au vert, je le referme en un claquement décidé et le glisse dans mon sac.

C'est parti, inspectrice Green ?

Je crois que c'est bon ! Je marche d'un pas déterminé vers les ascenseurs. Personne pour me voir : je peux tester mon port de tête d'apprentie guerrière. Dos droit, poitrine en avant, et on rentre le ventre. J'appuie sur le bouton d'appel. J'apprécie les quelques secondes de calme avant l'ouverture des portes.

Hey ! Salut Danny ! Ça faisait un bail, dis donc.

Revoilà mon petit ascenseur chouchou, un-peu-délabré-mais-pas-trop. Comme une midinette, je sautille dans la cabine et vise le 40e étage le cœur battant. J'atterris dans le hall et, fébrile, j'ouvre la porte métallique menant sur la terrasse. Tout paraît habituel, encore. En même temps, à quoi m'attendais-je ? 2015 ou 1963, les étoiles n'ont pas bougé, elles. Mais du coup, je m'approche de la baie vitrée du bar. Il en émane une lumière chaude qui irradie l'esplanade. Et là… ?

Yes !!

Non, là, je ne me trompe pas, c'est bien la déco sixties de l'autre soir, aucun doute là-dessus. Je suis à la fois excitée et nerveuse. Maintenant que je sais, ou que je *m'imagine* être en 1963, j'ai les émotions à fleur de peau, et tout en moi est agité. Qu'est-ce que je fais donc ? Où est Max ? En bas, au bureau ? Je ne le textote pas avant pour le prévenir quand même ?

Quelle idiote ! Un SMS en 1963 ?

Je ne sais pas ce qui est le plus inquiétant : avoir le réflexe SMS en 1963 ou penser être *réellement* en 1963…

Ma respiration est vive, un faible vertige me prend ; je ressens le besoin de m'asseoir. Je pousse timidement la porte vitrée du bar. Il fait bon à l'intérieur. Pas grand monde aujourd'hui. Quelques voix me parviennent depuis la salle du fond. Je me dirige vers le zinc en tentant de garder mon calme. Je maintiens le cap, marchant droit ; ne surtout pas tituber. Faire bonne figure et ne pas attirer l'attention.

J'atteins une chaise haute en cuir sur laquelle je m'installe. Personne derrière le comptoir, mon regard vagabonde. Sur le côté, un bol bleu clair avec des boîtes d'allumettes à disposition.

Génial !

Ça sera ça ma preuve : une boîte d'allumettes typique sixties. Aucun problème pour la chaparder, personne ne me dira rien ! J'en prends deux-trois que je fourre prestement dans la poche de ma veste. Mais alors que je me penche, je m'arrête net.

Nom de fuck !

Un journal ! Là, devant moi, sur le comptoir ; sûrement oublié par un client. Que demander de mieux ? Je me précipite dessus, vorace. C'est le *New York Times*. Coup d'œil sous l'en-tête : « *New York, Saturday, November 16th, 1963* ».

Ma respiration s'arrête.

1963 !! 1963 !! 1963 !!

Nom de Dieu, pincez-moi, je rêve. Ou plutôt non, je ne rêve pas. Je me touche machinalement les yeux pour vérifier que je ne suis pas en train de dormir – oui, je sais, ça n'a rien de logique. Mais tout ça est-il *vraiment* logique ?

La chaleur me monte aux joues. Je me sens rosir sous l'effet de l'euphorie. Je gigote sur ma chaise. Je ne tiens plus en place. Coups d'œil à droite et à gauche, et hop, je plie la gazette en quatre pour qu'elle tienne dans mon sac.

Si, avec ça, on ne me croit pas dans mon monde à moi ! Euh, je veux dire mon… époque à moi ? Enfin, c'est soit ça, soit je me réveille à l'hôpital, bardée de tuyaux façon Alien, et entourée par un groupe en blouses blanches étudiant les cas extrêmes de schizophrénie. Tiens, il s'agit peut-être même d'une pathologie unique, rien qu'à moi ? Le syndrome de Green ? Hmmm, ça sonne pas mal, j'ai un certain talent, non ? #JaiRatéMaVocationDeMédecin.

– Je vous sers ?

Je sursaute comme une môme prise en flagrant délit de bêtise.

– Pardon ? demandé-je en relevant les yeux.

– Que désirez-vous boire, mademoiselle Green ? reprend Donald, le serveur aux jolies taches de rousseur.

– Ah, Donald ! Vous vous souvenez de mon nom ? Comment allez-vous ?

– Bien, je vous remercie, répond-il en posant un verre vide devant moi. Il se retourne vers les bouteilles et attend mes indications.

Boire, je veux bien, mais comment ferai-je pour payer ?

Je ne vais pas sortir ma carte bleue, ça, c'est sûr. Quant à mes billets des années 2000, j'ai vu mieux pour passer inaperçue. Par chance, je ne suis pas très bonne comédienne, car ma gêne se lit manifestement sur mon visage. Donald semble comprendre immédiatement, sourit et me fait sur le ton de la confidence :

– Ne vous en faites pas, c'est pour moi.

Je lui rends son sourire sans un mot. Il me sert un tonic on the rocks, comme la dernière fois. Je lève mon verre en signe de remerciement et bois le plus normalement possible.

Comment se comporte-t-on en 1963 ? Comme en 2015 ? Il y a une manière de faire particulière ?

Je me sens à la fois exaltée et impuissante. Par où commencer ? Que faire ? On commence par cuisiner un peu le barman ?

– Dites-moi, Donald, l'interrogé-je, comment allez-vous en ce moment ? Tout se passe bien ici, au bar ?

– Euh... Oui, oui, tout va, répond-il sommairement tout en essuyant des verres.

– Cela fait longtemps que vous êtes ici ? Vous vous y plaisez ?

– Oh, un certain temps.

Il n'a pas trop le cœur à la discussion, il me semble. Pourtant, il paraît plutôt ouvert et sympathique. Peut-être que je le mets mal à l'aise avec mes questions ?

– Vous comptez rester ici, à ce poste ? tenté-je à nouveau.

– Je... je ne m'éterniserai pas. J'aime voyager.

– Ah, les voyages ! J'adore.

– Oui, conclut-il laconiquement.

Bon, effectivement, il est bien gentil le Donald, mais ce n'est pas avec lui qu'on va passer la soirée à papoter !

Soudain, un verre lui échappe des mains et se fracasse au sol. Il s'arrête net. Il repose son torchon, me regarde fixement et soupire.

– Donald ? Tout va bien ?

Il marche le long du bar, le contourne et s'approche de moi, un étrange éclat dans les yeux. Il semble décidé à quelque chose, et au moment de se lancer, il s'interrompt. Après un instant d'hésitation, il reprend son geste, fait voler son torchon sur le zinc et pose sa main sur mon bras :

– Venez avec moi. Maintenant, me dit-il d'un ton ferme, les yeux dans les yeux.

– Comment ?

Ma voix tremble. Je suis déroutée par son comportement. Mais son regard n'inspire aucune crainte. Je vois en lui un fond doux, presque un poète.

Je lui fais confiance ?

Je lui fais confiance !

Il n'attend d'ailleurs pas ma réponse et me mène vivement par le poignet vers la porte. J'ai tout juste le temps d'attraper ma veste que j'avais laissée sur le bar. Nous trottons hâtivement vers les ascenseurs. Il appuie sur le bouton du rez-de-chaussée, et nous restons immobiles, le temps suspendu et les yeux au loin, tandis que la cabine décompte les étages.

Ding !

Les portes s'ouvrent, Donald m'agrippe vigoureusement la main, et nous filons en flèche à travers le hall. J'ai à peine le temps de comprendre ce qui m'arrive que nous débouchons sur le trottoir. Le vent frais de novembre me happe et je reprends mes esprits. Et là…

La claque !

Madison Avenue, 1963. Le bruit de la ville, l'atmosphère, les odeurs… Tout est si différent !

Déjà, il y a un peu moins de voitures dans les rues. Et quand on parle de voitures : là, à l'instant, passe une Ford comme celle que mon grand-père garde dans sa grange ! Personne ne se retourne – et oui, c'est normal.

Les trottoirs sont sillonnés de couples et de familles. Curieux… Les enfants ne vont pas à l'école dans les années soixante ? Mais bien sûr ! Le sous-titre du *New York Times* me revient en tête : nous sommes bien le 16 novembre, mais en 1963, et c'est un samedi.

C'est le détail de trop. Je suis toute chamboulée ; mon cœur bat la chamade ; j'ai le vertige ; mes jambes flageolent. Donald s'aperçoit de mon émotion et me soutient par le coude. Je perds l'équilibre.

– Tout va bien, mademoiselle ? me lance un passant.

– Oui, oui, merci beaucoup, tout est *under control*, lui répond Donald avec un sourire poli.

– Vous êtes européens ? demande le quidam après avoir jeté un œil sur mes habits. Avez-vous besoin d'aide ?

– C'est gentil à vous, mais tout va bien, reprend Donald.

– Comme vous voudrez. Bonne soirée et bienvenue à New York ! lance-t-il.

L'homme s'éloigne en marquant un petit salut avec son chapeau.

Je regarde autour de moi : les hommes sont en costume, les femmes en trench-coat ou en veste et jupe plissée. Les lunettes ont des montures épaisses et les citadines les portent papillon. Pour la première fois, je me rends compte qu'effectivement, c'est *réellement* 1963…

Nom de fucking Dieu de putain de shit !!

Je suis en train de vivre mon fantasme ultime ! Ce sont les années soixante comme je me les suis toujours figurées. En fait non, c'est à la fois très semblable et très différent de ce que j'imaginais… Mais c'est super, c'est fou, c'est dément ! OK, j'avais déjà été dans les bureaux de Max, mais *je ne savais pas* que j'avais changé d'époque. Et puis, là, je vois tout, les gens, la rue, New York, la vie quoi !

J'ai le souffle court, mais je parviens petit à petit à me remettre et à reprendre contenance. J'observe avidement la scène. Il manque quelques gratte-ciel qui me sont si familiers ; il y a moins de publicités ; la vie semble aller un poil plus lentement, mais avec plus de folie, plus d'excitation... Les sixties dans la *Big Apple* quand même ! Il y a un je-ne-sais-quoi d'effervescent et d'immuable dans cette ville que je retrouve ici avec tellement d'acuité.

– Cela va aller, mademoiselle Green ? me demande Donald, un peu préoccupé.

– Oui, oui, pardonnez-moi, Donald, je crois que j'ai eu une journée un peu longue, lui réponds-je.

C'est vrai, je ne peux pas faire montre de trop de surprise devant lui. Il va falloir que je me contienne un peu. Je prends sur moi et me redresse. Je réajuste mes vêtements et lui souris amicalement.

– Merci pour votre aide, Donald.

– C'est tout naturel, me répond-il avec des yeux pleins de mystère. Venez avec moi, allons nous asseoir dans le café, là, au coin.

Je le suis docilement. Tout en marchant, mon attention papillonne à droite, à gauche. Tant de choses à redécouvrir. C'est un vrai scénario de film, ma parole ! Et ça m'arrive à moi, là, maintenant.

Mais pourquoi ? Pourquoi moi ?

Nous pénétrons dans le café. La première chose qui me frappe, ce sont les odeurs. D'abord, la fumée : ça fume partout ! À croire que c'est obligatoire pour qu'on soit servi. Ensuite, le café, la friture, les effluves emplissent l'air de manière beaucoup plus marquée que de nos jours.

– Pardon mam'zelle, me lance un type bourru qui me bouscule presque pour sortir.

Son parfum persiste un instant autour de moi. Oui, les eaux de toilette, les after-shave, les fragrances, tout est *si* différent. Les gens ne sentent tout simplement pas pareil !

Nous nous installons sur de hauts tabourets de bar en cuir noir cerclés de métal. Donald nous commande un verre, puis il se tourne vers moi :

– Vous avez l'air de venir d'ailleurs. Votre look n'est pas... commun, me dit-il.

Ses mots sont interrogatifs, mais son expression ne l'est pas. Je suis déphasée par tout ce qui m'arrive.

C'est quand même drôle : en 2015, tout le monde remarque mon look sixties, et dans les *vraies* années soixante, voilà que je suis décalée. Une extraterrestre, en somme ! Il va peut-être falloir que je me pose des questions sur mes choix vestimentaires.

– Ailleurs ? laissé-je échapper.

– Europe ? Plus loin encore ? me questionne-t-il de nouveau.

– Oh, un endroit qu'il est difficile d'imaginer.

– Je crois que je peux *tout* imaginer..., laisse-t-il planer.

Mouais, genre que je viens du futur ? Et que rien que dans ma poche, j'ai un appareil vingt millions de fois plus puissant que le plus gros ordinateur de la NASA ?

– Je dois remonter travailler, marmonne Donald. Je ne peux pas prendre une pause trop longue. Vous allez voir monsieur Whitman en rentrant ?

Oh, Max... À l'évocation de son nom, quelque chose embrase mon cœur. Hors de question de voyager cinquante ans en arrière sans aller le retrouver.

Évidemment !

Machinalement, je plonge la main dans ma poche pour regarder l'heure sur mon portable.

– Ne sortez jamais ça ici ! s'exclame Donald, tout en rabaissant discrètement mon bras.

– Quoi ? laissé-je échapper.

Mes oreilles sifflent ; un éclair glacé me descend le long du dos. Je vacille.

De quoi ? Qu'a-t-il dit ?

Je le regarde, hagarde.

– Do... Donald... Vous savez ce qu'est un portable ? balbutié-je.

Je me sens mal. Le bruit de fond du café paraît s'effacer. Il pince ses lèvres, inspire, puis, à voix basse :

– OK, écoutez bien ce que je vais vous dire. Ne me posez pas de questions. Je n'y répondrai pas. Voilà : surtout, ne dites rien à Max. Rien qui pourrait tout changer.

– Comment ? Quoi ?

– Et puis, ne sortez *jamais* votre smartphone ici, chuchote-t-il avec force entre ses dents.

Je prends mon visage dans mes mains. Je me masse les tempes du bout des doigts tout en respirant profondément. Je ressens un malaise. D'un coup, ce monde si étrange me paraît presque hostile. Je suis perdue. Donald me pose la main sur l'épaule, comme s'il voulait me rassurer... Ou me consoler ?

– Allons-y, il me faut vraiment retourner à mon poste, ajoute-t-il d'une voix douce.

J'acquiesce en silence. Nous nous levons et je le suis. Ça tourbillonne à mille à l'heure dans ma tête. Je ne regarde quasiment plus autour de moi, toute à mon magma intérieur. Passé le hall du Carraway Building, nous entrons dans l'ascenseur au milieu de businessmen à l'air affairé, même le samedi. Au trente-sixième, Donald me donne congé avec un sourire, et je sors. Je retrouve la moquette verte et le papier peint orange.

J'ai besoin de réconfort, et Max est la seule personne dans ce monde-ci qui peut me l'apporter. La question est : Max est-il au bureau un samedi soir ? Je passe la grande porte vitrée à l'enseigne de Whitman inc. Je retrouve le silence comme lors de ma première venue.

La porte de son bureau est entrouverte. Je m'approche doucement et glisse un œil à l'intérieur. Mon cœur bondit.

Oui, il est là !

Absorbé par son travail, il est penché sur un dossier. Il est super sexy, si concentré, ses manches de chemise relevées, laissant apparaître ses bras musclés. Je pousse délicatement la porte. Elle grince. Max lève brusquement la tête.

Il me voit, ici, à quelques mètres de lui, et ses yeux me fixent intensément. Il sourit de sa manière si craquante, un peu de côté. Se forment alors à la commissure de ses yeux de très légères pattes d'oie, qui donnent à son regard une lumière particulière. Je jurerais que ses traits si virils se sont adoucis à la seconde où il m'a vue. Un frisson me parcourt. Nos regards échangent de fortes vibrations.

– Tout le monde me prend pour un fou, déclare-t-il simplement.

– Ça ne m'étonne pas du tout, souris-je, sans bouger de la porte.

Il rit.

– On me dit que je travaille trop, reprend-il. Que les week-ends sont faits pour être passés à la maison.

– Je vois que vous suivez ces conseils à la lettre, réponds-je malicieusement.

– Ce matin, j'avais effectivement hésité. Le soleil brillait fort, et j'adore les belles et fraîches journées d'automne.

– Mais ?

– Quelque chose me disait que je serais mieux au bureau. J'ai écouté mon instinct, comme d'habitude. Il ne m'avait simplement pas dit que ce serait vous, et non mon travail, qui serait au rendez-vous.

J'ouvre maintenant tout à fait la porte et je vais pour entrer quand :

– Stop ! s'écrie-t-il.

– Comment ? fais-je, surprise.

– Restez où vous êtes. N'entrez surtout pas.

– Pardon ?

Mais à quoi joue-t-il ? Encore quelque chose qui va me donner un malaise ?

– C'est moi qui viens, dit-il en se levant.

Il prend sa veste, son manteau et son chapeau. Il porte son Stetson de manière très personnelle, un peu en arrière sur ses cheveux fous, ce qui lui donne un furieux air de rock star. Il se tourne vers moi en plissant ses yeux pétillants.

– Je vous emmène dîner. C'est une affirmation, pas une question : vous seriez capable de trouver une excuse ! me glisse-t-il alors qu'il me rejoint.

Je souris.

– Il s'agit bien entendu d'un dîner professionnel. Aimez-vous les fruits de mer ?

***

Les nappes en tissu sont épaisses et blanches. Max m'a resservi un verre de champagne, et les huîtres ne vont pas tarder à arriver. J'ai moins le regard à l'affût des détails d'époque. Peut-être que je commence à m'y faire, à cette année 1963 ? Ou est-ce plutôt que toute mon attention est dirigée vers monsieur Whitman ?

Je le vois, face à moi, si beau, si classe. Son visage allongé aux contours vifs et dessinés ; ses pommettes hautes soulignant ses yeux légèrement en amande ; tout en lui me séduit. Comparé à ses semblables de 1963, lui porte sa chemise un poil plus lâche ; sa cravate a plus de style. Il laisse ses cheveux un peu fous, ce qui le rend super craquant ; mais dans les sixties gominées, on doit le prendre pour un dingue – ou un artiste !

Je soupire.

Comment garder pour moi tout ce que je vien[illegible] aujourd'hui ? Comment avoir une conversation n[illegible] simplement… ?

Ne pas y penser ? Faire comme si de rien n'était ?

Et si je lui disais ? Si je lui expliquais qu'il est du passé[illegible] Euh, je veux dire, plutôt que moi, je viens du présent. Enfin du futur. Sauf que mon futur se joue peut-être dans son présent. Ou que son futur et mon présent ne font qu'un ? Sauf quand je suis avec lui bien sûr, car en 1963, notre présent est le même.

Enfin, c'est simple, non ?

Non.

Et puis, il me prendrait pour une folle. Que lui dire alors ?

– Max ? tenté-je.

– Oui ? répond-il en levant son verre pour trinquer.

– Euh…, marmonné-je avant de me dégonfler et de changer de sujet. Mary Watson, cette créa avec qui vous aviez rendez-vous l'autre jour, vous a-t-elle donné de ses nouvelles ?

– Non, curieusement, toujours rien. Il est d'usage d'au moins s'excuser, dit-il, pensif.

– Le poste est donc toujours vacant ?

– Je vous l'ai proposé, Emily.

– Et je l'ai refusé, contre mon gré. Vous le savez bien, je suis déjà liée, me défends-je.

– Oui, je le sais. Et qu'en est-il du contrat free-lance ? L'avez-vous signé ? sourit-il.

– Je… Je n'ai pas encore eu le temps de le lire en entier, mens-je.

Je ne sais pas comment me sortir de cette histoire de contrat. J'essaie péniblement de noyer le poisson.

– Venez travailler pour moi, Emily. Vous ne le regretterez pas, dit-il en plongeant ses yeux dans les miens.

Ben tiens ! Évidemment que je ne regretterais jamais de travailler pour un mec comme Max !

Mais, oh, c'est *so impossible*.

– Le projet ne vous tente pas, Emily ? Est-ce parce que c'est pour une marque de lessive ?

– Oh non, non, pas du tout ! m'exclamé-je en riant intérieurement.

De la lessive, j'en mange déjà tous les jours dans mon 2015.

– Donnez-moi au moins votre avis.

– Si vous le désirez, mais je ne sais pas si je saurais..., me défends-je.

– Écoutez, j'ai eu l'idée de faire un partenariat avec les fabricants de machines à laver. Chacun conseillerait le produit de l'autre. La visibilité est doublée pour l'un comme pour l'autre, et les ventes grossiraient proportionnellement. C'est du gagnant-gagnant ! Qu'en pensez-vous ?

Du co-branding en 1963 ? C'est fantastique et super avant-gardiste ! Max est plus qu'un créatif de génie, c'est un visionnaire.

– C'est une idée formidable, réponds-je, tout excitée. Un plan pour le spot télé ?

– Un *spot* ? s'étonne-t-il.

Ah oui, c'est vrai que la télé, en 1963, c'est plutôt confidentiel, et encore peu usité dans la pub. Mais ce n'est pourtant pas inexistant... Peut-être un problème de vocabulaire ?

– Un plan pour... une réclame télévisée ?

Max se fige, puis un large sourire naît sur son visage.

– J'ai eu exactement la même idée ! C'est un peu aventureux, mais il faut regarder l'avenir en face, n'est-ce pas ? me fait-il en me regardant droit dans les yeux.

S'il se rendait compte de la double signification de ses derniers mots !

Quant à moi, il va falloir faire attention à ce que je dis, et à *comment* je le dis. Je ne peux pas me permettre de parler en 1963 comme en 2015 !

Max ne me quitte pas du regard une seconde. Ses yeux sont profonds et intenses.

– Emily, vous êtes belle. Si terriblement belle…, laisse-t-il échapper à mi-voix.

Puis son visage se ferme.

– Malheureusement, pour ce qui est de… nous deux, Emily, il faut en rester là, termine-t-il gravement.

– Pardon ? Mais pourquoi ? demandé-je troublée.

– Je ne suis pas comme ça. Vous savez, Emily, à chaque fois que je discute avec ceux de chez Taylor, Baxter & Morrison, ils me considèrent comme un fou ! Parce que je ne couche pas avec ma secrétaire et que je n'en change pas tous les mois. Quand je leur parle d'embaucher une créa et non un créa, ils… Enfin, je vous passe les détails…

Max fait une pause et me fixe intensément avant d'ajouter dans un souffle :

– Vous valez tellement mieux que ça.

Son discours me perturbe. Max est un homme de cœur et de caractère, cela se confirme. Il est impressionnant. Mais je ne peux me résoudre à laisser notre relation en l'état. Que dire ? Que répondre à cela ? Je reste muette. Dépitée.

– Il se fait tard, dit Max après avoir regardé sa montre.

Je me pince les lèvres et expire par le nez. Nous nous levons. Le serveur est allé chercher nos vestes et manteaux.

– Je vais vous raccompagner, Emily, me glisse Max. Je ne vous laisse pas rentrer seule en taxi à cette heure.

– C'est gentil, marmonné-je mécaniquement.

Quoi ? Mais je suis folle ? Me ramener ? Me ramener OÙ ?

Mince, je m'en sors comment, moi, maintenant ? La situation n'était déjà pas simple, et voilà qu'elle se complique !

Max s'éloigne un instant pour payer. Et moi, j'ai donc très exactement deux minutes trente-sept pour réfléchir à une solution. OK, c'est parti pour le top 5 :

5. Je fais semblant de m'évanouir, et du coup on m'emmène à l'hôpital.

Risqué : déjà, on me donnera un médoc bien sixties, et puis il faudra bien qu'on me ramène par la suite. De toute façon, je joue très mal la comédie.

4. Je lui donne une fausse adresse.

Mal vu le mensonge : Max pourrait se renseigner par la suite et s'en rendre compte. Pire, si possibilité de « dernier verre », il faudra que je décline. Et là, c'est moi *qui fous tout en l'air !*

3. Je lui dis que j'ai du boulot et que je retourne au bureau.

Travailler la nuit du samedi ? Super crédible. Et puis quel bureau ? Où ça ? Au trente-sixième du Carraway Building ? Ha ha !

2. Je me mets de suite à chanter, danser et sauter sur les tables en espérant que tous les clients du restaurant se mettent à me suivre, façon comédie musicale des *golden years*. Excellente diversion !

Note pour plus tard : ne pas oublier d'apprendre à chanter et à danser avant d'avoir des idées pareilles. D'autant plus qu'actuellement je suis plus dans un film façon Twilight Zone *que dans un Vincente Minelli.*

1. Je profite que Max a le dos tourné pour m'enfuir en courant. Hop, ni vu, ni connu !

Probablement la pire idée que j'aie jamais eue. D'ailleurs, ce n'est pas la première fois que j'y pense, il va falloir que je me pose des questions.

Résumé : pas de solution. Le temps me manque. Mon cœur bat de plus en plus vite. J'ai des frissons et une vague de sueur froide me submerge.

Que vais-je bien pouvoir lui dire ?!

Au loin, je vois Max remettre son portefeuille dans sa poche. Il va se retourner d'un instant à l'autre et revenir vers moi. Je tremble.

Ça y est, Max fait quelques pas. Je n'ai plus que dix secondes pour m'en sortir.

9… 8… 7…

Je ferme les poings, regarde rapidement à droite et à gauche. Max ne m'a pas dans son champ de vision. C'est le moment ! Vite, je file entre les tables vers la sortie, j'ouvre la porte et je m'enfuis en courant dans la nuit de novembre. Le son assourdissant de mes talons résonne dans ma tête.

Je n'en reviens pas de faire un truc aussi idiot ! Pourquoi l'ai-je mis en numéro 1 dans mon top 5 aussi ?

La prochaine fois, tu y réfléchiras à deux fois avant de tomber amoureuse d'un gars qui vit en 1963 ! Attends, qu'est-ce que j'ai dit, là…

Amoureuse ?

8

QUI POUR M'AIDER ?

Appartement d'Emily, quartier de Little Italy.
Mardi 17 novembre 2015.

J'ouvre les yeux. J'ai le visage plaqué contre mon oreiller et le corps scotché à mon matelas. Le sommeil se dissipe peu à peu. Mon réveil a-t-il sonné ? Je ne crois pas l'avoir entendu. Quelle heure est-il ?

Petit à petit, les images de la veille se réimbriquent. Toutes les pièces du puzzle se remettent en place. Était-ce un rêve ? En me levant, vais-je retrouver mon appartement, celui de 2015 que je connais ? Ou ai-je une chance de croiser Frank Sinatra aujourd'hui ?

Heureusement, après ma fuite pathétique d'hier soir, il y a tout de même une avancée dans toute cette histoire. Et pas des moindres…

J'ai trouvé la porte temporelle !

Je sais, ça paraît dingue. Rien que d'utiliser ces mots, je me fais peur. Mais il faut bien que j'accepte la réalité des faits : j'ai trouvé le moyen qui me permet de voyager entre 2015 et 1963.

C'est en fait grâce à un ami très discret. Mon fameux pote Danny.

Cet ascenseur qui marche un peu quand il le veut, eh bien quand je le prends, pouf, je me retrouve de l'autre côté du calendrier. Va savoir comment ça se fait.

Et pourquoi 1963 ? Pourquoi pas 1789 ? 2140 ? Et pourquoi moi ?

Je n'en sais rien !

Je me sens m'écrouler sous le poids des pourquoi.

Et quelle solution quant à Max et moi ? Tout oublier ? Faire comme si rien n'avait jamais existé et reprendre ma vie comme avant ? Impossible ! Je ne peux m'enlever de l'esprit que…

Il y a forcément une raison. FORCÉMENT.

Difficilement, je parviens à faire le point sur les chiffres lumineux du réveil. Je me frotte les yeux. Pour le coup, j'espère bien être en train de rêver : 9h25 !

Absolument impossible d'être à l'heure au travail. Sans compter que Voldemort doit avoir une forme du tonnerre de Dieu après deux jours de tournage sous les tropiques – oh, ça va, je les connais, moi, ces week-ends de *travail*. Elle va vouloir tout croquer sur son passage, d'autant qu'elle ne supporte pas de nous laisser travailler seuls. Elle pense que l'on n'avance pas sans cravache. Dur.

Mais aujourd'hui, pour la première fois, je n'ai pas le courage d'affronter ça. Je baisse les bras et prends mon ordi pour envoyer un e-mail à Carmen Presley, notre Voldemort chérie. Non, je ne pourrai pas venir aujourd'hui ; oui, je suis souffrante ; oui, je serai là demain ; non, je n'ai pas la gueule de bois pour avoir fait la fête en son absence.

Clic ! Envoyé.

Je souffle et me détends un chouia. J'ai besoin d'un break et de faire le point. Je décide d'aller voir mes parents. Une fois n'est pas coutume, je prends mon temps pour me préparer. Je passe ensuite acheter quelques gâteaux avant de prendre le métro pour aller dans le quartier du Village.

***

Greenwich Village.
11 h 30. Mardi 17 novembre.

– Des pâtisseries ? Avec en prime ma fille qui les apporte ? s'exclame ma mère.

Elle m'ouvre et m'accueille le sourire aux lèvres. Elle est visiblement très heureuse de me voir, et sa joie me fait chaud au cœur. Mais son visage se rembrunit vite.

– Tu n'as pas bonne mine, ma fille. Que se passe-t-il ? s'inquiète-t-elle alors que nous pénétrons dans le salon. Je suis sûre que tu travailles trop.

Je me laisse tomber sur le canapé. Son regard est à la fois compatissant et accusateur. Je sens presque des larmes me monter aux yeux. Elle s'assied à mes côtés, après nous avoir fait du café avec une pincée de cannelle, comme j'aime.

– Il faut que tu fasses attention Em', le travail, ce n'est pas la vie. Je te l'ai déjà dit.

– Oh, tu peux parler, maman. Papa et toi aussi avez travaillé comme des fous. Il aura fallu que tu tombes enceinte pour enfin ralentir le tempo.

– Justement, ce n'est pas parce que tes parents ont fait des erreurs qu'il faut les reproduire. Et puis, on a eu tellement de mal à t'avoir. On n'y croyait plus. C'est venu si tard, ajoute-t-elle, pensive.

– Je le sais maman. Je connais ces histoires par cœur.

– Alors stop ! Fais une pause.

– Je ne peux pas. En ce moment, je suis sur un très gros projet, et Carmen va bientôt promouvoir des juniors en seniors. Si je suis sérieuse, c'est ma chance. Impossible de lâcher maintenant.

Mon père nous rejoint en milieu de conversation et s'installe comme d'habitude sur son fauteuil favori, un Eames Lounge. Lui aussi semble préoccupé par la mine de sa fille. Résignée, je leur promets de prendre des vacances – des vraies, loin de New York ! – dès que les promotions seront décidées, et cela, même si je ne suis pas choisie.

Je vois bien dans les yeux de mon père qu'il se doute qu'il y a aussi autre chose. Mais c'est un pudique. Ou tout simplement respecte-t-il ma pudeur à moi ? Toujours est-il qu'il ne me questionne pas plus.

Après cette conversation familiale, difficile d'envisager de leur parler de mes aventures temporelles : ils me feraient interner im-mé-dia-te-ment !

– Vu que tu as pris un peu de temps pour toi, pourquoi n'irais-tu pas voir Serena ? Ce n'est pas bien loin, demande ma mère, l'air soucieux.

Mes parents aiment beaucoup Serena, et ma mère doit se dire que, si je n'écoute pas mes parents, au moins ai-je toujours une oreille attentive aux conseils de ma meilleure amie.

– D'ailleurs, comment ça va avec la petite ? As-tu des nouvelles ? reprend ma mère.

– Oui. Enfin non. Disons, pas assez..., laissé-je échapper laconiquement.

Soudain, ça me frappe. Bon sang ! Mais comment n'y ai-je pas pensé plus tôt ? Serena bosse dans une librairie ésotérique. Et puis, elle adore tous ces trucs biza... Para... Enfin pas nets, quoi. Est-ce que ce n'est pas LA confidente idéale ?

Je rougis intérieurement. Peut-être que je n'y ai pas songé plus tôt parce que je culpabilise de ne pas avoir été plus présente pour elle ces derniers temps ?

Je promets donc à ma mère de faire un saut pour la voir. La conversation tourne ensuite autour de choses anodines pendant une petite heure, puis je prends congé. Je les embrasse fort et j'entends ma mère soupirer alors qu'elle referme derrière moi la porte de leur appartement. Bon, si je cherchais de l'aide dans cette situation, j'ai décidément frappé à la mauvaise porte !

J'espère qu'au moins Serena saura me réconforter. La librairie ésotérique dans laquelle elle travaille n'est pas située très loin, et il ne me faut pas dix minutes de marche pour y parvenir.

Je m'arrête un instant devant le bâtiment avant d'y pénétrer. Il est très ancien et fait figure de Mohican, petit résistant face à la conquête des gratte-ciel alentour. Je ressens à chaque fois une sensation étrange quand je viens ici. Il y a quelque chose de chargé ; une atmosphère curieuse, à la fois calme et électrique. Ça ne m'étonne pas du tout que Serena travaille dans un tel lieu ; c'est typiquement son truc ! Elle s'y sent tellement à l'aise que c'est sûrement elle qui reprendra la boutique quand la proprio – une vieille dame mystérieuse – passera la main.

Le carillon d'entrée résonne comme dans un temple hindou. Odeurs d'encens et de livres anciens. On se sent bien ici, immédiatement. Serena est au fond, assise sur un haut tabouret derrière un pupitre en bois. Elle porte un grand châle en laine et tient sa tasse à café au creux de ses deux mains. À ma vue, elle révèle un large sourire.

– Je savais que tu viendrais, me lance-t-elle.

– Tu l'avais vu dans ton marc de café ? ris-je.

– Presque : je viens de recevoir un texto de ta mère. Elle me demande de veiller sur toi.

– Ah, la légendaire discrétion maternelle ! dis-je en haussant les épaules. Tu ne t'es pas inquiétée, j'espère.

– Tout peut se régler dans la vie. Et tu es du genre à préférer les solutions aux problèmes. Donc, non, je ne suis pas inquiète. Et je suis très contente de te voir ici.

– Moi aussi, je suis très heureuse de te voir.

– Café ?

– C'est la seule proposition au monde qui m'arrachera toujours un oui !

Serena rit, puis sort sa cafetière italienne qu'elle rince, remplit et met sur le feu.

En attendant, je déambule dans les rayons de la petite boutique en lisant les tranches de livres. Il y a vraiment de tout ici : *Symboles du tarot : l'autre vérité*, *L'Atlantide, 8e ou 9e continent ?*, *Tout savoir sur les chamans d'Amazonie*, *Communier plus intensément grâce à ses chakras*, *George W. Bush téléguidé par les Aliens : le dossier secret*, *365 positions de yoga pour mieux faire l'amour*, *Aztèques, les premiers francs-maçons*, *Cupcakes aux plantes et voyage astral : le grand guide*. Etc, etc.

Même s'il y a un stock de théories et de sujets plutôt fumeux, certains livres, discrètement disséminés au hasard des étagères, vibrent de manière étrange. Est-ce moi, ou juste une impression ? Il s'agit plutôt d'ouvrages plus anciens, à la couverture de cuir. Des choses que j'aurais auparavant balayées d'un geste et d'un sourire me parlent aujourd'hui. Quelque part ici, dissimulée dans une forêt de mots, y aurait-il la clé du mystère ? Peut-être la vérité ? Ou tout au moins *une* vérité ?

La cafetière tousse et crachote. Ça y est, on m'appelle ! Je reviens m'asseoir aux côtés de Serena ; elle me tend un mug fumant. Nous trinquons avec nos tasses dans un sourire.

– Tu t'es bien amusée à parcourir les titres des bouquins ? me taquine Serena.

– Tu sais bien que je ne me moque pas ! me défends-je.

– Je sais que tu es bienveillante, Emily. Sache que Phoebe, ma patronne, y croit dur comme fer, à toutes ces choses !

– À tout ? Même à Bush et ses Aliens ?

– OK, pas à *tout* ! admet-elle dans un éclat de rire. C'est quand même un commerce ici : il faut contenter les clients. Figure-toi cette librairie comme une sorte de foire-à-tout : beaucoup d'âneries, mais quelques vraies perles cachées. Il faut savoir se situer ; être critique, mais aussi ouverte d'esprit. Ce n'est pas simple.

– Oui, je crois comprendre, dis-je en essayant d'adapter ses conseils à ma propre expérience récente.

Pensive, je me dis que c'est peut-être le moment de lui dire. De lui raconter ce qui m'est arrivé. C'est Serena, quand même. Elle me connaît bien et elle a une proximité avec ces choses... Comment dire... Particulières. Je pose ma tasse et prends une grande inspiration. Je suis tout à coup interrompue : des pleurs de bébé proviennent de l'arrière-boutique. Serena se lève vivement et file. Elle revient avec Jade, sa petite fille de 1 an.

– Oh, comme elle a grandi ! m'écrié-je, tout attendrie. Elle est tellement mimi !

– Ça doit bien faire six mois que tu ne l'as pas vue, non ?

– Déjà... Mais qu'est-ce qu'elle fait là, en pleine journée ?

– Elle est malade aujourd'hui, donc je n'ai pas pu la laisser à la crèche.

– La pauvre. Ce n'est pas trop grave ?

– Non, ne t'inquiète pas. Quelques inhalations d'huiles essentielles, et ce soir, il n'y paraîtra plus !

Serena fait un câlin et des bisous à sa fille, qui très vite se calme et se met à rire.

– Mais ce n'est pas gênant pour la boutique, qu'elle soit là ?

– Phoebe dit que la présence d'un enfant ne peut être que bénéfique ici. Va savoir... En tout cas, vu la foule qu'il y a aujourd'hui, on ne peut pas dire que ça soit réellement problématique, observe-t-elle en désignant les couloirs vides de la librairie.

Je tends les bras vers la petite, qui se laisse faire avec joie quand Serena me la pose sur les genoux.

– Le papa ne pouvait pas la prendre ? Il travaille aussi ? m'enquiers-je.

– On ne vit plus ensemble.

– Mince ! Mais pourquoi ?

– En fait, c'est un loup-garou, et les nuits de pleine lune commençaient à être vraiment pénibles. Tu sais, les grognements, l'agitation, trouver quelqu'un à mordre avant l'aube… Sans compter l'haleine de chacal et les poils sur le canapé ! Avec un enfant, ça n'était plus gérable.

– Hein ? Quoi ? De quoi tu me parles ? demandé-je, troublée.

Serena part d'un immense éclat de rire.

– Mais non, c'est juste que c'est un connard et qu'il m'a quittée !

Et elle s'esclaffe de nouveau joyeusement.

– Que t'arrive-t-il, Emily, je ne t'ai jamais vue si crédule ? Ne me dis pas que tu te mets à croire à ce genre de choses ?

– Non, non, non, c'est juste que tu étais si sérieuse, si sûre de toi. Je crois que je suis juste fatiguée…, fais-je, un peu perdue.

– Je vois ça, fait Serena tendrement en me caressant la joue de l'index.

– Il t'a quittée ?! m'exclamé-je, me rendant soudain compte de ce que Serena vient de m'annoncer. Quand ça ?

– Il y a trois semaines, fait-elle simplement.

– Tu ne m'as rien dit !

– On s'est vues depuis trois semaines ?

– C'est vrai… Et ça va ?

– J'ai l'air d'aller mal ?

Je l'observe un instant, jeune mère belle et épanouie. Non, elle semble même aller très bien ! Cela me met du baume au cœur.

– Je suis désolée de ne pas avoir été présente quand il le fallait, m'excusé-je, penaude.

– Emily, on sait qu'on est là l'une pour l'autre quoi qu'il advienne, quoi qu'il se passe. Tu étais très occupée, et le fait que Seth me quitte est plus positif que le contraire. Donc, s'il te plaît, *no stress.*

J'admire sa force de caractère. En aurais-je autant ? Comment réagirait-elle si mon histoire lui était arrivée ?

– Justement, Serena, comme on peut tout se dire…

– Ah, c'est maintenant, dit-elle avec douceur.

– Maintenant que ?

– Que tu trouves enfin assez de courage pour me raconter ce qui t'arrive.

Je rougis. Elle lit en moi comme dans un livre !

– Je suis tout ouïe, continue-t-elle.

– Tu… Tu ne te moques pas de moi, hein ? demandé-je, le cœur battant.

Elle reprend une gorgée de café et me regarde droit dans les yeux, sans un mot. J'inspire profondément et je me lance. Et c'est alors que ça se déverse d'un coup ; je lui raconte tout, Max, l'ascenseur, Donald, le contrat free-lance, le bar vintage et puis plus vintage, Madison Avenue en 1963, mes angoisses, mes recherches, ma folie peut-être !

Elle m'écoute très attentivement. C'est alors que j'ouvre mon sac à main et que je sors les boîtes d'allumettes, le *New York Times* d'époque, et même mon contrat, avec l'en-tête Whitman inc. Je sais que ce n'est pas irréfutable comme preuve, mais c'est tout ce que j'ai. Finalement, après cette longue cascade de mots, je me tais, essoufflée, tarie et épuisée. Je suis fébrile et je tremble un peu. Je relève les yeux vers elle. Que va-t-elle dire ? Quelle va être sa réaction ?

Elle reprend stoïquement une gorgée de café. Elle reste flegmatique et songeuse.

– Serena, tu… Tu me crois ? balbutié-je.

Elle laisse passer quelques secondes, puis :

– Évidemment, Emily, que je te crois, dit-elle calmement. Tu ne vas pas rater un jour de boulot pour venir me raconter des bobards, n'est-ce pas ? me taquine-t-elle.

– Mais je suis peut-être complètement tarée ! m'écrié-je.

Elle sourit mais reste sereine.

– Effectivement, c'est parfaitement dingue comme histoire. Tu sais, il reste tant de choses à découvrir et à comprendre sur cette terre. Tant de sujets qui nous semblent parfaitement banals aujourd'hui, et qui étaient de la science-fiction hier. C'est dingue, mais pas impossible. Et comme tu es probablement la personne la plus cartésienne que je fréquente, je ne peux que te croire. Il n'empêche qu'il faut éclaircir tout ça !

Je souffle. Je souris. J'aurais dû me douter que, s'il y avait une personne susceptible de m'aider, ce serait Serena ! Je me jette à son cou et la prends dans mes bras.

– Je connais un certain nombre de sites qui parlent de trucs similaires, déclare-t-elle. Bon, ce sont surtout des hurluberlus, mais qui sait ? Il faut bien commencer quelque part.

– OK, on tente, lancé-je.

Elle sort une grande clef de métal aux traces de rouille et ouvre derrière elle un vieux placard aux airs de mystère. Qu'y a-t-il dedans ? Un grimoire antique ?

Non, un MacBook dernière génération ! J'éclate de rire. Pourquoi le garder sous clef ?

– Ben oui, la dépendance : Facebook, Twitter, Instagram… Ça te parle ? rougit-elle.

Nous filons sur Internet et consultons avidement tous les articles s'approchant du sujet. Malheureusement, beaucoup de textes d'illuminés. Par contre, certaines pages plus sobres paraissent presque crédibles. Il y est question de *portes temporelles*, de *voyageurs du temps*. Comment faire la part des choses entre les idées pseudo-scientifiques de gens qui planent complètement, et ce qui m'est arrivé, à moi ? Car, bien entendu, moi, je… Je ne délire pas…

N'est-ce pas ?

9

L'APPEL DES ANGES

Carraway Building, Madison Avenue.
18 h 32. Vendredi 20 novembre.

Trois jours pleins que je n'ai que le travail en tête. Si Voldemort ne m'a pas sermonnée après mon absence de mardi, elle n'en reste pas moins d'une indifférence glaciale. C'est peut-être même pire ! Quoi qu'il en soit, je garde le cap et reste scotchée à mon ordinateur.

Me noyer dans le boulot m'a permis de rattraper le retard que j'avais pris, et d'enfin parvenir au bout de cette sacrée présentation White-Rose. Carmen doit la valider ce soir et je dois la faire lundi matin à la première heure devant le client. Ce sera le grand oral, et si tout se passe bien : gloire, succès, promotion et champagne avec les filles !

L'autre aspect positif du travail intensif, c'est de pouvoir m'occuper l'esprit. Je ne faisais que ressasser sans cesse. Il y a le voyage temporel bien sûr, mais surtout, il y a Max. Mon cœur se tord à chaque fois que je pense à lui. Il me manque. Puis, très vite, je me remémore ma fuite ridicule du restaurant. C'est alors qu'une pierre m'alourdit les tripes. Un début de nausée me prend. Et c'est la machine mentale qui repart de plus belle : que lui dire quand je le reverrai ? *Si jamais* je le revois…

Coucou Max, ça boume ? Oui, désolée pour l'autre soir, je me suis enfuie parce que je n'ai pas su répondre à votre question : « où habitez-vous ? » Le petit souci, mon cher Maxounet, c'est que ce n'est pas où ?, *mais plutôt* quand ?, *qu'il faudrait dire. Ben oui, en fait je ne suis pas encore née. Oh, soyez juste un peu patient, j'arrive en ce bas monde en 1991. Oui, merci, on se rappelle à ce moment-là. Allez, bisous, bisous !*

GRO-TES-QUE.

Tout simplement.

Mais qu'aurait-il fallu que je fasse de mieux ? Je suis perdue. Je regarde l'horloge : presque 19 heures. Allez, je suis quasiment au bout de mon projet. Quelques lignes de conclusion sur la dernière diapo du keynote, et à moi la liberté ! Je m'y remets consciencieusement. Je termine de taper mon dernier mot alors que l'aiguille marque l'heure pile.

Ouf, fini ! Ma tête est encore pleine et vibrante du travail accompli, et il va me falloir un puissant remontant pour me remettre d'aplomb. Je rabats avec soulagement mon ordi et me lève en m'étirant loin vers le ciel.

Vendredi soir, 19 heures, le week-end est à moi. Retrouver les filles, peut-être ? Histoire de m'excuser pour mon absence mardi soir ? Même si j'étais officiellement « malade », je crois qu'elles m'en veulent un peu d'avoir fait le coup du double rendez-vous avec Mike. Elles se le sont coltiné au *Rogers'* toute la soirée, et ça, ce n'était pas prévu dans leur agenda ! Bah, elles sont un peu cruelles : il est finalement gentil, le Mike.

Non, il vaudrait mieux que je me repose. C'est ce qui serait le plus raisonnable. Je me retape pendant deux jours, et je suis au top pour ma présentation de lundi ! Je ramasse mes affaires et me dirige vers les ascenseurs. Évidemment, comme à chaque fois, j'ai un pincement au cœur. Je regarde Danny au loin.

Oh Max...

Je ferme les yeux et me remémore ses baisers. Ses baisers dingues, ses baisers fous, ses caresses expertes... Merde, ce n'est pas possible ! Les choses ne peuvent-elles pas être juste un peu plus simples, non ?

J'appuie sur le bouton d'appel, et ce que je redoutais arrive : Danny s'ouvre. Ses portes restent béantes, là, au bout du hall. La lumière s'en échappe comme un halo chaleureux et accueillant. Mais j'ai le choix. Je peux prendre une autre cabine et descendre dans mon 2015 habituel.

Danny or not Danny ?

Je n'hésite pas plus de deux secondes. Je ferme les yeux et me laisse porter par mon instinct, comme le fait Max.

Les portes en métal se referment. Mon doigt appuie machinalement sur le bouton, et je file à travers les étages. Ça y est, je suis arrivée. Ça s'ouvre. J'expire un grand coup et je sors. Je souris : hello papier peint orange !

Au moins, je m'améliore niveau trajet. Plus besoin de passer par le *rooftop*.

Était-ce vraiment mon instinct ? Ou une force invisible qui m'a poussée ? Je ne sais pas et ne veux pas trop y penser. Je passe la porte vitrée et me dirige vers le bureau de monsieur Whitman. Un coup d'œil : personne. Il n'est pas là.

Foutrezut et plasticbordel !

J'entends des pas ; je me retourne. Au bout du couloir, Max. Mais il n'est pas seul. Il raccompagne une dame vers l'accueil. Belle et élégante, elle porte un épais manteau de fourrure. Mais tandis qu'elle se retourne vers lui, j'aperçois son visage.

Soudain, quelque chose me submerge. Une émotion inconnue s'empare de moi.

Que se passe-t-il ?

Cette femme est dévorée par le chagrin. Ses yeux semblent avoir pleuré un fleuve entier. Cette tristesse m'émeut profondément. Je ne sais pourquoi, mais ce n'est pas une douleur habituelle. C'est une sensation de malheur immense qui m'envahit à sa vue.

Elle se tourne alors dans ma direction. Elle m'aperçoit et se fige, comme frappée de stupeur. Le temps s'arrête une seconde. Elle se reprend, secoue la tête, et Max lui serre la main solennellement, avec un air digne. Je crois l'entendre dire qu'elle ne doit pas hésiter à le contacter, si elle a besoin de quelque chose. Elle s'éclipse sans un bruit. Max la suit du regard jusqu'au bout.

Il baisse les yeux un instant, puis il vient à moi.

– Bonjour Emily, m'accueille-t-il, visiblement ému. C'était la mère de Mary Watson. Vous savez, la créa avec qui j'avais rendez-vous. C'est terrible : on l'a retrouvée morte dans un étang. Personne ne sait ce qui s'est passé. Voilà donc la raison de son absence. C'est désolant.

Un silence s'installe entre nous. Son visage aux traits ciselés s'est fermé un instant. Puis Max me regarde dans les yeux :

– Je suis très heureux que vous soyez ici, Emily, dit-il avec ferveur. Je ne pensais plus jamais vous revoir.

– Max, je... Je ne sais pas quoi vous dire. Je... Je suis si terriblement désolé pour ce qui s'est passé l'autre soir. Je me sens si... Oh, si bête, vous ne pouvez pas imaginer, parviens-je à bafouiller. Vous savez, je me...

– Chut, m'interrompt-il en posant doucement son index sur mes lèvres. Peu importe. Ne me dites rien. Simplement une chose : ne fuyez plus, je vous en prie.

Je me tais. Ses yeux noisette vibrent de manière particulière.

– Emily, je ne sais pas qui vous êtes, ni d'où vous venez. Vous ne me devez rien ; aucune explication ni aucune excuse. Vous êtes juste vous, sortie de nulle part, comme venant d'une autre dimension. Vous êtes littéralement extraordinaire. Votre fuite l'autre jour m'a permis de réaliser que je ne voulais pas vous perdre. Sous aucun prétexte. Je ne me l'explique pas, mais j'ai envie d'être avec vous. Vous savez, j'ai toujours été un bourreau de travail. On me l'a trop souvent reproché. Je reste souvent tard le soir. Il m'arrive de passer des week-ends entiers ici, dormant quelques heures la nuit sur le canapé. Désormais, je reste également car j'ai l'espoir que vous apparaissiez, comme vous le faites toujours : miraculeusement.

Son discours m'émeut. Son regard si intense me paralyse et me bouleverse. Non, tout ça est trop pour moi, je ne peux plus garder le secret. Il *faut* que je lui avoue ! Je prends mon courage à deux mains :

– Max… Je dois vous confier quelque chose. J'aurais dû vous le dire depuis longtemps. C'est important.

– Non, Emily. Vraiment, ne dites rien. Ce n'est pas la peine, sauf si c'est pour me faire savoir que vous êtes déjà mariée avec quatre enfants. En revanche, moi j'ai quelque chose à vous annoncer. Je dois absolument partir pour un rendez-vous maintenant. Et j'aimerais que vous m'accompagniez.

– Là, dans votre bureau ?

Il éclate de rire.

– Non, pas ici. À Los Angeles. Mon jet privé m'attend. Joignez-vous à moi, Emily.

Je suis prise au dépourvu. Je rougis et je ressens des picotements dans le cœur. Que dire ? J'ai une folle envie d'accepter, mais est-ce raisonnable ?

– Je suis désolée, je n'ai rien sur moi, baragouiné-je à mi-voix.

– Aucune importance. Nous achèterons tout sur place. Je suis navré, Emily, je ne pense pas que vous trouverez d'excuse pour vous défiler ! sourit-il. Et puis, il n'est pas très aisé de s'enfuir d'un avion en vol. Ça m'arrange, ajoute-t-il avec un clin d'œil.

Je ne peux que me laisser faire. Je le suis. J'ai la sensation d'être prise par la main et menée dans une aventure fantastique.

Plus trippant que ça, tu meurs.

Max repasse par son bureau pour prendre un sac de voyage en cuir, puis nous descendons rejoindre le chauffeur qui nous attend au volant d'une Crown Imperial à couper le souffle. J'en avais déjà vu un modèle quand j'étais petite, quand mon grand-père me traînait dans des rencontres de collectionneurs. C'est une Chrysler toute noire et chrome, aux lignes dignes d'une Batmobile. L'intérieur est tout simplement sublime. Je m'installe à l'arrière aux côtés de Max. Un coup d'œil complice, et nous démarrons, direction l'aéroport – évidemment, pas encore JFK à l'époque !

Je suis fascinée par ce paysage urbain que je connais si bien et que je redécouvre sous un aspect inédit. Je reste collée à la vitre une bonne partie du trajet, même si, insensiblement, mon regard est régulièrement attiré par le profil de Max. Quel âge a-t-il ? Pas 30 ans, je pense. Qu'est-ce qui rend son aura aussi puissante ? C'est vrai, à le voir comme ça, on dirait un acteur habillé pour une séance photo *trendy* de *Cosmopolitan*. Max m'observe du coin de l'œil.

– Vous avez l'air émerveillée par ce que vous voyez, Emily, me lance-t-il.

– C'est magnifique, réponds-je, songeuse.

– J'adore vous voir charmée de cette manière. Mais, vous connaissez New York, n'est-ce pas ? risque-t-il.

– Oh oui, bien sûr, comme ma poche ! m'exclamé-je sans réfléchir.

Max semble perplexe, mais il ne creuse pas davantage, bien heureusement. Il ne veut probablement pas m'effrayer, de peur que je m'enfuie en courant au prochain feu rouge !

***

L'arrivée à Los Angeles est féerique. Je ne boude pas mon plaisir : passer du froid novembre new-yorkais à la douceur de la nuit californienne, il y a pire comme début de week-end ! Même si je sais que pour Max et tout le monde ici, nous ne sommes que mercredi. D'où son rendez-vous professionnel. Depuis ma dernière visite, j'avais gardé en tête le décalage de date entre les deux années.

Un chauffeur nous mène de l'aéroport à un palace grandiose. Le nom est affiché en grandes lettres d'or sur la majestueuse grille d'entrée : « The Emerson ».

Alors que le véhicule trouve le chemin de la réception dans l'immense parc verdoyant, Max se tourne vers moi. Il est si beau, son visage dans la pénombre à demi éclairé par les lampadaires. Son regard brillant de désir me rend folle. La tiède nuit agit sur moi comme un ensorcellement. Le chauffeur ne fait pas un bruit, séparé de nous par une cloison. Je ne me retiens plus : brusquement, je me jette sur Max et presse mes lèvres contre les siennes.

Il est surpris, mais reprend vite le contrôle. Il embrasse vraiment comme un demi-dieu. Nos corps s'échauffent. Je crois que cela faisait longtemps. Trop longtemps.

Ses lèvres mangent les miennes, tantôt avec douceur, tantôt voracement. Nos langues se cherchent, se trouvent et s'enlacent voluptueusement. Elles s'étreignent dans une danse intense. J'aime ça. Je me sens me libérer. Ma peau s'échauffe et je perds le contrôle de mes membres.

Doucement, nous glissons de la position assise à quelque chose de plus horizontal – enfin autant que faire se peut à l'arrière d'une voiture. La banquette en cuir est épaisse et moelleuse. C'est idéal pour…

Pour justement ce que nous faisons !

Le véhicule ralentit et s'arrête tout à fait. Nous ne nous en rendons pas compte immédiatement. Un faible frappement nous interrompt. Nous stoppons à regret notre baiser. Nous entendons une petite toux artificielle. Max me regarde avec un sourire désolé.

– Oui ? lance-t-il.

– Monsieur Whitman, nous sommes arrivés, fait la voix du chauffeur à travers la portière fermée.

– Merci Charles. Vous avez été parfait. Vous pouvez disposer, répond Max d'un ton chaleureux.

– Il y a que, monsieur…

– Ah oui, Charles, vous pouvez prendre mon bagage et le poser dans la chambre. Excellente soirée à vous.

Et Max de fondre de nouveau sur ma bouche. Mes mains repartent à la conquête de son torse. Mais c'est de courte durée :

– Hmm… monsieur ? fait la voix embarrassée du chauffeur.

– Oui ? Y a-t-il un souci particulier, Charles ?

– C'est que… Je suis navré, je dois ramener la voiture avant l'aube au débarcadère. C'est James qui prend le relais à partir de demain.

Max rit.

– Oui, Charles, je suis désolé.

Nous nous redressons, le rouge aux joues et le sourire aux lèvres. Je réajuste mes vêtements et mes cheveux, puis nous sortons du véhicule. Charles est parfaitement stoïque, droit comme un i, nous tenant la portière, regard au loin. Max lui serre la main tout en lui laissant un généreux pourboire.

– Rentrez bien, Charles.

– Merci monsieur. Je vous souhaite une excellente fin de soirée.

Je réprime un petit rire d'embarras et laisse Max me guider par la main. Je fais un petit salut de la main à Charles qui rentre, flegmatique, dans la voiture côté conducteur.

La nuit est suave. Une douce brise océane éveille mes sens. Le ciel est particulièrement clair, et les étoiles sont nos seules compagnes du moment. Dans le parc, les différentes essences végétales bruissent sensuellement. Max s'arrête et se tourne vers moi. Nous nous enlaçons de nouveau. Je niche mon visage dans son cou que je constelle de baisers doux et charnels. Je glisse ma main sous sa veste pour le plaisir de le caresser à travers sa chemise. Je sens le battement de son cœur sous ma paume. Un petit grognement de plaisir lui échappe.

Il me prend la joue avec la main et vient attraper le lobe de mon oreille entre ses lèvres. Un frisson descend le long de mon dos. Ça me fait toujours un effet dingue. Je ne peux m'empêcher de me trémousser sous ses baisers aux effets acidulés.

– Max, je pensais que c'était fini entre nous. Que vous n'étiez pas *ce genre* de personne.

Il sourit largement.

– Je ne sais pas si je manque à mes principes parce que je suis plus faible ou plus fort qu'eux, fait-il avec finesse.

– Peut-être que nous pouvons oublier les principes pour un temps.

– Combien de temps ?

– Mettons… Au moins la nuit ? Et après on avise ? glissé-je malicieusement.

– Après, on avise, répète-t-il d'une voix animale.

Max me prend par la taille, me soulève et je l'enlace de mes jambes. Il me maintient par les fesses contre son bassin, et nous

nous entredévorons sans aucun signe de satiété. Je ne comprends pas réellement ce qui nous arrive, mais nous sommes tous les deux comme pris d'une urgence surnaturelle. Comme si nous *savions* que tout ça n'était qu'une parenthèse que le destin nous autorisait à vivre. Comme si notre désir était trop fort et que nous ne pouvions lutter.

– Ici ? Dehors ? Et si on nous voyait ? m'inquiété-je.

– Ne t'en fais pas. Je n'ai jamais vu personne dans cette partie du parc, me rassure-t-il.

Nous basculons à terre, dans la pelouse douce et fraîche. Le parc est très grand, et nous sommes à l'écart ici. Aucune trace de quiconque. Nous sommes même loin des lampadaires, et seule la lumière blanche de la lune joue avec nos gestes.

Il n'empêche, quelqu'un pourrait passer… Mon cœur bat à cette idée, et je ne sais si c'est de peur ou… d'excitation.

Max est allongé à même le sol. Je suis assise à califourchon sur lui et nos caresses se font folles. Je me redresse et retire ma veste et mon haut dans un profond soupir. Max fait voyager ses mains sur ma poitrine, encore protégée par les dentelles de mon soutien-gorge. Je sens mes seins durcir sous les caresses. Le plaisir monte en moi, me prenant entière. Mon bas-ventre se contracte à l'idée de ce qui va suivre.

Je me baisse et glisse mes doigts sous sa chemise. Je la remonte en faisant apparaître ses abdominaux parfaits, que j'embrasse. Il passe ses mains dans mes cheveux. Je descends près de sa ceinture, que je défais sans une ombre d'hésitation. Je caresse son sexe de la paume, à travers le tissu. Je fais glisser le pantalon et le sous-vêtement sur ses cuisses pour libérer ce qui m'intéresse.

Enfin, il est délivré. À voir sa puissance masculine, là, dressée devant moi, un accès de fièvre me prend. Je serre les cuisses tant que je peux autour de Max, me trémoussant de frustration. Mon amant parcourt mon corps de ses mains. Je n'ai jamais connu de telles sensations, chaque caresse fait un peu plus monter mon désir. J'ai envie, moi aussi, de lui faire plaisir. Je me penche, et délicatement, je me mets à lécher son sexe satiné.

– Oh, Emily, continue…

Je n'avais pas l'intention de m'arrêter !

Ma langue monte et redescend le long de son membre. Max se laisse aller à gémir. Ma langue joue avec lui. J'imprime un mouvement qui nous embrase mutuellement. Ses mains s'agrippent à mes cheveux ; ses doigts s'agitent : il est sous l'emprise du plaisir. Je suis en train de le rendre fou, de contrôler son ébullition. J'adore ça et je sens la fébrilité de la volupté dans tout mon corps.

Soudain, alors que je croyais que Max avait définitivement perdu le contrôle, il se redresse, m'attrape et me tire vers lui. Je fais une pause au-dessus de son visage. Nos regards sont aimantés. D'une main sur mes reins, il me plaque à lui et je le caresse doucement en ondulant du bassin, alors que je n'ai même pas encore retiré ma jupe.

Il me caresse fiévreusement. J'accompagne ses gestes avec mon bassin. Je ferme les yeux et je geins de plaisir. Mes mains voyagent sur ses pectoraux et ses épaules athlétiques.

Brusquement, Max déchire d'un coup sec ma culotte. Je me fige, surprise par ce geste qui prouve que l'urgence du désir qui nous a pris n'est pas un fantasme de ma part.

– Je vais à l'essentiel. Je ne veux pas perdre de temps, au cas où tu penserais t'enfuir, chuchote-t-il.

Je lui souris.

Au diable ma culotte !

C'est lui que je veux.

Maintenant.

Comme en réponse à mon désir silencieux, il plonge sa main

dans sa poche droite de pantalon.

– Cette fois, c'est moi qui les ai, fait-il en ouvrant un sachet de préservatif.

D'un geste, il l'enfile, puis me soulève par les hanches pour venir profondément en moi. C'est si bon. Je ferme les yeux. Je le laisse me diriger et me contrôler. Je veux être à lui tout entière. Je m'allonge sur lui, poitrine contre poitrine, alors qu'il prend mon visage entre ses mains pour mieux l'embrasser. Il en profite pour dégrafer mon soutien-gorge.

– Je n'ai encore vu personne passer dans le parc, et toi ? me murmure-t-il malicieusement.

– Je crois que n'importe qui pourrait se promener dans le parc maintenant, je n'en aurais rien à faire ! J'ai l'impression d'être seule avec toi...

– Alors on ressent la même chose.

Sur ces mots, la langue de Max prend possession de ma poitrine libérée. Notre étreinte s'enflamme. Le rythme s'accélère alors que nous évoluons dans une sorte de frénésie. Je m'oublie et laisse mon corps décider de tout.

À croire que cet homme sait exactement ce dont j'ai besoin sans que j'aie à le guider. Je m'abandonne totalement. Je ne vais pas pouvoir lutter longtemps.

La main puissante de Max navigue sur mon dos tandis que l'autre me maintient fermement la nuque.

Comme toutes les femmes, j'ai toujours rêvé d'un amant qui saurait déclencher mon désir. Et je crois que je l'ai trouvé ! Si j'avais su avant qu'il existait un homme comme Max, capable de me faire ressentir de telles sensations de plaisir, j'aurais remué ciel et terre pour le trouver plus tôt !

Mes pensées deviennent erratiques alors que mon amant s'amuse à accélérer ou à ralentir le rythme. À chacun de ses touchers, il me regarde comme pour s'assurer qu'ils ont bien l'effet désiré. Il n'a pas à s'inquiéter, je suis littéralement submergée par le plaisir et je gémis à la moindre caresse.

Soudain, l'orgasme tant attendu nous balaye. Un tourbillon de sensations explose en moi alors que je vois dans un demi-brouillard un sourire se dessiner sur le visage de mon amant. Il entoure de ses bras puissants mon corps encore tremblant de plaisir.

Je me sens vivre fort, cette nuit, sous les étoiles de Californie. Je n'ai plus rien en tête qui puisse me poser problème. Plus de Voldemort, plus de voyage temporel, plus d'insomnies, rien que Max et moi, seuls au monde.

Mon amant me caresse tendrement la joue, ses yeux dans les miens. J'aimerais lui dire ce que je ressens, mais aucun mot ne me paraît assez fort. J'espère qu'il peut lire dans mon regard et comprendre que jamais un homme ne m'avait aimé comme ça.

Max m'embrasse les paupières, le cou, la poitrine en murmurant mon prénom.

Je me rappelle soudain que nous sommes en pleine nature, dans un parc, mais à ce moment précis, cela a-t-il vraiment de l'importance ? Nos corps électrisés par le plaisir se détendent, encore soumis à des soubresauts et à des convulsions qui se raréfient. Yeux fermés, front contre front, nous reprenons notre souffle difficilement.

Que nous est-il arrivé ? Avais-je déjà vécu un truc pareil ?

Max ouvre les yeux. Il sourit et m'embrasse délicatement.

– Emily, tu me rends…

– Oui Max ? haleté-je.

– Tu me rends… vivant.

10

L'INSTANT CRUCIAL

The Emerson Palace, Los Angeles.
9h17. Jeudi 21 novembre 1963.

Je ne me suis pas encore tout à fait remise de la nuit que nous avons passée. Le soleil matinal et la brise légère jouent avec ma peau, qui adore ça. Nous sommes assis autour de la table du petit-déjeuner, sous une pergola, face à l'océan Pacifique. Chaussés de lunettes noires, nous sirotons un jus d'orange fraîchement pressée. Je suis encore en peignoir. J'ai pour mission, dès le repas terminé, d'aller à la boutique de l'hôtel pour acheter un sac de voyage et – accessoirement – le remplir de tout ce dont j'aurai besoin pour les deux jours ici.

Ça me va, comme corvée !

Max prend une dernière gorgée de son café, puis il se lève et contourne la table pour m'embrasser.

– Je te rejoindrai à la piscine. Mon rendez-vous est dans une demi-heure. Je devrais être de retour vers midi au plus tard.

J'adore l'entendre me tutoyer aussi naturellement. On se

rapproche petit à petit. Je lui souris et le regarde s'éloigner en bras de chemise, cravate noire et Ray-Ban.

Je m'étire et profite de l'instant. Surtout *ne pas* se poser de questions. Je commence tout juste à me sentir reposée...

***

Il y a, derrière la réception de l'hôtel, une boutique haut de gamme de fringues et autres joyeusetés. Je n'en reviens pas de trouver autant de choix à cette époque. Ça ne date pas d'hier, la société de consommation ! Mais le plus fou, c'est que j'ai l'impression de me retrouver dans l'une de mes petites échoppes vintage préférées, sauf qu'ici, tout est neuf ! Et c'est mille fois mieux : il y a un choix insensé. C'est le bonheur, ma parole ! Moi qui fais parfois toutes les friperies de Brooklyn pour me trouver un nouveau haut sixties, on peut dire qu'ici, je suis servie.

Si je m'écoutais, je prendrais tout. Mais bon, voilà, j'ai appris qu'il ne faut pas toujours que je m'écoute. Ça peut parfois mal tourner. Donc, je préfère m'écouter quand je dis qu'il ne faut pas m'écouter. C'est plus simple comme ça.

Je prends mon temps pour faire mon choix. Quitte à voyager dans le passé, autant que je me fasse plaisir ! On ne peut pas dire que c'est le genre d'aventure qui arrive tous les jours.

Finalement, je jette mon dévolu sur deux robes. L'une, à la coupe simple, est colorée de grandes et larges bandes de couleur horizontales. L'autre, plus habillée, est asymétrique et a les manches satinées un peu bouffantes. Elle est bleu nuit et *trooop* cool.

Ensuite, élément indispensable : des sandales. J'ai choisi des spartiates aux lanières dorées, se croisant derrière et devant, et montant à mi-tibias. Les copines vont être vertes de jalousie !

Enfin, une étole et un maillot de bain. Pour le maillot, je n'ai pas eu à tergiverser. Dès que j'ai vu le modèle, je l'ai pris sans hésitation : le même qu'Ursula Andress dans *James Bond contre Dr No*. Une tuerie. C'est un bikini tout blanc ; le haut est légèrement plissé sur les seins, bretelles fines. La culotte, elle, est ornée d'une large ceinture soulignant les hanches. Ne manque que le grand couteau de pêche ! Si j'avais su qu'un jour je pourrais me la jouer James Bond Girl…

Par contre, le bât blesse quant aux sous-vêtements. Pour le coup, il y a eu de sacrés progrès de faits en cinquante ans. Vive la libération de la femme ! Je me rabats sur quelques basiques, mais je ne suis pas sûre de les remettre une fois rentrée au bercail.

Le temps file. Je prends mon sac en osier sur l'épaule, et je traverse le grand parc, direction la piscine. En arrivant sur l'esplanade près du bassin, je comprends tout à coup pourquoi on appelle ça un palace. C'est tout bonnement splendide. Le bassin est en forme de haricot, hyper tendance à l'époque. Les transats ont des tissus aux motifs déments. Je veux les mêmes à la maison ! Il y a même des Egg Chairs suspendus. J'adore, je kiffe, je jubile, je ne veux pas partir ! Jamais !

Visiblement, la clientèle de l'hôtel est raccord avec le standing général. Les hommes ont le style marin chic – blanc et écru en toile –, avec cigarillo au bec. Les filles sont magnifiques, pulpeuses dans leurs maillots à taille haute, portant capeline et lunettes noires. Je trottine en vitesse vers les vestiaires pour me changer.

Moi aussi, je veux mon moment *Sexy Star of the Sixties* !

Je reviens près du bassin en même temps que Max. Il ne m'a pas encore aperçue, mais j'ai chaud rien qu'à le voir, sexy comme il est. Visage fin et allongé, pommettes finement ciselées. Debout sur le bord du bassin, il porte un short de bain court bleu ciel, à la coupe droite. En haut, une chemise totalement ouverte laisse voir son torse affolant. Lunettes fumées, petite cigarette, cheveux en bataille. Même en 1963, il dépareille. Jeune, athlétique et racé, la classe intégrale, quoi ! Et à voir les coups d'œil des nanas autour, je ne suis pas la seule à le remarquer.

Bas les pattes ! C'est le mien !

Bah, si ça peut leur faire plaisir, de mater. Et je glousse intérieurement.

Max m'a vue. Il me rejoint et m'embrasse. Je peux sentir son regard derrière les verres de ses lunettes qui me détaille dans ma nouvelle tenue.

– Difficile de faire plus joli, dit-il.

Je réponds avec un sourire.

– Comment s'est passé ton rendez-vous ? m'enquiers-je.

– Exactement comme prévu, place-t-il modestement.

– Donc bien ?

– Donc parfait, précise-t-il dans un sourire. Veux-tu t'asseoir prendre un verre ?

Nous nous installons à une table, avec une vue magnifique sur le parc.

– Merci Max. Vraiment, merci, dis-je à mi-voix.

– Pourquoi ?

– C'est tellement fantastique d'être là, continué-je, songeuse.

– Tu veux dire, en Californie ?

– Oui, en Calif… Enfin, pas que…

Je me sens prise au piège par ma propre conversation. Max est interrogatif.

– C'est-à-dire ?

– C'est-à-dire que… laissé-je en suspens.

Allons Emily, ce manège a assez duré, non ? Il va bien falloir que tu lui dises un jour. Sinon, ça rime à quoi, tout ça ? Où cela va-t-il te mener ? Réfléchis, bordel. Et réfléchis bien, pour une fois.

OK, alors, ça y est, c'est parti ? C'est maintenant le grand moment ? Celui de la grande annonce ? Du grand déballage ?

Des papillons me viennent dans le ventre. Une vague de froid me glace intérieurement, tandis que mes membres crèvent de chaud. Je me mets à trembler doucement. Pourquoi suis-je dans un tel état ? Ce que je vis avec Max est si fort… Je ne l'ai vraiment pas vu arriver. Comment est-ce possible que je me sois tant attachée en si peu de temps ? Je ne veux pas perdre la chance de vivre quelque chose avec lui, mais impossible de faire ça en lui mentant.

Je veux tout partager avec lui.

Calme-toi, Emily. Pense à ce que tu vas dire, mot après mot, c'est le meilleur moyen.

– J'avais quelque chose d'important à te dire, Max, rappelle-toi.

Son regard se fait attentif.

– Tu sais que je… Non… Que dirais-tu, si je te disais que je viens d'ailleurs ? énoncé-je lentement.

– Je l'avais compris, Emily. C'est aussi ça qui te rend si spéciale, me rassure-t-il.

– Non, je veux dire d'un endroit très éloigné… Mais dans le temps, précisé-je.

– J'ai peur de ne pas comprendre, répond-il d'un air perplexe.

– Max, je viens d'une autre époque, déclaré-je en articulant. Je ne suis pas d'ici. Je ne parle pas de la Californie. Je viens de New York, oui. Je travaille sur Madison Avenue. Mais pas en 1963. Moi, je vis en 2015.

Max se fige. Sa cigarette tombe de sa bouche. Mais son œil

pétille à travers ses verres fumés, et il me regarde avec un petit sourire. Il doit se demander pourquoi je lui dis un truc pareil, mais au moins la conversation l'intéresse. Il n'est pas en train de me traiter de folle à lier. Première victoire.

– C'est ton scénario un peu dingue pour une campagne de pub ? Tu veux voir si ça fonctionne sur moi, c'est ça ? demande-t-il d'un ton amusé.

Je me penche pour prendre mon sac sur mes genoux. J'en sors mon portefeuille. Je reprends mon souffle et lui tends mon permis de conduire. Mon cœur bat à mille à l'heure. Dans l'air, l'émotion est palpable.

– Voici mon permis. Je m'appelle Emily Louise Green. Je suis née le 12 avril 1991. Et non, ce n'est pas un faux.

Ses yeux s'arrondissent ; il perd son sourire. Qu'est-il en train de penser, mon Dieu ? Que se passe-t-il dans sa tête ?

Je prends néanmoins confiance au fur et à mesure de mon discours. Je sors alors de mon sac mon smartphone et le lui montre.

– Ceci est ce que nous, en 2015, appelons un téléphone portable. C'est une sorte de superordinateur miniature. Regarde.

Je fais une petite démonstration de l'écran tactile, et de quelques applis, à défaut de pouvoir réellement téléphoner.

Max ne bouge plus. Il est cloué à sa chaise. Il est complètement éberlué.

– Que je sois claire : tout le monde ne voyage pas à sa guise dans le temps, en 2015. C'est de la science-fiction pour nous aussi. Sauf que ça m'est arrivé, sans que je le demande et sans que je sache comment. C'est ainsi. Mais le plus fou, ce n'est pas vraiment ça. Le plus dingue est que je sois tombée amoureuse de toi, à cinquante ans d'intervalle, ici, maintenant, en 1963.

Je m'adosse à ma chaise. Les mots me manquent désormais. J'en ai dit assez, je crois.

D'un geste d'une infinie lenteur, il retire ses lunettes noires. Son visage est une statue. Rien ne transparaît. Il est livide. Finies la bonne humeur et les sexy sixties. Dans son regard, je ne lis qu'une chose : « Cette fille est folle à lier, cette fille est folle à lier… »

Ça y est, je viens de tout foutre en l'air.

C'est la fin de tout.

Parle Max, mais parle ! Je t'en supplie…

Dis quelque chose…

III

ENTRE DEUX RIVES

11

CŒUR OUVERT, CŒUR BLESSÉ

Le soleil joue avec les lents remous de la surface de la piscine. Des reflets irisés balaient la table, les chaises et la peau hâlée de Max. Il a désormais pris ses lunettes de soleil dans ses deux mains, qu'il maintient serrées et jointes sur le plateau de la table. Son regard est concentré sur la calme manipulation de ses Ray-Ban entre ses doigts. Il ne semble pas vouloir croiser mes yeux.

Mon cœur bat vite. Mon amant m'apparaît d'un coup comme un étranger. Je ne ressens plus cette ferveur qui nous unissait il y a encore si peu. Et pourtant, quelque chose d'indéfinissable frémit dans l'air.

Autour de nous, les bruits résonnent sur les grands carreaux de terre cuite qui tapissent l'immense esplanade ceinturant la piscine. Les éclats de rire, les plongeons, les tintements des verres à cocktail, autant d'agitation qui tisse une couverture sonore nous enveloppant et attisant cette tension qui m'agite.

Max garde le silence – il attend quoi pour parler ? –, et je ne peux l'en blâmer ! Quelle serait ma réaction si la personne avec laquelle je passe un week-end romantique au soleil – et avec laquelle je couche de manière démente (merci beaucoup, ô Dieu du sexe, soit dit en passant) – me disait qu'elle vient du futur ?

– *Bonjour Emily, je viens de l'année 2065. Je n'ai pas osé te le dire auparavant, j'en suis navré, ça m'était complètement sorti de l'esprit, ha ! ha ! ha ! Sache que, de par chez nous, les voitures fonctionnent à la fission nucléaire et que nous savons lire dans les pensées. D'ailleurs, ce que je déchiffre en toi en ce moment n'est pas très joli-joli…*

STOP !

Je pose une main hésitante sur celles de Max. Je tente de croiser de nouveau son regard. Il relève la tête et plonge ses yeux dans les miens. Son expression n'est pas gênée, non. Se dessine même un demi-sourire au coin de ses lèvres. Léger et ironique, mais surtout pas moqueur. Il veut décoder mon visage ; être certain de quelque chose. De quoi ? Je ne suis pas sûre qu'il le sache lui-même, mais ce n'est pas le genre de personne à accepter le statu quo.

– Tu viens donc du futur, Emily Louise Green, née en… 1991, reprend-il en déchiffrant de nouveau mon permis de conduire.

– C'est cela…, laissé-je traîner prudemment.

– Jolie photo d'identité, fait Max avec un sourire sibyllin.

Je comprends qu'il navigue entre l'idée qu'il s'agit d'un gigantesque canular, et l'éventualité que je sois complètement timbrée.

– Donc, Emily, reprend Max d'un ton interrogateur, si toi, tu viens du futur… D'ailleurs, de quelle année parlais-tu déjà ?

– 2015, Max, c'est 2015.

– Bien, alors, si tu viens effectivement de 2015, il y a des tas de choses dont tu peux me parler, non ? Raconte-le-moi donc, ce futur.

Max dit cela sur un ton de défi. Il s'adosse à sa chaise et chausse ses lunettes noires. Il me fixe droit dans les yeux. Il pose ses coudes sur les accoudoirs et croise ses doigts sur ses cuisses.

Il n'y a pas à dire, à le voir sous le soleil de la Californie, aussi classe et viril, il me fait un effet dingue. Même si la conversation est des plus particulières, je ne peux m'empêcher de saliver en voyant sa bouche se mouvoir. Il me donne envie de l'embrasser, là, tout de suite.

– Alors ? insiste-t-il.

– Oui, pardon, j'avais la tête ailleurs, me ressaisis-je. Donc, on disait : le présent. Le vrai présent. Enfin non, je sais que c'est ton futur, mais disons *mon* présent… Bref, je vais essayer de rester claire.

Je me rends compte que je n'ai aucune idée de comment m'y prendre. Je raconte quoi ? Dans quel ordre ? Et si possible de manière à convaincre Max de la véracité des faits, plutôt que de la nécessité de me faire interner… Et puis l'internement psychiatrique en 1963, franchement, non merci ! Si c'est pour me faire lobotomiser… Brrr !

– 2015, c'est… C'est… Si différent ! Comment te dire…, m'embourbé-je.

Max fronce un sourcil et fait la moue. Il va me falloir être un peu plus convaincante que ça.

– Déjà, les ordinateurs sont partout. Mais ils ne sont pas gros comme des camions, hein. Ils ont toutes les formes et toutes les dimensions. Et tout passe par eux : les communications téléphoniques, le courrier, les photos, les films. Presque tout le monde en a un dans sa poche. Même dans les voitures, il y a…

– Volantes, les voitures, bien entendu…, m'interrompt Max avec un sourire en coin.

– Non, lui fais-je en fronçant des sourcils.

Son sourire s'efface, mais il reste attentif.

– Les voitures ont toutes comme un petit écran de télévision qui permet au véhicule d'être suivi par satellite, sur une carte. Comme ça, on ne se perd pas.

Max éclate de rire.

– Par satellite ? Depuis l'espace ? Et tout le monde part au travail en fusée ?

Il secoue doucement la tête en pinçant les lèvres.

J'inspire longuement, mais je ne me laisse pas abattre. Je savais que ça n'allait pas être facile, mais je n'ai pas perdu la bataille.

– Non, ça ne se passe pas comme ça, réponds-je d'un ton froid.

Max, si seulement... Si seulement tu pouvais venir avec moi, tu verrais... De tes propres yeux. C'est si difficile pour moi de te décrire mon monde. Aide-moi à t'expliquer, s'il te plaît.

– Emily, je suis désolé, me coupe-t-il de nouveau. Tout ça, c'est trop abstrait pour moi. C'est de la science-fiction. Ça ne veut rien dire. Abordons ça de manière différente. Je veux bien imaginer un instant qu'*effectivement* tu viennes du XXXIe siècle avec tes voitures-fusées...

– Non, pas de voitures-fusées ! Tu ne m'écoutes pas, m'indigné-je.

– Oui, bon, oublions ça. Parlons du monde, de la politique. Que se passe-t-il dans ton 2015 ?

Je marque une pause. J'ai le cœur qui bat. J'ai le sentiment d'être en train de jouer ma vie. Je réfléchis. La conversation ne tient qu'à un fil, et je dois absolument maintenir ce fil. Surtout ne pas le rompre.

– Alors, en 2015, il y a de grandes tensions au Moyen-Orient. Et tout le monde s'en mêle pour des histoires de pétrole, de diplomatie ou de stabilité intérieure. Le terrorisme aussi est malheureusement très présent dans l'actualité. Des fous dangereux ont pris les commandes de deux avions de ligne qui se sont écrasés sur le World Trade Center !

– Le World quoi ? Je ne comprends rien à ce que tu racontes, marmonne-t-il.

Merde !

C'était quand, l'inauguration des tours jumelles, déjà ? Dans les années 1970 ? Mes cours d'histoire me semblent tellement loin ! On devrait être plus attentif à l'école, parce que ça peut être super utile en cas de... De... Voyage dans le temps...

J'ai l'impression que Max me prend pour une folle, victime d'hallucinations incohérentes, comme ces aliénés qui divaguent en boucle dans les jardins des hôpitaux psychiatriques. Et comment lui en vouloir ? Je suis prise de court. Je ne sais plus quoi dire. Max se rend compte de mon embarras. Mais plutôt que d'en profiter pour clore la conversation, il insiste. C'est un signe : soit il commence à me croire, soit il tient suffisamment à moi pour me donner une chance. Dans les deux cas, je ne peux laisser passer cette possibilité.

– Tout ça, c'est du charabia pour moi, déclare-t-il calmement. Par contre, tu dois connaître notre avenir. La suite de maintenant, comment tout ça se termine.

– Tout ça, quoi ? bredouillé-je, perdue.

– Kennedy, Khrouchtchev... et Castro ! Qui gagne ? La troisième guerre mondiale a lieu ? Elle est nucléaire ? Les États-Unis existent encore, apparemment, vu que tu es là. L'URSS a gagné ? Êtes-vous tous communistes ? Emily, es-*tu* communiste ? s'exclame-t-il, incrédule, les yeux soudainement écarquillés.

– Non ! m'exclamé-je avec un sourire.

Il est vrai que les préoccupations de l'époque sont *si* différentes !

– En fait, la tension est restée très forte, lui expliqué-je. La guerre froide a eu des moments critiques, mais il n'y a jamais eu de conflit direct entre les États-Unis et l'URSS. Ça s'est toujours passé par pays interposés. Et puis, finalement, le communisme s'est effondré de lui-même, à la fin des années 1980, et l'URSS avec lui. La plupart des pays ont plus ou moins retrouvé leur autonomie. L'Allemagne s'est même réunifiée ! m'écrié-je légèrement.

– Ah oui, vraiment ? fait Max d'un ton perplexe.

Je vois bien qu'il a du mal à me prendre au sérieux. Il souffle doucement. Il regarde aux alentours, comme pour prendre une bouffée de réalité. Soudain, une superbe nana passe tout près de nous. Elle en profite pour lancer à Max un regard furtif.

J'avais bien vu que la faune des nymphes de la piscine de l'Emerson en avait après mon play-boy, mais ce n'est vraiment pas le moment ! À tous les coups, elles sentent une tension naître entre nous, et c'est à la première qui saura prendre ma place. Tout me paraît maintenant si hostile. J'ai les nerfs à vif. Heureusement, Max semble parfaitement désintéressé. Il a le regard perdu au loin.

Le serveur vient nous interrompre.

– Madame ? Monsieur ? Puis-je vous apporter quelque chose de plus ?

– Oui, merci. Ce sera un jus de pamplemousse frais, s'il vous plaît, lui répond Max avec sa classe habituelle.

– Madame ?

– La même chose, ce sera parfait, dis-je en entendant ma voix trembler un peu.

Max se retourne vers moi :

– Et donc Castro abandonne le communisme ? demande-t-il d'un ton sceptique et amusé.

– Lui, c'est particulier. On va dire plus ou moins. Il est encore vivant, mais c'est son frère Raúl qui dirige désormais. Et du coup, le pays s'est beaucoup ouvert. Les États-Unis ont de nouveau une ambassade à La Havane, et Raúl Castro s'est rapproché de notre président, Barack Obama.

– Le nom du président est Barack Obama ? s'étonne Max.

– Oui, c'est notre premier président noir !

– Un président noir ?! Ici, aux États-Unis ?

J'ai l'impression que je viens de lui donner le coup de grâce. C'est vrai que, dans les années soixante, la ségrégation est encore très forte. Les histoires de Noirs lynchés ne sont pas rares. Le Ku Klux Klan est très puissant dans le Sud.

– Donc, je résume : les gens ont des mini-ordinateurs qui fonctionnent depuis l'espace, l'URSS n'existe plus, l'Allemagne est de nouveau unie, Castro est encore vivant en 2015, et en plus, notre président est noir, débite Max d'un ton monocorde. Écoute, tout ça est bien beau, et je suis vraiment heureux que, dans ton monde, la ségrégation soit enfin abolie, mais juste une chose...

– Oui ?

– Ne me demande pas de croire à des sornettes pareilles, lâche-t-il en se levant.

Le serveur arrive avec nos verres, qu'il pose sur la table. Voyant Max debout, il lui demande :

– Monsieur, vous ne prendrez pas votre boisson ?

– Merci, répond-il en secouant la tête. Je ne peux plus rien avaler.

Max écrase vivement sa cigarette dans le cendrier en céramique blanc. Il me lance un bref regard, intense et lourd. Je vois dans ses yeux un sentiment de trahison. Il tourne les talons et s'éloigne dans le parc verdoyant.

Les larmes montent. Je serre les poings. Une désagréable sensation de nausée me prend. Je devine tous les regards victorieux des filles de la piscine. Peut-être que j'invente ? En tout cas, je ne peux réprimer un tremblement de honte et de colère.

J'ai perdu. J'ai tout perdu.

Je me sens tout à coup si ridicule dans mon maillot de bain *so sexy sixties*. La joie, la bonne humeur, la nuit fabuleuse que nous avons passée, tout ça est devenu si pâle et dérisoire. Quelques larmes perlent le long de mes joues en silence.

Un instant, mes doutes reviennent : suis-je en train d'inventer tout ça ? Je ne peux détacher mon regard du rose si parfait du jus de pamplemousse posé sur la table. Le soleil tape en plein dedans. La couleur est belle et chaude, rassurante. Quelque chose vibre dans cette jolie lumière paisible, comme si elle me disait de ne pas laisser tomber ; de continuer à me battre.

Non, je-ne-suis-pas-folle !

Je me lève subitement. Je bois d'un coup sec les deux verres pleins, puis, sans un regard pour le poulailler en bikini, je file vers notre bungalow.

***

Il fait gris, et un vent frais inhabituel me fait frissonner. Nous sommes sur le tarmac de l'aéroport de Los Angeles. Le jet de Max est à une vingtaine de mètres. Nous attendons que la passerelle soit descendue. Je croise les bras pour me réchauffer. De l'autre côté de la voiture, debout dos à moi et appuyé à la portière, Max observe avec détachement les derniers préparatifs de son avion. Il porte ses lunettes noires, et je n'ai aucun moyen de sonder son regard.

C'est clair, il me prend pour une folle. Nous avons à peine discuté depuis la conversation au bord de la piscine. Il ne s'est pas mis en colère, non. Il est indifférent, c'est pire. Je ne sais que dire.

Nous sommes invités à embarquer. Le son de mes talons sur l'asphalte, puis sur l'escalier métallique, résonne de manière glaciale. Je prends une profonde inspiration alors que nous pénétrons dans la cabine. Nous nous asseyons chacun d'un côté, mutiques. Un gouffre s'est ouvert entre nous, et j'en suis la responsable… Malgré moi.

Le jet accélère et s'élève avec force dans les airs. Le vol ne s'annonce pas joyeux. Pour me changer les idées, je tends la main vers le journal du jour, mis à disposition dans un magnifique porte-revues en métal et velours, et le feuillette. C'est la première fois que je parcours longuement un journal de 1963. C'est tellement différent, c'est fou ! Je pense à toutes ces personnes, là, présentes dans ces actualités, qui pour beaucoup n'existent plus pour moi. C'est un sentiment très étrange.

Je tombe sur les pages politiques. Un article sur Kennedy, tiens. C'est une telle figure de l'histoire, ça me fait bizarre de penser qu'il est vivant, là, en même temps que moi, quelque part dans le pays. Justement, le journal parle d'un déplacement qu'il doit effectuer le lendemain, au Texas. Il cherche à lever des fonds et à augmenter sa popularité dans cet État du Sud, en vue d'une réélection l'année suivante. Le point de vue du journaliste est d'ailleurs assez passionnant. Il explique très bien les raisons de ce voyage à Dallas que Kennedy doit…

QUOI ?! DALLAS ?

Vite, je tourne les pages pour revenir en une. La date : jeudi 21 novembre. Demain, vendredi 22 novembre, à Dallas, Kennedy sera…

Assassiné…

12

CE QUI SE PASSE LE VENDREDI 22 NOVEMBRE 1963

Cette date-là, n'importe quel écolier des États-Unis la connaît. Je reste paralysée un instant.

Mais dans quoi suis-je embarquée ?!

Je suis ballottée malgré moi en 1963. Alors que je me débats avec mes petits problèmes d'amour impossible, je suis en train de vivre l'Histoire avec un grand H. Je frissonne, j'ai froid, mon cœur bat dans ma poitrine. Je me tortille sur mon fauteuil.

Je regarde Max du coin de l'œil. Il est assis, cheville droite posée sur le genou gauche, plongé dans la lecture d'un épais dossier à la couverture moutarde. Totalement absorbé par son travail, il ne semble pas s'apercevoir de mon agitation. Que dois-je faire ? Lui dire ? Ne pas l'alarmer ? Passer pour une cinglée force 2 ?

Bravo mademoiselle Green, vous avez atteint le deuxième niveau de notre grand jeu « Qui est le plus taré ? ». Votre prestation a été jugée particulièrement satisfaisante lors des différents épisodes « Je parle à mon ascenseur », « Je voyage dans le temps pour me faire sauter » et « Je m'enfuis à toute berzingue durant mon rendez-vous ». Nous attendons avec impatience vos prochaines performances qui, nous en sommes persuadés, ne nous décevront pas !

Bon, au point où j'en suis, est-ce que ça peut être pire ? Max fait *déjà* comme si je n'existais pas. Qu'est-ce qui pourrait aller plus mal ?

Je me lève donc doucement de mon fauteuil pour me rapprocher de lui. J'avance à pas de loup, comme si je pouvais lui faire du mal en faisant du bruit. Je suis presque à son niveau. Lui n'a pas bronché d'un iota. Il parcourt page après page ses documents, raturant ceci ou annotant cela.

Soudain, un trou d'air nous secoue. Nous traversons des turbulences. Max s'accroche aux accoudoirs de son fauteuil. Je perds l'équilibre. Je tente de me rattraper en balayant l'air de mes bras. Je glisse et j'atterris directement assise, fesses sur les cuisses de Max. Je m'agrippe machinalement à ses bras musclés pour ne pas basculer plus bas. L'avion continue de vibrer violemment. Je relève les yeux. Max a son visage dans mes cheveux. Rapidement je les replace pour ne pas le gêner. Son regard est glacé. J'avale difficilement ma salive. Mais, passé la première impression, je vois dans ses yeux quelque chose d'autre : de la tristesse.

Je sens bien qu'il est déçu ; qu'il a l'impression que je l'ai trahi, trompé. Mais que pouvais-je faire d'autre ? Me taire ? Où cela m'aurait-il mené ? À un prochain voyage, un autre week-end, je lui aurais tout avoué, et alors il se serait passé exactement la même chose… En pire, car j'aurais attendu plus longtemps encore.

En clair, je suis coincée par ma condition de voyageuse dans le temps involontaire !

Mais les turbulences se sont tues depuis déjà quelques secondes, et je n'ai pas bougé. J'ai encore les jambes en l'air, dépassant de l'accoudoir du fauteuil, et mes mains sont toujours crispées sur le corps de Max. Ce même corps que j'ai appris à connaître et que je ne verrai probablement plus.

– Je…, bredouillé-je.

– Je ne suis pas certain que ça soit la meilleure position pour discuter.

– Oh, oui, pardon ! m'exclamé-je, rougissante.

Je tente de me relever, mais, bien évidemment, c'est juste à ce moment-là que mon cerveau active l'interrupteur « extra » dans la case *maladroite*. Je me remue et me déhanche en frottant – forcément – mes fesses sur lui. Comprenant que je suis dans l'embarras, Max me prend par les hanches et me relève avec ses bras puissants.

Je défroisse ma jupe de quelques coups de paume, en évitant son regard tant j'ai honte. Je relève finalement la tête.

– Max, je voulais te parler.

– J'ai cru comprendre, dit-il sans émotion.

J'inspire profondément.

– Il faut que je t'avertisse de quelque chose.

– Encore une de tes divagations sur le futur ? demande-t-il d'un ton las.

– Non, attends, écoute-moi, c'est plus important que tu ne le crois.

– Des Martiens vont nous envahir, et Staline en était un, c'est ça ? lance-t-il d'un ton exaspéré. J'en ai assez d'entendre n'importe quoi, Emily. J'ai du travail. Des choses sérieuses, en somme.

Il brandit doucement le dossier qu'il tient en main.

– Ne te moque pas de moi, Max ! Je sais que ce que je te raconte paraît insensé. Mais il y a une différence entre l'avenir que je te décris et les élucubrations farfelues des prophètes babas cool ! m'écrié-je, au bord des larmes.

– Baba quoi ?

– Laisse tomber. Je t'en supplie, je ne veux que cinq minutes de ton temps et de ton attention.

Je m'accroupis pour revenir à hauteur de son regard. Je mets dans mon expression toute l'intensité et toute l'émotion dont je suis capable. Mon ton sincère et désespéré semble faire effet. Il m'observe dans le blanc des yeux un instant. Puis, après une hésitation visible :

– Je te donne dix minutes, répond-il en regardant sa montre.

Merci pour la pression !

Je prends une grande bouffée d'air et me lance :

– Demain, John Fitzgerald Kennedy sera en déplacement à Dallas.

– Quelle prophétie ! Moi aussi, je lis le journal, marmonne Max, les yeux au ciel.

– Tu as promis de m'écouter sérieusement !

– Tu as raison. Excuse-moi, Emily.

Je vois bien dans ses yeux la souffrance de la déception. Il a cru me connaître, et je lui montre tout à coup un aspect totalement inattendu de moi. Avançons, malgré tout.

– Max, écoute bien tout ce que je vais te dire. Attentivement. Et s'il te plaît, ne m'interromps pas. Je t'en supplie. Je vais te décrire des événements qui vont te paraître fous. Dingues, même. Il va falloir que tu les visualises très précisément. C'est très important.

Je me demande si je ne lui fais pas un peu peur avec mes recommandations ! Peu importe, je suis sur ma lancée.

– John Fitzgerald Kennedy, le président des États-Unis d'Amérique en 1963, *ton* président, Max, va défiler demain en voiture dans la ville de Dallas. Il fera beau. Cette voiture sera décapotable. Une Lincoln Continental noire. Kennedy sera assis à l'arrière, sur la droite. Jackie, à ses côtés, sur la gauche. Elle portera un tailleur rose et une toque assortie. Devant le président sera assis le gouverneur Connally.

Ces images que j'ai vues tant de fois tournent comme un film dans ma tête. Max paraît à la fois surpris et mal à l'aise devant tant de détails.

Ça ne s'invente pas un truc pareil, non ?

– Mais ce n'est pas tout, continué-je. À un moment crucial, Kennedy fera un geste de protection avec ses mains. Ce n'est pas un geste anodin…

– C'est-à-dire ? demande Max, dont j'ai piqué la curiosité.

– C'est au moment où la balle lui traversera le crâne, dis-je avec précaution.

– Comment ?! Quoi ? s'écrie Max. Mais c'est n'importe qu…

– Attends, attends, l'interromps-je en faisant des gestes d'apaisement avec les paumes.

Max s'agite sur son fauteuil. Il navigue entre incrédulité et malaise.

– Max, JFK sera assassiné demain à Dallas.

– Emily, te rends-tu compte de la gravité des choses que tu avances ?

– Mais bien sûr que je m'en rends compte, Max, enfin ! Pourquoi crois-tu que je suis dans cet état ? dis-je avec force.

Max se calme et retrouve son air dubitatif.

– Donc, le président des États-Unis, l'homme le plus protégé au monde, peut se faire assassiner comme cela, d'une seconde à l'autre ?

– Oui.

Un ange passe. Max est en pleine réflexion.

– OK, j'entre dans ton jeu. Qui a fait le coup ? Les Russes ?

– Non, pas du tout, c'est un gars isolé, un sniper.

– Un type tout seul ? Et pourquoi donc ?

– En fait, rien n'est clair. Aujourd'hui encore… Enfin, pardonne-moi, pas *aujourd'hui*, mais en 2015, on n'est toujours pas certain des motivations et de l'enchaînement des événements.

– On n'a pas trouvé le tueur ? réplique Max en faisant la moue.

– Si ! Retiens bien ce nom : Lee Harvey Oswald. Il sera arrêté…

– Et il n'a pas avoué ?

– … et sera à son tour assassiné deux jours plus tard par un certain Jack Ruby.

Max se rassied. Puis, soudain, il part d'un grand éclat de rire.

– Ah, Emily, tu es extraordinaire ! Tu devrais écrire des romans ! La publicité t'est montée à la tête. Tes histoires rocambolesques sont à peine crédibles.

– Visualise, Max, c'est crucial, lui assené-je en dardant mes yeux dans les siens. Une fois Kennedy touché, Jackie aura d'abord un geste de protection envers son mari, en le couvrant, puis immédiatement elle s'élancera sur le coffre arrière du véhicule. Ce sont des images qui resteront gravées à jamais dans l'histoire, incrustées dans les yeux de tous les Américains. C'est une date décisive dans l'histoire de notre pays. Ces images, Max, tu les *verras*.

Je sens un frisson qui le parcourt.

– Et après ? reprend-il d'une voix monocorde.

– Après, ce seront les obsèques. Jackie qui s'agenouille avec sa fille devant le cercueil, et John-John qui fait un salut militaire.

– John-John ? Il a quoi ? Trois ans ?

Fatiguée, je m'assieds à même le sol. Je prends mes genoux entre mes bras et maintiens le regard tendu vers Max. Ça y est, je l'ai lancée, mon histoire. Et maintenant ? Maintenant, il n'y a plus qu'à voir ce qui se passe. À quoi je m'attends ? Qu'ai-je envie qu'il arrive ? J'avoue que je n'en ai véritablement aucune idée. Je ne pouvais tout simplement pas garder ça pour moi. Impossible.

– Et donc ? Que suis-je censé faire avec cette information cruciale ? lance-t-il. Appeler la police ? « Allô, messieurs les policiers, notre président se fera tuer demain. Non, bien entendu, ce n'est pas une blague : c'est mon amie qui voyage dans le temps qui me l'a dit. C'est dire si c'est sérieux ! »

Je ne peux m'empêcher de pouffer de rire. Max est très drôle, même dans les moments tendus. Il semble apprécier ma joie soudaine et il sourit à moitié, tout en tentant de déchiffrer quelque chose sur mon visage.

Ça ne dure pas longtemps, mais ça fait du bien et ça détend l'atmosphère.

– Non, je ne crois pas que tu puisses faire quoi que ce soit, confié-je. Peut-être que c'est ce que l'on appelle le sens de l'histoire ?

À ces mots, l'évidence me frappe : effectivement, ni Max, ni moi n'y pouvons rien. Je ne sais pas comment ni pourquoi j'ai été téléportée dans le passé, mais à cet instant, je suis sûre d'une chose : *je ne suis pas là pour sauver Kennedy.*

– Tu deviens bien philosophe, Emily, dit-il dans un souffle.

Je lui souris à nouveau, puis me relève et vais me rasseoir.

Ça y est, j'ai lancé les dés. Il ne reste plus qu'à attendre qu'ils fassent un double-six.

Intentionnellement, j'évite de reparler de tout ceci à Max et je m'en tiens aux échanges d'usage. Le vol se termine sans incident, et nous repartons vers Manhattan dans la Crown Imperial, dans une ambiance nettement moins excitante qu'à l'aller.

Arrivés en bas du Carraway Building, nous sortons du véhicule et Max prend congé du chauffeur.

– Pourquoi n'as-tu pas voulu que je te dépose quelque part ? me questionne-t-il.

– Ici, c'est très bien. C'est… Un peu comme chez moi.

– Comme tu voudras. Je te laisse donc comme ça, sur le trottoir ? lance Max, surpris.

C'est vrai ça, où vais-je ? La seule solution, c'est de revenir au bureau de Max pour rentrer chez moi. Dans mon monde à moi.

– Max, je vais jouer franc-jeu avec toi.

– Merci de me prévenir.

– Au début, ma plus grande peur était de te perdre. Désormais, je me dis que plus rien ne me retient. Je veux tout te dire.

Il lève les sourcils.

– Je vais t'accompagner au bureau, c'est là que se trouve la porte temporelle.

– Non ! s'écrie-t-il, pas encore ces histoires…

– Max, s'il te plaît ! le supplié-je. Ce sera la dernière et ultime fois que je te demanderai quoi que ce soit. Si après tu décides de ne plus jamais m'adresser la parole, alors j'accepterai ta décision. Je m'y soumettrai parce que j'aurai tout tenté.

Et que j'aurai échoué…

À cette pensée, j'ai un nœud à l'estomac.

Max hausse les épaules. Il doit se dire qu'après tout, folle pour folle, dix minutes de plus ou de moins ne vont pas tout changer.

– Tu peux aller rejoindre ta porte, si ça te fait plaisir. Mais après ça, je ne veux plus te voir ici, lâche Max avec lassitude.

Il me suit dans le grand hall de l'immeuble. Nous arrivons face aux ascenseurs. Il y a du monde, même à cette heure tardive. Nous montons, et les grappes de businessmen s'égrènent peu à peu au fil des étages. Au trente-sixième, nous sortons, seuls, face au papier peint orange, devant l'entrée de Whitman inc. Personne aux alentours.

Devant son bureau, Max se retourne, plus beau que jamais. Sur son visage, il me semble voir l'expression d'infinie tristesse que j'avais déjà cru deviner le premier soir sur le *rooftop*. Un feu s'est comme éteint.

– Je te laisse donc, Emily. Je ne sais pas si je te reverrai.

– Moi non plus, Max, mais…

– Mais ?

– Mais j'ai confiance, asséné-je avec un sourire.

Il me tend la main pour que je la serre.

– Merci pour ce week-end, ajoute-t-il poliment.

Cette main tendue me déchire le cœur. Après avoir passé une des plus belles nuits de ma vie avec cet homme sexy à se damner, je devrais lui serrer la main ? Sûrement pas ! Surtout si, par malheur, ce devait être la dernière fois…

J'évite soigneusement sa poigne, je me penche et lui picore un léger baiser sur la joue. Puis je lui lance un sourire. Non, je ne suis pas triste car… Car… Quand je reviendrai, je sais qu'il me croira ! Tout ce que je lui ai raconté se réalisera et il ne pourra que se rendre à l'évidence.

Max est totalement désarçonné par mon comportement. Perplexe, il se retourne et me laisse seule avec Danny, condition sine qua non pour un voyage temporel.

Carraway Building, Madison Avenue.
21 h 06. Samedi 21 novembre 2015.

Heureusement que j'ai toujours un passe et les clefs du boulot sur moi, sinon je ne sais pas comment je m'en sortirais un samedi soir au Carraway.

Je sens l'excitation qui monte.

Il va me croire ! Il va me croire ! Demain, ma prophétie se réalisera et tout rentrera dans l'ordre !

Mais je me fige subitement. J'ai tout à coup un gros sentiment de culpabilité. Je suis en train de me réjouir de la mort d'un homme. Je suis plus préoccupée par le fait que Max me croie, que par le décès du président ! John Fitzgerald Kennedy va mourir demain – enfin le demain du passé, même si ce n'est pas encore arrivé alors que c'est déjà arrivé. Bref, je suis en train de penser à ma pauvre pomme et je chantonne en me réjouissant alors que le sang va couler et que j'aurais…

… peut-être pu l'empêcher ?!

Non… On ne peut pas modifier l'histoire, ça ne fonctionne pas comme ça. Ce serait complètement dingue ; du grand n'importe quoi.

Mais me revient en tête la phrase de Donald : « Ne dites rien qui pourrait tout changer. »

Donc, ça *peut* changer ? Peut-être même que j'ai *déjà* fait changer l'histoire ? Après tout, ces personnes que j'ai croisées, ces choses que j'ai faites en 1963 ont forcément *des conséquences*, non ?

Je me mets à trembler. Est-ce que je ne viens pas de foutre le bordel dans l'histoire du monde ? Autour de moi, rien ne semble avoir bougé, mais comment savoir ?

Mon cœur se met à battre la chamade, tempo 180, *allegrissimo con fuoco.*

Gigamerde et mégafuck !

OK, top 5 des raisons qui prouvent que je n'ai pas bouleversé l'ordre des choses :

5. Tout d'abord, le big bang. Ça, pas de problème, c'est attesté.

L'univers est encore là. Plutôt pratique, je dirais.

4. Oui, mais les dinosaures, l'humanité, l'évolution ?

Pas de stégosaures à l'horizon. Une chance ! Déjà que dans les rues de New York, c'est la jungle…

3. La découverte de l'Amérique, ça, c'est clair, c'est acté.

Je ne suis pas dans un tipi avec une plume dans les cheveux, même si j'aime le style.

2. OK, mais quid des événements *depuis* 1963 ?

Je coche mentalement et à toute vitesse ce qui défile devant mes yeux : les ordinateurs, les imprimantes, les téléphones portables, Hello Kitty. Hello Kitty ?! Recentrons-nous !

1. Et… Et si ce que j'avais dit à Max avait tout changé et que finalement… Kennedy ne mourrait pas ?!

Des fourmillements me prennent. Je ne sens plus mes mains. La dernière fois que ça m'est arrivé, c'était lors de ma grande audition de clarinette, à l'âge de 16 ans. Là, c'est autrement plus sérieux.

Reprends-toi, bordel, Emily, reprends-toi !

Je saisis mon téléphone au fond de mon sac. Pas le temps de réfléchir : j'appelle Serena. Ça décroche direct, ouf !

– Allô, Emily ? fait-elle d'une voix douce et mélodieuse.

– Kennedy, il est mort ? lui demandé-je tout à trac, haletante.

– Hein ? Bonjour quand même. Emily, tout va bien ? Tu sembles… bizarre.

– Se-re-na, Kennedy, il est mort, oui ou non ? la coupé-je, dents serrées.

– Je comprends rien, Emily, tu commences à me foutre les jetons…

– C'est super important, l'interromps-je. Réponds-moi, je t'en supplie ! me surprends-je à hurler presque.

– Oui, bien sûr qu'il est mort ! Enfin, ça fait un bon moment, hein. Si tu viens de l'apprendre, je crois que t'as pas mal de rattrapage à faire côté faits historiques.

– Donc il est bien mort ! m'exclamé-je avec un ton de soulagement. Et ça s'est passé quand ?

– Ben, Emily, tu me poses de ces questions, tu…

– Quand, Serena ?!

– Le 22 novembre, à Dall…

– Bordel ! Oh oui, putain de Dieu, merci, merci, merci, trop génial, Kennedy est mort, c'est la plus belle nouvelle du monde ! Tu es extra, Serena !

– Euh… Si tu veux. Mais tu sais, si ça te fait autant kiffer, les gens qui crèvent, sache qu'il y en a d'autres, hein : Marilyn Monroe,

Elvis, Tupac, Michael Jackson. T'as une surprise-party en vue ?

Je pars d'un grand éclat de rire. Le soulagement, la nervosité, toute la tension de la journée explose d'un coup.

Après m'être calmée, et avoir rassuré Serena que non, je n'ai rien fumé d'illégal, je me mets à lui expliquer mon week-end avec Max. Tous les détails, bien sûr, mais surtout la grande révélation que je lui ai faite.

– Tu crois que je devrais y retourner quand ? lui demandé-je.

– Laisse le temps à l'histoire de se faire. Kennedy mourra, et même si on ne sait pas réellement pourquoi, ce n'est sûrement pas de ta faute. D'ailleurs, si tu veux, j'ai un livre à la boutique qui développe une théorie très intéressante sur le sujet, c'est...

– Merci, merci ! l'interromps-je en riant. Je crois que j'ai eu assez d'histoires dingues pour le moment.

Serena est extraordinaire : elle me croit et me répond le plus naturellement du monde, comme si toutes ses copines voyageaient dans le temps !

– Retournes-y demain, quelques heures après l'événement. Il faut battre le fer tant qu'il est chaud...

Et c'est exactement ce que j'ai l'intention de faire !

13

LE GRAND SAUT

Appartement d'Emily, Little Italy.
13h27. Dimanche 22 novembre 2015.

John Fitzgerald Kennedy a reçu une balle de calibre 6,5 mm à l'arrière du crâne le vendredi 22 novembre 1963 à 12h30, heure locale. Soit 13h30, heure de New York.

Et l'écart temporel ayant sa propre logique, *là-bas* c'est un vendredi – le 22 novembre –, et non un dimanche comme *ici*.

Je suis assise au bar de ma cuisine, mug de café dans les mains. Sur le mug est imprimée toute une série de dessins retraçant l'histoire des États-Unis. C'était un cadeau de mon père, après une visite au National Museum of American History, lors d'un voyage à Washington. Je l'ai tant contemplé, tant de matins, regard embrumé et réveil difficile, et voici que j'ai l'impression de le redécouvrir. Un petit motif symbolise l'assassinat de Kennedy. Une minuscule Lincoln noire et un petit personnage à l'arrière saluant de la main. C'était juste *avant*.

Je lève les yeux. L'horloge indique 13h27. Plus que trois minutes.

Plus que trois minutes avant que JFK soit touché et meure. Et je ne peux rien faire. Et je suis la seule à savoir. Enfin, la seule de 1963… J'imagine toutes ces personnes, vivant, travaillant, dont la vie va percuter l'histoire dans maintenant moins de 180 secondes.

Le trajet de l'aiguille est interminable. Je me lève et vais ouvrir la fenêtre. Je me penche dehors. J'observe distraitement l'activité du quartier. Il ne fait pas froid pour un mois de novembre. D'ailleurs, il ne fait plus froid en novembre. Ça aussi, c'est fini. Une certaine mélancolie me prend. Suis-je assez solide pour affronter tout cela ?

13 h 29.

Les voitures filent comme à leur habitude dans la rue en contrebas.

13 h 30.

Bang !

…

Rien n'a changé. Le feu rouge est passé au vert. Des passants s'arrêtent. La vie est tout à fait normale. En 1963, par contre, c'est le drame. C'est à la fois perturbant et irréel. Je ne sais toujours pas si je dois vraiment y croire…

Pour en avoir le cœur net, je passerai en 1963 tout à l'heure, en fin d'après-midi, le temps que tout le monde, là-bas, accuse la nouvelle. Je reprends une gorgée de café. En reposant la tasse sur le comptoir, je me surprends à trembler. Les événements ne me laissent pas insensible, et il est difficile de ne pas être sous le coup de l'émotion.

Au fond, je ne suis sûre de rien. Et si mon plan ne marchait pas comme prévu ? La mort de Kennedy suffira-t-elle à convaincre Max ? Me prendra-t-il pour une sorte de sorcière ? C'est le meilleur moyen pour qu'il me fuie, non ? C'était vraiment la meilleure stratégie ? Ne me suis-je pas embarquée dans un truc que je ne contrôle pas du tout ? D'ailleurs, je n'ai pas l'impression de contrôler grand-chose depuis le début…

Carraway Building, Madison Avenue.
17 heures. Dimanche 22 novembre 2015.

Je lève les yeux vers le sommet de l'immeuble. Tout semble si calme et immuable. Le lent déplacement des quelques nuages se reflète dans les grandes vitres de la façade. Dimanche : personne, ou presque. En entrant dans le hall, je présente mon badge à la sécurité. Le vigile me laisse passer avec un sourire pincé en haussant les sourcils, l'air de dire « Désolé pour vous, ma jolie, ça ne doit pas être drôle de venir travailler le dimanche après-midi ».

Je lui réponds par un sourire poli et vais directement rejoindre Danny. Les portes se referment. Je m'adosse au miroir et presse le bouton du 36e étage. Je ferme les yeux, me préparant mentalement à ce que je vais devoir affronter.

Carraway Building, 36e étage, Whitman inc.
17 h 08. Vendredi 22 novembre 1963.

Ça y est, les portes s'ouvrent. Le papier peint orange m'accueille de nouveau. OK, 1963 existe encore : c'est un bon début. Personne dans le hall des ascenseurs, mais une tension dans l'air me saisit immédiatement. Mon cœur accélère. Je réalise rapidement ce qui me perturbe : le silence.

Je pénètre dans les locaux de Whitman inc. Personne ici non plus. Par terre, un câble d'antenne noir court le long du mur. Je le suis mètre après mètre et arrive devant la porte ouverte de la grande salle de réunion. À l'intérieur, il y a foule. Une télévision est posée sur l'étagère d'une bibliothèque, et les salariés sont là, les yeux rivés sur l'écran. L'image en noir et blanc est tremblante. C'est le visage de Kennedy. Les commentaires sont tendus, le débit des voix est rapide. Tout le monde est abattu.

C'est donc bien arrivé.

Je n'en reviens pas. C'est une chose de croire que ça *peut* arriver, c'en est une autre de le vivre !

Tout près de l'entrée, Eunice, la secrétaire de Max, est figée, les yeux vibrants. Elle peine à retenir ses larmes. À mon arrivée, elle se tourne vers moi.

– Mademoiselle Green… Vous êtes là. Oh ! c'est si terrible ce qui est arrivé. C'est affreux, affreux…

Sa voix se perd. Elle secoue la tête, impuissante.

– C'est si triste, tenté-je de la consoler. Je ne sais que dire.

Prise par un accès d'émotion, Eunice se penche vers moi et entoure mes épaules de ses bras. Elle repose sa tête contre mon épaule et pleure.

– Nous sommes tous perdus face à un événement pareil, dit-elle en se redressant.

– Et monsieur Whitman ? demandé-je. Savez-vous où il se trouve ?

– Monsieur Whitman était particulièrement bouleversé. Je ne l'avais jamais vu comme ça. La nouvelle l'a frappé encore plus durement qu'aucun de nous, il me semble. Il n'est même pas resté au bureau, ce qui est exceptionnel pour lui. C'est bien la première fois que cela lui arrive, en tout cas depuis que je travaille pour lui.

Mince alors ! Il n'est pas là et je ne sais pas où il habite. Mon escapade temporelle tombe à l'eau.

Eunice me regarde intensément. Elle plisse les yeux et semble comprendre quelque chose. Elle me prend par le bras et me mène dans le couloir.

– Écoutez, mademoiselle Green, me chuchote-t-elle, je peux peut-être vous aider.

– Oui ?

– Je n'ai pas le droit de faire ceci, mais j'ai le sentiment que monsieur Whitman me pardonnera, me glisse-t-elle en me faisant un clin d'œil. Attendez-moi là.

Elle s'éclipse au fond du couloir et revient une minute après.

– Voici, dit-elle en me tendant un bout de papier.

Je le déplie : l'adresse personnelle de Max !

– Vu l'expression de vos yeux, je crois que j'ai bien fait de vous la donner, dit-elle en souriant.

Elle serre un instant mes mains dans les siennes, signe d'entraide et de compassion, puis repart dans la salle de réunion s'associer au deuil collectif.

Je crois que je me suis fait une copine !

Je retourne au pas de course vers les ascenseurs.

Je vais voir Max chez lui ?! Va-t-il accepter de me voir ?

Heureusement, il n'habite pas très loin. Je ne sais pas comment j'aurais fait s'il avait fallu prendre un taxi. Sans argent, les possibilités sont maigres. Je sors sur le trottoir.

Un sentiment étrange flotte dans les rues. C'est palpable. La vie a pris une autre tournure. C'est difficile à décrire, mais cela ne *vibre* plus comme avant. C'est étonnant, je me sens à la fois très proche et totalement déconnectée de l'événement en cours.

Je descends l'avenue vers Madison Square Park. Arrivée à la bonne adresse, je pénètre dans le bâtiment. Un concierge m'accueille.

– Je… Je viens voir monsieur Whitman, bredouillé-je, un peu prise au dépourvu.

– L'ascenseur est face à vous, mademoiselle, dernier étage.

– Je vous remercie, lui réponds-je en inclinant la tête.

Je ralentis le tempo. Il s'agit de ne pas arriver haletante devant Max. Quand les portes de la cabine s'ouvrent, je sors dans un couloir très calme, particulièrement cossu. La moquette est couleur crème, très épaisse. Je ne m'entends pas marcher. À cet étage, il n'y a qu'un seul appartement. Tout ici mène vers la grande porte d'entrée de Max, massive et impressionnante. Je frappe timidement. C'est maintenant que tout se joue.

J'attends. C'est interminable. Est-il là ? Dois-je repartir ?

Et soudain, le cliquetis du loquet, et la porte s'entrebâille. Max apparaît. Son visage est comme transformé. Il est manifestement bouleversé.

– Je ne peux pas dire que je sois surpris de ta présence, m'accueille-t-il calmement.

Il ouvre en grand, s'approche et m'enlace avec emportement. Nous nous serrons fort l'un contre l'autre. Nos cœurs cognent au même rythme, intensément, semblant se toucher à travers nos poitrines.

Jamais je n'ai ressenti pareille émotion. Les larmes me viennent. Nous nous embrassons avec ferveur. Max a le regard brillant. Je ne l'ai jamais vu si ému. Est-ce simplement la mort de JFK ? Ou a-t-il compris que je ne mentais pas ? Ou bien réalise-t-il que nous avons failli nous perdre ?

Nous nous accrochons l'un à l'autre comme si notre vie en dépendait. Il me prend le visage entre ses paumes et caresse mes joues de ses pouces. Les mots ne parviennent pas à sortir. Trop de choses à dire ? Ou alors les mots ne sont pas assez forts pour décrire ce que nous vivons ? Je me réfugie de nouveau dans ses bras protecteurs. Ce moment de tendresse réchauffe mon cœur. L'intensité de ce que nous vivons me laisse à la fois soulagée et morte de peur. Ces sentiments, qu'on ne peut ignorer, ne devraient même pas exister, pas si tôt, et surtout pas comme ça, entre deux époques…

Max me prend par la main et me mène vers l'intérieur de son appartement. En le découvrant, je suis émerveillée par la déco. À la pointe de la mode de 1963, elle semble tout droit sortie d'un magazine. Le vaste espace de vie dessert d'un côté la cuisine, et de l'autre les chambres. À droite file une longue baie vitrée donnant sur une terrasse. Au centre, le living-room, grand carré qui accueille canapés et fauteuils, est légèrement en contrebas, accessible par quelques marches. Chaque élément de mobilier a été choisi avec soin et goût. On sent la quintessence des sixties. Max glisse sur la droite vers la cuisine.

– Je te sers un verre de vin ? me demande-t-il de loin.

Du vin ? Ça me va mieux que le brandy !

– Oui, avec plaisir.

Il revient avec une bouteille et deux verres. En repensant à toutes les séries bien *sixties* que j'ai dévorées avant de devenir une accro du boulot, il me semble que ce n'est pas si courant de boire du vin, comme ça, en 1963 aux États-Unis. Max est peut-être davantage fait pour mon époque que pour la sienne !

– C'est un vin français. C'est une connaissance qui me l'a rapporté d'un voyage : Chassagne-Montrachet, 1957.

Il ouvre la bouteille et remplit nos deux verres. Nous trinquons.

– À ce jour, triste et particulier, fait Max.

– À l'avenir, dis-je pensivement.

– Lequel ? répond Max, un éclat dans les yeux.

Nous nous installons sur le grand canapé d'angle marron, côte à côte. Je remarque une expression neuve dans le regard de Max. Comme si j'avais changé. Et, effectivement, pour *lui*, c'est le cas. J'étais une créa, bossant dans la pub, passant un entretien d'embauche. Une jeune fille née en, quoi, 1940 ? De parents ayant connu la grande dépression, puis la guerre. Une histoire de ce genre. Et voilà que j'apparais, humaine du futur, née trente ans plus tard, lui prophétisant l'avenir de *son* monde. Il y a de quoi être chamboulé !

– Emily, je… Cela me fait tout drôle de te parler maintenant. Je ne sais pas comment je dois réagir. Tu viens donc du futur. Je ne sais pas comment on parle avec les gens du futur, dit-il avec un sourire en haussant les épaules.

Je ris doucement et l'embrasse avec douceur.

– Je ne sais pas comment on parle aux gens du passé. Nous avons tant à nous apprendre mutuellement.

Je presse mes lèvres contre les siennes. Nous nous sourions.

– Je voudrais d'abord m'excuser, Emily. J'ai vraiment cru que tu avais perdu la tête. J'ai toujours du mal à y croire… Je veux dire, c'est tellement dingue. À midi, j'ai même envisagé un instant que tu avais commandité ce meurtre… Je suis désolé pour la façon dont je t'ai traitée.

– Tu n'as pas à l'être. Tu m'as écoutée patiemment alors que tu aurais très bien pu m'abandonner à Los Angeles. Et… Et finalement, je trouve que tu accuses la nouvelle plutôt bien ! m'exclamé-je joyeusement.

Il me prend la main.

– Je ne sais par où commencer, réfléchit-il. Par exemple, tu disais que tu ne maîtrisais pas cette « porte temporelle », comme tu l'appelles.

– Effectivement. C'est venu totalement par hasard. En fait, la première fois, je n'avais même pas compris que j'avais changé d'époque. Je l'ai réalisé petit à petit. Et la surprise a été la même pour moi, que pour toi aujourd'hui.

– Mais tu voyages quand tu le désires ?

– Ce que j'ai saisi reste très sommaire : la porte temporelle est le fameux ascenseur que je t'ai montré. Je le prends, et automatiquement, ça fonctionne ! Enfin, ça ne marche pas à tous les coups. La première fois, j'ai quand même dû monter jusqu'au *rooftop* puis prendre les escaliers…

– Et tu ne choisis pas ton année ?

– Non ! Curieux, n'est-ce pas ?

– Es-tu sûre d'être la seule à qui ça arrive ? Peut-être que d'autres personnes que toi prennent cet ascenseur ?

– Je n'en ai jamais vu, marmonné-je, pensive.

– Ils ne vont peut-être pas à la même époque... 1963 n'est peut-être pas la destination de tout le monde... Juste la tienne... Enfin, c'est vrai qu'il faut forcément une époque où cet ascenseur existe aussi... Il y a d'autres portes temporelles ? D'autres personnes qui en ont connaissance ? Ou, tout au moins, qui en connaissent la possibilité ?

L'esprit de Max turbine. Il est animé par une excitation intellectuelle grisante à observer. C'est stupéfiant de voir à quel point il arrive à appréhender cette histoire de voyage dans le temps, à une époque où Skype est de la pure science-fiction !

– La seule personne que je connaisse qui semble au courant, c'est Donald, annoncé-je.

– Donald ? Le barman du *rooftop* ? s'étonne Max.

– Oui, précisément. Que sais-tu de lui ? Tu le connais depuis longtemps ?

– Quelques années. Trois ans peut-être. Il est très serviable et discret. Je n'en sais honnêtement pas plus. Mais toi, qu'est-ce qui te fait dire qu'il en sait tant ?

Je lui raconte ma fameuse visite au bar, lorsque Donald m'a accompagnée boire un verre à l'extérieur et qu'il m'a parlé de mon smartphone.

– Il reste une très épaisse couche de mystère sur toute cette histoire. Je sens que je n' ai qu'éraflé la surface, réponds-je, songeuse.

– Surprenant ! lance Max. Et ce fameux *smartphone*, c'est... ?

Je plonge la main dans mon sac et le sors.

– Tu sais, je te l'avais déjà montré brièvement au bord de la piscine, à L.A.

Il le prend délicatement, ne sachant trop comment aborder l'objet. Mais contrairement à l'autre jour, il est véritablement curieux.

– Et revoici ma pièce d'identité, lui fais-je en la lui glissant dans la main.

– Emily Louise Green, née en 1991…, lit-il, fasciné. Je tiens des *objets du futur* dans mes mains…

Nous nous sourions. Un instant passe. Puis il pose tout sur la table et nous ressert du vin. Nous trinquons de nouveau.

– Aaron avait raison, il est vraiment délicieux, lâche Max, comme pour lui.

– Pardon ? De qui parles-tu ?

Il a piqué ma curiosité.

– Oh, d'Aaron. C'est un cadre de l'agence concurrente. Nous ne nous voyons pas tant que cela, mais le courant passe bien. Il est rentré il y a deux semaines d'un voyage d'affaires en Europe, en France. Il m'a rapporté cette bouteille. J'ai trouvé l'attention charmante.

– Aaron… Sullivan ? tenté-je.

– En effet. Tu le connais ? fait Max en écarquillant les yeux.

– Que sais-tu de lui ? me renseigné-je.

– Pas grand-chose de plus. Je connais aussi sa femme, Betty. Nettement moins avenante, pour le coup. J'ai l'impression qu'elle ne m'aime pas, mais je ne vois pas pourquoi. Mais toi, d'où connais-tu Aaron ? Il ne voyage pas dans le temps tout de même ?

– Je l'ai croisé lors d'une de mes visites en 1963. Mais le plus troublant dans cette histoire, c'est qu'il a été le président de la société Sullivan inc. pour laquelle je travaille, en 2015 ! m'exclamé-je. Enfin, plus maintenant, il est décédé, continué-je doucement. La femme d'Aaron, dont tu parlais tout à l'heure, est vivante : je l'ai vue il y a peu, lors d'un cocktail. C'est une vieille dame désormais... Du moins, *mon désormais* à moi. Aujourd'hui, c'est leur fils qui tient les rênes. Lui, je ne fais que le croiser. La boîte est grande, et je n'en suis qu'un petit rouage.

Max semble perturbé par toutes ces informations.

– C'est comme si tu me racontais la fin d'une histoire pas encore vécue. C'est déstabilisant. Et puis, Aaron, directeur ? Ça ne lui ressemble pas. Il est gentil et très compétent, mais ce n'est pas tellement son genre. Il n'a pas ça dans le sang.

Il se tait et plonge les yeux dans son verre. Manifestement, quelque chose le tracasse.

– Max ? Tout va bien ?

Il relève la tête vers moi. Son regard est à la fois tendu et profond.

– Je ne devrais pas te demander cela, mais..., hésite-t-il.

– Oui ? risqué-je.

– Et moi ? se lance-t-il. Qui suis-je en 2015 ? Si je suis encore là, vieux bonhomme de, quoi, 80 ans ?

Un frisson me parcourt l'échine. Il se renseigne sur son propre destin. Ce n'est pas rien.

– Je suis désolée, je... Je ne sais pas. Je n'ai pas d'info. Ou très peu. Je n'en suis pas sûre, mais il se peut que Sullivan inc. ait racheté Whitman. Du moins, si on en croit la page Wikipédia, terminé-je, songeuse.

– Wiki-quoi ? s'étonne Max en retrouvant son sourire. Je crois que j'ai un sacré retard à rattraper ! Cinquante ans de mise à jour, en somme.

Nous éclatons de rire.

– Et pourquoi certains pourraient-ils voyager dans le temps, et pas d'autres ? reprend-il.

– Je ne sais pas, la question ne m'a pas traversé l'esprit. Tu crois que j'ai une sorte de... De *mission* à accomplir ?

– Peut-être…, murmure Max, souriant, mais presque intimidé par cette idée.

– J'ai la certitude que quelque chose me dépasse. J'ai l'impression de comprendre certaines choses… Tu sais, comme des intuitions qui me viennent. J'étais par exemple convaincue que je ne pouvais pas sauver Kennedy, et même que je ne le devais pas. Ça me paraissait flagrant. Il doit y avoir une raison à ça, non ? Et puis, il y a toi… Max. Je n'ai jamais été à ce point attiré par quelqu'un, ça n'a jamais été aussi *évident* avec personne… Ce que nous vivons, c'est insensé…

– Et beau.

– Absurde…

– Et pourtant vrai.

À ces mots, Max s'avance vers moi et caresse ma joue. Nous avons eu tellement peur de nous perdre. Son regard se fait intense alors qu'il pose ses lèvres sur les miennes. D'hésitant, notre baiser devient plus impérieux. Nous n'arrivons soudain plus à nous retenir et nous nous embrassons éperdument. Nous ne pouvons nous permettre de trop analyser la situation. Nous risquerions de trouver une faille. Pour l'instant, il n'y a qu'une vérité qui compte : notre désir est bien réel et, si j'en crois la lueur qui brille dans le regard de Max, il est urgent de le satisfaire.

Nous sommes tous deux sur le grand canapé d'angle. Je suis allongée sur Max, et il passe sa main dans mes cheveux. Il me regarde droit dans les yeux, et nos regards se disent « je t'aime ».

Puis, tout doucement, il vient à nouveau faire voyager ses lèvres sur les miennes. D'abord à leur commissure, puis, délicatement, sur ma lèvre inférieure. Il fait glisser sa bouche, tout en caresse, lentement, très lentement. Yeux fermés, nous ne faisons que goûter cette sensation aérienne, tremblante, presque irréelle.

Ma langue entre dans la danse, en jouant simplement avec le

bout de la sienne. Progressivement, elles s'invitent l'une l'autre et se prennent avec de plus en plus de vigueur. Enfin, nos bouches abandonnent toute forme de retenue.

Nos baisers sont profonds. Sa langue me visite avec ferveur et passion. J'explore sa bouche sans pudeur. Nous savons à ce moment-là que nous avons passé le point de non-retour.

On ne s'arrêtera pas là !

La seule chose que nous voulons tous les deux, c'est que nos corps se retrouvent, nus, bruts, avec toute la passion que nos cœurs insufflent. Je n'ai jamais senti pareille évidence. Jamais été aussi sûre de me laisser aller totalement et de *m'offrir* ainsi.

Une vague de chaleur m'envahit.

– Emily, tu me rends dingue.

Sa voix est chargée de désir. Je vois dans ses yeux qu'il me veut.

– Je suis toute à toi, Max, fais-je en criant presque lorsqu'il me mordille le lobe de l'oreille.

Le rythme de nos respirations se fait plus fort. Nos bouches sont accolées, magnétisées, alors que nos corps s'étreignent avec flamme. Nos mains courent à un tempo effréné, insatiables.

Toujours allongé sous moi, Max glisse ses mains sous le pan de ma robe et les remonte le long de mes cuisses. Ses doigts filent sur la couture de mes bas, jusqu'à l'attache de mon porte-jarretelles. Là, il sent ma peau, et je lis l'excitation dans son regard.

C'est si bon de sentir ses mains…

Je me relève et reste agenouillée à califourchon sur lui. Il me lance un regard interrogateur. Je lui souris malicieusement et me mets à me déhancher doucement. Max apprécie et se laisse faire.

– Tu es pleine de surprises, Emily. Ça commence à devenir une habitude, dit-il la voix rauque de désir.

Il se redresse à son tour. Il m'embrasse fougueusement le cou. Il passe ses mains derrière mon dos et fait glisser la fermeture éclair de ma robe. Elle tombe alors d'elle-même de mes épaules, comme sous le fait d'un sort. Max découvre alors mon soutien-gorge.

– Il n'y a vraiment que toi qui portes ces choses-là, dit-il avec admiration.

– C'est le genre de cadeau du futur que je peux te rapporter à chaque fois, si tu veux, lui fais-je.

– Mais tu sais, nous aussi, dans les sixties, on ne se débrouille pas trop mal question sexe.

– « Pas trop mal » est un euphémisme, lui susurré-je.

Le regard de Max se fait plus intense. Il brûle d'un désir incandescent. La flamme qui m'habite redouble. L'excitation atteint toutes les parties de mon corps. Il me semble pouvoir m'embraser rien qu'au toucher.

– Déshabille-moi, Emily, fait-il, ne me quittant pas des yeux.

Je ne m'y attendais pas. Le feu en moi me fait frissonner. Je veux me jeter sur lui et lui arracher ses vêtements d'un coup. Mais… Mais je vais le faire piano-piano. Attiser le désir…

Je m'approche de lui. Moi, en sous-vêtements et porte-jarretelles, lui encore tout habillé. Je l'embrasse sur le menton et descends dans le cou. Je fais glisser mes doigts entre les boutons de son gilet que je défais un à un. Je le retire. Ma bouche ne quitte pas son cou tandis que mes caresses continuent. Je m'attaque maintenant à sa chemise. Lentement, l'un après l'autre, les boutons se défont.

– Emily, c'est une torture…

Mais je ne me laisse pas impressionner et poursuis mes manœuvres. Je dégage son torse. Mes baisers peuvent maintenant s'aventurer plus bas, sur sa poitrine et ses abdominaux fermes. Tandis que je m'occupe de lui, je sens ses doigts défaire d'un coup sec mon soutien-gorge dans mon dos. Ma poitrine est libérée, et ses paumes n'attendent pas une seconde pour caresser mes seins.

– Mais ce n'est pas du jeu ! protesté-je.

– Tu n'avais pas vraiment suivi les règles de toute façon, sourit-il.

C'est lui qui désormais embrasse et caresse ma poitrine. Je sens comme une nouvelle montée de lave. Je gémis malgré moi.

– Ton plaisir m'excite, murmure-t-il.

Il me tient alors par les hanches et nos bouches se retrouvent. Il avance, je recule, et je me retrouve vite dos au mur. Je suis prise entre la pierre et Max, enserrée et emprisonnée dans mon propre désir. Il me retourne soudain.

Il vient tout contre moi et constelle de baisers ma nuque, puis mon dos et mes reins. Il attrape ma culotte et la fait glisser le long de mes jambes pour la retirer tout à fait.

Ses mains m'agrippent, me prennent et me caressent les fesses. Je me surprends à écarter les jambes de plus en plus.

Max ôte son pantalon et vient se coller à moi, ses mains enserrant mes poignets, son torse ferme épousant le mien. Il parcourt ma nuque et mes épaules de légers baisers. Je ne peux plus attendre, le sentir ainsi contre moi me rend folle. Je passe ma main derrière mon dos pour prendre son sexe. Max gémit dans mon cou et, comprenant l'urgence de mon désir, enfile un préservatif. Je me tiens prête, mains au mur, dos cambré et bassin offert. Il me pénètre doucement. J'adore le sentir en moi. Et si j'en crois son souffle qui s'accélère et ses murmures approbateurs, lui aussi apprécie.

Quand, enfin, il m'a prise totalement, il repart, initiant un lent mouvement de va-et-vient. Nous commençons notre danse de manière très lente, très lascive. Max me caresse le dos et les fesses. Je frissonne. Il me prend les seins à pleines mains et m'embrasse sous l'oreille. Le rythme se fait plus intense, effréné. Nos râles se mêlent et nos voix se font entendre malgré nous.

Nous nous arrêtons soudain, en même temps. Nous savons tous

les deux ce dont nous avons besoin. Je me retourne. Lui comme moi, nous voulons nous observer et vivre le plaisir de l'autre.

Il me soulève avec une facilité déconcertante. Je l'entoure de mes jambes, et toujours entre le mur et le corps solide de Max, je le sens qui me pénètre de nouveau. Je me tiens à ses épaules athlétiques et me surprends à y enfoncer mes ongles, submergée que je suis par le désir.

Max est pris d'une fièvre inextinguible. Je le vois devenir autre, totalement guidé par l'ivresse du plaisir. Nos langues se cherchent et se trouvent. Mon corps se laisse totalement emporter par ces délices. Je laisse échapper un long gémissement dont le son est heurté par les à-coups de Max.

Il y a dans nos étreintes une dimension que je n'avais jamais connue. Quelque chose de beau et de vrai. Quelque chose qui transporte mon âme autant que mon corps.

C'est ça, l'amour ?

Prise dans le feu de l'action, je lui mords le cou. Il lâche un râle de nouveau, mais continue de plus belle. Des vagues d'extase m'étourdissent, comme des lames de fond semblant venir de très loin. L'ivresse du plaisir brouille mes sens. Je ne peux plus penser. Je ne peux que sentir. Ressentir. Je ne suis plus qu'un corps soumis à la conversation de l'amour, oscillant frénétiquement, sans autre voie qu'une fuite en avant. Tout bouillonne. Mes mains virevoltent dans les cheveux de Max, et je tiens son visage tout contre mes seins. Notre frénésie semble sans fin.

Et soudain, c'est une tornade qui balaie tout dans mon esprit et dans mon corps. Le plaisir est tellement fort que je tressaille violemment à m'en frapper le dos contre le mur. Je plonge mes yeux dans ceux de Max, et je le vois venir, lui aussi, effervescent comme jamais. Soudain, ses yeux étincelants de plaisir et d'amour plongent profondément dans les miens.

Nous sommes montés si haut qu'il nous faut du temps pour redescendre. Nous ne voulons pas nous quitter. Nous ne voulons pas que ce moment d'éternité s'arrête.

Enfin, épuisés et heureux, nous nous allongeons sur le canapé dans les bras l'un de l'autre.

– Max ?

– Oui, Emily ?

– On recommence quand ?

14

LES AMOURS TEMPORELLES

Appartement de Max, 23rd Street.
8h43. Samedi 23 novembre 1963.

En ouvrant les yeux, je maudis mon horloge biologique interne. Le réveil de Max indique 8h43 : je suis réglée comme un robot pour le boulot. C'est bien trop tôt pour un samedi de 1963 !

La nuit a été folle, hallucinante, extraordinaire… Sexe + Love = que désirer de plus ?

Et pas n'importe quel sexe…

Max m'a prise si intensément, si passionnément. J'ai éprouvé des choses que je n'avais jamais ressenties auparavant. Bon, OK, Max est un amant hors du commun, ça, c'est vu, acté, tamponné, merci au revoir, personne ne pourra le contredire. Mais il y a plus que ça. Il se passe quelque chose quand nous nous étreignons qui nous emmène très haut. Une vibration qui nous lie et qui dépasse de très loin ce que j'ai pu vivre jusqu'à présent.

Donc, je suis comblée !

Ah non, je sais ce qui manque : un peu de sommeil en plus.

C'est qu'on est bien sous la couverture moelleuse, au chaud.

Je ne veux rien savoir du monde extérieur. Je veux juste vivre là, dans ce cocon tendre et soyeux, en sachant Max à mes côtés. Je suis allongée sur le ventre, tournée vers la fenêtre. Je sens tout doucement mon dos se découvrir. Puis, délicatement, les doigts de Max me caresser depuis la nuque jusqu'en haut des fesses.

Cela me procure de délicieux petits frissons, et je tressaille un peu dès qu'il s'approche de mes reins. Je sens son souffle sur mes épaules, puis ses lèvres lentement embrasser et goûter ma peau.

J'adore, comme réveil !

– C'est compliqué pour moi, me susurre Max à l'oreille.

– Pourquoi ? Qu'y a-t-il ? lui glissé-je.

– Je commence à m'habituer à t'avoir près de moi.

Je souris et me retourne. Nous nous embrassons langoureusement. Il m'entoure de ses bras, et nos corps se saisissent et s'accolent.

Max se redresse, et, avec un ton solennel :

– Dis-moi tout. Je veux tout savoir.

– Comment ? De quoi, tout ? Emily Louise Green, née en 1991, cheveux châtains légèrement ondulés…

Il joue avec mes cheveux.

– … Yeux noisette…

Il me caresse la tempe.

– … Un grain de beauté au creux des reins…

Il l'embrasse.

– Fan des sixties depuis que ma copine Serena m'a offert un poster de Steve McQueen pour mes 17 ans. Autre chose ?

Il éclate de rire.

– Je sais déjà tout ça ! Enfin, sauf pour Steve McQueen. J'ai vu *La Grande Évasion* cet été. Un super acteur. Tu as bon goût. Non, je voulais dire : 2015. L'avenir, la création, la technologie…

– Quoi ? À cette heure ? Mais il est si tôt…, protesté-je en riant.

– Il y a tant de choses que je voudrais savoir. Tout ce que je connais, que j'ai toujours connu, me paraît si limité. Les années soixante me semblent si ennuyeuses et archaïques maintenant.

– Ennuyeuses ?! Les années soixante ? Mais tu plaisantes ? C'est une décennie de folie furieuse ! m'exclamé-je en m'asseyant à mon tour.

Max rit joyeusement.

– Ben voilà, commence par ça, me lance-t-il.

– Tu veux que je te spoile tes dix prochaines années ?! m'écrié-je.

– Me quoi ?

– Spoiler… Euh, gâcher la surprise, quoi.

– Alors, faisons plus simple : parle-moi de ton monde, et je te montrerai le mien.

– Ça, c'est un bon deal ! Il y a un milliard de choses que je veux voir et visiter. Tu n'imagines pas à quel point.

Ding !

Une sonnerie nous interrompt. Je me penche pour atteindre mon sac à main. C'est une notification sur mon smartphone. Je le sors :

[Rappel : 11 heures Présentation White-Rose]

Oh non, pas ça… C'est vrai qu'en 2015, on est lundi.

S'il y a quelque chose qui semble bien loin de moi aujourd'hui, c'est cette histoire de présentation publicitaire.

– Qu'y a-t-il, Emily, tu es songeuse ?

– Oh, rien. Rien d'important.

J'éteins l'écran et repose le téléphone sur le lit. Je ne veux pas gâcher ce réveil parfait. Je ne veux pas penser à ma présentation, à ma vie de 2015 et à ses ennuis. De toute façon, il est trop tard, non ? J'aurais dû y penser avant de vouloir assister à l'assassinat de Kennedy *en live* pour reconquérir l'homme idéal…

– Je commence à te connaître, fait Max en m'embrassant sur la joue.

– Et donc ?

– Et donc, ton expression signifie « c'est important et je n'ai pas envie d'y penser, même si en fait, réellement, il vaudrait mieux que j'y pense ». J'ai tort ?

Bordel, il lit en moi aussi facilement ?! Je ne peux rien lui cacher…

– Mettons que tu n'as pas *entièrement* tort, avoué-je.

– Je t'écoute.

Max est si attentionné, si prévenant. Je me sens au centre de ses préoccupations. Personne ne m'avait considérée ainsi auparavant. Mon cœur fond.

– J'ai cette présentation qui est prévue ce matin, lui expliqué-je. Un gros projet. Ça fait un mois que je suis dessus, et c'est une belle perspective de promotion…

– Et donc, qu'est-ce que tu attends ? demande-t-il vivement en dégageant les draps.

– Mais tout ça me paraît si fade maintenant, lâché-je, coupable.

– Tu n'aimes plus ton boulot ? Tu es si douée.

– Non, ce n'est pas ça. J'adore mon travail. C'est juste que ce monde, là-bas, ne fait plus sens…

– Plus sens ? Explique-toi.

– Max, lui dis-je dans les yeux, un monde où tu n'es pas présent n'a plus la même saveur. Il n'a plus d'*intérêt*.

Il est ému.

– Je t'aime, Emily, me susurre Max, les yeux brillants.

– Je t'aime aussi, lui réponds-je dans un soupir.

La simplicité et l'évidence de cette déclaration nous laissent tous les deux sous le choc. Et moi qui ne jurais que par ma carrière, il y a seulement quelques jours…

– Et parce que je t'aime, je ne peux te laisser faire ça, reprend Max. C'est trop important. Va à ta présentation ! Et puis… On peut peut-être tenter quelque chose, glisse-t-il, le regard pétillant.

– Oui ?

– Je t'accompagne, dit-il d'un ton faussement léger. J'ai toujours eu envie de voir ce qu'il se passait au XXIe siècle.

Il a annoncé ça comme s'il parlait d'aller manger un burger au coin de la rue.

Je lui fais un grand sourire. Il m'embrasse tendrement en mordillant légèrement ma lèvre.

– On y va ? dit-il vivement.

Je ne me le fais pas dire deux fois. Je saute hors du lit et me dirige vers la salle de bains. Je garde le drap blanc contre moi, bêtement pudique, tout en traversant la chambre, tandis que Max observe mon dos et mes fesses nues.

La douche chaude me fait un bien fou. Bien sûr que Max a raison ! Comment ai-je pu hésiter ? White-Rose m'en a fait baver pendant des semaines, et c'est à moi d'en tirer profit aujourd'hui. Je reviens près du lit, boostée, pleine d'énergie. Je le retrouve en train de jouer avec mon smartphone.

– Cette machine est réellement extraordinaire, lâche-t-il, émerveillé. Je sais que tu m'as dit que l'on peut aussi téléphoner avec. Je n'en reviens pas. Quel dommage que ça ne fonctionne pas ici !

Il a ouvert l'application des photos et navigue de l'une à l'autre, tandis que je me sèche les cheveux. Un écran grand comme la paume où l'on peut voir des clichés et les faire défiler d'un geste du doigt, à l'époque où les photos se prennent sur une pellicule, et qu'il faut attendre plusieurs jours avant d'obtenir les développements sur papier, c'est sûr que ça surprend !

– Ces photos de New York sont dingues…, marmonne-t-il pour lui-même.

Il est tombé sur des images prises lors d'une sortie avec mes copines de boulot.

– Finalement, tout n'a pas changé. Je reconnais ces immeubles, là et là. Mais ceux-là, à droite, sont absolument immenses ! Et le style… Je n'ai jamais rien vu de pareil. C'est fou. Les voitures ont des formes si originales. J'ai l'impression de voir un film de science-fiction, sauf que je *sais* que c'est la réalité.

Max a pris très vite le pli de la manipulation du smartphone. Même moi, j'ai galéré au début ! Finalement, peut-être que le destin s'est mélangé les pinceaux, et que Max était fait pour vivre en 2015, et moi en 1963…

Enfin, ça n'arrangerait pas nos affaires non plus ! Il n'y a rien de plus simple pour se retrouver ensemble, *en même temps* ?

Je mets de côté les questionnements quant au possible futur de ma relation avec Max, et je me maquille tandis que lui se prépare dans la salle de bains. Je résiste difficilement à l'envie d'aller le retrouver sous la douche, mais je me raisonne en voyant l'heure : 10 heures !

Mon Dieu, Voldemort doit être dans tous ses états : elle ne me voit pas arriver, je suis injoignable, et le client devrait débarquer d'ici quarante-cinq minutes. J'ai intérêt à mettre le turbo, sinon je vais en prendre pour mon grade. Et dire que j'étais prête à tout envoyer valdinguer !

Une fois prêts, nous filons, essayant de rattraper mon retard. En bas de l'immeuble, nous faisons un signe au concierge qui nous regarde tous les deux d'un air entendu, et déboulons dans la rue. Max hèle un taxi en deux temps-trois mouvements. Le taxi refuse d'abord : nous n'allons pas assez loin. Mais sa réticence est vite balayée par le billet que lui tend Max.

À peine trois minutes plus tard, nous sortons devant le Carraway Building. Nous courons à travers le grand hall. Arrivée devant les ascenseurs, je sens battre mon cœur plus fort. C'est *maintenant* que ça se joue. On fait le grand saut ensemble ? Je regarde :

personne autour de nous. Je prends Max par la main, et nous entrons dans l'ascenseur. Max va pour appuyer sur le bouton, je l'en empêche d'un geste rapide. Peut-être faut-il que ce soit *moi* qui appuie pour que ça fonctionne ?

La cabine se meut, et nous montons en flèche à travers le bâtiment. Nous nous regardons intensément. Max est-il en train de m'accompagner *de l'autre côté* ? Je peux sentir son excitation.

Soudain, nous nous arrêtons, et les portes d'acier s'ouvrent.

Le suspense est dur à supporter.

Au trente-sixième, nous mettons un pied dehors. Il nous faut une seconde pour être bien certains de ce que nous voyons :

Du papier peint orange.

Mastermerde !

Je lis la déception sur le visage de mon amant. Nous n'avons pas besoin de parler. Il me prend dans ses bras et nous échangeons un baiser enflammé. Il me fait un clin d'œil et sort du hall. Il sait que je dois être seule. J'entre de nouveau dans la cabine.

Carraway Building, 36e étage.
10 h 37. Lundi 23 novembre 2015.

Je cligne des yeux plusieurs fois. Je me réacclimate aux néons agressifs de 2015 et je trottine discrètement vers mon bureau. Mike, assis juste derrière, est scotché sur son écran, casque sur la tête. Il ne remarque même pas mon arrivée.

Je m'assieds comme si de rien n'était. C'est curieux, je pensais que Voldemort me sauterait dessus à la seconde où j'apparaîtrais. J'allume mon ordi, non sans regarder autour de moi d'un air méfiant. Il ne faut pas deux minutes pour que les talons de Carmen claquent dans l'open space. Mais son ton est curieusement calme :

– Excusez-moi, Emily, j'étais en pleine conversation avec les *Ricky Burgers*. Ils veulent doubler leur présence télé, et la négociation a été rude. Maintenant, tenez-vous prête, les *White-Rose* vont arriver, et vous le savez, ils ne sont pas tendres !

Elle ne s'est même pas rendu compte de mon retard ! Les astres me protègent aujourd'hui.

J'ai donc – je regarde l'heure – très exactement dix-sept minutes pour compulser de nouveau ma présentation. Avec les événements de ces derniers jours, difficile d'avoir la tête à ça. Je passe les diapos en vitesse sur l'écran. Les graphiques et les chiffres me paraissent être du chinois. Pourtant, c'est moi qui ai écrit tout ça !

Mais après quelques instants, je tiens le projet.

Ça y est, je suis fin prête !

Je veux la réussir cette présentation. Pour moi, mais aussi pour montrer à Carmen que je mérite cette promotion. Et enfin… Pour Max. Je sais, de là où il est, qu'il pense à moi. Et d'ailleurs, où est-il ? Car c'est vrai qu'il est également, *en ce moment même*, au 36e étage du Carraway Building… Je n'avais jamais pensé les choses ainsi. *En ce moment même*, à cinquante-deux ans d'intervalle, il est au même étage que moi ! Bon, la logique est plutôt audacieuse, mais la vérité est là, insensée et saisissante.

Peut-être est-il assis, là, juste à côté de mon bureau, fantôme intertemporel, me soutenant à travers les ans. Et je l'imagine, à peine transparent, comme un spectre de film, me regardant, les yeux pleins d'amour. Et si je me concentre bien… Je peux presque le voir.

Je rêve ? Peut-être. Mais ça me fait du bien.

10 h 58. Je me lève et me dirige vers la salle de réunion. J'aimerais tant que Max soit là, à mes côtés.

Tout à coup, au milieu du couloir, surgissent Olympia et Agnès.

– Ouf ! On a réussi à t'attraper de justesse. On voulait te souhaiter bonne chance pour ta présentation, fait Agnès.

– On est avec toi ! s'exclame Olympia.

– Vous êtes vraiment gentilles, les filles. Ça me fait chaud au cœur.

Elles me font la bise et me serrent dans leurs bras. Je leur souris, émue, et les laisse à la porte de la salle. J'inspire un coup, et c'est parti pour le grand oral. À l'intérieur, déjà assis autour de la longue table, les *White-Rose* (visages fermés), Carmen, deux autres cadres de la boîte et Jimmy Sullivan. Je me place en bout de table, pose mes documents, connecte le vidéoprojecteur sur le réseau et lance ma présentation.

Tout en parlant, je ne peux m'empêcher d'observer du coin de l'œil Jimmy Sullivan. J'ai quand même vu son « tout jeune papa » ! Les mêmes yeux, c'est fou !

C'est curieux d'ailleurs la réaction de Max en apprenant qu'Aaron a gravi les échelons si vite. Jusqu'à racheter Whitman inc. suite à la dépression de son créateur, à savoir Max Whitman – enfin selon Wikipédia. Heureusement, ça n'a pas l'air d'être à l'ordre du jour : Max n'a rien d'un dépressif.

La présentation semble s'être terminée en un éclair. Je n'ai pas vu le temps passer, toute concentrée que j'étais. Je souffle discrètement. Tout le monde se lève. Les *White-Rose* sont souriants et me serrent la main. De loin, Jimmy me fait un clin d'œil. Même Carmen acquiesce d'un air victorieux. Je n'en reviens pas, ça a le parfum de la réussite ! Bon, je ne m'emballe pas trop vite. C'est maintenant au tour des cadres de discuter gros sous. Carmen vient vers moi. Elle a retrouvé son visage strict.

– Merci Emily. Vous pouvez retourner à votre bureau.

Mon Dieu, qu'elle a du mal à se dérider ! Et puis, même pas un compliment, pff...

Carmen me raccompagne à la porte. Une fois sûre de ne pouvoir être entendue par les *White-Rose*, je me retourne et demande discrètement :

– Carmen, puis-je vous parler ?

– Je vous écoute, Emily, répond-elle. Faites vite.

– Pensez-vous… Pensez-vous que je puisse prendre ma journée ? balbutié-je. J'ai comme une grosse migraine. J'ai déjà pris deux cachets, mais rien n'y fait.

Je me sens rougir sous le poids de mon mensonge. Carmen m'observe d'un air dubitatif, en plissant des yeux.

– OK, Emily. Vous avez bossé dur. Après toute cette pression, vous avez sûrement besoin de repos…

– Et demain aussi ? tenté-je sans oser y croire.

Elle lâche un long soupir.

– Demain aussi, marmonne-t-elle. Allez, filez !

Je ne me le fais pas dire deux fois et je fonce prendre mes affaires à mon bureau. Je me mêle à un groupe de costards-cravates prenant l'ascenseur et je débouche dans la rue avec un extraordinaire sentiment de satisfaction et de liberté. J'ai envie de danser !

Waouh ! Le pied !

Je rallume mon portable. Je n'étais pas joignable de tout le week-end, et plusieurs messages m'attendent. D'abord Serena, venue aux nouvelles. Ensuite ma mère, inquiète (comme d'habitude), se demandant si elle ne devrait pas venir me voir à mon appartement pour qu'on prenne le thé ensemble – voire dîner tant qu'on y est.

Plutôt heureuse d'avoir échappé à cette dernière possibilité, je la rappelle illico.

– Tu sembles toute joyeuse, Emily chérie, fait-elle, surprise.

– Oui maman ! J'ai un trillion de choses à faire, mais je tenais juste à te dire : ne-t'in-qui-ète-pas-pour-moi, OK ? Tout va bien, le soleil brille, les oiseaux chantent…

– Les oiseaux, sur Madison ? Emily, tu es sûre que tu vas b…

– Super, maman ! Tout est au top. Dis à papa que je l'aime, et toi aussi, je t'aime très fort.

– Hein ? J'ai bien entendu ? Emily, tu m'inquiètes.

– Mais non, la rassuré-je en riant. C'est vrai, je ne vous le dis pas assez souvent.

– Merci ma chérie, répond-elle, surprise et émue. Nous aussi, nous t'aimons. D'ailleurs, nous voyons-nous ce soir ? Je t'apporterai des arancinis de chez Tony.

– C'est gentil, maman, mais ce soir, c'est pas possible. Une histoire d'années soixante, de voyage, de retour vers le futur, de Kennedy à Dallas, tout ça, tout ça. Bon, je te laisse, gros gros bisous !

– Euh, bisous…, répond la voix incertaine de ma mère.

Je raccroche vite pour ensuite envoyer un texto à Serena :

[Opération Kennedy : succès !]

Ce à quoi elle répond :

[C'est pas une surprise :
je l'avais vu dans les cartes ;-)]

Ah, Serena sera toujours Serena ! Et je l'adore comme ça.

Bon, maintenant que j'ai du temps devant moi, il s'agit de s'organiser. Retourner en 1963, OK, mais oublions l'improvisation. Arriver là-bas avec un sac à main en bordel et un portable déchargé, ça suffit. Donc, opération shopping.

Que pourrais-je bien rapporter à Max ?

C'est la question qui me taraude. Je voudrais tant qu'il puisse voir 2015 ! Et je sais que lui aussi en meurt d'envie. Je flâne dans ma librairie préférée à la recherche du cadeau idéal, reluquant toutes les couvertures, quand soudain : *L'Histoire du monde, de 1945 à nos jours.*

Pile ce qu'il me faut ! Un immense livre avec un milliard de photos. Je le prends. Mince, ça pèse cinquante kilos ce truc. Mais c'est pas ça qui va m'arrêter.

J'y ajoute un bouquin de photos sur New York – meilleures que les miennes –, histoire qu'il se fasse une idée plus précise de l'évolution de la ville. Et maintenant quoi ? J'adorerais lui apporter un truc high-tech, un objet qui le rendrait dingue.

Un Apple Watch ? Non, ça ne marchera pas en 1963...

Si, je sais !

Je cours au magasin d'informatique et dévale les escaliers vers les laptops. J'achète un MacBook Pro, une palette graphique et un mini-scanner. S'il y a quelque chose qui peut exciter un créa dans la pub, c'est bien des outils pour créer !

Enfin, je passe à la maroquinerie trouver un sac pour y fourrer tout ça. Pas n'importe quel sac : un qui passe inaperçu dans les sixties – élément essentiel. Je tombe sur un baise-en-ville très sobre, très classe. J'ai bien fait chauffer la carte bleue aujourd'hui et j'ai une seconde d'hésitation à la caisse.

Il faut ce qu'il faut ! Et depuis combien de temps ne me suis-je pas fait plaisir pour autre chose que le boulot ?

Ça y est, je crois que j'ai tout. Maintenant, retour à l'appart' pour compléter mon attirail. À la maison, j'ouvre le tout nouvel ordi et y installe Photoshop.

Il va adorer.

Mais je ne m'arrête pas en si bon chemin : je charge dessus toute une série de films à lui montrer, sortis depuis cinquante ans. Voyons voir ce que j'ai... *Psychose* ; *2001, l'Odyssée de l'espace* ; *Le Parrain* ; *Star Wars* ; *Manhattan* ; *E.T. l'extraterrestre* ; les *Indiana Jones* ; les *Retour vers le futur* ; *Forrest Gump* ; *Titanic* ; *Avatar* ; *Largo Winch*...

Note pour moi-même : il va falloir que je prévienne Max que le 2015 de *Retour vers le futur* est une projection des années 1980, hein !

Tout est maintenant fin prêt. Il ne reste plus que mes affaires de toilette – lingerie incluse – pour un minimum de confort. Les sixties, oui, mais pas à n'importe quel prix !

Max, j'ai tant hâte de revenir te voir, de te prendre dans mes bras. Tout est si parfait !

Même si je sais qu'il y a une chose à laquelle je n'ose penser. Une chose que je refoule tout au fond de mon esprit dès qu'elle se présente…

Le futur peut-il être le même pour Max et pour moi ?

15

RETOUR AU VILLAGE

Appartement de Max, 23rd Street.
16 heures. Samedi 23 novembre 1963.

Arrivée en 1963, je ne trouve pas Max dans son bureau. Il a dû rentrer chez lui. Mais maintenant, je connais le chemin…

Je trépigne d'excitation devant la porte de son appartement, sac en cuir à la main. Elle s'ouvre enfin, et Max apparaît, chic et décontracté dans un gilet *casual*, crème et bordeaux, près du corps. Son petit sourire, son regard malicieux, ses cheveux un peu fous… Tout en lui crie le charme.

Une seconde à nous regarder, le cœur battant, heureux de nous revoir si vite. Puis je me jette dans ses bras et niche mon visage dans son cou. À croire qu'on ne s'est pas vus depuis un mois !

Il me tient par la taille et m'embrasse sous l'oreille. Je frissonne. J'agrippe ses fesses fermes dans mes mains et nos bouches communient avec ferveur.

– J'ai quelque chose pour toi, *direct from the future*, lui dis-je, tout sourire, en brandissant le sac.

– Tu m'intéresses, répond-il en inclinant la tête sur le côté.

Je lui tends le paquet. Il s'assied sur le canapé, l'ouvre et y jette un œil. Ses yeux pétillent. Il ne tient pas en place.

– C'est Noël ! s'exclame-t-il.

Des cadeaux venant de 2015, c'est un peu son premier voyage dans le temps à lui.

– Attends une seconde, Emily. Tu vas m'expliquer tout ça, mais avant tout, j'ai moi aussi quelque chose pour toi.

Il se lève et me tend un petit écrin entouré d'un grand ruban. Mes joues rosissent. Je le déballe : un magnifique pendentif en forme de fleur en…

… En diamant ?!

Je vacille.

– Max, c'est trop… Non, ce n'est pas possible. Je…

Je me surprends à vouloir le reposer dans l'écrin.

– Et puis quoi encore ? rit Max.

Il prend les deux bouts de la chaîne et se place derrière moi. Il passe ses bras par-dessus ma tête. Je soulève mes cheveux pour dégager ma nuque. Il attache le pendentif et dépose un baiser sur ma peau.

Diamant vs ordinateur ? Qui gagne ? Sûrement pas moi…

Je me sens toute bête, bras ballants.

– J'ai pensé que ceci pouvait te plaire aussi, dit-il en me tendant un deuxième paquet.

– Tu ne peux pas me faire ça, Max. Ma poitrine va éclater.

– Cesse de dire des bêtises, fait-il, souriant, en me caressant la joue.

J'ouvre. C'est un album d'Ella Fitzgerald – vinyle bien sûr. Sur le coin, en bas à droite, une dédicace *à mon nom.*

– Mais comment as-tu… Comment est-ce… ? bredouillé-je.

– L'une des premières fois où tu es venue dans mon bureau, tu as observé la pochette du vinyle. Alors je me suis dit : pourquoi pas ? Ella est une femme merveilleuse. Quand je lui ai demandé, elle a tout de suite accepté.

– Max, tu connais Ella Fitzgerald *personnellement* ?

Je reste interdite. Décidément, j'ai beau connaître l'avenir, ces sixties me réservent encore pas mal de surprises.

– Oui, répond-il modestement. Louis, lui, est en tournée en ce moment, mais dès que possible, je pourrai aussi t'obtenir un album dédicacé. Enfin, si ça te fait plaisir.

– Louis… Armstrong ? fais-je, incrédule.

– Oui.

– Max, c'est un cadeau génial ! Tu ne sais pas à quel point tu me fais plaisir.

– Tu as l'air de les connaître si bien. Ils sont célèbres dans le futur ?

– Ce sont des génies, Max ! Les génies, ça ne s'oublie pas comme ça.

Il me prend dans ses bras.

– Allez, à mon tour maintenant ! s'exclame-t-il joyeusement.

Et il reprend le sac en cuir. Je m'assieds à ses côtés, guettant avec impatience ses réactions.

Il sort d'abord le livre d'histoire. Il écarquille les yeux à la lecture du titre.

– L'histoire du futur… Fascinant…, murmure-t-il.

Il semble à la fois émerveillé et déconcerté. Idem pour le livre sur New York.

Je sors l'ordinateur. Je jubile de voir sa surprise au moment où il allume l'écran. Puis viennent les explications. Il est stupéfait du scanner et des possibilités de Photoshop.

Max croise les doigts sur l'arrière de son crâne et s'adosse au canapé. Il souffle en regardant le plafond.

– Ça va, Max ? Tu crois que tu vas supporter ? me moqué-je gentiment.

Il éclate de rire.

– Si j'avais encore un doute sur toute cette histoire, il vient de s'évanouir complètement ! Mais ce qui me fascine le plus, c'est toi, Emily, tu le sais, répond-il en m'embrassant à la commissure des lèvres.

– Je me suis arrangée avec le boulot pour rester jusqu'à demain soir, lui susurré-je.

– C'est une excellente nouvelle, me murmure-t-il tout en passant ses lèvres dans mon cou.

– Max, n'est-ce pas dingue, tout ça ? Toute cette histoire ? Cette vie entre deux époques ?

– C'est stupéfiant, Emily. Mais aussi terriblement excitant. Nous avons tant de choses à partager.

– Ce qui serait *vraiment* extraordinaire, ce serait de trouver le moyen que tu viennes en 2015.

– Ça serait fantastique, convient-il, pensif.

Je passe ma main dans ses cheveux et lui dépose un baiser sur le front.

Il reprend :

– Comme tu es là demain soir, que dirais-tu de m'accompagner à une soirée ? C'est Aaron Sullivan qui m'invite. J'adorerais t'avoir avec moi.

– Bien sûr !

Sortir ensemble pour une fête… Nous commençons à avoir une « vraie » relation !

– Vous vous rapprochez, Aaron et toi, j'ai l'impression. Pourtant, c'est un concurrent, remarqué-je.

– Aaron est sympathique, vraiment. Ses trois boss, beaucoup moins. Ceux-là, je m'en méfie. Je les côtoie un peu quand même, mais ce n'est pas par choix. D'ailleurs, de penser qu'Aaron succédera à ces trois rapaces, cela me surprend. Il n'a pas cet esprit de requin. Et puis, il semble très satisfait là où il est.

J'ai hâte de connaître Aaron un peu mieux. J'ai encore du mal à réaliser que mon patron est son fils !

Je prends ensuite Max par les épaules et nous nous lovons dans le canapé en nous caressant avec tendresse.

The Village, New York.
17 h 30. Samedi 23 novembre 1963.

– C'est cet immeuble-là ! Max, c'est fou ! C'est là où j'ai grandi. Enfin, où je *vais* grandir. Mes parents y vivent toujours d'ailleurs.

Nous sommes sortis nous promener. Nous avons soif de découvertes, ensemble. Je veux *tout* voir, et Max veut *tout* me montrer ! Et commencer par ici, c'était une évidence. Il le *fallait*. Le Village, c'est le quartier de ma jeunesse, ce sont mes racines, et ça me fait quelque chose d'être là avec lui.

– Des frères et sœurs ? demande-t-il.

– Non, que mes parents et moi. Et nous nous entendons bien. Et toi, tes parents ? m'enquiers-je.

Ses yeux perdent soudain leur éclat.

– Je n'en ai plus. Ils sont décédés dans un incendie alors que j'avais à peine 3 ans.

– Oh, je suis désolée, Max, je ne voulais pas…

– Ne t'inquiète pas, me sourit-il doucement en me prenant la main. Tu sais, je me souviens à peine d'eux. Après, ce sont mes grands-parents qui ont pris le relais. Puis ça a été au tour de ma grand-mère de nous quitter. J'avais 8 ans. Mon grand-père n'a pas supporté. À sa mort, je suis passé de famille d'accueil en famille d'accueil.

Les larmes me viennent aux yeux. Je couvre ma bouche de la paume.

– C'est terrible..., parviens-je à articuler.

– Disons que ce n'est pas une histoire facile, dit-il d'un air placide et résigné. Ça m'a appris très tôt à ne compter que sur moi-même. C'est seul que je me suis battu, et seul que j'ai réussi.

Son histoire me fait frissonner. Je vois tout à coup la vulnérabilité derrière l'homme puissant et sûr.

Nous continuons notre déambulation dans les jolies rues du Village et nous arrivons devant un très vieil immeuble. C'est celui de la librairie de Serena. C'est fou, la boutique existait déjà !

J'y mène Max. Nous entrons. Nous flânons dans les rayons en regardant distraitement les couvertures. C'est amusant comme ça n'a pas vraiment changé en cinquante ans. J'ai carrément la sensation que certains livres sont les mêmes !

– Ma meilleure amie Serena travaille ici en 2015, expliqué-je à Max. C'est la seule à laquelle j'ai confié notre histoire de voyage dans le temps. Tu vois le style du magasin : Serena était vraiment la personne parfaite avec laquelle je pouvais en parler.

Du comptoir, la libraire nous observe. Foulard rouge vif, grandes lunettes, veste colorée : elle est en avance pour les sixties psychédéliques ! Après quelques instants, elle s'approche pour nous proposer son aide.

– Non merci, nous ne faisons que jeter un œil, lui réponds-je avec un sourire.

Elle s'éloigne et je demande à Max :

– Tu crois qu'elle a entendu ce que je disais tout à l'heure ?

– Peu importe, fait-il avec une moue, elle n'aurait rien pu y comprendre de toute façon.

Nous finissons notre tour et repassons devant le comptoir. Nous saluons la libraire. Tandis qu'elle nous rend notre salut, son foulard se déplace et laisse apparaître un badge avec son prénom : « Phoebe ».

Une fois sortie dans la rue, je me penche vers Max :

– Cette dame, eh bien, c'est Phoebe Jones, la patronne de Serena en 2015 ! Dingue, elle est déjà libraire en 1963. Et toute jeune, bien sûr.

– En tout cas, il y a une ambiance très particulière dans ce lieu. Presque quelque chose de sacré, comme un…

Max s'interrompt d'un coup. Face à nous, adossé de l'autre côté de la rue… *Donald* ! Ce ne peut être un hasard.

Il s'approche de nous, l'air concentré.

– Donald, comment allez-vous ? Quelle surprise de vous croiser ! lance Max, pas dupe.

– Bonjour monsieur Whitman. Bonjour mademoiselle Green. Non. J'avoue que je vous attendais.

– Qu'y a-t-il, Donald ? Que pouvons-nous faire pour vous ? lui demandé-je.

– Il faut juste que je vous mette en garde : ce que vous faites est *très* dangereux. Arrêtez tant qu'il en est encore temps.

– Pardon ? Mais de quoi parlez-vous au juste ? fait Max.

– Je ne peux rien vous dire. Prenez simplement ma demande au sérieux.

– Je suis navré, je ne peux pas vous laisser vous en tirer comme ça ! *Que* faisons-nous qui est dangereux ? *Que* savez-vous que nous ne savons pas ?

– Moins vous en savez, mieux c'est, lâche Donald d'un ton définitif.

– Mais qui êtes-vous *réellement* ? m'enquiers-je.

– Vous ne semblez pas comprendre la gravité des choses, mademoiselle Green.

– Suffit ces mystères, Donald ! s'emporte Max. Éviter de faire des choses dangereuses, très bien, mais si vous ne nous expliquez pas ce dont il s'agit, ça va être compliqué !

Un ange passe. La tension dans l'air est montée d'un cran. Donald nous regarde au fond des yeux.

Il secoue la tête et soupire :

– Très bien. Vous avez gagné. Je vais tout vous expliquer.

IV

DANS TON MONDE

16

UNE SOMBRE LUMIÈRE

***Ginger's Diner*, Greenwich Village.**
19 h 30. Samedi 23 novembre 1963.

La nuit est tombée. Alors que je suis assise sur la banquette en Skaï rouge, mon regard est aimanté par les silhouettes se reflétant sur la longue devanture vitrée du *diner*. Les clients s'y réfléchissent, mi-transparents, mi-dédoublés, flottant comme des spectres irréels. Si je n'étais pas certaine d'être *moi-même* en 1963, je pourrais croire qu'il s'agit d'un rêve sur une variation de Hopper.

Max, de l'autre côté de la table, a lui aussi les yeux dans le vague. Il fume sa cigarette d'un air songeur, le coude sur l'étroit rebord de la vitre. Les volutes s'échappant de la petite braise orange rejoignent ses cheveux fous. Ses pommettes saillantes dessinent son profil mince et énergique. Son col, légèrement défait, trahit son esprit indépendant.

Donald est à mes côtés, silencieux. Légèrement voûté, coudes sur la table, il repose son menton sur les pouces de ses mains jointes par les paumes. Fixant distraitement la bouteille de ketchup Heinz, il semble y chercher une solution à des problèmes complexes.

Nous attendons que la serveuse – Penny, d'après son badge rose – nous apporte nos boissons. C'est comme si nous avions convenu d'une courte trêve durant ces quelques minutes d'attente. Nous savons qu'une conversation difficile nous attend, et le temps s'étire paresseusement à notre avantage.

Nous sommes installés un peu à l'écart. Un épais pilier en brique borde notre table, formant comme une alcôve. Il n'y a pas grand monde à cette heure au *Ginger's Diner*. Le moment des milk-shakes pour les enfants est passé, et la faune du quartier ne sort que bien plus tard prendre un en-cas après les concerts underground ou les soirées bohèmes de Greenwich Village.

– Le coke, c'est pour qui déjà ? nasille Penny, mâchouillant son chewing-gum.

Je souris intérieurement. On dirait une caricature vivante.

– Pour moi, lui répond Max gracieusement.

– Le tonic ? reprend-elle.

Je lui fais un geste de la main.

– Et donc le milk-shake aux fraises, c'est pour le *big boy*, finit-elle en posant l'immense coupe en verre rose devant Donald.

Elle y plante une longue paille colorée en lui lançant un petit clin d'œil facétieux.

Donald rit :

– Vous savez, Penny, j'ai toujours eu l'âme d'un grand enfant.

– Je préfère ça aux gamins qui se prennent pour des hommes, *big boy*, sourit-elle.

D'un geste, elle déchire le feuillet griffonné de notre commande et le cale sous une pince noire sur le bord de la table.

Nous trinquons et prenons une gorgée. Ça y est, l'attention s'est resserrée. Nos verres reposés, Max écrase sa cigarette et inspire.

– La balle est dans votre camp, Donald. C'est à vous de nous expliquer ce que vous savez.

– Monsieur Whitman…

– Ce sera Max, s'il vous plaît, l'interrompt-il.

– Très bien, Max, donc. Je sais que je vous dois des éclaircissements.

C'est le moins qu'on puisse dire !

Donald est a priori le seul, en 1963, à savoir que je voyage dans le temps. Il nous a manifestement suivis en douce, et nous a sauté dessus pour nous mettre en garde de manière plutôt alarmante en nous suppliant d'arrêter ce que nous faisons. Car ce serait trop *dangereux*…

Donc, oui, quelques explications seraient les bienvenues !

Max a dû lire tout cela dans mon regard, car il me fait un discret geste d'apaisement avec la main. Nous nous tournons vers Donald. Il est visiblement contrarié. Il n'avait pas prévu de se retrouver dans cette situation et il réfléchit à la manière de nous annoncer les choses.

Je ne le connais pas depuis longtemps. C'est un garçon gentil et attentionné. Il doit avoir l'âge de Max, mais son visage doux constellé de taches de rousseur a un aspect juvénile et pétillant.

– Emily, je sais que vous voyagez dans le temps. Je ne vous apprends rien. Et si je le sais, c'est que… moi aussi, je fais comme vous, annonce-t-il fébrilement.

Max et moi nous échangeons un regard rapide. Donald qui voyage dans le temps ? Face à nos visages interrogateurs, il soupire en se frottant les mains avec embarras. Il jette un œil autour de nous, s'assurant de notre intimité.

– Il existe des gens, reprend-il lentement, un groupe de personnes, qui ont réussi à percer quelques mystères.

– Vous voulez dire une confrérie ? s'aventure Max.

– Non, pas exactement. Petit à petit, des passionnés d'ésotérisme ont, à force de travail et de persévérance, trouvé certaines clés spatio-temporelles qui régissent notre monde.

– Mais c'est une découverte majeure ! m'écrié-je. Comment se fait-il qu'on n'en ait pas entendu parler ?

– C'est là que le sujet devient très sensible, Emily. Cette découverte est dangereuse. Si un jour cela se savait, ce serait certainement la fin du monde tel que nous le connaissons.

Les mots de Donald sonnent comme des sentences définitives. Un frisson me parcourt l'échine.

– Mais par contre, vous, Donald, et ce « groupe », comme vous le dites, vous vous permettez de traverser le temps, réplique Max. N'est-ce pas parfaitement… Irresponsable ? Et d'ailleurs, je ne comprends pas où se trouve le danger précisément.

Donald est mal à l'aise.

– Oui, c'est vrai, nous nous le permettons, mais avec la plus grande prudence… Enfin, en général, marmonne-t-il.

– Mais qui êtes-vous donc ? lui demandé-je.

– On nous appelle « les voyageurs du temps ».

« Les voyageurs du temps »… Bien sûr, ça me dit quelque chose. On était tombées sur ces termes-là lors de nos recherches sur Internet avec Serena.

– Le danger est très simple à comprendre, lance Donald en nous regardant gravement tour à tour dans les yeux. Si l'on modifie le passé de quelque manière que ce soit, le monde entier peut en être bouleversé. C'est l'effet papillon. Un battement d'ailes au Brésil peut provoquer un typhon au Japon. Dans notre cas, c'est pareil : un cataclysme peut se produire suite à un microchangement du passé. Alors, imaginez si tout le monde se baladait d'avant en arrière dans le temps comme on prend le métro… La notion même de temps pourrait tout simplement disparaître !

Je me mets à trembler. Je me sens de nouveau prise dans un tourbillon qui me dépasse. Max, lui, reste très calme. Il me prend la main par-dessus la table pour m'apaiser. Mais il ne quitte pas Donald des yeux.

– Et comment fait-on pour devenir un de ces « voyageurs du temps » ? lui demande-t-il.

– C'est très compliqué. Il faut répondre à de multiples conditions. Je ne peux absolument pas vous révéler ces secrets. Sachez simplement que le premier principe est bien entendu de *rester neutre et de ne jamais intervenir sur le cours du temps, sous aucun prétexte*.

Mais quelque chose me laisse perplexe.

– Donald, je ne comprends pas. Comment, moi, ai-je fait pour voyager dans le temps ? Je ne suis pas un « voyageur du temps ». Je n'étais même pas au courant de votre existence. Je n'ai rien choisi. Ça m'est tombé dessus, comme ça, sans crier gare.

Donald se tourne vers moi.

– Vous, ce n'est pas pareil. Nous ne savons pas tout sur les possibilités de voyage dans le temps, mais nous avons quand même éclairci certains aspects. Il se trouve parfois que des personnes voyagent, sans l'avoir fait exprès, comme vous, Emily. Et c'est dans un cas bien particulier : lorsque l'âme sœur de cette personne vit dans une autre époque.

– Soyez plus précis, insiste Max.

– Dans ce monde, certaines personnes s'aiment et se correspondent tellement qu'on les appelle des « âmes sœurs ». Cela signifie que leur amour est plus fort que tout ; en tout cas *plus fort que le temps*.

Max et moi accusons la nouvelle par un silence déconcerté.

Donald reprend :

– En général, un accident se produit, empêchant deux âmes

sœurs de se retrouver, et cet *amour vrai* d'exister. Le plus souvent, cet incident, cet imprévu a pour cause une intervention extérieure : quelqu'un qui cherche à nuire par exemple. Et c'est alors que le destin trouve cette solution extraordinaire, presque… magique. Ces âmes peuvent passer les portes du temps pour se retrouver.

– Ce que vous voulez dire, Donald, articule Max, c'est qu'Emily et moi, nous serions…

– Oui, exactement. Des âmes sœurs, conclut calmement Donald.

Max est visiblement ému. Mon cœur bat comme jamais. Nous nous regardons intensément. Nous savions que nous nous aimions, mais penser que le destin du monde est notre témoin, cela nous submerge.

– Mais alors, où est le danger, si c'est le destin qui nous a réunis ? lance Max. D'un côté, nous serions *faits* pour nous retrouver, et de l'autre, il ne faut rien changer à l'Histoire ? C'est un peu paradoxal, non ?

– Vous arrivez maintenant au bout de mes connaissances. Je sais simplement qu'il faut surtout ne parler à personne de ce que vous vivez. *Personne* ! Ne rien bousculer dans le déroulement des événements. Ne pas amener d'objets du futur dans le passé, par exemple. Ça pourrait être désastreux.

Max et moi avons immédiatement en tête les cadeaux que je lui ai apportés de 2015 : livres, ordinateur, etc. J'essaie de ne pas rougir. Max, quant à lui, ne pipe mot.

– Cela reste tout de même très vague, Donald, objecte Max. Qu'est-ce qui vous fait dire que c'est si dangereux que ça ? Ne devrions-nous pas faire confiance au destin qui nous a réunis ? L'amour n'est-il pas plus fort que tout ça, exactement comme vous l'avez dit vous-même ? En plus, que faites-vous là, à nous communiquer ces informations, alors que vous n'êtes *justement* pas supposé intervenir sur le cours du temps ? Je suis navré, Donald, il va falloir être plus précis que ça.

Donald se passe la main sur le visage. Il a depuis longtemps perdu son air léger et insouciant. Il sirote longuement son milk-shake à la fraise jusqu'à entendre le crépitement des dernières bulles de liquide entre la paille et le fond du verre.

Nous retenons notre souffle. Il s'adosse à sa chaise et reprend la parole :

– Je sais que c'est dangereux parce que, moi aussi, on m'avait prévenu, comme je vous mets en garde aujourd'hui. Sauf que je n'ai pas pris ces avertissements au sérieux, et je suis aujourd'hui coincé ici. J'ai personnellement été à l'origine du battement d'ailes d'un papillon. Je ne connais pas encore l'ampleur du typhon qui en a résulté, mais c'est de mon devoir de… De réparer.

– Qui êtes-vous, Donald ? m'exclamé-je. D'où venez-vous ?

– Ou même… De quand venez-vous ? risque Max.

– C'est effectivement la bonne question, Max. Je suis parti en 2005 et suis arrivé en 1960.

– Vous êtes ici, à New York, depuis trois années *dans le passé* !? lancé-je dans un souffle, essayant de démêler le nœud inextricable des pensées qui m'agitent.

– Lorsque j'ai basculé dans le temps, j'étais surexcité par ce qui m'arrivait. Je n'en revenais pas. Je n'ai pris aucune précaution. J'ai rudement payé mon insouciance… J'ai tué quelqu'un…

– Comment ?! nous écrions-nous de concert, Max et moi.

– C'était un accident de voiture, poursuit Donald d'un ton contrit et pesant. Ce n'était pas ma faute, je ne l'ai pas *littéralement* tué. Mais si je n'avais pas été là sur cette route dans le passé, personne ne serait mort ce jour-là. Ça n'était pas prévu dans le cours du destin. Par ma faute, je suis désormais coincé ici, je ne peux plus voyager dans le temps. Ma seule porte de sortie est *de réparer mon erreur...*

Max se passe la main dans les cheveux ; je masse ma nuque de ma paume. Nous saisissons soudain de manière désagréable que nous jouons tous avec des éléments que nous ne maîtrisons pas et qui, à la manière d'une houle en haute mer, nous secouent et nous jettent au gré des flots dans une sorte de chaos.

Mais moi, je n'en ai rien à faire de tout ça ! Il n'y a qu'une seule chose qui m'importe dans toute cette histoire :

Je ne veux pas perdre Max ! Il n'y a que lui qui compte !

Mes yeux se mouillent. Ceux de Max brillent, affectés.

– Mais alors, Donald, quel est votre plan ? Comment faites-vous pour réparer votre... votre accident ? glisse Max.

– Je... je n'en sais rien, balbutie-t-il.

Max et moi soufflons, confondus.

– Enfin, j'ai bien quelques pistes, reprend-il. Je côtoie de loin les personnes concernées par ce drame. La fiancée du défunt par exemple. J'ai d'abord cru qu'il me fallait faire quelque chose pour elle. Mais je n'en ai pas trouvé le moyen. C'est curieux, si c'était ça que je devais accomplir, le destin m'en aurait donné l'occasion, et plus d'une fois, depuis trois ans ! Je vous avoue que je suis un peu désemparé. Et maintenant, il y a vous deux ! Je ne sais pas, c'est peut-être ça, le signe du destin ? Vous êtes peut-être liés à toute mon histoire, puisque la providence m'a fait vous rencontrer ?

– Si je puis me permettre, vous n'êtes pas très rassurant, Donald, lâche Max d'un ton pince-sans-rire qui me fait sourire.

– Et comment nous avez-vous trouvés, Donald ? m'enquiers-je.

– Je vous ai suivis. Je n'ai pas l'âme d'un grand détective, mais j'ai appris à rester discret depuis trois ans que je suis coincé ici. C'est peut-être la seule compétence valable que j'ai acquise dans toute cette histoire ! sourit-il faiblement. Ça et les manhattans on the rocks ! lance-t-il avec une gaieté un peu forcée.

– Donc, vous nous avez suivis de Madison jusqu'au Village... Mais pourquoi ne pas nous avoir abordés plus tôt ? demande Max.

– Une intuition. Quand j'ai saisi que vous vous dirigiez vers le Village, il me fallait être certain de votre destination.

– La librairie ésotérique ? lui fais-je, surprise.

– Précisément. Cela confirme que tout ceci n'est pas un hasard.

– Parce qu'ils y vendent des livres paranormaux ? C'est un peu faible comme signe du destin, Donald, remarque Max.

– Non, c'est autre chose. Je connais cette boutique car je connais la libraire : Phoebe Jones.

Il connaît Phoebe ?! Décidément, le mystère s'épaissit.

– C'est dingue ! m'exclamé-je. En 2015, Phoebe tient toujours cette librairie ! C'est là que travaille mon amie Sere...

– Stop ! s'écrie brutalement Donald.

Un silence se fait. J'ai la sensation que tout le restaurant l'a entendu. Puis il reprend à mi-voix :

– Je ne veux pas savoir. Je ne *dois* rien savoir. N'avez-vous donc pas compris tout ce que je vous ai dit ? siffle-t-il d'un ton âpre.

La dureté de Donald me heurte, mais je sens bien qu'il ne nous dit pas tout. Il semble avoir beaucoup plus souffert qu'il ne le laisse paraître.

– C'est trop difficile pour moi, Emily..., articule-t-il, les yeux au loin. Nous étions si amoureux quand l'accident est arrivé... Il a fallu que nous décidions de ne plus nous revoir. Trop douloureux... Trop dangereux...

Ses mots tremblent et se perdent dans les airs.

Donald et Phoebe, amoureux par-delà les époques ? Cela résonne avec mon histoire avec Max. Seulement voilà : celle de Donald se termine mal.

Cela sera-t-il aussi le cas pour Max et moi ? Est-ce la seule issue pour les « âmes sœurs » existant par-delà le temps ?

Il fait chaud au *Ginger's Diner.*

Et pourtant je frissonne.

17

L'ÉTINCELLE VACILLE

Appartement de Max, Madison Square Park.
11 h 13. Dimanche 24 novembre 1963.

De faibles rayons se faufilent entre les lents mouvements du rideau bleu sombre de la chambre de Max. C'est assez pour me réveiller lorsqu'ils balaient mes yeux fermés. Il est déjà 11 h 15 ! J'ai enfin vaincu mon horloge interne éternellement réglée sur mes horaires de boulot. Ou peut-être que mon corps m'octroie simplement un dimanche de temps en temps.

Les bras de Max m'enveloppent, me maintenant tout contre lui. Son corps nu est une source de chaleur à laquelle mon cœur ne cesse de s'alimenter. Je ferme les yeux de nouveau.

Ne pas me réveiller. Pas maintenant. Je ne veux pas être confrontée à la réalité.

Des bribes de la conversation d'hier soir avec Donald me reviennent, et avec elles, les émotions qui les accompagnent. Je tente de repousser cette tension latente. Je ne veux penser à rien qui puisse m'éloigner de Max.

Lui, encore une fois, sent parfaitement ce qui se joue en moi et me serre encore plus fort dans son demi-sommeil. Je pose mes bras sur les siens et les étreins contre ma poitrine aussi fort que je peux.

Il me retourne vers lui. Nos mains trouvent nos corps. Je suis du bout de mon doigt sa clavicule jusqu'à son cou. Je remonte le long de sa gorge et glisse vers son menton, comme si je le sculptais. Nos regards sont aimantés, comme à jamais magnétisés. Inutile de parler. Nous communiquons déjà, bien au-delà des mots.

– Je t'aime, Emily, me susurre-t-il.

– Max… Je ne veux pas te perd…

– Chhh…, m'interrompt-il en posant son index sur ma bouche.

Il m'embrasse tendrement. Notre étreinte s'échauffe, et nous retrouvons la fièvre qui nous a pris cette nuit. Cette flamme-là, jamais je ne voudrais la voir s'éteindre.

***

Assis à la table haute de la cuisine, Max croque une pomme tandis que j'avale un bol de corn-flakes. Nos deux mugs de café fumant se font face.

– Il va falloir que tu rapportes l'ordinateur et tes autres cadeaux, lance-t-il calmement.

– Ça me désole, Max, mais tu as probablement raison.

– Heureusement, tu peux garder le pendentif. Je ne pense pas que cela risque de faire exploser le monde, sourit-il.

Je fais tourner entre mes doigts le petit diamant en forme de fleur. Si un jour tout se termine entre Max et moi, ce pendentif sera-t-il le seul souvenir ? La seule trace de l'existence même de toute cette aventure ?

Max voit percer ma mélancolie. Il me caresse la joue et m'embrasse.

– Pourquoi penser à l'avenir ? dit-il simplement. Nous avons maintenant appris que l'idée même du futur est quelque chose de très relatif. Est-ce que cela ne nous montre pas que la seule chose qui compte, c'est le présent ?

– Oui, mais lequel ? 2015 ou 1963 ?

– Celui que nous vivons tous les deux. Ce n'est ni l'un ni l'autre. Nous avons inventé notre propre temps à nous. N'est-ce pas ça le principe même de l'amour ? Pourquoi devrait-on suivre des lignes toutes tracées ? Les calendriers, les agendas... Tout cela a été créé par d'autres, et non par nous. Eh bien, peut-être que cela ne nous concerne pas, et que nous pouvons à notre tour inventer notre propre temps, notre propre *ligne de vie* ? Le présent où nous serons tous les deux heureux.

– J'aimerais tellement, lâché-je, incrédule.

– J'ai une preuve, annonce-t-il, souriant.

– Ah oui ?

– Là, maintenant, je suis avec toi. Je t'aime et tu m'aimes. Tout le reste, ce ne sont que des histoires. Elles ne m'intéressent pas.

Je lui lance un sourire radieux.

Il a mille fois raison. Si je veux goûter au bonheur, qu'est-ce qui m'en empêche ? Il est juste là, sous mes yeux ! Je n'ai qu'à me baisser pour le cueillir.

Je me jette dans ses bras et nous nous embrassons langoureusement. Il n'y a que ça qui compte.

Max est la seule personne au monde à réussir avec tant d'adresse à m'apaiser. Ne sommes-nous pas des âmes sœurs ? Si le destin veut nous séparer, qu'il se prépare bien car je me défendrai bec et ongles !

L'après-midi se déroule au rythme tendre de notre amour. Nous profitons de chaque instant ensemble, et ça, c'est *déjà* un cadeau inestimable.

***

Bientôt le soir. Nous nous préparons pour aller à la *party* d'Aaron. Il a beau faire partie de l'agence concurrente, il y a un vrai respect et une sympathie mutuels entre Max et lui. Dire qu'il deviendra plus tard le grand patron de Sullivan inc., *mon* agence en 2015… J'ai hâte de le connaître un peu mieux ! Nous ne devons pas tarder, car il ne nous invite pas dans son appartement new-yorkais, mais dans sa maison du Connecticut. C'est une manière de faire plutôt courante à cette époque, et cela ne me déplaît pas : voir les sixties ailleurs que dans la grande ville, c'est aussi une aventure en soi !

Max sort de sa chambre en smoking gris anthracite. La veste le cintre juste assez pour souligner sa ligne élancée et athlétique. Sa chemise est blanche, au col italien. Il porte une fine cravate noire qu'il laisse un peu desserrée, comme pour me donner envie de la lui enlever tout à fait. Difficile de faire plus sexy.

Vais-je réussir à ne pas lui sauter dessus, là, tout de suite ?

Avant de quitter l'appartement, Max prend bien soin de cacher les livres et l'ordinateur que je lui ai offerts. Donald a raison : que se passerait-il si jamais quelqu'un tombait dessus ? On n'est jamais trop prudent.

Nous descendons et rejoignons le parking où sont garées les voitures de Max. Face à nous, une magnifique Buick noire à la capote blanc crème. Le chauffeur de service ce soir nous ouvre la portière arrière.

– Ce ne sera pas la peine, Christian. Je prends le volant, lui annonce Max. Profitez-en pour prendre votre dimanche soir.

– Merci monsieur Whitman, fait le chauffeur en inclinant la tête respectueusement.

Max claque alors la portière sans entrer dans la Buick et m'emmène quelques pas plus loin.

– J'ai congédié Christian car je voulais que l'on puisse discuter tranquillement. Mieux vaut qu'il n'entende pas parler de voyage dans le temps.

J'acquiesce en souriant.

– Et puis, ce soir, c'est celle-là, m'annonce-t-il en me montrant une autre voiture.

Je me fige un instant.

Ah ouais, carrément !

– Une Jaguar E-Type ?

– Tu connais ? Décidément, tu es surprenante !

– Mon grand-père m'emmenait souvent dans des salons de collectionneurs quand j'étais petite. Mais bon, pour tout te dire, c'est quand même une voiture *super* connue en 2015. Une référence !

– Il va falloir que je m'habitue à ton éternelle avance sur moi, Emily ! rit Max.

Nous nous installons. En m'asseyant, je tâtonne en quête de la ceinture de sécurité.

– Que fais-tu ? demande-t-il d'un air surpris.

– Où est la ceinture de sécurité ? fais-je candidement.

– La ceinture de séc... ? Oh, je n'ai pas pris l'option. Ça me gêne plus qu'autre chose. Pourquoi ?

– En 2015, c'est obligatoire, lui souris-je en haussant les épaules.

– Quand tu dis obligatoire, tu veux dire que c'est la loi ?

– Oui ! Et il est aussi interdit de boire de l'alcool au travail ou de fumer dans les lieux publics, comme les entreprises ou les restaurants.

– On ne fume pas dans les restaurants ?!

Max éclate de rire.

– Je n'en reviens pas. Vous avez enfin réussi à avoir un président noir, mais vous ne pouvez plus fumer en mangeant ?

Il met le contact, et le moteur viril ronronne. La bête se lance en rugissant et nous filons à travers Manhattan, en route pour le Connecticut.

Les arbres défilent à toute allure. Novembre est encore plus frais loin de la ville, et je m'enfonce dans le grand manteau moelleux que Max m'a offert avant de partir. Il me caresse la cuisse en conduisant.

– Nous arrivons, glisse-t-il.

Il vire à droite et s'arrête enfin devant une grande maison bourgeoise déjà bordée d'une rangée de voitures, toutes élégantes, dont certaines abritent un chauffeur aux gants blancs se réchauffant péniblement en fumant une cigarette. Nous remontons l'allée vers la porte d'entrée et toquons.

C'est un Aaron Sullivan enjoué et chaleureux qui nous accueille. Nous pénétrons dans l'entrée, vaste, à la décoration un peu clinquante. Cela ne ressemble guère à la personnalité d'Aaron, si simple et naturel.

– Max ! Je ne savais pas que tu viendrais accompagné. Ne te méprends pas, c'est une excellente surprise, fait-il, souriant, en me serrant la main. Je note simplement que tu es plutôt cachottier !

– Avec tout le travail que nous abattons, nous n'avons que rarement l'opportunité de parler de choses plus personnelles, explique Max.

– Tu as parfaitement raison, acquiesce Aaron. Et ce soir en est l'occasion idéale.

– Je suis ravie de vous rencontrer, monsieur Sullivan, dis-je, rougissante, un brin intimidée de me trouver face à mon « pré-patron ».

– Je vous en prie, appelez-moi Aaron. Tout le plaisir est pour moi, mademoiselle ?

– Emily. Je suis…

Soudain, une femme bien mise, grand sourire, mais l'air volontaire et directif, nous rejoint dans l'entrée. Je reconnais Betty, la femme d'Aaron – avec cinquante ans de moins qu'à la réunion de 2015 ! Elle est très belle, en robe bleu ciel à volants de soie aux épaules. C'est dingue de penser que je connais son destin ! Je me mords les lèvres, mourant d'envie de lui dire : « Bonjour madame Sullivan, savez-vous que votre mari et vous allez avoir un fils qui sera mon patron ? » Heureusement que je me retiens, ça ferait sacrément désordre !

Elle s'apprête à nous serrer la main, à Max et moi, quand nos yeux se croisent. Son visage se métamorphose en un instant. Elle pâlit et se fige. Les regards circulent entre nous, embarrassés. Tout le monde a perçu son malaise, sans bien en comprendre la raison.

– Je suis ravie de vous accueillir chez nous ce soir, bredouille-t-elle rapidement.

Elle s'éclipse alors en vitesse, laissant Aaron s'excuser pour elle.

– Je suis désolé. Betty ne doit pas se sentir très bien. Elle était pourtant en forme tout à l'heure, marmonne-t-il, songeur, avec un voile d'inquiétude sur le visage. Laissez-moi vous conduire auprès des autres invités, puis j'irai voir ce qu'il en est.

– Oui, bien entendu, Aaron. Ne vous en faites pas pour nous, réponds-je.

Pénétrant dans le salon, cossu, bruyant et enfumé, nous sommes aussitôt sollicités par trois hommes d'âge mûr, rougeauds, rigolards et suffisants. Je comprends vite qu'il s'agit de :

– Taylor, Baxter et Morrison, me les présente Max.

– Et comme vous êtes jolie, mademoiselle, pour vous ce sera Charles, Edward et Frank, me fait Charles Taylor avec un clin d'œil appuyé.

Max lève les yeux au ciel discrètement. Je comprends mieux ce qu'il entendait quand il parlait des usages des patrons dans les années soixante !

Les deux autres rient grassement, cigares aux doigts.

– Ne prenez pas ce vieux Charles trop au sérieux ! fait Edward Baxter bruyamment. Il a ce genre de réflexion pour tout ce qui porte une jupe.

Et les trois de partir d'un éclat de rire.

– Messieurs, messieurs, interrompt Frank Morrison. Vous gênez mademoiselle…

– Green, murmuré-je sèchement.

– Voilà, mademoiselle Green. Nous sommes sincèrement enchantés de vous rencontrer. Mais je pense que vous serez plus à l'aise dans la pièce d'à côté, avec les épouses. Nos conversations d'hommes vont malheureusement vous ennuyer à mourir.

– Mais non, pas du tout, bafouillé-je.

– Frank a raison, réplique Edward d'un ton paternaliste. Ça va parler travail, et pas chiffons.

– Mais, protesté-je, je travaille aussi dans…

Mais Max m'interrompt d'un geste calme. Lui, contrairement à moi, a compris qu'il ne sert à rien de lutter contre le machisme ordinaire de son époque. En tout cas, pas ce soir, pas ici. Ce n'est pas qu'il baisse les bras, mais il sait que les mœurs vont évoluer et qu'il faut patienter. Je rêve de monter, là, sur la table, et de hurler que bientôt les femmes ne se laisseront plus faire. Bon, ce n'est pas une idée terrible, mais au moins ça me défoulerait.

Je me rends compte maintenant à quel point Max est différent des hommes de son époque. Il est d'un autre monde… D'une autre classe !

Max me caresse discrètement la main en signe de soutien. Je bats donc en retraite et quitte mon groupe de mâles alpha pour rejoindre les personnes de mon espèce. Comprendre : les femmes, bonnes pour le papotage futile et la maison !

Le choc des cultures entre 2015 et 1963 n'a jamais encore été aussi violent pour moi. C'est sûr que ce ne sont pas ces années soixante là dont je suis tombée amoureuse !

En m'éloignant, je perçois encore un peu la suite de leur conversation :

– Alors, voilà donc notre grand rival, « Max Whitman, le grand novateur, l'avant-gardiste ! », lance Charles avec une pointe d'ironie. C'est comme ça que le *New York Times* vous a appelé, non ?

– Je ne sais pas si je mérite ces compliments, répond Max modestement.

– Je ne vous donne pas deux ans pour enfin rentrer dans les rangs, réplique Edward.

– Dans les rangs ? s'enquiert Max.

– Vous travaillez trop ! Vous êtes partout, au four et au moulin. Comment voulez-vous faire un travail correct en vous investissant autant dans votre boulot et dans chaque projet ? Non ! Naturellement, vous allez voir, vous allez comprendre que l'ordre évident des choses est de déléguer, commander…

– Et de profiter d'un bon verre de whisky accompagné d'un cigare cubain de contrebande ! s'esclaffe Frank.

– Une simple histoire de maturité. Vous êtes encore étonnamment jeune pour le poste que vous occupez.

– Ah, oui, c'est donc une histoire de maturité…, rétorque Max, discrètement ironique.

Je plains Max d'avoir à se farcir ces types-là. Si j'étais en 2015 avec Agnès et Olympia, je n'imagine même pas ce qu'ils se prendraient en pleine poire !

Vieux cons rétrogrades !

Heureusement pour Max, il y a bien d'autres invités ici ce soir, et il ne devrait pas avoir de mal à rencontrer des personnes plus intéressantes. Quant à moi… Voyons voir ce qui se profile !

Mais avant de rejoindre le coin des « épouses-ennuyées-par-le-travail-des-hommes », il faut que je m'éclipse aux toilettes.

Je file par un petit couloir à la recherche de la bonne porte. Le bruit des voix de la fête se fait plus distant et étouffé.

En avançant, je perçois quelque part une conversation à mi-voix, bien trop assourdie pour que je comprenne quoi que ce soit. Je débouche alors par inadvertance sur un petit vestibule feutré. Il y fait sombre, et le temps que mes yeux s'habituent à la faible lumière, je me rends compte que je viens d'interrompre Betty en pleine conversation avec un homme âgé, un peu voûté, tout habillé de noir.

– Oh, pardon… Je… Je m'excuse, je ne voulais pas… Les toilettes ? m'embrouillé-je.

L'homme en noir darde sur moi un regard froid et inquisiteur. Betty, quant à elle, se lève joyeusement et vient à moi, prenant mes mains dans les siennes.

– Je suis tellement désolée ! J'ai été une si mauvaise hôtesse tout à l'heure. Je ne sais pas ce qui a bien pu se passer. Un malaise qui m'a prise sans prévenir. Mais heureusement, ça va mieux, et je vais m'occuper de vous comme il se doit ! s'exclame-t-elle avec entrain.

– Oh, je vous en prie, ne vous en faites pas, réponds-je, prise au dépourvu. Ça arrive à tout le mo…

– Recommençons donc dans les règles de l'art, m'interrompt-elle. Je suis donc Betty Sullivan.

Elle me tend la main.

– Et voici Atticus Woodman, un très vieil ami, poursuit-elle, me présentant l'homme en noir, maigre et aux gestes lents.

Il incline légèrement la tête, mais ne dit rien. À l'observer, un frisson me parcourt l'échine.

– Emily. Emily Green, annoncé-je en me tournant de nouveau vers Betty. Je suis venue avec Max Whitman.

– Eh bien, enchantée, Emily ! Venez avec moi que je vous présente les autres épouses. Vous verrez, elles sont a-do-ra-bles.

– C'est très gentil à vous, mais j'aimerais auparavant me rendre aux toilettes, glissé-je, gênée.

– Bien entendu. Reprenez le couloir, et c'est la deuxième porte sur la gauche. Je vous attends au petit salon. À tout de suite.

Betty et Atticus s'éloignent. Je me dépêche de sortir de ce petit vestibule plongé dans la pénombre. Ça me fiche la chair de poule !

Je trouve vite la bonne porte et m'enferme un moment, pas fâchée des quelques minutes de calme et de solitude.

Quand même, quel étrange duo, Betty et cet Atticus. Si j'étais parano, je dirais qu'ils étaient en plein complot… Pas de quoi affoler la CIA, non plus ! Il ne faut pas exagérer.

Je sors et trouve sans difficulté ma *place désignée* : le petit salon, réservé aux épouses et petites amies, en pleines discussions enjouées.

Je me mêle aussi naturellement que possible à la fête. Je me rends compte bien vite qu'aucune de ces femmes ne travaille. Oh, certaines ont bien été secrétaires ou standardistes, mais ça ne semblait être qu'une sorte de purgatoire avant leur mariage. À croire qu'effectivement, en 1963, tout homme travaillant dans la pub se doit d'épouser sa secrétaire ! C'est terrifiant !

Tu m'étonnes que Max ne rentre pas dans le moule ! Et en voyant Aaron, je sens bien qu'une nouvelle génération est en train de naître, pour laquelle les règles ne semblent pas si évidemment dictées d'avance.

Ouf !

Les discussions se poursuivent, tournant autour d'œuvres de charité, de cancans sur les femmes des absents, et de manière générale sur la « bonne » manière d'élever ses enfants dans ce monde qui devient de plus en plus corrompu et perverti.

Je suis mal à l'aise. La chaleur et l'alcool n'aidant pas, la tête me tourne. Je me sens partir. Betty, ayant repéré mon trouble, vient rapidement à moi, m'éloignant de la foule. Elle me sert un verre d'eau fraîche pétillant d'aspirine.

– Merci Betty ! Je crois qu'effectivement j'en avais besoin.

Elle sourit, semblant s'être véritablement inquiétée à mon sujet. Une fois qu'elle est rassurée, la conversation reprend :

– Alors, Emily, maintenant que nous avons enfin un moment à nous, racontez-moi tout. Max, comment l'avez-vous rencontré ? demande-t-elle d'un œil complice et brillant. Cela fait-il longtemps ?

– Assez peu, à vrai dire, mais nous nous entendons très bien.

Je reste assez vague. Je ne voudrais pas m'égarer dans des confidences qui dépasseraient le cadre de la *neutralité temporelle* édictée par Donald.

– Vous savez, Aaron et Max sont de grands amis. Ils s'adorent ! fait Betty vivement.

L'affirmation de Betty me paraît curieuse. Ce n'est pas exactement ce que Max m'a dit. Enfin, entre la réalité et ce que l'on raconte en soirée entre deux verres de martini, il y a souvent un écart qui tient à la nécessité sociale d'un bavardage distrait et futile.

***

La nuit est bien sombre. Les éclairages publics ne sont pas aussi nombreux qu'en 2015 sur les routes du Connecticut, mais Max pilote la Jaguar de main de maître. Le retour vers Manhattan se fait à vive allure.

– Je suis désolé de t'avoir amenée à cette soirée, s'excuse Max. Ça n'a pas dû être très agréable pour toi. Tu es si différente des femmes de mon époque. J'aurais dû prévoir ce décalage.

– Tu n'y es pour rien, Max. Ce n'est pas si simple de s'intégrer à cinquante ans d'écart. En 2015, toi aussi, tu serais peut-être mal à l'aise…, lâché-je sans réfléchir.

Ces derniers mots jettent un froid. Je n'aurais pas dû dire cela. Max est visiblement gêné. Évidemment ! Que pourrait-il répondre ? Notre relation tâtonne dans les limites de ce que le destin nous permet.

Au pied du Caraway Building, Max coupe le moteur, sort et m'ouvre la portière. Nous sommes debout, face à face dans le vent frais, le regard fixe et rembruni. La lune peine à apparaître derrière les sombres nuages de novembre. Évidemment, je dois repartir. Laisser mon travail quelques jours en prétextant une grosse migraine, ça marche un temps ; mais Voldemort n'est pas du genre à m'octroyer une semaine de vacances-surprises.

– Je vais faire tout mon possible pour revenir vite, dis-je, émue et incertaine.

– Je l'espère de tout mon cœur, réplique Max, la voix poignante.

Nous nous embrassons, et je pénètre seule dans le grand bâtiment de pierre et d'acier retrouver ma porte temporelle.

Et dire qu'on ne peut même pas s'appeler ! Pas un texto, pas un e-mail, bordel ! Mais c'est quoi cette situation pourrie dans laquelle la vie nous a mis ?! Je souffre de plus en plus à chaque séparation.

Et puis cette soirée m'a laissée à la fois perplexe et mélancolique. Max l'a senti, et je m'en veux de le quitter sur cette touche amère.

Avons-nous touché les limites de notre relation ? Qu'est-ce qui est encore possible maintenant, pour nous deux ? Qu'est-ce que le destin nous réserve encore ? Des surprises ? Sûrement !

Mais, bonnes ou mauvaises ?

18

UN VISITEUR INATTENDU

Caraway Building, 36e étage.
9h42. Mercredi 2 décembre 2015.

– Nom de Dieu, Emily ! s'exclame Mike. Tu as trop regardé *The Walking Dead*, ou quoi ? T'as une sacrée tronche de déterrée !

Mon collègue de travail a un certain art des compliments qui me dépasse complètement…

– Tu veux dire que j'ai une tête de revenant, c'est ça ?

– C'est *exactement* ça ! Heureusement que tu t'en rends compte, dit-il avec une candeur déconcertante.

Je suis certaine qu'il n'a aucune arrière-pensée, mais je dois avouer que ce n'est pas forcément ce que j'avais envie d'entendre. Je jette un œil rapide à mon reflet dans la vitre et j'aperçois le visage que je présente au monde aujourd'hui : Mike a raison, j'ai l'air de sortir d'un remake new-yorkais de *Thriller*, façon #LeDiableSHabilleEnPradaSauceZombie.

Et ce n'est pas étonnant : voilà bien une semaine que je ne dors plus la nuit. Je ne fais que ressasser sans fin les derniers événements. Je me vois, tombant dans un abîme sans fond, engloutie à jamais dans les méandres du temps, perdant tout : la réalité, mes amis, ma famille, et bien sûr…

Max.

Il faut avouer que les circonstances ne sont pas en ma faveur : sous la pression des usagers, l'administration de l'immeuble a décidé de réparer Danny, l'ascenseur qui ne fonctionnait pas et qui accessoirement me servait de porte temporelle. Il y a des ouvriers toute la journée en train de travailler dans les cages de circulation des cabines, et bien entendu, pendant ce temps-là, pas touche ! Interdiction d'aller au-delà des barrières ! Je ne peux même pas m'approcher de Danny, alors de là à pouvoir être seule et y entrer… Ça fait des jours maintenant, et aucune date affichée de fin d'intervention !

#CesJoursOùOnTueraitLAdministration.

Et impossible de prévenir Max. Je me demande ce qu'il doit se dire, là-bas, à ne pas me voir revenir… Surtout que l'on s'est quittés sur une note un peu fraîche. C'est ma faute, entièrement.

Je m'en veux, mais d'une force !

Lui n'y était pour rien. C'était lors du retour de cette fête chez Aaron, cette soirée qui m'avait mise si mal à l'aise, avec ces trois types machos et arrogants, et puis l'attitude de toutes ces femmes, brrr…

Et, bien entendu, pour couronner le tout, impossible d'enlever de ma tête les avertissements apocalyptiques de Donald. Bien sûr qu'il ne nous voulait aucun mal, ça se sent que c'est un gentil garçon. Il ne songeait qu'à notre bien, et à celui du… Du monde. Rien que ça ! Mais on ne peut tout simplement pas oublier ni ses recommandations, ni son histoire dramatique.

Oh Max… Qu'est-ce que je ne donnerais pas pour pouvoir t'envoyer ne serait-ce qu'un SMS.

Mon royaume pour un texto !

Sauf que, quand il dit sa célèbre tirade, Richard III est en train de mourir en perdant la guerre. Finalement, ce n'est pas une très bonne référence.

Pourtant, je ne demande pas la lune. Juste quelques mots. Quelque chose comme :

[Désolée pour mon humeur de chien l'autre soir.
Je vais me faire pardonner, promis ! Et d'une manière
qui te plaira carrément ;-)...]

Soudain, des bruits de talons que je connais bien : c'est Olympia qui vient me voir.

– *Cupcake time !* s'écrie-t-elle joyeusement.

Et elle s'affale sur un fauteuil à côté du mien avec son imperturbable sourire et ses jambes interminables.

– Toi, ma chérie, tu es en plein creux de la vague, me glisse-t-elle. Non, non, tu ne peux rien me cacher ! J'ai bien vu que, depuis la présentation White-Rose, tu n'as plus la tête au boulot. Tu as perdu ta joie de vivre. Et c'est normal : vu le travail d'acharnée que tu as accompli, ce n'est pas étonnant que tu relâches un peu. Et heureusement que je suis là pour toi ! Premièrement, des cupcakes. Attention : chocolat fondu à l'intérieur ! Et deuxièmement, raconte-moi tout. Parce que, *évidemment*, tu te doutes bien qu'avec Agnès, on a bien compris qu'il y a un mec derrière tout ça ! Alors maintenant, c'est l'heure des confidences. Voldemort ne devrait pas revenir avant au moins un quart d'heure, vu la réunion de formation *Agile Management* qu'elle se tape tous les matins en ce moment. Alors, alors, alors ?

Je suis prise un peu au dépourvu. Je suis touchée qu'Olympia s'inquiète pour moi, mais j'ai du mal à m'imaginer lui raconter ma *love story* avec un type né en 1935 ! Je ne veux pas faire de la peine à ma copine non plus en lui mentant… Je suis bien coincée.

– Ben, c'est vrai que je ne dors pas très bien en ce moment…, lâché-je vaguement.

– Ha ! Ha ! triomphe Olympia. J'en étais sûre. Des nuits sans sommeil, ce sont des nuits pleines d'autres choses intéressantes, glisse-t-elle avec un clin d'œil complice.

Je rougis comme une pivoine. Je regarde par-dessus mon épaule : ouf, Mike n'a rien entendu, isolé du monde qu'il est avec son casque. Olympia est du genre à ne pas se soucier le moins du monde de ce que les autres pensent d'elle. Parfois, j'envie son assurance ! Quoi qu'il en soit, je vois bien que mon amie attend de moi une réponse, et si possible jusque dans les moindres détails.

– Alors, il ressemble à quoi ? relance Olympia.

– Ben… Ben… Il est brun, le visage fin, pommettes saillantes, un regard à tomber par terre. Un sourire plus-craquant-tu-meurs…, dis-je en trébuchant sur mes mots.

– Et alors, au pieu ? me titille-t-elle, les yeux pétillants.

– Euh…, hésité-je.

Je baisse la voix :

– Une bombe ab-so-lue. J'ai jamais connu ça. Non, attends : j'ai même jamais cru que c'était possible, un truc pareil ! lui confié-je, soudainement excitée.

– Mais c'est génial ! s'écrie-t-elle.

– Oui, mais en fait, ces dernières nuits, ce n'est malheureusement pas à cause de ça, le manque de sommeil.

– Ah mince, s'excuse Olympia. Tu veux dire que… c'est fini ?

– Non, non. Mettons que c'est un peu compliqué.

– Il a une personnalité difficile ? C'est un sanguin, c'est ça ? Il s'énerve vite ? Ah, j'en connais des comme ça, ils sont d'un pénible !

– Non, non, la rassuré-je, il est parfaitement adorable. On a… Comment pourrait-on dire ça… Une relation longue distance. Voilà, c'est ça. On est physiquement loin l'un de l'autre, et c'est pas toujours évident de se retrouver.

– Oh ! ma pauvre, fait-elle en me caressant le bras. C'est pas le pied. Bon, on va réussir à t'arranger cette histoire, tu vas voir ! On en parle avec Agnès tout à l'heure, OK ? Je file. À mon avis, Voldemort doit être sur le point d'arriver.

Et elle se lève joyeusement et me jette un clin d'œil espiègle avant de disparaître en coup de vent derrière la cloison du bout de la pièce. Effectivement, Olympia a un sixième sens : il n'a pas fallu trente secondes pour que Carmen apparaisse, démarche rythmée et visage strict, reluquant la bonne avancée du travail sur les écrans de l'open space.

Arrivée à mon niveau, regard par-dessus mon épaule sur mon ordinateur, elle ne peut s'empêcher de grogner en pinçant les lèvres. Elle ne dit rien, mais n'en pense pas moins. C'est assez pour me faire stresser niveau 2 !

À l'heure du déjeuner, je passe dans le hall des ascenseurs, priant secrètement que les choses aient évolué, mais il va falloir s'y faire : ma porte temporelle est « Hors Service. Veuillez nous excuser pour la gêne occasionnée ».

Supra-merdum !

À défaut d'un voyage vers mon 1963 adoré, je me poste au pied de l'immeuble de Max pour croquer un sandwich triste comme un parapluie troué. Bien entendu, aujourd'hui en 2015, aucun Whitman sur la liste des noms des occupants.

C'eût été trop simple, voyons !

Le destin veut jouer avec nous ? C'est sûr qu'il n'a aucune raison de nous simplifier la tâche. Mais je relève le défi !

En mâchouillant mollement mon en-cas, je pense à toutes ces

personnes que j'ai rencontrées dans les années soixante. Autant de gens de mon âge ou de ma génération qui, s'ils sont encore en vie, sont bien vieux aujourd'hui. À l'image de Betty, par exemple. Curieux, cette femme : à la fois sympathique et déroutante. Je la trouve bien difficile à cerner.

Ding !

Un texto de Serena :

[Viens à la librairie. Tout de suite. Ça concerne Max.]

Serena n'a pas l'habitude de m'envoyer des messages aussi lapidaires pour m'intimer de quitter mon travail en plein milieu de la journée ! Et surtout, elle parle de Max… Autant de signes qui m'alarment.

Je libère mes mains en fourrant le dernier quignon de pain dans ma bouche, joues gonflées option hamster affamé, j'agrippe mon sac et me mets en route vers Greenwich Village. Tout en courant, je sors mon téléphone et pianote un :

[Suis extra-désolée, Carmen, j'ai un malaise.
Je vous appelle quand ça va mieux.]

Je ne me serais jamais crue capable d'être aussi sèche et directive avec ma boss, mais on est apparemment en situation d'urgence, et dans ces moments-là, c'est l'Emily forte et confiante qui prend la relève.

Heureusement qu'elle existe celle-là !

Pas de temps pour le métro, je hèle un taxi. Le chauffeur est un nerveux : pour une fois, ça m'arrange. C'est à peine s'il a compris que les feux rouges servaient à quelque chose. Je ferme les yeux et me cramponne à la banquette. Enfin, nous arrivons en vue de la librairie. Il freine en faisant crisser les pneus. J'ai à peine le temps de lui tendre un billet qu'il repart en trombe effrayer son prochain client.

Je pousse avec appréhension la porte de la boutique. Face à moi : Serena et une vieille dame en pleine discussion. Je me fige un instant. Le choc ! C'est Phoebe, la patronne des lieux. Elle doit facilement avoir 80 ans. De voir un visage autant vieilli à si peu de temps d'intervalle, ça me remue.

Je ne m'y ferai jamais, à ces voyages dans le temps !

– Emily Green, énonce Phoebe lentement en plissant les yeux derrière ses lunettes. Je me souviens de vous, c'est étonnant. Je vous ai vue il y a si longtemps, et pourtant vous n'avez pas changé d'un iota. Comme si c'était hier !

Un moment de silence, puis :

– Pour moi, *c'était* un peu hier..., lâché-je avec un sourire candide.

Je me reprends aussitôt. Qu'est-ce qui m'a pris de lui dire ça ?! Je ne suis pas censée parler de... Mais je me rends compte tout à coup que, *manifestement*, Serena n'est plus la seule à être au courant de mes escapades temporelles. Il me reste encore quelques mystères à percer. Dont le premier :

Qu'est-ce que je fiche là ?

Phoebe sourit doucement. Elle semble deviner mes interrogations dans mon regard.

Note pour plus tard : essayer d'être un peu moins lisible.

Elle part dans l'arrière-boutique et revient aussitôt avec une enveloppe.

– Je crois que vous connaissez l'auteur de cette lettre, me fait-elle d'un ton maternel.

Je cligne des yeux, incrédule. J'ouvre la missive. Une carte à l'intérieur, à l'en-tête de Whitman inc., et inscrit dessus :

« Reste là, seule, et pense à moi en pressant la fleur contre ton cœur. Je t'aime. »

C'est bien succinct et mystérieux…

Je suis un peu perdue. Les pensées se bousculent dans ma tête. Qu'attend-on de moi exactement ? Je lève la tête vers les deux paires d'yeux qui m'observent avec intérêt.

– On va partir et te laisser seule maintenant, déclare Serena en me caressant le bras avec un sourire.

– Nous fermerons la porte à clef, précise Phoebe. Comme cela, vous ne serez pas dérangée. Allez dans l'arrière-boutique.

– Mais…, bredouillé-je. Pour faire quoi ? Je ne saisis pas ce que…

– C'est à toi de le découvrir, m'interrompt Serena. Pour ma part, je n'en sais pas plus, mais ne perds surtout pas de temps.

Les filles me laissent seule et ferment la librairie derrière elles. Je me retrouve donc face à moi-même, à peine quelques minutes après mon arrivée, lettre de Max en main, désorientée au milieu de centaines de livres soudainement très intimidants.

Bon, on va arrêter de tergiverser ! Première chose : direction l'arrière-boutique.

Et après ?

Ben, on verra.

Je passe derrière le petit comptoir en bois marqué par au moins cinquante ans de coudes, et je me faufile dans la pièce sombre et calme qui sert de réserve et où sont amassées mille autres choses, si j'en crois le nombre incalculable de bougies, bâtons d'encens et flacons remplis d'herbes, de poudres, et de… *Trucs* indéfinissables en tout genre.

Je referme la porte derrière moi. Je ne sais pas trop d'où cela vient, mais une sensation diffuse de bien-être m'envahit. Il y a comme de bonnes vibrations ici. Bon, relisons cette lettre. Max me donne des recommandations : être seule et penser à lui. OK, ça, c'est clair. Mais la fleur ? Qu'est-ce donc que cette hist…

Mais bien sûr !

Le pendentif ! Le pendentif en diamant que Max m'a offert. Il est en forme de fleur.

Ce ne peut être que ça. Je fouille dans mon col pour le prendre au creux de ma paume et je fais comme Max l'a écrit : je le serre fort contre mon cœur. Je ferme les yeux. Je ne me concentre que sur une seule chose : son visage.

J'avoue que je me sens un peu ridicule. Si on m'avait dit, il y a quelque temps, que je me retrouverais dans l'arrière-boutique d'une librairie ésotérique, encens dans l'air et pendentif dans la main pour… Pour quoi d'ailleurs ? Que vais-je encore découvrir ? Je crois qu'il faut que j'arrête de réfléchir. Je dois faire confiance à Max, je dois croire en lui et en nous. Je me concentre donc sur l'image de mon « âme sœur ».

Il ne faut à peine que quelques secondes pour que je sente un frisson parcourir mon corps. Je suis comme saisie tout entière par une brume cotonneuse. Je me focalise tant sur Max que j'ai l'impression de le sentir là, tout près, à mes côtés. Son corps, son odeur… Je souris, songeuse, l'esprit ailleurs, presque *évaporé*.

Tout doucement, j'ouvre les yeux. Et là, devant moi…

Max !

Non, je ne rêve pas, c'est bien lui. Il sourit, les yeux brillants d'émotion.

– Emily… articule-t-il, troublé et charmé.

Nous tombons soudainement dans les bras l'un de l'autre, lèvres contre lèvres, nous embrassant passionnément.

– Mais Max… Que… Que fais-tu là ? Que faisons-*nous* là ? Max, *quand* sommes-nous ?!

Je parcours rapidement du regard l'arrière-boutique. Là, au sol, branché : un chargeur de smartphone !

Nous sommes en 2015… Ensemble !

Max n'a pas le temps de répondre. Il voit dans mes yeux que j'ai compris.

– Max ! Je suis si heureuse ! Je suis tellement désolée pour l'autre soir. Cette fête, c'était si… Spécial… Mais je suis si contente aujourd'hui ! Et toi ? Mais comment as-tu fait pour… ?

Mes pensées vont plus vite que mes mots, et je m'embrouille tant que… Max m'interrompt en pressant sa bouche contre la mienne. Nos langues se retrouvent et nos corps s'électrisent.

– Tu dois m'expliquer, Max, le supplié-je, tout excitée.

– Après ton départ, j'ai eu le cœur lourd. Je ne te voyais pas revenir. Je ne savais pas quoi penser. Est-ce que tu m'évitais ? Avais-tu des remords ? Avais-tu peur ? J'ai pensé que la conversation avec Donald et la fête chez Aaron t'avaient donné de bonnes raisons de douter de notre relation, dit-il lentement en dardant ses yeux en moi. Ou peut-être y avait-il tout simplement un problème ? Tu pouvais être coincée, loin, là-bas, en 2015, sans pouvoir me prévenir. Je ne pouvais pas simplement attendre, passif, que le destin daigne bien me donner un indice. Je dois avouer que, pour la première fois de ma vie, j'ai eu… Peur, avoue-t-il avec sincérité.

– De quoi ?

– Peur de te perdre, Emily. Peur de ne plus jamais te revoir. Et surtout, je m'en suis tellement voulu ! J'avais vu que tu étais contrariée et je t'ai laissée partir, comme ça, quasiment sans rien dire. J'aurais dû insister. J'aurai dû savoir te réconforter.

– Non ! m'écrié-je. C'est moi qui m'en veux ! Je suis tellement désolée de t'avoir laissé sur cette note mitigée. J'ai essayé de revenir te voir, mais en vain : l'ascenseur est en réparation, et impossible de l'approcher. J'étais coincée ici. Je désespérais de ne jamais te revoir. Mais comment as-tu fait pour organiser ce saut temporel ? Ici en plus ? C'est dingue !

– Hier soir, je n'en pouvais plus. Je ne savais plus quoi faire. Et puis j'ai eu une idée. J'ai des relations dans l'administration du building : ils m'ont aidé à trouver l'adresse de Donald. Je suis allé directement le voir chez lui.

– Il ne t'a pas dit qu'il ne fallait pas bouleverser l'ordre des choses ? Toute cette histoire de neutralité temporelle…

– Bien sûr que si ! sourit-il. Mais j'ai insisté.

Je me doute que Max n'est pas du genre à se laisser décourager comme ça !

– Il fallait que je sache ! reprend Max. Il *fallait* que je trouve le moyen de venir te voir. Ça devenait une question vitale.

– Qu'a-t-il répondu ?

– Il s'est assis et a longuement réfléchi. Puis il s'est dit que c'était peut-être ça, le signe du destin qu'il attendait. Peut-être que le destin voulait qu'il nous aide, qu'il trouve un moyen de nous réunir. Et que c'était même *ça* qui lui permettrait de réparer sa faute vis-à-vis du temps.

– Il t'a tout raconté sur les moyens de voyager dans le temps ? m'exclamé-je, incrédule.

– Tout raconté, je ne pense pas. Il m'a simplement parlé de cet endroit, de cette librairie. L'immeuble est en fait construit sur les ruines d'un ancien site indien. Apparemment, il est resté une magie très puissante entre ces murs. Suffisamment puissante pour abriter une porte temporelle permanente.

– Permanente ?! Tu veux dire qu'ici même, dans cette librairie pleine de vieux bouquins poussiéreux, on peut se balader à loisir n'importe où dans le temps ?

– Ça, je ne sais pas. D'ailleurs, l'accès à cette porte n'est pas si simple. Il a fallu que je laisse un mot à Phoebe, en 1963, pour qu'elle le garde toutes ces années et te le remette en main propre, en 2015. Si tu savais le temps que nous a pris le calcul du décalage horaire entre le passé et le futur ! On a dû recommencer plusieurs fois avant d'être sûrs. Ce n'est pas rien d'envoyer une lettre dans le futur ! Il peut lui arriver mille choses. Mais Phoebe l'a conservée précieusement. Elle en a compris l'importance. Je suis ensuite revenu à la librairie, à cette heure-ci, il y a cinquante-deux ans. J'ai attendu dans l'arrière-boutique, espérant que tout se passe bien et priant pour que tu aies bien reçu la carte. Car la clef de cette porte, Emily, elle est évidente : c'est l'amour. Il fallait que nous soyons tous les deux présents au même instant, chacun d'un côté de la porte temporelle entrebâillée, à ressentir notre amour au plus profond de notre être. Ça ne marche pas à tous les coups, mais dans notre cas, ça a été presque instantané…

Sa voix vibre d'émotion. J'en ai les larmes aux yeux.

– Et j'ai réussi à venir dans le futur !

Il rit d'excitation.

– Je suis si heureuse que tu sois là, dis-je en me lovant tout contre lui.

– Moi aussi, me susurre-t-il.

– Maintenant, à moi de te montrer un milliard de choses ! Tu vas voir, tu vas kiffer !

– Kiffer ? fait-il en fronçant les sourcils.

– A-do-rer !

Nous sortons de la petite pièce dans la salle principale. La lumière du jour nous éblouit un peu. Le carillon de la porte d'entrée sonne tout juste : c'est Serena qui revient ouvrir la boutique. En voyant Max, un immense sourire se dessine sur son visage.

– Max, je te présente Serena, ma meilleure amie.

– Phoebe m'a interdit de vous poser des questions sur votre façon de *voyager*, mais… Je suis véritablement enchantée, Max, dit-elle en lui serrant la main, plutôt impressionnée par ce visiteur du passé.

– J'ai beaucoup entendu parler de vous, Serena. C'est un plaisir de vous voir en vrai, lui répond-il.

– Et moi donc ! Vous voir en *chair et en os*…

Serena laisse sa phrase en suspens et me jette un discret regard de côté signifiant grosso modo : « Mais c'est une fucking bombe ce type ! »

Je reprends vite, avant que Max n'ait le temps de percuter :

– Et sinon, Phoebe, où est-elle ?

– Partie voir sa sœur. Elle repassera tout à l'heure.

– OK, tu l'embrasseras de ma part, hein ?

– Promis !

Nous allons partir quand Serena nous interrompt :

– Emily, tu veux les clefs de ma voiture ? Je ne m'en sers pas, et puis ça vous permettra d'être un peu plus libres.

– Génial ! T'es adorable, Serena, lui lancé-je en lui faisant une bise sur la joue.

Nous nous dirigeons vers la sortie. Je veux que Max profite de son voyage. Nous sourions tous les deux de bonheur. Car que pourrait-il arriver de mal maintenant que nous sommes réunis ?

Le carillon de la porte d'entrée sonne derrière nous tandis que Max pose son premier pied dans la rue…

En 2015 !

19

UN NOUVEAU MONDE

Greenwich Village.
14 h 03. Mercredi 2 décembre 2015.

– Cette odeur…, marmonne Max en regardant attentivement tout autour de lui.

– Oui ? lui fais-je.

– C'est tellement différent de 1963. C'est étrange. Pour l'instant, ici, c'est la même ville, les mêmes bâtiments, et pourtant c'est tout à fait différent.

– Ça m'a fait le même effet lorsque je suis sortie dans la rue à ton époque. Il y a un je-ne-sais-quoi qui vibre dans l'air et qui est méconnaissable.

La voiture de Serena est garée juste devant la boutique. À sa vue, Max se fige un instant. Il est fasciné par ce véhicule du futur.

– Ces formes et cette ligne… Je n'aurais jamais imaginé les voitures du XXIe siècle ressembler à ça. C'est extraordinaire. Si fine, si racée. D'une aérodynamique parfaite. C'est super excitant !

– C'est une Honda Civic, Max. Rien qui ne fasse sauter au

plafond ! ris-je. Je préfère largement ta Jaguar.

– Honda ? Ce n'est pas une marque japonaise ? *Ici, aux States* ? dit-il en secouant la tête, incrédule.

– Ne t'inquiète pas, tu vas t'habituer à toutes ces choses.

– J'adore !

Il éclate de rire.

– Je peux ? me fait-il en me tendant la main, grand sourire aux lèvres.

Je lui donne les clefs avec plaisir. Nous nous installons dans le véhicule. Max est à la fois émerveillé et curieusement très à l'aise, comme avec mon smartphone lorsqu'il le domptait avec tant d'assurance.

Il regarde autour de lui, effleure le tissu des banquettes, et appuie sur tous les boutons, comme un explorateur découvrant une civilisation nouvelle. Je lui montre le maniement des fonctions de base : contact électronique, GPS... Mais une fois le tableau de bord allumé et le moteur lancé, il se tourne vers moi avec un regard malicieux :

– C'est bon, je crois que je peux prendre les rênes à partir de là.

En deux-trois mouvements, il démarre, accélère, et nous voici partis. Il ne lui a pas fallu trente secondes pour maîtriser la voiture encore mieux que ce que je n'aurais jamais pu faire ! Ce type est vraiment hallucinant. À voir son magnifique profil fixé sur la route, mon cœur s'emballe. Ses yeux fins et légèrement en amande se plissent de concentration. Je me penche et l'embrasse sur la joue. Il sourit et me fait un clin d'œil.

Pour l'instant, la balade est uniquement motorisée. Max fait le tour des différents quartiers de Manhattan et admire tous les changements.

– J'avais déjà noté pas mal d'évolutions grâce au livre de photos que tu m'avais offert, mais c'est tout autre chose que de les voir en vrai. C'est donc ça, le New York du futur...

Je jubile de le voir si heureux.

– Dis-moi, je ne trouve pas ces deux grandes tours jumelles que j'ai vues dans le livre ? Elles donnaient une sacrée perspective sur les photos !

Je me rembrunis. Malheureusement, le futur, ce ne sont pas que des bonnes nouvelles, des smartphones et de la lingerie sexy.

– Je ne sais pas si tu t'en souviens mais je t'en avais parlé rapidement le jour où je t'ai avoué que je venais du futur, lui rappelé-je gravement. Nous avons été victimes d'une attaque terroriste. Quelque chose de grande ampleur. Des hommes armés ont pris possession de plusieurs avions de ligne et en ont fait écraser deux sur les tours. Les buildings se sont effondrés. Il y a eu des milliers de morts.

Le visage de Max devient livide.

– Mon Dieu..., marmonne-t-il tout en conduisant. Et toi, où étais-tu à ce moment-là ?

– J'avais tout juste 10 ans. C'était le matin. Il faisait beau. Je venais d'arriver à l'école. La classe avait commencé, et tout à coup, ça a basculé. Personne ne comprenait bien ce qui était en train de se passer. On a été rassemblés à l'abri dans la grande salle de sport. On a eu très peur.

– Ce n'est peut-être pas comparable, mais ça me rappelle Pearl Harbor. J'avais 6 ans quand c'est arrivé. Bien sûr, je n'habitais pas sur place, mais le choc et la peur ont été grands. L'entrée en guerre a changé la mentalité des gens en l'espace de quelques jours.

Un bref silence s'installe.

Mais on ne va pas se laisser abattre, non ?!

– Allez, m'écrié-je joyeusement, arrête-toi là !

C'est l'heure du shopping ! Max va enfin pouvoir voir en un seul lieu pas mal des choses les plus représentatives de notre époque. Nous sortons et flânons sur le trottoir en direction de l'entrée de *Macy's*. Lui a les yeux partout. Il examine avec grande attention toutes les personnes que nous croisons dans la faune compacte new-yorkaise.

– Vos vêtements sont si étranges, s'étonne-t-il. Presque personne n'a de chapeau. Et ceux qui en mettent portent des casquettes, comme des enfants ou des sportifs. Et j'ai l'impression que tout le monde a des jeans ! Même les gens les plus chics. Et les femmes : elles sont si nombreuses en pantalon, c'est surprenant. C'est curieux, je ne t'ai jamais vu avec ?

– Si, bien sûr, ça m'arrive de mettre un jean, mais mon péché mignon à moi, c'est la mode des sixties. Tu commences à me connaître. De plus, je ne porte que des tailleurs pour aller au travail. L'un dans l'autre…

Soudain, Max s'arrête en pleine rue.

– Attends, il y a une chose que je rêve de faire, dit-il en me regardant profondément dans les yeux.

Sans attendre ma réponse, il prend vivement ma taille dans ses mains fermes et m'approche de lui. Il m'embrasse passionnément et voluptueusement. Il joue avec mes lèvres et mes émotions, là, au beau milieu du trottoir, en plein New York !

Il se redresse :

– Voilà, vivre notre amour, ici, en 2015, dans *ton* époque pour une fois.

Je le serre fort dans mes bras.

Une fois dans le grand magasin, il prend un instant pour apprécier la vue.

– *Macy's*, c'est une enseigne que je connais, bien sûr. C'est comme retrouver une vieille connaissance après l'avoir perdue de vue pendant longtemps. Mais ça dépasse de beaucoup ce que j'aurais pu imaginer.

Je le prends par le bras et le mène en direction du rayon prêt-à-porter.

– On va te trouver des vêtements 2015 !

– Mais portables en 1963 quand même, indique-t-il judicieusement. J'aimerais au moins pouvoir ramener quelque chose de mon voyage !

– Euh… Oui, tu as raison, réponds-je, un peu confuse.

Je croyais quoi ? Qu'on allait vivre éternellement au XXIe siècle notre *love story* ?

Peut-être que ce n'était qu'une façon de parler et que Max n'a pas vraiment envie de rentrer.

Je n'ai pas le temps de réfléchir davantage : Max me prend dans ses bras et m'embrasse, chassant définitivement la moindre pensée cohérente de mon esprit. Il me prend par la main et m'entraîne jusqu'aux cabines d'essayage. Il essaie plusieurs chemises, dont une Yves Saint Laurent, noire à petits pois blancs. Cela lui va tellement bien que, lorsqu'il sort de la cabine d'essayage, je remarque une armée d'yeux féminins qui le contemplent, plus ou moins discrètement. Nous continuons nos achats, et plus ça va, plus je me rends compte que beaucoup de regards se tournent vers lui. OK, il est « juste » sublimement beau avec un charisme de panthère, et c'est sûr que son aura particulière de voyageur des sixties ne doit pas passer inaperçue. J'ai l'impression de me balader avec James Franco.

Mais hé ho, calmez-vous, les filles ! Il est à moi !

Bon, on file au rayon librairie, on sera plus tranquilles. Max est fasciné par tous les bouquins. Et ce qui l'intéresse le plus, ce sont les magazines.

Bien sûr : la pub !

Je peux voir son œil expert analyser et décortiquer toutes les pages avec avidité. Il pourrait y passer des heures ! Je dois l'arrêter au bout d'un moment, car je veux l'emmener dans un rayon qui devrait lui plaire encore plus : l'informatique.

Nous passons devant des rangées monumentales de téléviseurs

HD retransmettant un match. Je suis obligé de le tirer par le bras : Max veut s'arrêter devant tout ce qu'il voit.

Près des smartphones, il essaie machine sur machine. Il examine les emballages de tous les gadgets à portée de main. Je peux à peine imaginer ce que toute cette aventure doit signifier pour lui. Cinquante-deux ans dans le futur ? Et si j'atterrissais en 2067 ? Je ne suis pas sûre d'arriver à me frayer un chemin avec autant d'aisance que lui.

Ce type est fait pour 2015. Je ne sais pas comment, mais... Je le sais !

***

Fin de journée, déjà. Le bonheur fait filer le temps à la vitesse de la lumière. Nous avons tous les deux faim. Il me faut trouver un resto. Je vois dans le regard de Max qu'il éprouve une nouvelle sorte de liberté. Il a tellement l'habitude de contrôler les événements, d'être celui qui prend les initiatives. Or là, il doit se laisser guider, et cela renverse totalement les choses.

– Il y a un petit resto que j'adore à deux pas d'ici : un japonais. Ça te dit ?

– Je ne sais pas. Je ne suis pas certain de connaître un seul restaurant japonais à New York en 1963 ! Je n'ai jamais essayé. Mais j'adorerais.

– Alors c'est parti !

Mais tandis que nous sommes sur le chemin, un frisson me court soudain le long du dos. Là, à quelques mètres devant moi : *Voldemort !*

Gigamerde ! Je suis censée être à la maison avec une migraine du tonnerre. Ce n'est pas le moment de me faire repérer. Surtout avec monsieur Beau-Gosse.

OK, rapidos, on réfléchit. Top 5 des solutions :

5. « Oh Carmen, quelle surprise ! On ne se croise jamais en dehors du boulot, c'est fou ! Comment, on est mercredi ? Ouh là là, quelle erreur, j'ai cru qu'on était samedi ! »

Gros, gros foutage de gueule. Et là, j'aurais intérêt à me trouver fissa un autre boulot.

4. « Oh Carmen, quelle surprise ! Justement, la migraine va mieux et je prenais un bol d'air frais pour être en pleine forme demain. »

Mouais, elle serait capable de m'obliger à retourner au bureau et d'y passer la nuit !

3. « Oh Carmen, quelle surprise ! Tiens, j'allais justement voir le médecin, là, oui oui, là, en plein Broadway, celui qui facture 500 dollars la consultation pour une simple migraine. Non, non, je ne me paye pas votre tête. Qui, lui, le type qui me tient le bras ? Ah non, je ne sais pas qui c'est. Un malentendu probablement. Monsieur, arrêtez, voyons, vous n'avez pas honte ?!

Encore une fois : ne *jamais* penser à une solution où je dois jouer la comédie. JAMAIS !

2. *« I'm sorry, I'm a tourist, I do not understand. What ? Do I have an American twin sister ? »*

Super crédible. De mieux en mieux.

1. Ou alors, y'a bien ce truc que j'ai vu dans un film…

Je me jette comme un éclair sur Max et le plaque contre le mur en l'embrassant. Je fais durer la chose, histoire d'être sûre que Carmen passe derrière nous sans nous repérer.

Ça y est ! Je me retourne et je la vois de dos, plus loin, trottant sur ses Jimmy Choo *so last year*, comme dit Agnès.

Ouf !

– Qui voulais-tu éviter ? me demande Max avec malice.

– Quoi ? Oh non, j'avais juste envie de t'embrasser, dis-je en rougissant.

Il éclate de rire.

Décidément, il va falloir que je trouve une solution pour que Max arrête de lire en moi si facilement.

Arrivés devant l'enseigne décorée de caractères japonais, nous pénétrons dans le petit établissement.

– C'est absolument délicieux ! Ça ne m'étonne pas que ça soit si populaire de vos jours, dit Max. Je devrais peut-être changer de travail et me lancer dans une chaîne de restaurants de sushis, dit-il, mi-sérieux. Ce serait très avant-gardiste en 1963.

– Bien sûr, et abandonner la pub ? demandé-je avec une moue incrédule.

– Impossible ! s'exclame-t-il en riant. Je crois que j'ai une addiction sévère à mon travail. Et puis, interdit de ramener quoi que ce soit dans le passé.

– Tu veux dire, même des idées ?

– Quoi que ce soit qui puisse changer l'histoire. Sinon, je pense que plus d'un *voyageur du temps* aurait noté les chiffres gagnants de la loterie.

– Peut-être que tous les gagnants des jeux de hasard ne sont que des voyageurs du temps ? m'écrié-je.

Nous rions gaiement.

– Max, qu'aimerais-tu faire, maintenant que tu es ici en 2015 ?

– S'il s'agit de rédiger une liste, je crois que tu peux faire chauffer le stylo ! réplique-t-il avec excitation.

– Donc ?

– Ce qui me passe par la tête, comme ça ? Voir tous les monuments créés depuis cinquante ans ; comprendre cette révolution digitale dont tu m'as parlé ; voir le président des États-Unis ; écouter toute la musique et visionner tous les films ; et lire, lire, lire, tout savoir sur le monde de demain… Enfin, *d'aujourd'hui*. Et surtout, surtout une chose par-dessus tout.

– Oui ?

– Te faire l'amour toute la nuit, me dit-il, dardant sur moi ses yeux brillants de désir.

Il vient de m'allumer aussi facilement qu'un interrupteur. Je rougis – décidément ça devient une habitude – et je sens tout à coup une chaleur envelopper mon corps. D'ailleurs, c'est probablement le moment d'aborder un sujet propre à *mon* époque.

– Max, de nos jours, lorsqu'on a une relation, comment dire… Un peu… Sérieuse… Oui, voilà, on se pose la question de l'arrêt du… Euh… Tu sais…, m'embrouillé-je.

– Pardonne-moi, Emily, je ne vois pas de quoi tu veux parler, lâche-t-il candidement.

Aide-moi un peu, là, Max, ce n'est pas un sujet si évident que ça à aborder ! En plus, avec un homme né en 1935…

– Mais si, tu sais…

C'est sûr que le préservatif, en 1963, ce n'est pas très *mainstream*, alors pour qu'il puisse comprendre où je veux en venir, autant appeler un chat, un chat. Finis les chichis, Emily.

– À notre époque, reprends-je en cherchant mes mots, le préservatif, c'est automatique. Pour la contraception bien sûr, mais aussi pour contrer les maladies. Au début des années 1980, il y a eu une grande épidémie d'un virus très grave que l'on appelle le SIDA. Du coup, quand dans un couple, on parle d'arrêter le préservatif, c'est que…

– C'est que l'amour devient si fort qu'il se projette dans le temps, termine Max.

– Oui, voilà, souris-je, heureuse qu'il comprenne.

– Il y a une sorte de *mode opératoire* ? glisse-t-il en souriant.

– En fait, oui. Il faut faire un test sanguin. S'il revient négatif, pas de souci.

Max semble interloqué.

– Vous vivez une époque réellement curieuse : vous vous

attachez en voiture, vous ne fumez pas en mangeant, et vous vous piquez avant de faire l'amour ! lance-t-il, songeur. Mais je suis bien entendu prêt à le faire, Emily.

En sortant du restaurant, nous nous dirigeons vers un de ces laboratoires ouverts 24 heures sur 24 qui testent et donnent le résultat en une heure par SMS.

Une fois le prélèvement terminé, nous ressortons enlacés. Une idée me passe alors par la tête :

– Ça te dirait d'aller voir Sullivan inc. ? lui demandé-je.

– Tu veux dire *ma* société, dans le futur, alors qu'elle n'est plus *ma* société ?

Je comprends que Max en a très envie, mais qu'il sent que ce peut être déstabilisant pour lui. Néanmoins, nous décidons d'y aller. Dans le hall du 36e étage du Caraway Building, je le vois se mordre les lèvres. Il a visiblement un pincement au cœur de ne plus rien reconnaître dans ces lieux qui sont encore *chez lui*, en 1963.

Je vérifie qu'aucun collègue hyper zélé – comme j'ai pu l'être aussi – ne fait des heures sup' ce soir, et je mène Max à mon bureau. Il s'y installe et regarde autour de lui.

– C'est donc ce à quoi ressemble une agence de pub en 2015…, dit-il comme pour lui même.

Je lui allume l'ordinateur. Contrairement au MacBook ramené en 1963, celui-ci a une connexion Internet. Google Earth, Street View, Wikipédia… Max est ébahi. Il joue avec pendant de longues minutes. Mais de lui-même, il se redresse :

– Je pourrais y passer des journées entières. Mais ce n'est pas cela dont j'ai le plus envie.

Il me caresse la joue et vient mordiller ma lèvre supérieure.

Nos désirs sont parfaitement synchrones. Et je n'ai pas l'humeur d'attendre.

Nous quittons Sullivan inc. pour rejoindre mon appartement.

Le trajet est une délicieuse torture. Max se concentre sur la route tout en me lançant des regards qui trahissent son désir. Moi, je brûle d'attendre sur le siège passager. Je me retiens de le toucher, de peur de ne pouvoir garder mon self-control.

À peine nous garons-nous au pied de mon immeuble que mon portable vibre. C'est un texto du labo.

[Emily Green : Négatif ; Max Whitman : Négatif]

Que demander de plus ? Je vais finir par vraiment croire aux signes du destin.

Max m'a vue regarder l'écran. Il a compris.

Il lâche le volant et se tourne vers moi. Les lumières nocturnes de la ville créent un halo feutré dans la voiture. Le moteur est coupé, mais les enceintes balancent encore du Radiohead.

Je jette un œil de côté, par la vitre de la voiture : personne sur les trottoirs. Nous sommes garés dans l'ombre, entre deux hauts camions, et mon immeuble est presque dans une sorte de cul-de-sac. Il en faudrait vraiment beaucoup pour que l'on nous surprenne !

Nous nous penchons l'un vers l'autre et nos bouches se trouvent de nouveau, affamées, voluptueuses, électriques. Ses baisers sont gorgés d'amour et de désir. Il sait parfaitement ce qu'il fait. Il attise un feu en moi qui n'attend que de jaillir.

Sa langue explore ma bouche profondément. Ma poitrine se soulève de plus en plus à chaque inspiration. Nos mains se joignent et se prennent. Elles jouent avec nos cheveux, nos nuques.

Nous attendions ce moment avec impatience. C'est comme s'il n'y avait pas assez de temps pour tout vivre en une seule journée : découverte du XXIe siècle, être ensemble, se regarder, rire… Et aussi faire l'amour. Nous voulons tout, tout de suite. En fait, à cet instant précis, il n'y a qu'une chose que je veux…

Lui.

J'allonge le bras vers son entrejambe. Son désir m'excite au plus haut point. Alors que nos langues se goûtent toujours, il gémit, et je sais qu'il me veut, là, maintenant, de manière pressante, irrépressible.

Ce souffle de liberté m'affranchit de mes appréhensions. Je me penche par-dessus le frein à main et me baisse à hauteur de sa braguette. Sa main court le long de mon dos, glissant avec délicatesse et empressement sous ma chemise. Je continue de caresser lentement son membre toujours emprisonné. Je prends mon temps exprès. Je fais monter son envie.

– Tu veux me tuer ? me lance-t-il en riant.

– Si c'est pour mourir de désir, ça ne te tente pas ? lui répliqué-je en souriant.

– Pas avant que j'aie senti ton corps contre le mien ce soir. Après, on verra, c'est à discuter.

Je descends la fermeture éclair de sa braguette. Enfin, je le prends en bouche, jouant de ma langue, le mordillant doucement. Max tressaille à chaque fois. Ses mains viennent se perdre dans mes cheveux à présent.

Je sens en moi un désir plus intense, comme une vague de chaleur.

Je n'ai jamais été aussi confiante et libre. J'assume ma féminité, mes désirs et mes fantasmes les plus fous.

– Emily, arrête tout de suite, dit soudain Max.

– Quoi, qu'y a-t-il ? fais-je vivement en me relevant.

Quelqu'un sur le trottoir ?

– J'ai envie de toi maintenant, dit-il ardemment. Je veux te prendre. Tout de suite. Montons chez toi.

Je vois le feu dans son regard. Tous mes sens s'aiguisent instantanément. Mon corps entier devient électrique.

Je le veux en moi sur-le-champ.

Max se rhabille, et nous sortons vivement de la voiture. Il fait le tour et me rejoint sur le trottoir, juste devant la porte d'entrée de l'immeuble. Nous n'en pouvons plus d'attendre. Il se jette sur moi pour m'étreindre et m'embrasser. Nous ouvrons la porte avec empressement, direction l'ascenseur.

Ça me paraît interminable !

Nos paroles sont devenues vaines, il n'y a que nos caresses et nos baisers. Nous nous engouffrons dans la cabine et montons. Il me plaque contre le miroir. J'enroule mes jambes autour de lui et il me dévore le cou, totalement insatiable.

Ivres de désir, nous entrons finalement dans mon petit chez-moi.

Enfin !!

La porte à peine refermée, Max déboutonne en hâte ma chemise. Je fais de même avec la sienne. Les vestes tombent. Les vêtements s'amoncellent à nos pieds. Le désir est puissant, impérieux, il nous dicte tout.

Max m'embrasse les épaules maintenant dénudées. Ses mains voyagent sur mes seins, puis dans mon dos. En un instant, mon soutien-gorge est dégrafé. Max perçoit ma surprise.

– Ce système-là n'a pas trop changé en cinquante ans, fait-il avec un clin d'œil.

Mes doigts jouent avec ses cheveux fous, le décoiffant davantage, pendant qu'il fait glisser la petite fermeture sur le côté de ma jupe. Elle tombe sur le sol en un éclair. Max vient tout contre moi, nous plaquant contre la porte d'entrée. Il niche sa bouche à la naissance de mon cou, me procurant des frissons invraisemblables. Il glisse sa main dans ma culotte. Je tremble de sentir ses doigts contre mon sexe.

Je lâche des gémissements de plaisir, paupières closes, parcourue de frissons de délice. Max titille mon clitoris durci d'excitation.

Mais il le touche délicatement, adroitement…

Ses caresses expertes me rendent folle. Je me tortille. J'agrippe son poignet et lui intime d'aller plus loin. Il comprend instantanément et exauce mon souhait.

De mon côté, j'atteins sa ceinture, que je déboucle avec une aisance que je ne me connaissais pas. Je baisse son boxer et libère son sexe, que je ne me prive pas de caresser. Je frémis de désir.

Vite !

Je baisse ma culotte d'un geste et le guide en moi.

Pas de préservatif…

Nous gémissons à l'unisson.

– Je crois que cette idée de laboratoire n'était pas si mauvaise finalement, murmure-t-il en souriant.

Je lâche un éclat de rire. Quoi ? *Pas si mauvaise* ? Arrêter le préservatif entre nous, c'est la sensation la plus intense, la plus ahurissante que j'ai jamais pu ressentir.

J'enfonce mes ongles dans ses épaules. Il s'agrippe à moi plus fort encore. Mais le désir devient trop intense, il me repose et me guide vers l'intérieur de l'appartement. Nous nous suivons, nus dans la pénombre du soir, avec pour seules lumières celles de la ville luisant à travers les fenêtres. Dans ce scintillement, le corps musclé de Max paraît devenir une statue antique en mouvement.

Nous approchons du canapé. Nous nous étreignons, ivres de baisers.

Sans préservatif, je sens en moi son sexe satiné, à la fois si doux et si puissant, sans aucune barrière, sans plus aucun obstacle. S'offrir chacun à l'autre ainsi me fait vibrer d'amour. Car oui, c'est bien de cela qu'il s'agit. Nos corps, unifiés *totalement* pour la première fois, se livrent mutuellement sans ambages et nous permettent de vivre cette union charnelle éternelle existant de tout temps entre un homme et une femme – quelle que soit l'époque. Pour nous, le destin aura été l'étincelle, mais il nous fallait faire durer cette flamme, et ce qui se joue entre Max et moi tient plus de l'incendie ravageur que du feu de cheminée !

Nos yeux ne se quittent pas. Nous communions dans la même vibration de volupté, la même *éternité d'amour*.

Nos voix maintenant ne s'éteignent plus, et en un son continu, elles accompagnent un immense vent de jouissance qui s'élève, monte, et qui est désormais inévitable. Tout s'emballe et devient frénétique. Je ne distingue plus rien de net. L'effervescence est à son comble quand soudain nous atteignons l'orgasme. Nos cris se mêlent, nos regards se harponnent et ne se quittent pas. L'exaltation est immense. Je tremble, je tressaille et je gémis, sans contrôle et sans fin.

Max à mes côtés, son corps contre le mien. Nos respirations ralentissent à peine. Nos cœurs battent toujours au galop. Nos doigts s'entremêlent et il n'y a qu'une chose que nous pouvons articuler à l'unisson :

– Je t'aime.

20

EST-CE VRAIMENT UN JEU ?

Appartement d'Emily, Little Italy.
10 h 25. Jeudi 3 décembre 2015.

Nouveau réveil dans les bras de Max, mais cette fois en 2015. *Encore une première fois !*

Nous nous aimons par-delà les époques, follement, furieusement. Nous avons le sentiment d'avoir dompté le destin. Nous, qualifiés d'*âmes sœurs* par Donald et les voyageurs du temps, nous sommes trouvés. Je suis passée en 1963, guidée par une force mystérieuse, retrouver celui qui est fait pour *moi*. Et maintenant, cet homme est là, dans mon époque, et nous vivons un amour plus-que-parfait. Car je suis aussi faite pour *lui*.

Que nous réservent les temps à venir ? Va-t-on faire une garde temporelle alternée ? Chez moi ou chez lui une semaine sur deux et la moitié des vacances scolaires ? Max restera-t-il ici avec moi ? Je n'en sais rien, mais il est impossible qu'un bonheur pareil, dicté par le destin, ne trouve sa propre voie. Cette voie que nous sommes en train d'inventer, passionnément, éperdument, jour après jour.

Un coup d'œil à l'horloge. Presque 10 h 30. Je devrais être à l'agence depuis une heure. Mais je ne peux pas laisser Max. Vivre ce que nous vivons tous les deux est trop important. Je ne peux pas le remettre à plus tard. Je sais qu'il va me falloir trouver un moyen, une solution. Carmen peut bien se débrouiller vingt-quatre heures sans moi, non ?

Je me retourne vers Max pour le trouver, mains derrière la tête, yeux ouverts fixés au plafond. Ses yeux noisette se posent sur moi. Il sourit en découvrant légèrement les dents. Ça me fait fondre à chaque fois. Il est juste méga craquant, là, torse nu, dans *mon* lit !

Nous nous étreignons tendrement.

– Quel plaisir de sentir la chaleur de ton corps contre moi, me susurre-t-il.

Ses lèvres glissent dans mon cou. Je l'embrasse sous l'oreille. Il sent si bon.

Mais nous avons hâte de continuer notre visite du XXIe siècle. Je sors du lit et me faufile sous la douche. L'eau chaude me fait du bien. Mais soudain, le rideau s'ouvre. Max est là, entièrement nu.

– Pardonnez-moi, mademoiselle, mais reste-t-il une place dans votre cabine ? me fait-il nonchalamment.

– Je ne sais pas. Il faudrait peut-être essayer, pour voir ? lui réponds-je, coquine.

Il n'attend pas et me rejoint. Il rabat le rideau derrière lui. Nos corps humides, chauffés par l'eau et le désir, entrent en contact, comme naturellement aimantés. Nos bouches se dévorent et je m'adosse contre le mur, prête.

***

Alors que je me sèche les cheveux, Max, habillé, a allumé la télévision. Il a mille remarques sur cette vitrine de notre époque.

Mais il est particulièrement captivé par les publicités.

– Il y a des choses que je n'aurais jamais imaginées, même dans mes fantasmes les plus fous, dit-il en secouant la tête lentement.

Même si on n'a pas le droit d'utiliser des idées venues d'un autre temps, je *sais* que Max, avec son esprit créatif et avant-gardiste, se nourrit de tout ce qu'il voit. Et s'il retourne en 1963, je crois que cela pourrait donner des choses très intéressantes.

– As-tu une idée de ce que tu voudrais faire ce matin ? lui demandé-je.

– Tu m'avais parlé du cinéma en 3D. C'est quelque chose de courant ? Peut-on en voir à New York ?

– Oui, bien sûr ! Tiens, je vais regarder le programme, répliqué-je en prenant mon smartphone.

Je viens m'asseoir sur ses genoux pour parcourir mon petit écran. Il passe ses lèvres sur mes épaules dénudées en me caressant la poitrine.

– Il y a une séance dans vingt minutes à deux pas d'ici. OK pour toi ?

– Vingt minutes, c'est un peu court, non ? répond-il en accentuant ses caresses.

Le désir monte *de nouveau*.

– Une autre séance d'ici une heure ? parviens-je à murmurer sous ses baisers.

– Ça me semble plus raisonnable, fait-il d'un ton rauque de désir.

***

L'ouvreuse déchire nos tickets. Nous pénétrons dans la grande salle du multiplexe. Une fois que nous sommes confortablement installés, Max sort son paquet de cigarettes.

– Mais non, pas ici ! le grondé-je gentiment.

– Ici non plus ? s'exclame-t-il. Mince alors. Je comprends maintenant pourquoi tout le monde est scotché à son téléphone en 2015 : les gens n'ont plus rien à faire de leurs doigts, glisse-t-il moqueusement.

Le film démarre. Nous enfilons les lunettes. Les premières images apparaissent. Max est médusé. Il n'en revient pas. Je souris à pleines dents, réjouie de son émerveillement. Mais après quelques minutes, je sens l'enthousiasme de Max redescendre.

– Ça va ? Tu n'aimes pas le film ? lui chuchoté-je.

– Si, si. Tout va bien, répond-il simplement.

Je vois bien que *quelque chose* cloche. Je laisse passer. Il m'en parlera peut-être après la séance. Mais plus le temps avance, plus il se tortille sur son fauteuil.

– Max. Tu n'as pas l'air d'aller…

– Ça va, ça va… Ça va passer sûrement.

– C'est peut-être la 3D ?

– Possible…

– En tous les cas, tu ne peux pas rester comme ça. Sortons prendre l'air. On reviendra une autre fois pour la fin du film, lui souris-je.

Mais lui ne sourit pas.

Nous nous frayons discrètement un passage entre les genoux des spectateurs et les dossiers des fauteuils. Je le tiens par la main et le guide vers la sortie. Une fois dehors sur le trottoir, il nous faut quelques secondes pour que nos yeux s'habituent à la lumière du jour. Je me tourne vers Max.

Mon Dieu !

– Max ! m'écrié-je.

Il est plié en deux, se tenant difficilement au mur.

– Qu'y a-t-il ?! Parle-moi.

– Je… Je ne sais pas, balbutie-t-il.

– Mais que ressens-tu ?

– Des douleurs. Partout. Ça devient de plus en plus intense. Je…

Sa voix se perd dans un pic de douleur.

Mon téléphone sonne.

Foutremerde ! C'est pas le moment !

Je ne réponds pas et j'essaie de soutenir Max du mieux que je peux.

– Viens, on va retourner à la voiture. Je vais t'amener à l'hôpital.

– Mais… Et mon identité ? parvient-il à articuler.

– On se débrouillera ! Ils ne pourront pas laisser quelqu'un dans cet état sans rien faire.

Je commence à réellement m'inquiéter. Mon cœur bat plus vite et l'intérieur de mon corps se refroidit. L'angoisse me fait frissonner.

Mon téléphone sonne encore.

Putain, mais c'est pas le moment !

Je le prends dans mon sac pour le mettre en mode silencieux. Mais sur l'écran, un nom : Serena. Ça tilte dans ma tête : ce n'est pas un hasard.

Vite, je décroche tout en soutenant Max.

– Serena ?

– Emily ! s'écrie-t-elle. Vite, reviens ! Max est en danger. Quelque chose de…

– Il se sent mal ! l'interromps-je.

– Venez à la librairie. Tu n'as pas une seconde à perdre.

Soudain, Max s'effondre. Je crie. Mais autour de nous, personne. La petite allée sur laquelle donne la sortie du cinéma est vide. Je range en vitesse mon téléphone et soulève Max avec toute la force dont je suis capable.

Ensemble, nous parvenons péniblement à avancer. Heureusement, la voiture est juste à côté de l'entrée du parking. Je le fais basculer côté passager et claque la portière. Je cours de l'autre côté et démarre en trombe. Max respire difficilement.

Mais que lui arrive-t-il ?!

J'ai le cœur qui bat à cent à l'heure. Des perles de sueur glissent sur mes tempes. Surtout, garder la tête froide. Se concentrer et se dépêcher. Respirer lentement. Voilà. Ne penser à rien d'autre. Ne pas penser au pire. Ne PAS penser au pire.

La circulation à cette heure est fluide. Cela ne m'empêche pas de griller deux feux rouges. Le compteur de vitesse s'affole. Avoir un accident ne ferait qu'empirer les choses, mais j'ai du mal à me raisonner et, malgré moi, mon pied appuie sur la pédale de plus en plus fort. Les immeubles défilent à toute allure. Une voiture ralentit devant moi. Je vire à gauche pour la dépasser. Mais je n'avais pas anticipé : une voiture vient en sens inverse ! Je vois le regard écarquillé du conducteur. Il tourne le volant à fond. Moi aussi.

Bang !

Les rétroviseurs se cognent. Nous nous évitons de justesse. J'entends son klaxon hurler derrière nous. Mon cœur bat jusque dans mes tympans. Nous sommes presque arrivés. Je vois la devanture de la librairie. Je freine en faisant crisser les pneus. Pas le temps de me garer. La poitrine de Max se soulève de plus en plus difficilement. Il est livide.

Serena court vers nous sur le trottoir. Elle a compris l'urgence de la situation. Je sors de la voiture tandis qu'elle ouvre la portière passager.

– Mon Dieu ! s'écrie-t-elle en voyant Max.

Pas le temps de réfléchir, nous le prenons à deux, chacune un bras sous ses aisselles.

– Que se passe-t-il, Serena ? lui lancé-je dans un souffle.

– Max ne devait pas sortir de l'arrière-boutique. Je ne le savais pas. Il aurait fallu simplement que vous vous voyiez, que vous vous embrassiez, puis qu'il reparte directement en 1963 ! Phoebe pensait que c'était évident. Que ça tombait sous le sens !

Ça tombait sous le sens ?! Mais de quel sens parle-t-elle ? Le même sens logique qui m'amène à voyager dans le temps grâce à un ascenseur ?! À me promener cinquante ans en arrière comme si je me baladais dans Central Park ?! Mais où est la logique là-dedans ?

Nous entrons dans la boutique. Le carillon sonne. Phoebe est là, l'air grave mais pas accusateur. Elle nous aide immédiatement à soutenir Max.

– Max ? Tu m'entends, Max ? tenté-je alors que nous contournons le comptoir en bois.

Il murmure quelque chose d'inaudible.

– Vite, il faut le renvoyer dans son époque, fait Phoebe d'une voix blanche. Il n'en a plus pour longtemps.

Je sens des larmes monter. Mais ce n'est pas le moment de me laisser aller.

Nous installons Max à terre sur un coussin, au milieu de la petite pièce sombre.

– Vite, la fleur ! m'intime-t-elle.

Je sors le pendentif que je serre aussi fort que je peux.

– Je pars avec lui, glissé-je à Phoebe.

– Surtout pas ! s'écrie-t-elle. L'accompagner risquerait d'empirer les choses et de le mettre en danger.

J'accuse la nouvelle.

– Je sors maintenant avec Serena, dit-elle. On doit vous laisser seuls. Faites ce qu'il y a de mieux pour lui. Pas d'imprudence.

Vite, elles ferment la porte de l'arrière-boutique.

La pénombre me permet à peine de distinguer les traits de Max. Il respire de moins en moins. Je suis à genoux à ses côtés. Des larmes coulent le long de mes joues. Je ne peux les en empêcher. Je ferme les yeux. Je me concentre avec toute l'énergie dont je suis capable.

– Je… je t'aime, Max, murmuré-je en hoquetant.

Il est tout entier crispé de douleur. Il semble vouloir bouger les lèvres, mais rien ne sort.

Et soudain, il disparaît, comme évaporé dans les airs.

Je cligne des yeux. Je tremble et je respire vite et fort.

Il est parti.

Je me relève difficilement. Je sors de l'arrière-boutique. Serena et Phoebe me regardent, le visage grave.

– Phoebe…, articulé-je, il va… Il va survivre, non ?

Son regard calme est douloureux et profond.

Elle inspire, puis :

– Je suis désolée, Emily. Tellement désolée.

V

REVIENS-MOI !

21

ERREURS ET CONSÉQUENCES

Librairie ésotérique de Phoebe, Greenwich Village.
14 h 13. Jeudi 3 décembre 2015.

Je me sens défaillir. Ma vue se brouille et mes jambes cèdent sous moi. Je tente de me rattraper au comptoir en bois. Serena se précipite pour me soutenir et me retient de justesse. Mon cœur bat fort dans ma poitrine.

Ce n'est pas possible…

Ça ne peut pas être vrai…

Je suis en train de rêver…

C'est un cauchemar…

Max avait enfin réussi à me rejoindre dans *son* futur, ici en 2015. Nous avons passé ensemble des moments de bonheur extraordinaires, et voilà qu'en l'espace de quelques instants, tout s'est emballé, le monde s'est comme retourné, et Max s'est effondré. Il est parti maintenant, évaporé dans les airs, disparu…

À jamais ?

– Emily ! Emily ! Parle-moi. Ça va ? me souffle vivement Serena en me retenant dans ses bras.

Mon cerveau est embrouillé. J'ai du mal à articuler, et le visage de mon amie m'apparaît brumeux. Phoebe s'approche. Je sens une pression douce sur mes tempes et une forte odeur de plantes et d'alcool. Ça me file un coup de fouet immédiat.

Je me redresse, m'assieds et tousse un bon coup.

– Ça va, ça va aller, merci, parviens-je à articuler.

J'entends ma voix comme venant d'ailleurs. Serena me caresse le dos.

– Phoebe, reprends-je en la regardant par en dessous... Qu'est-ce qui s'est passé ? Tout a été si vite. Je n'ai rien vu venir. Je vous en supplie, dites-moi ce que vous savez.

Elle prend un temps de réflexion, puis :

– Le voyage dans le temps est quelque chose de bien plus complexe et dangereux que vous ne le croyez. Ce n'est pas pour rien que ces aventures doivent rester confidentielles. Plusieurs fois, vous avez voyagé vers le passé. Vous n'avez rencontré aucun souci particulier, et c'est une chance. Le destin était en votre faveur. En 1963, vous n'existez pas encore. C'est un peu comme si vous évoluiez dans un autre monde que le vôtre. Les risques y sont moindres. Mais naviguer vers le futur, c'est bien différent. Max a une vie après 1963. S'il voyage dans le futur, il interrompt le cours de sa vie et crée ce qu'on appelle un *paradoxe temporel*. Une faille en quelque sorte. Son corps ne peut pas résister longtemps en 2015. On ne peut pas jouer innocemment avec ces choses-là.

Jouer innocemment ? Comme si on m'avait donné le mode d'emploi ! Je n'ai rien demandé, moi, ça m'est tombé dessus tout seul. C'est vrai, quoi, ce n'est pas moi qui joue avec le temps, c'est le destin qui joue avec moi.

Je me sens tout de même coupable : Donald nous a mis en

garde ; il nous a bien dit de faire attention. Mais comment savoir ce qu'il faut faire et ne pas faire ?

Serena s'est relevée et a mis la bouilloire en route.

– Phoebe ? fais-je en retenant mes larmes.

– Oui ?

– Je peux utiliser la porte temporelle de la librairie pour aller voir… Si Max va bien ?

Elle a l'air troublée par ma question.

– Je suis navrée, Emily, me dit-elle doucement. Ce n'est plus possible. Je ne sens plus la présence de la porte. Vos histoires ont dû créer des interruptions dans les canaux temporels, et les connexions entre les sas se sont rompues.

Une boule monte dans ma gorge.

– Vous avez mis un sacré bazar, murmure-t-elle, l'air songeur, comme si elle avait déjà vécu ce genre de situation.

Je sens mon monde s'écrouler. Je me relève lentement.

– Tu ne veux pas une boisson chaude ? me demande Serena. Ça te ferait du bien, tu sais.

Ce qui me ferait du bien, c'est de revoir Max…

En vie.

– Non, lui réponds-je faiblement. Je vais y aller.

Je me dirige comme un zombie vers la sortie.

– Emily ! appelle Serena. Tu t'en vas comme ça ?

– Oui, je gère, ne t'en fais pas, lui réponds-je en tentant un faible sourire.

Mais juste avant d'ouvrir la porte, je me retourne de nouveau :

– Juste une supposition, Phoebe…

– Oui ?

– Si jamais je voyageais grâce à une autre porte temporelle, est-ce que ça mettrait Max en danger ?

– Non, pas dans ce sens-là.

– OK.

– Faites attention à vous, fait Phoebe doucement.

– Merci, lui soufflé-je. Merci pour tout ce que vous avez fait.

Serena et Phoebe me sourient, pleines d'empathie.

Le carillon sonne derrière moi et un vent frais se glisse entre les pans de mon manteau. J'ai froid, dehors et dedans. Mais je me reprends. La porte temporelle de la librairie ne fonctionne plus ? Il faut en trouver une autre ! Et en premier lieu, réessayer la seule que je connaisse pour l'instant :

Danny.

Je passe ma manche sur mes yeux pour les sécher et j'accélère le pas. Une petite pluie fine se met à tomber. Le monde est contre moi, ou quoi ?

Je m'en fiche. Le destin peut bien mettre autant d'obstacles qu'il veut entre Max et moi, je les surmonterai tous, un par un, peu importent le temps et l'énergie qu'il faudra.

Arrivée au pied du Caraway Building, j'ai un moment d'hésitation. Je suis censée être malade, pas au boulot. Si les gens de Sullivan inc. me voient en pleine promenade, ils risquent de se poser des questions. Enfin, quand je dis « les gens de Sullivan inc. », je pense surtout à Voldemort ! Si jamais Carmen m'aperçoit, il va falloir que je trouve autre chose que les mensonges pitoyables que je lui sers depuis deux jours. Sinon, elle risque de ne pas me louper.

Je pénètre dans le grand hall bondé. Quarante étages de bureaux, ça draine une sacrée population ! Je suis attentive : il s'agit de ne pas me faire repérer. Mes yeux courent de visage en visage, vérifiant qu'il n'y a personne qui me connaisse. J'avance à pas de loup, en longeant le mur. Les seuls qui me prêtent attention sont les vigiles et le concierge. Mais c'est de courte durée : ils savent qui je suis et doivent simplement se dire que mon comportement couve un burn out carabiné.

Enfin, j'arrive au niveau des ascenseurs. La foule y est compacte et les cabines déversent à intervalles réguliers leur lot de costards et de tailleurs noirs et gris. Mais il y a une bonne nouvelle : je ne vois plus de réparateurs travaillant sur Danny ! Deuxième bonne nouvelle : il n'a toujours pas l'air de fonctionner. C'est un bon point, cela signifie peut-être que ma porte temporelle est toujours opérationnelle.

Enfin, j'espère.

De toute façon, il n'y a pas à tergiverser, il *faut* que cela marche. Je n'ai tout simplement pas le choix. Malheureusement, impossible de le savoir pour l'instant : je n'arrive pas à me retrouver seule – condition requise pour le voyage. Les allées et venues des businessmen et businesswomen sont incessantes.

Il me faut trouver un hall plus tranquille. Je monte dans l'une des cabines en trottinant au sein d'un petit groupe de personnes en pleine conversation, à l'air très sérieux, répétant à l'envi les mots « ASAP » et « rétroplanning ».

L'ascenseur s'ouvre et se referme quasiment à chaque étage. Il y en a pour des heures ! Le stress monte. Je revois les images de Max, si fébrile, souffrant atrocement. Le souvenir de ces instants de douleur ravive en moi une sensation de nausée que je tente de camoufler. Je prie intérieurement pour qu'il aille bien. Mais comment le pourrait-il alors que je l'ai vu, quasiment mourant, disparaître, comme s'il se désintégrait dans les airs ?

Mon cœur bat, mais je ne dois pas me laisser aller. Le plus important pour l'instant est de trouver un étage calme dans lequel je pourrai me retrouver seule, et enfin appeler Danny.

Les étages se succèdent à une lenteur désespérante. Je trépigne. Enfin, les portes s'ouvrent sur un hall quasiment vide.

C'est ma chance !

Je me glisse à l'extérieur, mais je tressaille : c'est le trente-sixième ! C'est *mon* étage. Vite, je me retourne, mais trop tard : l'ascenseur est déjà reparti. Je suis coincée. Je regarde autour de moi précautionneusement. Il s'agit de ne pas se faire pincer.

– Emily ! Tu es là ?!

Je me retourne en sursaut.

– Ah, Olympia ! fais-je, à demi soulagée. C'est toi...

– C'est génial de te voir ! s'exclame-t-elle. Ça veut dire que ça va mieux ! Tu te fais rare à l'agence depuis ta présentation White-Rose. D'ailleurs, bravo, il paraît que t'as assuré un max. Tu nous as manqué, à Agnès et à moi. Elle a des trucs à te raconter, je te dis pas !

Et elle part d'un rire pétillant, comme à son habitude.

J'aimerais tellement qu'elle ne parle pas *si fort*. Je regarde autour de moi comme un lièvre pris en chasse. Je dois avouer que si, d'ordinaire, c'est un plaisir de voir Olympia, là, ce n'est juste *pas le moment*.

– Oui, j'en suis sûre, bafouillé-je, mal à l'aise.

– Qu'est-ce qu'il y a, Emily ? Quelque chose ne va pas ? Un problème ? fait-elle vivement.

– Non, non, non, répliqué-je en vitesse. Un... Comment dire... Souci. Avec mon petit ami. Un truc de... De santé. Je suis un peu inquiète, voilà tout.

– Ton mec ?! Le fameux monsieur Longue-Distance ? Waouh, alors ça devient sérieux ? Vas-y, mais raconte. T'as des news, il faut les partager !

Le ton *super potins* d'Olympia me donne un coup au cœur. Nos discussions sont généralement enjouées, mais là, c'est complètement à côté de la plaque. Merde, quoi ! Max est peut-être...

... Peut-être mort ?

Je frémis à cette idée. Et puis, qu'est-ce que j'ai dit ? « Petit ami » ?

Ce mot paraît si futile en ce moment tragique. Je regarde Olympia dans les yeux, mais elle ne semble pas deviner, ni comprendre qu'il y a quelque chose de grave. Et je ne veux rien lui dire. Pas là, pas maintenant. En cet instant, je me sens tellement éloignée de tous ces petits cancans de boulot… Les larmes me montent aux yeux. Surtout, ne pas laisser Olympia s'en rendre compte. Elle me poserait des questions auxquelles il faudrait répondre.

Je piétine nerveusement et prie pour que Carmen ne nous surprenne pas en flag', là, en train de discuter mecs dans le couloir, Olympia en pause intempestive, et moi en pleine école buissonnière.

– Bon, Olympia, je te laisse, il faut que je coure, lui fais-je avec le meilleur sourire dont je suis capable en ce moment. Je te vois plus tard, hein ?

– Euh… OK, répond-elle, un peu déroutée par mon comportement.

– Et, bien sûr, tu ne m'as pas vue, n'est-ce pas ? lui chuchoté-je avec un clin d'œil.

– Oui, oui, bien entendu, articule-t-elle, se rendant finalement compte que quelque chose ne tourne peut-être pas rond.

Je file vers l'escalier en lui faisant un bref geste de la main. Une fois la lourde porte de métal refermée derrière moi, je m'y adosse un instant, fermant les yeux et soufflant pour reprendre mes esprits. Je grimpe quatre à quatre les marches vers le *rooftop*. C'est probablement ma seule chance. Une fois arrivée à destination, j'ouvre la porte.

Yes ! Il n'y a personne.

C'est un peu l'heure creuse. Personne ne se hâte au bar en plein milieu d'après-midi. Par contre, il faut faire vite, car il y a toujours les fumeurs qui profitent de la terrasse du building. C'est le moment de vérité. Je m'approche des ascenseurs et j'appuie sur le bouton.

Je retiens mon souffle. Si c'est une cabine normale qui s'ouvre, c'est la cata. Par contre, si c'est Danny, c'est de bon augure : la porte temporelle est peut-être toujours en fonctionnement.

Je croise les doigts…

Bruit de porte…

C'est Danny !

Ouf !

Je bondis dans sa direction et pénètre dans la cabine. J'appuie sur le bouton et je me laisse transporter à travers les âges. Les portes s'ouvrent au 36e étage : papier peint orange et moquette vert olive.

Je ressens un immense soulagement, puis immédiatement une vive inquiétude : comment va Max ?

Je me précipite dans les locaux de Whitman inc. On me jette quelques regards surpris. Il faut que je me calme. J'attire un peu trop l'attention sur moi. En effet, une jeune femme qui arpente les couloirs comme une dératée, ça n'est pas très discret. Je glisse un œil furtif dans le bureau de Max. Personne. Ce n'est pas bon signe.

Heureusement, je tombe rapidement sur Eunice.

– Oh, mademoiselle Green, quelle bonne surprise !

– Bonjour Eunice, comment allez-vous ? lui fais-je, essoufflée, tentant de garder mon calme.

– Bien, mademoiselle. Très bien. Je tenais à vous remercier pour votre soutien, l'autre jour, lors de ce terrible événement, me répond-elle avec ferveur.

– Ce n'est rien, vraiment, c'est tout naturel, lui répliqué-je en vitesse. Dites-moi, Eunice, où est M. Whitman ? Il ne semble pas être dans son bureau.

– Non, effectivement, voici deux jours que personne ne l'a vu ici. C'est curieux, cela ne lui ressemble pas.

Puis, en baissant la voix :

– Vous savez, reprend-elle, M. Whitman a un comportement un peu « spécial » ces temps-ci. Je ne l'ai jamais vu ainsi. Vous y êtes peut-être pour quelque chose ? murmure-t-elle d'un ton espiègle.

– Je ne sais pas, Eunice, bredouillé-je. Bon, je vais essayer ailleurs.

– Quand vous l'aurez trouvé, dites-lui bien que le directeur de Cadillac souhaite lui parler de sa présentation.

– Je n'y manquerai pas Eunice. Au revoir.

– À bientôt ! lance-t-elle avec un sourire léger.

Quand je vois la bonne humeur de tous ces gens, alors que je me ronge les sangs, j'ai envie de hurler !

La conversation avec Eunice m'a donné un coup au cœur. Je commence à véritablement paniquer. Il va maintenant falloir partir à la recherche de Max, en plein New York de 1963. Vais-je en être capable ?

Et puis, tout à coup, une pensée me fige : et si Max – quel que soit son état – n'était jamais revenu en 1963 ? Et s'il était resté coincé dans ces « canaux temporels », comme les a appelés Phoebe ? Je frissonne. L'idée qu'une imprudence de notre part ait pu mener à la perte de Max, à sa *disparition totale* me glace le cœur.

Je ne sais pas où aller le chercher en premier. Je réfléchis un instant : si, le bar du *rooftop* ! Je m'élance vers les ascenseurs. Arrivée en haut, je file vers la baie vitrée et déboule en trombe dans le salon feutré. À cette heure-ci, il n'y a personne. Le barman – un jeune blondinet à l'air sévère – astique soigneusement le zinc. Je m'approche et lui demande s'il n'a pas vu Max dernièrement.

– M. Whitman ? Non, cela fait déjà quelque temps, répond-il de manière évasive.

– Pardonnez-moi, mais en êtes-vous *sûr* ?

– Absolument certain ! C'est celui qui nous laisse les plus gros pourboires, alors vous pensez bien que je m'en rends compte quand il n'est pas là ! éclate-t-il d'un rire insolent.

Je ne relève pas, mais j'insiste :

– Et… et Donald ?

– Donald ? Le barman ? fait-il, tout étonné.

– Oui, Donald qui travaille ici.

– C'est curieux que vous posiez la question, parce que, justement, on ne l'a pas vu de la journée. Et hier non plus. À mon avis, le boss ne va pas apprécier. Quand il montrera le bout de son nez, il va très probablement se faire vir…

– Oui, oui, merci, l'interromps-je. Bon après-midi. Au revoir.

Il me salue d'un ton incertain, et je reprends ma course vers ma prochaine étape : l'appartement de Max.

En sautant dans l'ascenseur, je bouscule légèrement deux fumeurs, clopes encore éteintes au bec, qui me regardent avec surprise. Je m'excuse de manière confuse, interrompue par la fermeture des portes.

Note pour moi : essayer d'être un peu plus discrète.

J'ai bien compris maintenant qu'il faut faire profil bas : les voyages dans le temps ne sont pas des choses à prendre à la légère. Je paie cet apprentissage au prix fort.

À chaque étage, de nouvelles têtes entrent et sortent, papotant, réfléchissant, ou se curant le nez en douce. Toute cette vie, si légère et anodine, me rend furieuse. Personne ne peut donc voir que je suis en plein drame ? Que la mort est là, toute proche ?!

Non, personne.

Et c'est malheureusement complètement normal. Les rires emplissent régulièrement la cabine, et cela me serre le cœur à chaque fois. Mais je ne dois rien laisser paraître. Je suis toute à mes pensées, quand tout à coup :

– Emily !

La femme qui vient de m'appeler joyeusement a posé le pied juste à côté de moi dans la cabine.

– Oh... Betty. Bonjour, bredouillé-je.

C'est pas vrai ! Combien de fois va-t-il falloir que je fasse semblant ? Que je montre un visage enjoué alors que je meurs en dedans ?

Betty a dû venir rendre visite à son mari Aaron au travail. À entendre son ton, nous sommes devenues les meilleures amies du monde depuis la *party* qu'ils ont organisée l'autre soir dans leur maison du Connecticut. Elle me serre dans ses bras avec effusion, force gestes, dans un flot de paroles et de rouge à lèvres.

– C'est le timing parfait ! s'exclame-t-elle. Ma chère Emily, je me rends à une réunion Tupperware au bar du *rooftop*. Venez vous joindre à nous, il y aura toutes les épouses des cadres du Caraway. C'est vraiment un moment délicieux à chaque fois. C'est *exactement* ce qu'il vous faut.

Exactement ce qu'il me faut ? Même dans mon état, je réprime un léger rire.

– Je suis désolée, Betty, je suis vraiment très pressée, m'excusé-je avec un sourire poli. J'apprécie votre invitation, mais ce sera pour une autre fois.

– N'attendons pas la prochaine réunion. Il faut ab-so-lu-ment que nous prenions un verre toutes les deux.

– Oui, oui..., articulé-je machinalement.

Heureusement, notre conversation est interrompue par l'ouverture des portes au rez-de-chaussée. D'un geste, je prends congé de ma nouvelle meilleure amie et je file à travers le hall en m'empêchant de courir.

Bizarre quand même, cette Betty. Elle m'a rejointe dans l'ascenseur qui descendait alors qu'elle allait au bar du *rooftop*... Elle doit vraiment vouloir qu'on devienne copines.

Je mets de côté ces pensées pour me concentrer sur mon objectif : l'appartement de Max.

Rien n'est plus frustrant que de s'obliger à marcher alors que l'on est pressé. Je ne veux pas faire de vagues en 1963 et tiens à passer aussi inaperçue que possible. C'est une torture ! Mes talons claquent sur le trottoir en un rythme d'une lenteur désespérante.

Enfin, j'y suis. Le ciel est sombre et menaçant. L'immeuble de Max paraît gris et morne aujourd'hui.

Est-ce que je me fais des idées ?

Je pénètre dans l'entrée. Aucun signe du concierge. Je ne peux pas monter directement dans l'ascenseur, il y a une porte fermée à franchir. Mais à droite, sur le mur, un gadget furieusement moderne : un interphone ! Je presse vivement sur le bouton « Whitman ».

Aucune réponse.

Je sens mes tripes se retourner. Je me mets à trembler.

Je sonne de nouveau. Puis encore. Furieusement. Désespérément. Quand soudain, un bruit électrique : on m'ouvre la porte. Je cours, pétrie d'angoisse. J'ai du mal à avaler ma salive tant l'inquiétude m'étrangle. Enfin, l'ascenseur s'ouvre au dernier étage. Le couloir est baigné d'une faible lumière : la porte de l'appartement de Max est ouverte. Je retiens mon souffle. J'avance avec prudence, oubliant ma frénésie.

Je pose un pied dans l'entrée.

J'ai un cri de surprise.

Là, debout, devant moi :

– Donald ?!

22

MISE AU POINT

Appartement de Max, Madison Square Park.
17 h 31. Mardi 3 décembre 1963.

Donald a les traits tirés. De profonds cernes sombres soulignent ses yeux. Il a perdu cette expression un peu juvénile qui le caractérisait. Il est manifestement tourmenté par quelque chose.

De grave ?

– Donald ! m'écrié-je de nouveau. Que… Que faites-vous là ? Et Max ? Où est-il ?

– Il faut qu'on parle, Emily. C'est très important, dit-il en m'indiquant le canapé de la main.

– Ce n'est pas ce que je vous demande ! lui répliqué-je vivement. Max ? Est-il vivant ?!

– C'est une longue histoire. Nous devons parl…

– Stop ! hurlé-je. Excusez-moi, Donald, mais je m'en tape pour l'instant de toutes vos histoires ! On verra ça plus tard. Max a-t-il survécu, oui ou non ?!

L'air contrit, il ouvre la bouche pour répondre, mais il est aussitôt interrompu par un mouvement au fond de la pièce. Je lève les yeux. Là-bas, sortant du couloir, se tenant au mur :

– Max !

Je m'élance vers lui à travers la pièce.

– Tu es vivant ! Max !

Je me jette sur lui, dans ses bras. Il m'enlace tendrement. Je repose ma tête contre sa poitrine. Il pose sa bouche sur mes cheveux.

– Tout va bien, Emily. Je suis là. Je vais bien, articule-t-il d'une voix faible.

– J'ai eu si peur, murmuré-je.

Donald s'approche avec un sourire attendri :

– Max, tu devrais rester au lit. Il faut te reposer. Tu es passé par une épreuve très douloureuse. On ne se rend pas compte, mais ce que tu as traversé, c'est plus éprouvant qu'un trek au sommet de l'Everest ! Laisse le temps à ton corps de récupérer.

– Ça va aller, Donald. Ne t'en fais pas, lui sourit Max d'un air malicieux.

Il me serre plus fort dans ses bras. Je ressens une immense vague de chaleur envelopper mon cœur.

– Tu me donnes la force de tout affronter, me chuchote Max.

Je me love encore plus profondément contre lui.

– Alors il est temps de discuter, annonce Donald d'un ton un peu trop solennel à mon goût.

– Je nous fais une tasse de thé, dis-je en me dégageant de la douce étreinte de Max.

Je sens tout à coup que l'atmosphère se détend. Je crois que nous avons tous les trois besoin de relâcher la pression. Donald offre son bras à Max pour l'aider à descendre les quelques marches menant au canapé, mais il refuse et se maintient droit comme un i, passant sa main dans ses cheveux, réajustant son col de chemise d'un geste flegmatique. Ce type est la classe incarnée, même quand il revient de la mort. Je sens mon cœur fondre.

Il est juste parfait.

Depuis la cuisine, je les entends parler, et perçois même quelques rires. Donald et Max ont l'air de s'être rapprochés. C'est dans l'adversité que l'on compte ses amis, n'est-ce pas ?

J'attrape la bouilloire, toute ronde, blanche, et habillée de motifs style Mondrian. Je la remplis d'eau et la pose sur la résistance courbée en escargot. En attendant que l'eau bouille, j'ai le temps d'observer cette cuisine *so sixties*. Les placards du bas sont habillés de bois sombre rainuré, alors que ceux du haut sont peints, soit en jaune, soit en orange. Couleurs reprises sur les assises carrées des tabourets au tissu crêpé épais. Au centre de la pièce, une table blanc crème prolonge le bar, à gauche. Les murs, eux, sont recouverts de briquettes très « New York ». Max a visiblement recouru aux services d'un designer et d'un architecte d'intérieur. Tout est nickel chrome. Faut dire qu'il ne doit pas passer des heures dans sa cuisine. Aussi, elle est comme neuve. À tel point que j'ai le sentiment de me retrouver dans un décor reconstitué des années soixante.

Le sifflement de la vapeur m'interrompt. Je prépare l'Earl Grey dans une belle théière chromée à la poignée noire et j'apporte le tout aux garçons. En arrivant dans le salon, je descends les trois marches menant au canapé. Sur la table basse, ils ont déjà sorti les tasses, cuillères et sucre de la longue commode vitrée aux pieds compas, juste à droite du sofa.

Une fois la boisson servie, nous nous regardons tous les trois dans les yeux. C'est la deuxième fois que nous nous retrouvons dans cette situation : autour d'un verre, Donald nous mettant en garde contre les dangers des voyages dans le temps. Aujourd'hui, l'atmosphère est moins tendue, malgré la catastrophe évitée de justesse. Nous avons bien besoin de souffler. Mais cela ne nous empêche pas d'être attentifs à ce que Donald a à nous dire.

Lui a pris place sur une chaise, dos voûté, genoux un peu écartés et coudes sur les cuisses. Nous lui faisons face, sur le canapé, de l'autre côté de la table basse. Max est assis bien au fond, plaqué au dossier. Je suis, moi, à demi allongée, contre lui. Il m'entoure de son bras et je me réchauffe les mains autour de ma tasse. Je ferme les yeux un instant, savourant cette paix enfin retrouvée.

Donald porte sa tasse de thé à ses lèvres, puis brise ce calme silence.

– Au début, je dois avouer que j'étais un peu excité. Aider quelqu'un à voyager dans le temps, ce n'est pas rien. Je ressentais une fébrilité presque électrique. Ça faisait trois ans que je me tenais à l'écart de toutes ces histoires, alors ça m'a fait quelque chose, il n'y a pas à dire. De plus…

Sa voix se perd. Il hésite un instant, puis :

– De plus, j'avais le sentiment d'œuvrer pour réparer mon erreur. J'avais cette sensation que le destin m'avait guidé vers vous et qu'il était de mon *devoir* de vous aider à vous retrouver.

Il nous regarde intensément en disant cela. Ses yeux bleus brillent. Son émotion est visible.

– Malheureusement, ça s'est gâté par la suite. C'est souvent comme ça, ajoute-t-il en levant les sourcils, comme pour lui-même. Quand je ne t'ai pas vu revenir, Max, le stress est monté en flèche. Je me suis tout de suite dit : quelle erreur ai-je faite ? Qu'est-ce qui a bien pu se passer ? Ma première peur a été d'avoir mal utilisé la porte temporelle. On peut se retrouver coincé à jamais dans les abysses du temps. C'est rarissime, mais c'est tragique.

– Tu as fait très attention, Donald. C'est ma faute, pas la tienne, le rassure Max.

– Ce n'est pas vrai. J'aurais dû te prévenir, mieux te briefer.

Pour Phoebe et moi, cela paraissait si évident que tu n'allais pas rester là-bas, en 2015, que l'on ne s'est pas posé de questions. Comment pouvais-tu savoir ? Je m'en veux.

– Parfois, en cas d'erreur, il n'y a pas de coupable, pas de responsable, réplique Max. C'est juste le destin. Encore une fois, ne t'excuse pas. Tu n'avais pas à faire ce que tu as fait pour moi. Je t'ai forcé la main, je n'ai à m'en prendre qu'à moi-même.

Donald reprend une gorgée de thé. Je note que Max et Donald se tutoient maintenant.

– Phoebe et moi, nous nous sommes regardés, reprend ce dernier. Nous avions tous les deux ressenti au même instant que quelque chose clochait. Mais il y a une chose qu'elle a comprise avant moi : elle ne sentait plus la présence de la porte. Et ça, ce n'est pas bon signe pour la personne qui a voyagé.

– Mais pourquoi n'as-tu pas laissé un mot pour la Phoebe de 2015, comme tu l'as fait pour Max, pour qu'il puisse voyager ? lui demandé-je, passant tout naturellement au tutoiement, moi aussi.

– C'est vrai, pourquoi ? reprend Max.

– C'est une excellente question, répond Donald. Le souci est que cela n'aurait pas fonctionné : le temps aurait passé depuis 1963 dans un monde *sans toi*, Max. Une fois le mot arrivé en 2015, tu aurais succombé depuis bien longtemps.

– Je ne comprends pas. Le destin nous permet de nous trouver, Max et moi, parce que nous sommes censés être des « âmes sœurs ». Alors pourquoi, d'un autre côté, il nous met autant de bâtons dans les roues ? m'exclamé-je, un peu irritée.

– Ce n'est pas clair, effectivement, réplique placidement Donald. Nous connaissons si peu de chose sur ces voyages temporels... Comme si nous étions des hommes préhistoriques comprenant à peine comment faire du feu. Le plus souvent, ce qui arrive est fortuit. Le reste du temps, ce ne sont que des expérimentations.

– Quoi qu'il en soit, Max, lui dis-je en relevant la tête vers lui, je suis tellement désolée. Je m'en veux terriblement. J'aurais tellement voulu que tu puisses visiter 2015 avec moi !

– Toi non plus, tu n'as pas à t'en vouloir. Ce voyage, je l'ai désiré autant que toi, si ce n'est plus. C'est moi qui ai mis tout en œuvre pour venir te retrouver. Je n'en pouvais plus de ne pas avoir de tes nouvelles. Tu m'as terriblement manqué. Tu le sais, et je te le répète. C'est moi qui suis allé voir Donald pour le convaincre de m'aider. Je suis la seule personne ici à être responsable de tout ce qui est arrivé.

– Max…

Je l'embrasse tendrement.

– Tu as dû tant souffrir. Quand je t'ai vu, plié de douleur, tu ne peux pas savoir le mal que ça m'a fait, lui murmuré-je.

– Quand je suis revenu en 1963, je ne respirais quasiment plus. À quelques minutes près, je serais définitivement parti. Heureusement, Phoebe et Donald étaient là et se sont immédiatement occupés de moi. Et, bien sûr, impossible de m'amener à l'hôpital. Expliquer à un médecin que je souffre d'un « syndrome temporel », ça ne nous aurait pas vraiment avancés. Il ne restait qu'à attendre : une fois revenu ici, en 1963, mon état ne pouvait que s'améliorer. Le tout était de savoir si nous n'avions pas dépassé le point de non-retour.

– C'était limite, marmonne Donald en se passant la main sur le visage.

– Ils m'ont ramené ici, reprend Max, et depuis, Donald s'occupe de moi. J'ai peu à peu repris des forces.

– Tu souffres encore ?

– Les douleurs se sont estompées. Mais ça va, je te le promets. Ne t'inquiète pas pour moi.

Ne pas s'inquiéter ? Il plaisante ?

– J'y pense, Donald, fais-je, songeuse, vous aviez décidé de ne plus vous voir avec Phoebe, n'est-ce pas ? De rester à l'écart depuis l'accident ?

– Oui, c'est vrai…, laisse-t-il traîner d'un ton vague.

– C'est donc de notre faute si vous vous êtes revus. On vous a plus ou moins forcé la main avec toute cette histoire, je me trompe ?

Donald rougit, mais il n'élude pas la question.

– Non, pas vraiment. Je ne sais pas, je ressens quelque chose de particulier. Votre histoire résonne en moi de manière spéciale. Ça peut paraître bizarre, mais je prends ça presque comme une mission. Peut-être *la* mission qui me permettra de réparer mon erreur. Et puis, ajoute-t-il en baissant la voix, je dois avouer que cela m'a fait… Plaisir… De revoir Phoebe.

Nous comprenons aisément que Donald est toujours amoureux de Phoebe. Totalement et passionnément, si l'on en croit son expression. Cela me fait de la peine : il tombe follement amoureux de quelqu'un à des décennies d'intervalle (bon, ça, je connais), mais un terrible accident survient, et non seulement il est bloqué dans le passé, mais en plus, il est séparé de la femme qu'il aime ! C'est terrible.

Je n'ose imaginer être dans la même situation. Le destin a ses caprices qui nous font tourner en bourrique ! Et c'est pour ça qu'il faut prendre le taureau par les cornes et se battre.

Donald a visiblement un accès de mélancolie.

– Tu devrais partir te reposer, Donald, lui dis-je. Tu en as bien besoin.

– Tu es sûre que tout ira bien, Emily ? Et toi, Max, tu dois encore rester alité un temps.

– Je m'occuperai de lui. Et je m'en occuperai bien ! souris-je.

– Mais je vais très bien ! s'exclame Max, faussement indigné.

Nous rions tous les trois. Les choses vont mieux, et je m'en réjouis.

– Par contre, il va falloir ramener ça, reprend Donald plus sérieusement en désignant le MacBook posé sur la commode en bois. Si quelqu'un tombe dessus, je n'imagine même pas la catastrophe.

– Oui, tu as raison, acquiesce Max.

– Sans compter les livres que j'ai aperçus dans la bibliothèque, continue Donald.

– Je rapporterai tout ça à mon prochain passage en 2015, le rassuré-je.

– Je déteste être le rabat-joie, se défend Donald, mais seule la prudence peut vous permettre de bien vivre cette situation. La faille temporelle créée par le voyage de Max est apparemment close, mais l'équilibre est très fragile. C'est pour vous que je dis cela. Phoebe et moi avons fait des bêtises, et en conséquence, nous sommes maintenant séparés... Pour toujours. Je ne vous souhaite pas le même sort.

Max et moi nous nous regardons en haussant les sourcils. Il me caresse doucement la joue. Nous *savons* que notre relation est terriblement précaire, mais se le faire rappeler est toujours difficile.

– Donald, pourquoi ne vous voyez-vous plus avec Phoebe ? ne puis-je m'empêcher de demander. Le mal est fait, n'est-ce pas ? Tu ne vas pas provoquer *un autre* accident ! Surtout avec la prudence dont tu fais preuve.

– C'est cette même prudence qui nous le défend. En attendant de pouvoir réparer cette grosse erreur, je dois me résigner à avoir le moins de contacts possible avec mon entourage.

– Mais, et le bar ?

– Justement : je reste très en retrait vis-à-vis des clients. Je cultive un anonymat sans soupçon. Après le travail, je ne sors pas. J'évite le monde.

– C'est terrible ! Tu n'as donc aucune vie ?

– Jusqu'à ce que je puisse réparer ma faute, non, conclut-il de manière définitive.

– Mais il y a nous, là, aujourd'hui, fait remarquer Max.

Un sourire triste se dessine sur le visage de Donald.

– Je dois y aller maintenant. Je peux vous faire confiance, n'est-ce pas ?

Donald se lève en nous précisant de le contacter au moindre doute : ce n'est pas le moment d'ajouter des problèmes supplémentaires à cette situation déjà bien compliquée.

Il referme la porte derrière lui après nous avoir lancé un dernier clin d'œil complice.

Enfin seuls, Max et moi nous enlaçons. Je me niche tout contre lui et serre fort son torse.

– Aïe ! fait-il soudain.

– Mince ! Ça va ?

– Ne t'inquiète pas, dit-il en riant. Je ne suis pas encore totalement remis. Les douleurs peuvent être encore fortes. Mais ne t'arrête pas. J'aime mieux souffrir dans tes bras que d'être dans mon lit loin de toi.

Nous nous sourions. Ma main sur sa nuque, j'élève mon visage pour atteindre ses lèvres que je goûte délicatement.

Quel bonheur de se retrouver enfin ! Être là, seul à seul, les yeux dans les yeux, nos cœurs battants... et vivants !

Nous pourrions rester comme cela des heures, à sentir nos corps chauds en contact, nos bouches se trouver et se retrouver. Mais au fond, nous savons qu'une chose nous dérange et brouille nos pensées. Nous sommes *ensemble*, mais... Et après ?

– Comment tu l'imagines, toi ? fais-je doucement.

– De quoi ?

– Tu sais... Le futur, dis-je.

– Lequel ? demande-t-il.

– Tu sais bien : le nôtre. Tous les deux.

Max expire profondément.

– Déjà, il va falloir oublier cette vie à cheval sur deux époques.

– Ça aurait été si bien ! me plains-je.

– Tu m'étonnes ! s'exclame Max. Passer chacun son tour l'un chez l'autre ; pouvoir s'amuser à sauter de 1963 à 2015 quand on veut, sur un coup de tête ; prendre le meilleur de chaque époque ; vivre des choses de dingue ! Tout ça, ce n'est plus possible. C'est… Du passé !

Je souris.

– Oui, tu as raison, c'est du *passé*. Mais notre relation doit forcément avoir une sorte d'*avenir*, non ? Sinon, pourquoi le destin nous aurait-il jetés dans les bras l'un de l'autre ?

– C'est tellement mystérieux…, susurre-t-il.

– Moi, je peux toujours voyager dans le temps. Mais combien de temps pourrai-je faire ça ? Toujours ? Des sauts de vingt-quatre, quarante-huit heures à chaque fois ? C'est intenable ! Et puis, je n'ai aucun pouvoir sur ma porte temporelle. Imaginons que l'ascenseur se mette soudain à m'envoyer dans une tout autre époque ? Pire, qu'il reste bloqué sur 1963 : toi, tu avances dans le temps, et moi, je suis coincée sur le même calendrier !

– Notre lien est tellement fragile. Et je ne veux pas te perdre, murmure Max avec sa voix chaude.

– Non, jamais ! fais-je en l'embrassant. Ou alors…

– Oui ?

– Renoncer *complètement* à 2015 ? annoncé-je soudain en me rasseyant.

– Qu'est-ce que tu veux dire par là ? répond-il en fronçant un sourcil.

– Eh bien, venir vivre à jamais avec toi. Tout laisser derrière moi…

– Tu veux dire supporter le machisme de notre époque ? Te battre contre ces types insupportables au quotidien dans ton travail ?

– Ça, pour toi, je pourrai le faire !

– D'accord, mais ta famille, tes parents, tes amis ? Leur faire croire que tu es… Quoi ? Morte ? N'est-ce pas cruel ? argumente-t-il judicieusement.

– Je n'y avais pas pensé, murmuré-je pour moi-même.

– Sans parler de vivre dans un monde où l'on sait *déjà* ce qui va arriver… Tu aurais l'impression de vivre en boucle. De vivre dans… Le passé.

Je me rends compte que Max me dissuade de mon idée, au détriment de son bien-être *à lui*. C'est vraiment quelqu'un de bien, ou alors il est tout simplement…

Amoureux !

Mon cœur bat fort. Comment concilier cet amour immense et la situation impossible dans laquelle nous sommes ?

– C'est vrai, lui répliqué-je. Toutes ces guerres, toutes ces catastrophes qui, *je le sais*, vont arriver, sans que je puisse rien y faire, sans que j'aie le droit de prévenir qui que ce soit. Quelle horreur !

– Pourrais-tu vraiment laisser des humains aller à la mort sans rien dire ? conclut Max.

Je réfléchis un instant.

– Max ?

– Oui ?

– Combien sont-ils, tu penses ? lui lancé-je, presque candidement.

Max me regarde intensément. Il sait de quoi je parle.

– Tu veux dire, les voyageurs du temps qui vivent, là, autour de nous ?

– Oui, des gens anonymes, disséminés dans la population, qui savent tout ce qui va se passer ? Par exemple, tous ces prophètes et ces gourous qu'on traite de fous sont peut-être…

– Non, je pense qu'il y a une bonne part de cinglés dans le lot, rit-il. Certains…

– … Sont peut-être tout simplement des couples comme nous ? Des personnes qui vivent leur amour de manière *décalée*, mais cachée ?

– C'est vertigineux quand on y pense.

– En attendant, aucun de ceux-là ne viendra régler notre problème.

– Notre salut est dans l'instant, Emily. Il ne faut penser qu'à ça. En tout cas, pour le moment. Vivre chaque seconde comme elle vient et profiter de ce bonheur tant qu'il dure.

– Mais jusqu'à quand pourrons-nous tenir comme ça, Max ?

– Je suis prêt à vivre un présent perpétuel si c'est pour ressentir ce que mon cœur éprouve en ce moment.

– Je t'aime.

– Je t'aime.

Notre étreinte se fait plus forte, nos caresses plus fougueuses et plus pressantes. Nos corps avaient besoin de se retrouver.

***

La lune est haute et son reflet se fait double dans l'iris de Max. La mélancolie joue les montagnes russes avec nous. Elle monte et descend sans crier gare.

– Suffit ! s'exclame Max. Allez, on sort : je t'emmène au cinéma.

Il arbore un grand sourire.

– Tu es sûr que ça ira ? demandé-je en haussant les sourcils.

Notre dernière expérience de ciné n'était pas des plus réjouissantes.

– Il y a un nouveau film qui se joue à deux pas. Un Jerry Lewis. Tu ne dois pas connaître, c'est un vieux truc pour toi, mais c'est une comédie et ça va nous faire un bien fou ! Ça s'appelle... Laisse-moi me rappeler... *Docteur Jerry et Mister Love*. Ça te dit ?

– Tu plaisantes ? Mais j'adore ce film ! J'ai dû le voir dix fois. Jerry Lewis me fait mourir de rire.

– Jerry Lewis est connu en 2015 ?! Je n'en reviens pas ! s'étonne-t-il.

– Allons-y, dis-je en me levant, sourire aux lèvres.

Nous enfilons nos manteaux. Au moment de sortir, Max me tient la porte. Je m'approche de lui et lui susurre :

– Je meurs d'envie de me retrouver dans le noir avec toi.

23

ARRANGEMENTS AVEC L'AMOUR

Madison Avenue, New York.
8h45. Mercredi 4 décembre 1963.

Le soleil brille ce matin sur Madison Avenue. Je lève les yeux vers le magnifique ciel bleu en gardant ma main en visière. Il fait très frais, et Max me serre contre lui en marchant.

Il porte de fins gants noirs en cuir et un manteau à discrets carreaux s'arrêtant à mi-cuisses, orné d'une dizaine de gros boutons ébène rangés en bataillon militaire sur le devant. On le croirait sorti d'un défilé haute couture ! À voir le commun des mortels à l'heure de pointe en ce matin de 1963, Max jure complètement. Tout le monde semble porter le même grand trench-coat, crème ou noir, avec chapeau et mine pressée. Lui, regard malicieux, visage fin et racé, paraît posséder le monde entier avec flegme et élégance.

S'il peut s'autoriser à dénoter, il faut qu'en revanche je passe le plus possible inaperçue. Je porte mon tailleur gris chiné, mignon, mais neutre s'il n'est pas rehaussé d'accessoires. Je suis protégée du froid par un épais manteau de laine noir s'évasant depuis les aisselles jusqu'aux genoux. Nos haleines se figent dans l'air en fine vapeur volatile et nos pas se mêlent à ceux des centaines de passants en un concert vibrant et mécanique.

– On a le temps pour un café, non ? fait Max en se penchant vers moi.

– Avec plaisir ! lui souris-je.

Quelques mètres plus loin, nous pénétrons dans une brasserie, évidemment enfumée, mais chaleureuse et vivante, au sein d'un flot de personnes allant et venant. À cette heure-ci, c'est plutôt facile d'être anonyme dans la foule.

La fumée de cigarette est partout. Ça me donne envie d'en griller une. Mais non, je ne vais pas commencer à fumer dès le matin. On a dit « prendre le meilleur des deux époques », pas les mauvaises habitudes !

Le brouhaha est constant et tout le monde est pressé dans ce lieu. Des vagues humaines permanentes se déploient et se replient, fendues par les serveuses qui slaloment entre les tables. Max est malin : il n'y a pas meilleur endroit pour passer inaperçus. Neutralité temporelle oblige ! Après ce qui s'est passé, mieux vaut être vigilants.

Nous commandons nos cafés et nous nous faufilons en direction de la vitrine où nous nous installons sur de hauts tabourets de bar, accoudés sur une petite tablette. Les rayons du matin viennent frapper nos tasses blanches, et nous buvons avec plaisir la boisson brûlante. Notre conversation peut se tenir à l'écart d'oreilles indiscrètes.

– C'est une bonne chose que nous allions tous les deux travailler, réfléchit Max. Encore un peu, et Eunice aurait appelé la police. Elle n'est pas habituée à me voir absent du bureau.

– Et puis, je ne peux pas me permettre de m'absenter plus longtemps du boulot, répliqué-je. Ça n'est vraiment pas sérieux !

Surtout que j'étais en lice pour une belle promotion… Je ne sais pas quelle tête va faire Voldemort quand elle va me voir.

– Voldemort ? Quel drôle de nom !

J'éclate de rire.

– Non, elle ne s'appelle pas *réellement* comme ça ! m'exclamé-je. C'est en référence à un personnage de roman. Enfin, je te raconterai. En vrai, c'est Carmen. Mais si tu la connaissais et si tu connaissais le personnage du roman, tu l'appellerais aussi Voldemort !

Max rit de me voir joyeuse. Nous nous prenons tendrement la main. C'est ça, le bonheur : prendre la main de la personne qu'on aime, avec un bon café, le soleil qui brille, et New York face à nous.

Elle est pas belle, la vie ?

– Il n'empêche qu'il va falloir se faire à ça : nous avons tous les deux une vie professionnelle, reprend-il. Et ça aurait été aussi le cas si nous vivions à la même époque. Donc, pas de regret.

– Je reviendrai le soir. Tous les soirs. Autant que possible.

– Et il faudra être prudents. Pas de cadeaux.

– Ah si ! Mais plus question de les faire voyager dans le temps, répliqué-je avec un sourire.

– Donc, il n'y a que moi qui puisse te faire des cadeaux ! Tu es très maligne, fait-il malicieusement en me touchant le bout du nez de son doigt.

Tout sourire, nous nous embrassons.

– En revanche, plus de tentatives de voyage vers le futur, dit Max avec une pointe de déception.

– Et plus de douleurs atroces ! Il faut voir les choses du bon côté.

– Tu as raison. J'adore ton optimisme. Tu es une femme incroyable, Emily. Le destin ne s'est pas trompé quand il t'a mise sur mon chemin.

– C'est toi qu'il a mis sur le mien ! J'ai l'impression qu'il me fait plus tourner en bourrique que toi, minaudé-je un peu.

– Ça, ce n'est pas sûr : tu sais que je deviens fou quand je ne te vois pas, Emily. Ta présence m'est devenue totalement *nécessaire.*

Je me love dans ses bras. Mais malheureusement, l'heure tourne, et le temps n'attend pas, même quand on est amoureux. Nous repartons à pied, tous les deux en direction du Caraway Building. Nous allons travailler, comme si de rien n'était, au même endroit, *à cinquante-deux ans d'intervalle.*

Franchissant le hall, nous montons ensemble dans le même ascenseur. Je laisse Max descendre au 36e étage, avec un baiser en guise d'au revoir. Je me laisse porter jusqu'au *rooftop*. Là, comme prévu, personne pour me tenir compagnie. Je peux tranquillement appeler Danny pour rejoindre Sullivan inc. dans mon bon vieux 2015.

Plus facile qu'une correspondance de métro !

***

Caraway Building, 36e étage.
9 h 20. Vendredi 4 décembre 2015.

J'ai encore quelques minutes devant moi. J'en profite pour écouter ma boîte vocale. Rien de Voldemort, en revanche, trois messages de ma mère. Évidemment, elle s'inquiète de ne pas avoir de mes nouvelles. Je la rappelle illico.

– Ma chérie ! Cela fait des années que j'essaie de te joindre ! Tout va bien ? s'écrie-t-elle à peine le téléphone décroché.

Des années ? Elle ne croit pas si bien dire...

– Je sais maman, c'est justement pour ça que je t'appelle ce matin. Tu sais, j'ai eu plein de boulot...

– Oui, oui, je le connais ton refrain, Emy, il n'empêche qu'un coup de fil de temps en temps, ça ne va pas te coûter ton poste !

– Effectivement, m'excusé-je, tu as rais…

– Du coup, m'interrompt-elle, si je venais ce midi dans ton quartier, comme ça, on pourrait déjeuner toutes les deux !

– Oui, OK, maman, lui réponds-je dans un sourire.

– Comment ? souffle-t-elle, surprise par ma réponse positive. Emy ? Tu es sûre que tout va bien ?

– Bien sûr, maman ! Ça me fera plaisir de te voir. Vers 13 heures, ça te va ?

– Euh… OK, oui, bredouille-t-elle, peu habituée à me trouver aussi conciliante. Tiens, l'occasion est trop bonne : je viendrai avec papa aussi.

Il est vrai que je ne fais pas assez attention à mes parents. Ils méritent plus ! Nous raccrochons, mais je n'ai pas terminé mon *networking* matinal. J'appelle Serena évidemment : il faut que je la rassure. Elle est restée sur l'image d'un Max, noué de douleur, agonisant sur le sol de l'arrière-boutique de la librairie, et je me dois de lui donner des nouvelles.

– Emily, enfin ! J'avais hâte que tu m'appelles, dit-elle d'un ton anxieux. Alors ? Au son de ta voix, je comprends qu'on a évité le pire. Je me trompe ?

– Tu ne te trompes pas ! m'exclamé-je, heureuse de le clamer tout haut.

– C'est génial ! Mais comment va-t-il ?

– Mieux. Ça n'a pas été facile, mais Donald…

Tout à coup, je m'interromps. Garder la neutralité temporelle, cela signifie aussi ne pas parler des choses qui se passent *de l'autre côté* de la porte temporelle.

– Emily ? Ça va ? s'enquiert-elle.

– Oui, Serena, je… Non, rien.

– Tu ne peux rien dire, c'est ça ?

– Voilà, lâché-je d'un ton déçu.

– Max va bien, c'est le principal. Ne t'inquiète pas, je *sais* que tu dois rester très discrète sur ces voyages temporels : Phoebe m'a fait la morale !

– À ce propos, il faut absolument que je m'excuse auprès d'elle, pour tous les ennuis qu'on lui a causés.

– Eh bien, elle est juste à côté de moi. J'enclenche le haut-parleur.

– Phoebe ?

– Oui, Emily, je suis là. Je suis ravie d'apprendre que Max est…

– … En vie ! m'exclamé-je joyeusement. D'ailleurs, je dois vraiment m'excuser. Tous ces ennuis, tout ce stress, et simplement par imprudence de notre part, c'est impardonnable.

– Oh non, au contraire, l'entends-je dire de sa voix douce et posée, c'est parfaitement pardonnable. C'est l'amour. Il n'y en a pas deux, de ce genre d'amour dans une vie. Et jamais je ne pourrai en vouloir à deux personnes de tout tenter pour vivre leur bonheur ensemble.

J'ai une boule dans la gorge. Je sais le drame qu'elle a vécu avec Donald. Cet amour impossible qui les a happés, rapprochés, puis finalement lâchement abandonnés.

Qui décide, finalement ? Le destin ? Nous ? À partir de quand avons-nous notre part de responsabilités ?

Je garde mes questions pour moi, bien évidemment. Je raccroche après m'être excusée mille fois de nouveau. Chacun va maintenant vaquer à ses occupations : Phoebe et Serena ouvrent la boutique, et moi… Direction l'*open space*.

Arrivée à mon bureau, je range sous la table le grand sac en cuir plein des cadeaux rapportés de 1963 : MacBook, scanner, livres, etc. Je le pousse du pied bien au fond, histoire que personne ne me pose de questions à ce sujet. Derrière moi, Mike me salue, un peu étonné par ma présence, mais visiblement plutôt content de me revoir. Moi-même, je me sens comme revenue d'un long, très long voyage. Il s'est passé des milliers de choses en si peu de temps.

Assise, j'allume mon ordi, je replace mes stylos : mes réflexes reviennent vite. Alors que je lance mes logiciels, je vois une ombre obscurcir mon écran. Je me retourne : Voldemort !

Les raisons de son surnom me frappent immédiatement : son regard me glace. Au contraire de son homonyme de roman, je sais qu'elle n'est pas fondamentalement méchante, mais il y a un je-ne-sais-quoi dans son expression qui ôte sur-le-champ l'envie de jouer au plus malin. Heureusement, ce n'est pas ce que j'avais prévu.

Mais son ton, s'il est ferme et résolu, est bien moins mordant que ce que je redoutais.

– Emily, nous devons parler. Venez avec moi.

Ni « bonjour », ni « Vous allez mieux ? »... Ma gorge se dessèche un peu. Qu'est-ce qui va encore me tomber dessus ?

Je me lève et la suis vers son bureau comme une élève prise en faute. Elle referme la porte derrière elle et s'assied face à moi, de l'autre côté de sa table. Je rêve, ou ma chaise est plus basse que la sienne ?

– Emily, reprend-elle, nous le savons toutes les deux : il y a un problème.

J'avale difficilement ma salive. Mon cœur bat, et j'attends la suite sagement.

– Vous réagissez de manière... Comment dire...Un peu particulière depuis votre présentation White-Rose. Cela ne vous ressemble pas, même si vous avez toujours eu un petit côté... Fantaisiste, dirons-nous.

Fantaisiste ? C'est bien la première fois que j'entends un truc pareil ! Je suis un peu « spontanée » parfois, mais oh, on a bien le droit de vivre, non ? Mais je reste stoïque et j'acquiesce en pinçant les lèvres.

– Y a-t-il un problème ? Quelque chose dont vous voulez me parler ? m'interroge-t-elle.

Je me rends compte que c'est la première fois que Carmen montre autant de sollicitude.

Il y a donc un véritable être humain sous cette carapace !

– Un problème ? bredouillé-je. Euh...

– J'ai entendu dire que votre petit ami avait des ennuis de santé. C'est ça ?

– Des petits soucis... Oui, ça n'allait pas fort, marmonné-je sans réellement savoir ce que je pourrais bien lui dire.

– Bien, Emily, allons droit au but : voulez-vous rester chez Sullivan inc. ?

Gloups ! Derrière la compassion, y aurait-il une envie de me virer ?!

– Oui, oui, Carmen, bien sûr que je veux rester ! Je... Je suis parfaitement désolée pour ces derniers jours. Je n'étais pas très en forme, et effectivement, mon petit ami non plus. Et mes parents... Ouh là... Enfin, tout ça était un peu chaotique.

Carmen plisse les yeux, le menton reposant sur ses mains.

– Mais ça va mieux ! Beaucoup mieux ! Il ne faut pas vous inquiéter. Je vais me reprendre et me donner à fond ! m'exclamé-je avec autant de punch et de sourire que possible.

– Hmmm...

Carmen semble en pleine réflexion.

– Emily, je ne vous cache pas que Jimmy Sullivan a adoré votre présentation. Je crois savoir qu'il aimerait vous confier un gros budget d'ici peu. Si tout se déroule bien, vous pourrez même passer senior d'ici la fin de l'année, malgré votre jeune âge. Mais tout ceci peut très bien tomber à l'eau si vous lâchez les rênes.

J'espère *réellement* que vous allez vous reprendre.

Je respire un grand coup.

OK. Primo : on ne me vire pas, ouf !

Deuzio : le *big* boss de la boîte, Jimmy Sullivan, a adoré mon boulot, yeah ! Je me demande ce qu'en aurait dit Aaron, son père... Hmmm... Pas simple d'avoir l'esprit qui vagabonde cinquante-deux ans en arrière alors que l'on n'a que 24 ans !

Et tertio : Carmen prend le temps de me briefer et de comprendre la situation, c'est peut-être le signe qu'elle... croit en moi ?

– Merci beaucoup, beaucoup ! Je vais faire attention, promis !! lancé-je vivement en me redressant sur ma chaise.

Carmen esquisse un demi-sourire.

– Il va falloir redoubler d'efforts : on a une tonne de travail d'ici la fin de l'année. C'est le rush avant les fêtes, et on a besoin de quelqu'un à qui on puisse se fier. Je compte donc sur vous, articule-t-elle distinctement en me serrant fort la main.

Je sors de son bureau avec deux envies : souffler un bon coup et me remettre au boulot !

***

Le soir est venu. J'ai vécu la journée avec douceur. Le déjeuner avec mes parents était très chouette – ma mère n'a presque pas râlé ! À refaire ! Et puis, je sais que je rejoins Max après le travail, et ça change la vie. Plus d'inquiétude quant à son état de santé. Ne reste que l'incertitude de l'avenir, mais on a été très clairs : le futur, c'est le problème du futur ! Notre intérêt à nous, c'est le présent.

Eh bien, allons mettre ça en pratique !

***

Caraway Building, *rooftop*.
Mercredi 4 décembre 1963.

Je m'arrange pour prendre Danny et je file vers le *rooftop* où m'attend Max ce soir.

En arrivant près de la devanture vitrée du bar, je l'aperçois, assis dans l'un des grands fauteuils de cuir, quelques dossiers posés négligemment sur la table basse, papiers à la main, mordillant un crayon, l'œil concentré. Les lumières tamisées sculptent son visage en traits vifs et nacrés. Ses yeux légèrement en amande sont plissés. Il a retiré sa cravate que je vois pendre sur l'accoudoir (une hérésie en 1963 !). Il passe sa main dans ses cheveux et les rend plus rebelles encore. Je pourrais l'observer pendant des heures.

J'entre discrètement. Je m'approche à pas de loup et m'installe face à lui, dans un grand fauteuil club, mais reste cachée par les papiers qu'il tient près de son visage.

Une minute passe et il reste parfaitement statique.

Ben alors ? Il sort un peu le nez de son boulot, oui ?

Mais je continue à jouer le jeu et ne dis rien. Tout à coup, sa voix passe par-dessus les documents :

– Alors, combien de temps va-t-il falloir que j'attende avant d'avoir un baiser ? Il faut que je me mette à genoux ?

Je souris et me lève en vitesse pour sauter à son cou. Nos lèvres se caressent. Nous nous sourions avec bonheur.

– Comme ça, tu m'espionnes ? fait-il malicieusement.

– Hein ? Mais de quoi tu parles ?

– Là, dehors, à travers les vitres.

Je rougis en un instant. Puis je lui assène une petite tape sur l'épaule.

– Non, mais oh ! Qu'est-ce que c'est que ces ruses ? le grondé-je ironiquement.

– Tu es belle quand tu t'énerves, me titille-t-il. Tu as une petite fossette qui apparaît sur la joue.

J'agrippe sa nuque et nous laissons nos bouches se retrouver de nouveau. Puis je me rassieds alors qu'un serveur arrive.

– Donald ! Je ne t'avais pas vu, lui dis-je. Comment ça va ?

– Bonjour mademoiselle. Très bien, merci.

Il me faut trois secondes pour comprendre que Donald est dans son rôle de serveur et que nous sommes en public, dans *le vrai monde*. Il tient à sa discrétion, et je ne suis pas censée briser la neutralité temporelle. Je me rattrape en me comportant comme une « vraie » cliente.

– Ce sera un tonic *on the rocks* pour moi, s'il vous plaît.

– La même chose, complète Max.

Donald acquiesce et s'éloigne.

– Oh, s'il vous plaît ! le rappelé-je soudain.

– Oui ?

– Mettez-moi un peu de gin dans mon tonic.

– Bien, répond-il simplement.

Max me sourit.

– Attention à toi, le préviens-je, tu vas m'avoir sur le dos pendant deux jours : c'est le week-end en 2015, et j'ai fait en sorte que personne ne parte à ma recherche !

Il prend un air contrit, presque embarrassé.

À croire que ça ne lui fait pas plaisir !

– Le souci, dit-il doucement, est que j'avais justement prévu de partir pendant quarante-huit heures.

– Oh non ! m'écrié-je, le cœur descendant dans l'estomac. Pour le travail ? Où ça ?

– Non, pas pour le travail : je vais aux Bahamas pour profiter du soleil.

Quoi ?

– Je nous ai pris un bungalow sous les palmiers, sur la plage. Je me suis dit que ça pouvait nous faire du bien de prendre la lumière au milieu de l'hiver, complète-t-il, réjoui.

Je suis trop naïve, parfois…

Je me jette dans ses bras. Nous éclatons de rire.

– Tu pensais vraiment que je pouvais partir comme ça sans toi ? me demande-t-il, ses yeux en amande me faisant fondre.

– Non, bien sûr, bluffé-je, faisant semblant d'avoir percé à jour son petit jeu dès le début.

Il me tient le visage au creux de ses paumes et dépose baiser sur baiser sur mes lèvres.

– Mais Max ?

– Oui ?

– Ton travail ? Tu ne peux pas laisser la boîte, comme ça, n'importe quand ? Et Eunice qui sera toute seule, perdue derrière son bureau ?

Il sourit.

– J'ai décidé qu'à partir de maintenant, je suivrai le calendrier de 2015. Je serai en week-end en même temps que toi.

– Mais… Les projets, les contrats… Tu es fou !

– Je passais déjà tous mes week-ends à l'agence, donc ça, ça ne changera pas. Je prendrai simplement mes jours de congé en semaine. Je suis le boss, je fais ce que je veux ! Il faut bien que ça me serve à quelque chose. Je n'ai pas le pouvoir de voyager dans le temps, mais je peux jouer avec lui, conclut-il joyeusement.

– Donc ?

– Donc, la voiture nous attendra d'ici une petite heure au bas de l'immeuble. Le jet est en préparation, et nous devrions décoller de l'aéroport dans la foulée. Ça te convient ?

Partir aux Bahamas pour le week-end ? Si ça me convient ?

Je prends un air malicieux et lui rétorque :

– Si tu promets de me faire l'amour jusqu'à plus soif, alors OK.

***

Le sable blanc brûle délicieusement la plante de nos pieds. Les rayons du soleil nous dorent la peau. Nous marchons seuls, main dans la main, suivant une étroite bande de plage longeant la lisière d'une forêt luxuriante. Dans cet endroit retiré, le ressac des vagues accompagne nos baisers et nos conversations. Au loin, j'aperçois l'*Union Jack*, petit confetti flottant au faîte de notre hôtel.

– Dire que c'est toujours une colonie britannique à cette époque, murmuré-je.

– Oui, ils ne deviendront indépendants qu'en 1973, répond Max simplement.

– Hein ? dis-je en m'arrêtant de surprise. Mais comment sais-tu ça ?

– Le livre sur l'histoire du monde : tu l'as repris, mais avant ça, je l'ai lu ! sourit-il. Comme ça, je n'aurai pas toujours un train de retard sur toi.

Je craque complètement. Il sait toujours me surprendre. Y a-t-il une qualité qu'il n'a pas ?

La végétation forme ici comme une petite alcôve. Les épaisses feuilles vert sombre tressaillent dans l'air et créent comme un abri, striant le sable de marques mouvantes et ombragées. Max s'assied, face à la mer. Je m'agenouille devant lui et nos peaux chauffées par le soleil entrent en contact. Nos lèvres se happent, impatiemment, inlassablement. Et alors que nos mains trouvent leur chemin sur nos corps, j'ai soudain un accès de culpabilité :

– On n'est pas un peu *trop* heureux, Max ? On ne va pas le payer à un moment donné ?

– Je pense qu'on a déjà réglé notre solde, si tu veux mon avis. On a gagné le droit de se faire plaisir.

– *Carpe diem* ?

– *Carpe diem*.

Et notre étreinte nous emporte, allongés, âme contre âme, corps contre corps.

Les ombres vacillent sur le visage déjà hâlé de Max. Nos paupières sont presque closes et ne laissent filtrer qu'un peu de la puissante luminosité tropicale. Tous nos autres sens sont en éveil. Nos lèvres sont brûlantes et satinées. Leur douceur paraît sans égale et je perçois un goût de sel en passant ma langue sur celles de Max. Je les mordille légèrement : elles sont fermes et sensuelles comme un fruit mûr et juteux.

Ses mains glissent sur mon dos poudré de cristaux de sable. Ce matin, je suis sortie avec un bikini, malgré les quelques regards de remontrance de certains clients de l'hôtel – en 1963, ce maillot de bain peut encore choquer ! Et, à cet instant précis, je me félicite encore davantage de mon choix, en sentant les caresses de Max sur mon corps.

L'odeur de sa peau m'enivre. Aujourd'hui, sur cette île, elle est plus parfumée et suave que jamais. Rien que cela, et l'excitation monte. Ou plutôt descend en moi : je sens des tressaillements dans mon bassin. Je lâche des gémissements légers alors que Max passe ses doigts sous l'élastique de mon maillot. Il me presse fermement contre son corps.

Il me veut, maintenant. La force de son désir se mesure à son étreinte, folle et incandescente. Nous roulons dans le sable, profitant de cet espace de liberté. Nos corps vont et viennent entre l'alcôve ombragée et la grève exposée aux rayons blancs du soleil.

Max me mord le cou et me dévore les épaules. Je m'en suis à peine rendu compte, mais il a déjà détaché les nœuds de mon bikini.

Les vagues jouant avec le sable à quelques mètres en contrebas nous accompagnent dans un mouvement incessant. Une brise chaude vient par intermittence nous effleurer la peau. On perçoit des cris d'oiseaux que l'on devine exotiques et colorés.

– Il fait si chaud ici, glissé-je.

– Oui, et ce n'est pas uniquement le soleil…

– Max, ne pourrions-nous pas rester ici toute notre vie ?

Il rit.

– Tu veux dire venir s'installer ici, aux Bahamas, à l'écart du monde ?

– Et à l'écart du temps… Tous nos problèmes seraient résolus, fais-je, songeuse, à demi sérieuse.

– Tu dépérirais sans New York et sa frénésie ! sourit-il.

– Je dépéris sans soleil et sans toi.

– On va faire en sorte de tout concilier. Ne t'inquiète pas, conclut-il avec un clin d'œil.

Max me plaque soudain sur le sable avant d'entrer en moi, comme pour sceller sa promesse. Son désir est aussi puissant que le mien.

Face à face, nos visages sont à vingt centimètres l'un de l'autre et nos yeux sont magnétisés. Je ne peux quitter ses iris clairs et étincelants. Son regard intense participe d'une sorte d'hypnose, et je m'y perds complètement. Je m'oublie et ne veux vivre que dans ses prunelles enflammées. Pour toujours.

Je niche mon visage dans son cou, grognant et haletant tout contre sa peau douce et hâlée. L'humidité de mon haleine se mêle à sa légère sueur masculine. J'entends ses râles de plaisir dans le creux de mon oreille. Les sons me pénètrent et me visitent intimement.

Nos respirations et nos soupirs alternent et s'échangent. Ils deviennent vifs et haletants, emportés par le désir. Nous sommes comme à l'écart de tout ; dans un monde qui n'appartient qu'à nous ; dans un monde qui n'aurait été inventé que pour nous.

Je me laisse aller totalement, allongée sur le tapis doré de la plage, mes bras bougeant au gré des soubresauts de notre étreinte. J'ai fermé les paupières et je sens les rayons du soleil se battre avec les feuillages pour avoir la faveur de mon visage. C'est une volupté intense et totale.

Le plaisir monte. J'enfonce mes doigts dans le sable et je récupère des poignées de cristaux blancs et beiges que je laisse filer en pluie légère. Max se penche un peu plus sur moi et ses mains cajolent ma poitrine. Je garde les yeux clos et savoure ces instants d'éternité dans un lâcher-prise total. Je suis toute à lui ; il en profite, et moi, je suis au septième ciel.

– Max ? parviens-je à articuler entre deux halètements.

– Oui ? fait-il d'une voix rauque de désir.

– Rien… Je voulais juste être sûre que ce n'était pas un rêve. Que tu étais vraiment là. Que tout ce plaisir n'était pas virtuel.

Il sourit tandis que je me redresse pour goûter ses lèvres.

– Qui sait ? Nous allons peut-être nous réveiller chacun de notre côté, seuls dans nos lits respectifs, en nous rendant compte que tout ceci n'aura été qu'un rêve.

– Tout ? Depuis le début ? Tu y crois vraiment ? demandé-je avec un sourire espiègle.

– Il faut continuer à faire l'amour. Encore et toujours. Ne serait-ce que pour être sûrs. C'est le seul moyen de savoir.

– C'est une *expérience scientifique*, bien entendu…

– Les cobayes sont consentants. C'est un bon début.

Nous rions, front contre front, en sueur et gémissant de plaisir, sans jamais arrêter nos étreintes, qui attisent le feu en nous.

L'incendie qui nous embrase ne fait que gagner en intensité. Un volcan est tapi, prêt à exploser. Nos corps ne sont plus que des automates mus par une excitation folle, oubliant toute réflexion et toute pudeur. Une lame de fond vient à nous, et soudain, elle exulte, éclate et se déchaîne. Max m'étreint avec force. Nous sommes réunis en un moment de fureur folle et d'infinie douceur, tout à la fois. Nos mains se cherchent, se trouvent et s'enlacent.

– Alors Max, c'est un rêve ou non ?

– C'est certainement plus fort qu'aucun de mes rêves précédents.

– Alors… C'est un nouveau rêve ?

– C'est un rêve que l'on vit à deux. C'est *notre* rêve.

– Mais… Il est vrai ?

– Qu'est-ce que ça change ?

– Ça change que je n'ai pas envie de me réveiller ! ris-je.

– Personne ne nous y oblige, sourit-il malicieusement. Nous avons tout notre temps.

– Le temps d'un week-end…

– L'éternité de notre amour…

24

PAS DE RÉPIT

Madison Avenue, New York.
13 h 34. Vendredi 11 décembre 2015.

Une semaine est passée depuis la mise en place de notre nouvel emploi du temps. C'est à peine si je suis retournée à mon appartement. Je passe toutes mes nuits chez Max, et les journées au travail. J'ai déjà rattrapé tout mon retard, à croire que l'amour est un réservoir d'énergie inépuisable. L'alternance entre les époques rend un peu schizophrène, mais je m'y fais doucement.

Évidemment, à sauter sans cesse d'une époque à l'autre, je dois m'habiller plus que jamais *strictly sixties*. Mes collègues de bureau doivent se dire que j'ai définitivement rompu avec la mode des cinquante dernières années.

– Tes fringues sont vraiment classe ! s'exclame Agnès en croquant ses carottes au cumin.

– C'est vrai, renchérit Olympia, où trouves-tu des vêtements vintage en aussi bon état ? On dirait qu'ils sont neufs. En tout cas, à mon avis, monsieur Longue-Distance doit aussi être un fan des années soixante, vu ton application à entretenir une garde-robe aussi sélecte.

– Il n'y a pas à dire : ça va bien avec ton bronzage tropical, me charrie Agnès. Bronzage hyper louche, d'ailleurs !

Elles éclatent de rire toutes les deux. Je ris avec elles, mais pas question de leur expliquer quoi que ce soit !

– Au fait, on le voit quand, monsieur Longue-Distance ? continue-t-elle, les yeux plissés et le sourire malicieux.

– Eh bien, quand… Quand les distances seront moins longues, j'imagine, fais-je avec un sourire énigmatique.

– En tout cas, pas une photo, même pas un prénom : c'est à se demander s'il existe, me taquine Olympia.

– Personne ne vous a demandé de me croire, ris-je en haussant les épaules. De plus, je n'avais jamais abordé la question : c'est Olympia qui a décidé un jour d'en faire un sujet de conversation.

– J'ai surtout pensé qu'il était temps que tu arrêtes de nous faire des cachotteries ! s'amuse-t-elle.

Il est clair que les cachotteries, ça n'est pas le fort de mes copines. Elles sont plutôt versées dans… La parole !

***

Caraway Building, *rooftop*.
17 h 01. Mercredi 11 décembre 1963.

J'ai pu me libérer plus tôt ce soir, et ça, la veille du week-end, c'est appréciable ! Je vais pouvoir faire la surprise à Max, et c'est d'un pas vif et gai que je sors de l'ascenseur au dernier étage de l'immeuble, en 1963.

Note pour moi : préparer un alibi au cas où l'un de mes collègues me demanderait pourquoi on me voit arriver et quitter le bureau, mais jamais traverser le hall d'entrée du rez-de-chaussée.

Je passe devant la devanture du bar et y jette un œil, mais – j'aurais dû m'en douter – Max n'y est pas encore à cette heure. À ce moment précis, la porte du bar s'ouvre, et s'en déverse un groupe de femmes papotant bruyamment. Je me tiens légèrement à l'écart, attendant quelques secondes dans une discrétion toute « neutre temporellement », le temps qu'elles laissent le champ libre.

La petite troupe se dissout rapidement sous les au revoir de chacune, et ne reste enfin qu'une femme que je reconnais immédiatement. Malheureusement, c'est réciproque.

– E-MI-LY ! Oh, quelle heureuse surprise ! s'exclame Betty à ma vue.

Elle trottine vers moi et me prend dans ses bras en m'embrassant.

– Je suis ra-vie de vous voir. C'est une coïncidence merveilleuse.

– Bonsoir Betty, lui réponds-je cordialement. C'est effectivement un sacré hasard.

Je savais que j'allais forcément la recroiser un jour ou l'autre. Entre ses visites à Aaron, ses goûters entre amies (des amies, vraiment ?) au bar du *rooftop*, et la fréquence de mes visites en 1963, c'est plutôt étonnant que ce ne soit pas arrivé plus tôt.

– Comment allez-vous ? s'inquiète-t-elle. Vous n'aviez pas l'air dans votre assiette lors de notre dernière rencontre.

– Ça va mieux, je vous remercie, et vous ? m'obligé-je à lui demander pour ne pas paraître malpolie.

– On ne peut mieux ! Et de vous voir égaie encore ma journée. Vous m'aviez promis un verre la dernière fois, vous vous en souvenez ? Eh bien, allons-y !

– Euh… Eh bien, je…

– Ah non ! Vous n'allez pas me filer entre les doigts encore une fois, me gronde-t-elle gentiment.

On croirait entendre ma mère !

– Il se trouve que j'ai rendez-vous avec Max, fais-je en indiquant le bar.

– Il n'est manifestement pas encore arrivé, sourit-elle.

– Oui, effectivement, bredouillé-je. Alors oui, OK, va pour un verre.

Je me dirige vers la porte d'entrée, en apercevant déjà Donald, derrière le bar.

– Oh non, pas ici ! s'écrie Betty. Je viens d'en sortir. C'est un lieu délicieux et je ne voudrais pas m'en lasser. Vous comprenez, toutes les confiseries ont un goût de carton quand on en abuse.

L'analogie me paraît un peu curieuse, mais je comprends où elle veut en venir.

– Laissez-moi faire, je vous emmène dans un endroit charmant, se réjouit-elle. Leurs cocktails sont à tomber par terre.

Je pense à Max, qui déjà décale ses week-ends pour moi... Mais enfin, il est encore tôt, et il est vrai que j'avais promis ce verre depuis longtemps. Il est temps que je tienne cette promesse, et autant me débarrasser de cela le plus tôt possible. Je n'aurai qu'à prétexter mon rendez-vous avec Max pour m'éclipser dès que le moment paraîtra opportun.

Mais tout à coup, je réalise que...

– Betty ! Je suis navrée, je viens de me rappeler que j'ai oublié mon porte-monnaie à la maison.

Payer ici avec des billets 2015 : no way !

– Accordez-moi cinq minutes le temps d'aller voir Max pour qu'il me dépanne, reprends-je. À croire que nous n'arriverons donc jamais à gagner notre indépendance, nous les femmes ! fais-je en riant de manière un peu trop insistante.

Betty ne relève pas ma plaisanterie et préfère aller au plus simple :

– Ne vous souciez pas de ces petits détails : je vous invite et...

– Mais...

– Tututut ! C'est un plaisir. Suivez-moi, c'est un ordre, fait-elle d'une voix ferme et enjouée.

Je la suis sans conviction en me persuadant que j'exagérais un peu à vouloir l'éviter à tout prix. Certes, il y a la nécessité de la neutralité temporelle mêlée à l'impatience de revoir Max, mais il faut bien à certains moments composer avec le destin. Et il est bien possible que je passe un moment sympathique avec cette fameuse Betty.

Nous pénétrons dans un établissement relativement chic sur une des artères partant de Madison Avenue. L'ambiance est détendue et, à cette heure, on y trouve encore majoritairement des femmes. Le serveur est affable et reconnaît Betty. Je n'ai pas le droit de choisir ma boisson, car Betty sait « exactement ce qu'il vous faut, Emily ! ». En moins de cinq minutes, un extraordinaire empilement d'étages multicolores m'est servi dans un verre dont le volume me rappelle plus celui d'une coupe à dessert.

– Vous allez voir, c'est bon pour le moral, me glisse Betty avec un clin d'œil, tout en se mettant à siroter le sien à l'aide d'une paille longue comme mon avant-bras.

Je force un sourire, en parvenant même à masquer mes efforts sans trop de difficultés.

Betty prend alors un petit air de conspiratrice, rentrant sa tête dans ses épaules et souriant malicieusement :

– Vous pouvez tout me raconter maintenant, ma chérie. Je peux vous appeler « ma chérie », n'est-ce pas ? Max-le-Magnifique, comment l'avez-vous rencontré ? C'est un beau parti, non ?

Et elle conclut par un clin d'œil et un rictus qui, j'espère, n'a aucune connotation scabreuse.

Je me retrouve donc exactement dans la situation que j'espérais éviter : avoir à parler de moi, ou de Max et moi, ou de quoi que ce soit qui puisse déborder de la neutralité temporelle qui – entre nous – commence un peu à me peser. Il va falloir dépêcher des trésors d'imagination pour détourner les questions, d'autant que je sens la fatigue de la semaine commencer à délicatement se poser sur mes épaules.

– Oh vous savez, comme tout le monde, lui réponds-je vaguement. On se serre la main et le courant passe, puis de fil en aiguille… Mais parlez-moi plutôt de vous, Betty. Votre maison dans le Connecticut est magnifique. Ça fait longtemps que vous l'avez ?

– Notre appartement à New York est très agréable, mais je n'aime pas me contenter de ce que j'ai. Il faut aller de l'avant, s'agrandir, monter les échelons. Qu'en pensez-vous ? Max est du genre *winner*, cela se sent tout de suite.

Elle n'a pas vraiment répondu à ma question et j'entrevois une légère pique indirectement lancée à Aaron. Il n'apparaît effectivement pas comme un requin du business, comme l'avait fait remarquer Max. Manifestement, cela n'est pas du goût de Betty. Je me demande encore comment Aaron est finalement passé PDG de sa boîte qu'il a même rebaptisée de son nom.

– Et donc, vous avez acquis cette maison pour y passer vos week-ends, c'est cela ? reprends-je en réprimant un bâillement.

– Et pour inviter du monde. Vous savez qu'il est crucial d'entretenir son réseau. C'est le terreau du succès, glisse-t-elle comme si elle me donnait des astuces pour ne pas brûler un gratin.

– Oui, je comprends…

Je laisse ma phrase en suspens. J'ai le cerveau un peu engourdi. Sûrement l'effet conjoint de la fatigue et du cocktail Empire-State-Building dont les étages disparaissent un à un dans mon estomac. Mes paupières s'alourdissent un peu. L'image d'un bon café brûlant me traverse l'esprit, mais je n'ai même pas la force d'appeler le serveur.

– Donc vous travaillez, Emily, si j'ai bien compris, me relance Betty, toujours plus volubile.

– Oui, oui, bredouillé-je en sirotant ma boisson dans l'espoir illusoire que ça me redonne un coup de fouet.

– Secrétaire ? Dans une agence de pub, aussi ? s'enquiert-elle.

– Non, enfin oui : dans une agence de pub, mais en tant que créa.

Les mots se bousculent pour sortir de ma bouche alors que mon esprit s'amollit franchement. Le concept de neutralité temporelle semble devenir de plus en plus lointain et brumeux, et je sens ma concentration se déliter progressivement.

– Créative ? Très impressionnant pour une jeune femme comme vous. Dans quelle agence ?

– Agence ? Ah, oui, dans une agence..., articulé-je dans un phrasé dont les voyelles s'étirent paresseusement.

– Avec Max ? me presse Betty.

– Non, je ne travaille pas avec Max, fais-je en fronçant exagérément les sourcils et en essayant de rassembler mes pensées. Je l'ai juste rencontré dans son agence.

– Ah, comme c'est intéressant, acquiesce-t-elle. Mais qu'y faisiez-vous ?

– Oh, je...

Qu'est-ce que j'y faisais déjà ? Ça me paraît flou d'un coup.

– ...Je passais par là... Une promenade... Me suis perdue... Un entretien d'embauche peut-être ? marmonné-je presque pour moi, en pleine confusion mentale.

Je frissonne. Non, en fait, j'ai chaud. Le vertige. Un peu. Mais je suis assise, ça devrait aller. Max ? Ah non, il n'est pas là, bien sûr. Je suis dans un bar. Où ça ? Je ne sais même plus. Je vois Betty. Ah oui, c'est vrai : je suis avec la femme d'Aaron. Aaron, le futur-père-de-mon-big-boss.

– Emily ? Vous n'avez pas l'air très bien, s'inquiète-t-elle.

– Ça va aller, je vous remercie Betty, marmonné-je en dodelinant de la tête, m'appliquant à garder mon équilibre.

– Non, je ne pense pas. Allons prendre l'air. Et puis, je vais vous raccompagner. Vous semblez épuisée.

Je me laisse faire, appréciant de ne pas avoir à me dépêtrer de ce rendez-vous impromptu par des mensonges fumeux.

L'air extérieur est agréable, mais ne fait pas grand-chose pour mon état.

– Suivez-moi, Emily, me dit-elle fermement en me prenant la main.

Je me bats pour garder les paupières ouvertes tandis que mon pas se cale dans celui de Betty. Qu'est-ce qui se passe ? Est-ce un contrecoup du décalage temporel ? Il ne faut pas que je m'évanouisse ici. Je commence à avoir peur. Je ne dois pas aller à l'hôpital ! Pourquoi déjà ? Ah oui, je n'existe pas encore...

Dans le flot de passants, nous croisons une dame. Son visage me dit quelque chose... Un air familier... Où donc ai-je bien pu la voir ? Soudain, ses yeux se fixent sur moi. La femme se fige, visiblement troublée. Nous passons à quelques centimètres d'elle, mais elle nous suit du regard jusqu'à ce que nous nous perdions dans la foule.

Impossible de rassembler efficacement le peu de lucidité qu'il me reste : l'image de cette femme se perd dans les méandres de mon esprit.

– Je vous raccompagne en voiture, m'annonce Betty en ouvrant la portière passager de son Oldsmobile flambant neuve.

– Mais, ce n'est pas la peine, protesté-je mollement. Le Caraway est à deux pas. Pas besoin de prendre la voiture.

Betty ne répond pas et m'installe dans le véhicule sans la moindre résistance de ma part.

J'entends la voiture démarrer, puis le grondement régulier et satisfaisant du moteur. Le mouvement du trafic me berce doucement, et mon cerveau, ramolli et cotonneux, essaie de m'alerter de quelque chose, sans arriver clairement à le formuler.

Je parviens néanmoins à me poser cette question qui file et repasse sans cesse dans ma tête :

Mais qu'est-ce qui m'arrive ?!

25

GUET-APENS

Lieu inconnu.
Heure incertaine.

Il fait nuit maintenant, et les lumières des réverbères s'enchaînent régulièrement, éclairant le tableau de bord par intermittence, m'entraînant dans une sorte de douce hypnose.

Je ne vois plus de gratte-ciel. Nous avons quitté New York. Depuis combien de temps roulons-nous ? À quelle vitesse roulons-nous ? De quelle année date ce modèle d'Oldsmobile ? Toutes ces questions se suivent de manière linéaire, aléatoire, sans hiérarchie aucune, ni la moindre possibilité de réponse. Mes neurones sont comme paralysés, neutralisés. Je ne sais si je souris ou non. Suis-je en train de parler ?

Le temps de me poser la question, les muscles de mes lèvres se crispent malgré moi. Je les sens. Donc non, je ne parle pas.

Qu'est-ce qui m'arrive ? Je me sens nauséeuse. Où suis-je ? Ah oui, l'Oldsmobile. Je me rappelle distinctement un salon de collectionneurs où, avec mon grand-père – Oh papy, tu me manques –, nous étions tombés sur une flopée de ces voitures. Il y avait tout un tas de modèles, des années 1950 et 1960. C'était beau, cet alignement parfait de véhicules rutilants. Ça donnait envie. Envie d'être dans ces automobiles, dans cet univers sixties, et de vivre tout ce que ces gens devaient vivre quand ces voitures-là sillonnaient l'immense réseau routier de notre bonne vieille *America*.

Et maintenant ? Ah oui, l'Oldsmobile. Mais qui conduit ? Max ? J'ai dû tourner la tête car j'aperçois désormais la conductrice. Betty. Betty ? Hé ho, Betty ! Betty, vous m'entendez ? Betty ?!

Elle ne bronche pas. Peut-être parce que je n'ai rien dit ? Je ne l'ai pas vraiment appelée ? Ce n'était que dans ma tête ? Pourquoi ai-je l'impression de devenir folle ?

Je frissonne. Quand on frissonne, c'est qu'on a froid. Ou peur. Est-ce que j'éprouve l'une de ces sensations ?

Mais mon cerveau est déjà passé à autre chose : Max. C'est comme un éclair de lucidité ! Max doit… M'attendre. Là-bas, au Caraway…

Le doux ronronnement du moteur est très apaisant, mais je ne dors pas. Je ne suis pas fatiguée, non. Je suis… Engourdie ? Parfois, mes paupières se ferment et me coupent du monde extérieur. Est-ce que j'arrive à bouger ? Ma main droite passe devant mon visage, à quelques centimètres de mes yeux. Elle décrit une parabole hésitante, comme douée d'une volonté propre. Oui, je bouge. Plus ou moins.

Le moteur est moins monocorde depuis quelque temps. Il y a des variations dans le ronronnement, des ralentissements, de brefs arrêts, parfois. Puis, enfin, un stationnement plus long. À ma droite, la portière s'ouvre. Il fait sombre, il n'y a pas de lampadaire. La lune seule rase les alentours d'une lueur pâle et bleutée. Un manteau glacé m'enveloppe. Comme il fait froid tout à coup ! L'air est humide. Je n'aperçois que des bois aux environs.

Nous sommes dans une minuscule clairière entourée par d'immenses chênes. Betty semble entrer et sortir de mon champ de vision sans que je comprenne bien comment.

Je suis debout maintenant, appuyée d'une main sur le capot de l'Oldsmobile.

– Betty… Où… Sommes-nous ? bredouillé-je.

Ça, je suis sûre de l'avoir dit. C'est bel et bien sorti de ma bouche. Le froid me revigore. Mes pensées s'éclaircissent un peu. Nous étions au bar, puis Betty m'a emmenée dans sa voiture…

C'est évident ! Cette femme m'a droguée… Mais…

– Pou… Pourquoi ? lui demandé-je.

Ça, j'ai cru le dire, mais peut-être n'étaient-ce que des borborygmes.

Betty éclate de rire. Longuement.

– Be… Betty ? C'est vraiment… Drôle ? C'est… Une blague ? marmonné-je après un effort de concentration.

– Drôle ? Oh, je ne sais pas, fait-elle en penchant la tête sur le côté. Ça dépend pour qui. Pour toi, peut-être pas. Enfin, c'est à toi de voir. À toi d'y trouver de l'amusement. Tu es créative après tout ! Je suis sûre que tu as une imagination inépuisable.

Chacun de ses mots me parvient avec une clarté cristalline. Mon cerveau n'est pas complètement H.S. visiblement. Mais dès lors qu'il s'agit de répondre ou de bouger, j'affronte des sables mouvants invincibles. Mes émotions semblent, elles aussi, anesthésiées, mais c'est peut-être mieux ainsi…

– Je sais ce qui se passe dans ta tête. Tu te poses des questions, Emily *chérie*. Et c'est bien normal. Il n'y a rien de pire que l'incertitude. « Que faisons-nous là ? Que va-t-il se passer ? » C'est déstabilisant. Paniquant, même, cette imprévisibilité. Aussi, je vais te rendre un service et t'apaiser : oui, tu vas mourir. Pas dans cinquante ans, pas dans dix, ni même dans un an. Tu vas mourir, là, ce soir.

Mes lèvres bougent, mais rien ne sort. Je crois que je tremble. De froid *et* de peur.

– Quel choc j'ai eu quand je t'ai vue chez moi, avec Max, à la *party* ! Mon cœur a fait un bond. Je n'ai même pas su le dissimuler. Ça ne me ressemble pas, tu sais. J'ai habituellement un don pour garder contenance en toute situation. Ça fait partie de mes talents naturels pour lesquels Aaron ne me complimente pas assez. Parfois, je ne sais s'il est ingrat ou s'il ne se rend pas compte de tout ce que je fais, tout ce que je sacrifie pour lui. Mais peu importe. La fin justifie les moyens. Je n'ai pas besoin de ses louanges tout de suite. Pas encore.

Mon pied glisse un peu sur la boue molle, mais je parviens à garder mon équilibre.

– Et c'est vrai qu'il y avait de quoi être surprise, reprend-elle. Tu as le même… Visage. Vous êtes si… Semblables. Je dirais identiques, trait pour trait. Enfin, suffisamment pour que cela pose problème.

– Mais… Mais de qui… ? balbutié-je.

– Tu ne sais pas de qui je parle ? Vraiment ? C'est étonnant, ces méandres dans lesquels le destin nous mène et nous perd parfois. J'étais persuadée que tu comprendrais immédiatement. Peut-être même que tu ne la connais pas ? Pfff, peu importe ! Cela ne change rien à l'affaire. Mary Watson et toi : même combat. Vous êtes apparemment interchangeables. En tout cas, aux yeux du destin.

Mary Watson ? Le nom résonne fortement en moi. Il me faut dérouler un immense parchemin pour retrouver la trace de ce nom dans les tréfonds de mon cerveau. Toute mon attention, ma concentration, mon énergie se condensent soudain. Mary Watson… Watson…

– Heureusement qu'Atticus est là, continue Betty presque pour elle. Il m'a guidée, suivie et sauvée tant de fois…

Atticus : je le revois à la *party*, cet homme lugubre, à la silhouette osseuse, aux joues creusées et à l'aura glaciale.

– Lors d'une de nos *séances*, il a prédit que cette Mary et Max s'aimeraient d'un amour fort et rare. Un truc exceptionnel. Mais si c'était que ça ! Cette fille était douée pour la pub, très douée. Max et elle allaient révolutionner les choses et faire grandir l'agence ; devenir riches, immensément riches ! s'écrie-t-elle presque, un râle dans la voix.

Mais oui, bien sûr !

Mary Watson, c'est la jeune créa avec laquelle Max devait avoir un entretien d'embauche. Apparemment si douée et parfaite pour le job… Mais elle n'est jamais venue. Curieux… Du coup, je l'ai « remplacée » au hasard de mes errements temporels.

Dans un murmure écœuré, Betty ajoute :

– Alors qu'Aaron, rien. Toute sa vie à balayer derrière les costards chics, glissant dans la cendre de leurs cigares. Un cadre moyen, sans ambition…

Puis, se ressaisissant, avec un éclat mauvais dans les yeux :

– Mais si seulement… Oh ! Atticus a été si clair à ce sujet… Si seulement j'arrivais à intercepter cette Mary et à agir pour qu'elle et Max ne se rencontrent pas… Là, Aaron aurait sa chance et pourrait occuper la place qui lui revient. Et j'ai réussi ! s'exclame-t-elle avec une joie indécente. J'ai écarté cette pauvre fille. Éliminée, disparue, comme on efface une tache disgracieuse sur un chemisier. Je suis même parvenue à prendre son book, celui qui la montrait si prometteuse, si géniale. De quoi faire décoller la carrière d'Aaron ! Atticus l'a dit. Atticus a toujours raison. Mais toi, fait-elle en tendant un index calme et hostile, toi, tu as soudainement débarqué tout juste après que je me sois débarrassée de l'autre… Dingue ! À croire que le destin voulait prendre sa revanche. Mais heureusement, je suis bien guidée et je sais m'occuper des obstacles les uns après les autres. Je suis patiente et tenace. Tu vas pouvoir suivre le même chemin que l'autre : l'étang. Enfin, je serai tranquille, débarrassée de tous ces obstacles qui obstruent le chemin d'Aaron vers le succès.

Je suis effondrée, abasourdie. Betty vient de m'avouer qu'elle a commis un meurtre comme « on efface une tache disgracieuse sur un chemisier », selon ses propres mots ! Cette femme est folle à lier !

Les éléments s'assemblent maintenant à toute vitesse dans ma tête comme des pièces de puzzle trouvant enfin leur place.

Quelque temps après le rendez-vous « annulé » de Mary Watson, je revois Max m'apprendre la nouvelle, terrible, affreuse : le corps de la jeune femme a été retrouvé sans vie dans un étang. Puis cette mère bouleversée que j'ai croisée une première fois et que je suis quasiment persuadée d'avoir revue, tout à l'heure, sur le trottoir, en sortant du bar. L'ai-je réellement aperçue, ou était-ce une hallucination ? Une sorte de présage instinctif, une intuition de ce qui allait se passer, de ce que je suis en train de vivre, là, maintenant, debout dans la boue visqueuse ?

J'ai mal à la tête, tellement mal. Je lève les yeux sur le visage de Betty, qui semble à la fois inanimé et brûlant d'une flamme mauvaise. Je ressens un haut-le-cœur. La nausée. Le vertige. Les larmes qui me mouillent les yeux. Cette nuit lugubre, glaciale et humide, et moi, piégée par cette psychopathe, à mille lieues de toute forme d'habitation. Et le pire : je suis bloquée, engourdie… Droguée bien sûr. Ce fabuleux cocktail multicolore – « exactement ce qu'il vous faut, ma chérie » –, arrosé d'un narcotique. Le début de ma fin.

Un immense hurlement jaillit en moi, du plus profond de mes tripes, mais ne sort qu'un faible soupir. Je tremble tant que mes membres s'entrechoquent.

– Maintenant suis-moi, m'intime simplement Betty. L'étang est par là. Vite ! Je n'ai pas toute la nuit. J'ai une vie à construire, moi. C'est la tienne qui se termine ce soir.

La suivre ? Non mais, ça va pas ?

Betty m'agrippe le bras et je n'arrive pas à me libérer de son étreinte ! Mon corps, drogué, est incapable de résister. Est-ce de cette manière qu'elle s'est débarrassée de Mary ? Oh oui, sûrement. Impossible de crier, illusoire de se battre.

Mon cœur bat à tout rompre. Ma poitrine va exploser. Ma peau gèle dans l'air hivernal et des soubresauts de pleurs me font tressaillir.

Je tente de mobiliser toutes les forces restant en moi, de concentrer tout le potentiel de volonté dissipé par la drogue qu'elle a mise dans mon verre.

Que faire ?

Mes talons de ville s'enfoncent dans la terre molle tandis que Betty continue de tirer sur mon bras, toujours persuadée que je vais la suivre gentiment. Elle est encore plus démente que je ne le pensais.

Je me laisse soudain tomber au sol. La chute est dure, et l'engourdissement n'a pas anesthésié la douleur. Je lâche un râle grinçant. J'ai mal. Mes larmes ruissellent silencieusement, se mêlant à la terre en gouttes sales et brunes.

Mais au moins, Betty devra me porter pour me mener à l'étang ! Cela ne me sauvera peut-être pas, mais je n'ai pas d'autre plan.

Je l'entends qui lâche un cri. Elle peste. Son visage est convulsé de colère. Elle passe ses mains sous mes aisselles et se met à me traîner sur le sol. Elle enrage. Je me laisse aller autant que possible. Je ne veux pas lui faciliter la tâche et je me concentre de tout mon être pour peser comme un poids mort. Elle glisse elle aussi et bat des pieds dans la boue. Elle fulmine, mais égale à elle-même, ne se laisse pas bloquer et se relève sans relâche.

Ça la ralentit, mais elle continue !

C'est donc comme ça que l'on ressent la fin ? C'est donc ici, l'aboutissement de toute ma vie ? Celle que le destin m'a donnée ? Toutes ces aventures, tous ces voyages temporels, cet amour inouï… Tout ça pour terminer ici, de cette façon ?

– Tu fais la maligne, siffle Betty, entre ses lèvres, ça prendra le temps qu'il faudra, même s'il faut te traîner par les dents… Mais tu crèveras.

VI

TOI & MOI

26

LE DÉBUT DE LA FIN

Des ombres semblent passer derrière mes paupières encore closes. Ma conscience s'éveille doucement. Je n'entends rien, ou presque. À peine, au loin, un crépitement familier : une cafetière électrique peut-être. Je ne suis pas morte, apparemment.

Ou pas encore ?

L'air ambiant pénètre lentement dans mes narines pour remplir mes poumons. Pas de note humide, pas d'odeur de bois ou de boue. Je me sens calme, mais épuisée.

Je me rendors.

Combien de temps a passé ? De nouveau, la lumière douce vacille en transparence derrière mes yeux fermés. Le silence n'est plus total. J'entends des pas. Je me tortille légèrement. Je suis allongée sous des draps à la douceur rassurante. Je plie les doigts, fais fonctionner mes articulations : coudes, genoux, pieds. Je n'ose encore ouvrir les paupières. Je prends une profonde respiration.

Je sens le matelas s'écraser à mes côtés : quelqu'un vient de s'asseoir. Je me relève à peine, reposant ma tête sur le mur à quelques centimètres de hauteur.

Une tendre caresse sur ma joue.

– Enfin te voilà, dit Max de sa voix grave et apaisante.

J'ouvre les yeux. Je perçois comme un voile blanc, mais je peux voir son sourire.

Il se penche vers moi et dépose un baiser sur mon front. D'un geste automatique, je lève ma bouche vers lui.

Non, pas sur le front. Sur les lèvres !

Il hésite une fraction de seconde, puis m'embrasse délicatement.

– Comment va la Belle au bois dormant ? glisse-t-il.

Je n'arrive pas à lui répondre. Toute groggy, je tente de m'asseoir en m'aidant de mes coudes. Ma vision se fait plus claire, je reconnais l'appartement de Max. Je ressens un immense soulagement, sans toutefois me rappeler le déroulement des événements qui m'ont menée ici. Je ne sais pas ce qui s'est passé et je ne sais pas ce qui se passe, mais je sais que cet homme-là... Je l'aime.

Mais, j'ai aussi mal. J'ai mal partout. Des courbatures dans tout le corps et un mal de crâne, comme rarement j'en ai eu.

Même les lendemains de sorties avec Olympia et Agnès !

Max pose sur la table de chevet un verre au contenu effervescent.

– Ça ne pourra pas te faire de mal, dit-il affectueusement en se rasseyant.

Je suis maintenant parfaitement assise, dos plaqué au mur et tête reposée en arrière, regard au plafond. Puis, nos yeux se croisent. Nous nous sourions.

Mon esprit embrumé se réveille petit à petit. Des souvenirs cherchent à émerger, mais ma tête est si lourde. Les images sont floues et mélangées. Je revois un visage : c'est celui de Betty, tout en fureur et en haine. Je me rappelle avoir été à terre, souffrant et paniquant, prête à...

Mourir ?

Mais après ? C'est le noir complet.

– Que s'est-il passé, Max ? lui demandé-je doucement.

Il me caresse les cheveux en me regardant tendrement.

– J'ai eu tellement peur, Emily… À quelques secondes près, tu…

La voix de Max agit comme un baume. Elle est grave et suave, et c'est tout ce dont j'ai besoin en ce moment.

– Je sais, Max. À quelques secondes près, je mourrais… ajouté-je, sentant la chair de poule sur ma peau. Mais comment as-tu su où me trouver ?

– C'est une longue histoire. Tu devrais te reposer d'abord.

– Non, raconte-moi. Je veux savoir maintenant, protesté-je d'une voix faible.

Max inspire et sourit.

– Mary Watson : ce nom te revient ? me demande-t-il.

– Oui, bien sûr. C'était la fille qui devait avoir un entretien d'embauche avec toi. Betty m'en a parlé aussi… Je crois. Tout est tellement flou. Betty me racontait des choses, je ne comprenais pas tout, ou pas vraiment… Je n'arrive plus à me souvenir…

– C'est normal ! Elle t'avait complètement droguée ! dit Max avec colère.

– Oui, mais j'aimerais tant comprendre ce qu'elle me voulait, soupiré-je. Mais peu importe, tu parlais de Mary Watson ?

– Sa mère vous a croisées par hasard, Betty et toi, hier soir.

– Je m'en souviens maintenant ! Son regard était curieux : profond et inquiet. Je croyais presque l'avoir rêvé.

– C'est bien arrivé et Mme Watson t'a reconnue. Elle t'avait croisée à l'agence, quand elle était venue m'annoncer la mort de Mary, rappelle-toi. Tu ressembles apparemment à sa fille. Beaucoup. « Comme un sosie », a-t-elle précisé.

– C'est aussi ce qu'a dit Betty, murmuré-je, songeuse.

– Mais la mère de Mary a surtout reconnu Betty et là, ça a été notre chance !

– Elle la connaissait ? Comment ça, « notre chance » ?

– Quelque temps avant son entretien avec moi, Mary avait rendez-vous chez Taylor, Baxter & Morrison. Sa mère l'accompagnait. Et, arrivées dans le hall du Carraway Building, elles ont croisé la route de Betty.

– Et j'imagine que ça ne s'est pas bien passé…

– Au contraire ! Betty était très chaleureuse. Elle a proposé à Mary de la guider à travers le Carraway Building pour qu'elle n'arrive pas en retard à son rendez-vous. Betty a aussi insisté pour que Mme Watson attende sa fille dans un très bon café pas très loin. Ce même café d'où tu sortais hier soir avec Betty, quand Mme Watson vous a croisées.

Waouh, trop de coïncidences tuent la coïncidence.

– C'est elle qui t'a raconté ça ? ne puis-je m'empêcher de l'interrompre.

– Oui, c'est Mme Watson. Mais attends, j'y arrive ! Donc, Mme Watson laisse Betty et Mary ensemble. C'est la dernière fois qu'elle verra sa fille… C'était six jours avant son rendez-vous avec moi… Mary a donc dû être tuée le… 6 novembre, ajoute-t-il pensif.

– Mary Watson, assassinée le 6 novembre ? Le soir de la fête chez Sullivan inc., quand on s'est vus pour la première fois sur la terrasse ? Le fameux soir où s'est ouverte la porte temporelle ? insisté-je. Il s'agit *forcément* d'une coïncidence, non ?

– Je ne sais pas. Cette histoire est un vrai sac de nœuds !

– Qui nous a permis de nous rencontrer, souris-je.

– Et que je n'ai pas envie de dénouer trop vite. Qui sait ce que nous pourrions trouver ?

– Quelque chose qui pourrait nous séparer ?

– Rien ne pourra nous séparer. Jamais.

Et il m'embrasse avec tout l'amour dont est capable quelqu'un. Je frissonne d'émotion.

Il me sourit et continue :

– Quand Mary Watson a été retrouvée noyée, rien ne laissait supposer qu'il s'agissait d'un meurtre. La thèse la plus évidente était l'accident. Ou sinon, le suicide : elle se serait jetée volontairement dans l'étang.

Volontairement...

Je frémis à cette idée.

Cette drogue que Betty m'a administrée... Elle a dû donner la même à Mary.

– Mais sa mère ne pouvait croire ni à l'accident, ni au suicide, reprend Max. Mary était une jeune femme heureuse et pleine de talent, prête à commencer une carrière prometteuse. En plus, elle n'avait aucune raison de se trouver aussi loin de New York, en pleine campagne. Donc, quand cette femme t'a vue avec Betty, toi le sosie de sa fille, elle a tiqué. Surtout que tu n'avais pas l'air bien du tout. Elle est venue me prévenir sur-le-champ. C'est là qu'elle m'a tout expliqué.

– Et tu l'as crue ? D'autres que toi auraient pensé avoir affaire à une folle.

– Depuis nos histoires de voyage dans le temps, peu de choses peuvent me surprendre, sourit-il. Il y avait aussi une lueur dans ses yeux... Quelque chose d'indéfinissable, un éclat... C'était *forcément* vrai.

– Mais tu ne savais pas qu'il s'agissait de Betty. La mère de Mary ne connaissait pas son nom, fais-je remarquer.

– Oui. J'ai été directement voir Donald. C'était le seul qui pouvait m'aider. Par chance, il vous avait aperçues en train de discuter devant le bar, puis partir ensemble. Il n'y avait pas de doute possible.

– Mais comment savoir où Betty m'avait amenée ?

– C'était le coup de poker : on s'est dirigés vers l'étang dans lequel avait été retrouvée Mary. C'était un pari, mais on n'avait aucune autre piste. Et notre intuition a été la bonne.

– Je ne me souviens de rien…

– Tu étais quasiment inconsciente quand nous sommes arrivés. Betty s'est enfuie avec sa voiture en nous voyant et t'a laissée à terre, allongée dans la boue, évanouie. On ne l'a pas poursuivie : la priorité était de te ramener au chaud, en sécurité.

– Donc elle court toujours ? Elle n'a pas été arrêtée ? m'inquiété-je.

– Nous n'avons pas été voir la police : je ne peux pas donner ton nom, ni leur dire que tu viens de 2015. C'est toi et moi qu'ils enfermeraient ! Quant à Betty, plus de nouvelles. Impossible de savoir où elle se trouve. Je n'ai aucune idée de ce qu'elle prépare.

Nous nous regardons intensément. L'avenir est incertain. Mais en a-t-il déjà été autrement ? Cela ne fait-il pas partie du contrat temporel qui nous lie, malgré nous ? Max me prend la main, rassurant.

Nous sommes interrompus par la sonnette de l'interphone. Je lui lance un regard interrogateur. Il sort de la chambre pour rejoindre l'entrée. À voir son expression, il n'attendait personne.

Il vaut mieux que je sorte du lit. Je soulève les draps, fais pivoter mes jambes pour reposer mes pieds à terre et me lève dans des craquements d'articulations. Je m'étire, bras vers le ciel.

J'ai l'impression d'avoir passé une semaine dans un bocal !

Je marche vers le salon, mes pieds nus s'enfonçant dans la moquette épaisse et chaude. J'arrive à l'instant même où Max ouvre la porte d'entrée. C'est Donald qui apparaît. Après les salutations d'usage :

– Comme je suis heureux de voir que ça va mieux, me lance-t-il avec un sourire.

– Oui, ça va, merci Donald. Merci pour tout ce que tu as fait.

– Il n'y a rien d'exceptionnel. J'ai simplement suivi Max, fait-il modestement.

– Emily, dit Max inquiet, tu aurais dû rester allongée.

– Je vais très bien, le rassuré-je.

– Mais il s'en est fallu de très peu, commente Donald.

Je note dans son ton une pointe de tension, et ça n'est pas pour me mettre à l'aise.

– Il faut que nous parlions. Tous les trois. De nouveau, ajoute-t-il.

Max et moi, nous nous jetons un regard tendu. Nous ne sommes pas au bout de nos peines...

Sans un bruit, nous nous installons sur le canapé, dans la même configuration que la dernière fois. C'était il y a si peu de temps, et il s'est pourtant passé tant de choses !

Donald se lance en paraissant prendre sur lui :

– J'ai reçu des messages... Importants, déclare-t-il gravement.

– C'est-à-dire ? l'interroge Max. De qui ?

– Des voyageurs du temps.

D'entendre le nom de ce groupe étrange et mystérieux qui maîtrise les notions du voyage temporel n'augure rien de bon. Max me prend la main, mais reste concentré sur Donald.

– Et que te veulent-ils ? fait Max.

– Ma mission est presque terminée, annonce-t-il froidement.

– Donald ! Mais c'est formidable ! m'écrié-je. Tu vas enfin pouvoir rentrer chez toi. C'est une excellente nouvelle, non ?

– Oui... marmonne-t-il en se tordant les doigts. Enfin... Je suppose que oui.

– Mais il y a autre chose, c'est ça ? suggère Max.

– Exact. Ils voulaient aussi me prévenir.

Il me regarde intensément :

– Emily, il va falloir partir. Après ton prochain passage, la porte se refermera, définitivement. Tu ne pourras plus revenir.

Je ressens comme une balle exploser dans mon cœur.

– Quoi ?! nous écrions-nous ensemble, Max et moi.

– Je suis totalement navré, vraiment… Désolé… Je ne sais que vous dire… Je n'ai pas… De solutions…

Les mots de Donald s'enchaînent et se télescopent. Un fort bourdonnement emplit mes oreilles. Mon cœur bat à cent à l'heure, mes mains et mes pieds deviennent froids.

– Donald, reprend Max en tentant de garder son calme, que se passe-t-il ?

– C'est une histoire si compliquée… Vous le savez vous-mêmes : c'est insensé. On ne peut vivre comme ça, sur deux époques. C'est de la science-fiction, c'est…

– Dis-nous tout ! l'interromps-je brusquement. Raconte !

Je darde sur lui un regard fébrile. Il lève la tête vers moi, acquiesce doucement, puis se lance :

– Tu as raison, Emily, vous avez le droit de savoir. Je vais vous expliquer une bonne fois pour toutes.

Ma poitrine va exploser, je suis entièrement crispée, respirant fortement. Max m'enlace en tentant de m'apaiser.

– Emily, continue Donald, Mary Watson et toi, vous êtes… La *même personne*.

– Comment ?! m'exclamé-je.

– Lorsqu'elle est morte, son âme a erré, puis s'est réincarnée en toi à ta naissance. Tu as grandi et tu es « revenue » en 1963, le jour exact de la mort de Mary, comme pour *continuer* sa vie. Enfin, *votre* vie.

– Je suis une autre personne ?! Mais, me défends-je, je suis bien *moi* ! Enfin, je réfléchis, je pense, je ressens, je vis… C'est moi qui fais tout ça, ce n'est pas quelqu'un d'autre ! Et surtout pas quelqu'un qui est mort il y a cinquante ans… Ou il y a deux semaines… Enfin, peu importe ! C'est totalement absurde, cette histoire !

Face à ma réaction, Donald hoche la tête lentement et reprend d'une voix douce :

– Oui, bien sûr que tu *es* toi. Mais tu n'es pas *que* toi. Je ne te dépossède pas de ton identité, Emily. Je suis en train de te dire que Mary, c'est *aussi* toi. Et tu sais quoi ? Elle avait 24 ans, comme toi. Et comme toi, elle est née un 12 avril. Mais en 1939. Tout cela, je l'ai enfin compris, et les voyageurs du temps me l'ont confirmé. Ils ne sont pas intervenus avant car c'était la première fois qu'ils étaient confrontés à ce genre de « secousses » temporelles. Mais ils ont décidé que tout ça devait finir et m'ont chargé de vous prévenir. Je crois que votre histoire a touché bien plus de gens que vous ne pouvez l'imaginer…

Je suis abasourdie par la révélation de Donald. Je ne sais que penser. Je plonge mes yeux dans ceux de Max. Il me caresse la joue. Tout semble prendre sens : ma ressemblance avec Mary, notre métier commun, mon attirance pour les sixties, l'émotion que sa mère et moi avions ressentie en nous croisant la première fois, et évidemment… Mon amour pour Max.

Cet amour fou, dingue, irraisonné, au premier regard. Un amour que personne n'aurait pu détruire dès la première étincelle. Un souvenir me revient brusquement : Betty m'a dit près de l'étang qu'Atticus avait prédit cet amour-là entre Max et Mary. J'ai même ressenti une pointe de jalousie, malgré la peur qui m'étreignait ! Mais de là à penser qu'il s'agissait de… *Moi* !

– Je comprends mieux, marmonne Max. Je me rappelle ce jour-là, ce 6 novembre. J'ai soudainement ressenti une immense tristesse. Quelque chose d'irrationnel et d'impalpable. Ça devait être le moment de la mort de Mary. Puis, tout à coup, tu es apparue, Emily, et la vie s'est illuminée. Mon cœur s'est rouvert et réchauffé subitement.

Max dit cela en me regardant avec des yeux brillants d'émotion et en me caressant la joue de son pouce. J'ai peine à ne pas me laisser envahir par les larmes.

– C'est à peine croyable : je… J'étais prédestiné à une âme sœur… Pourquoi moi ? Pourquoi nous ? Tout est tellement… Fort, avec toi, Emily.

Max semble touché en plein cœur, en proie à ses questionnements. Il se tourne alors vers Donald :

– Pourquoi avons-nous eu cette chance ?

– Je ne sais pas… Je pense que l'amour est bien plus mystérieux que les voyages temporels, philosophe Donald.

Je suis moi-même encore sous le choc. Le destin nous a choisis et nous a donné le droit de nous rencontrer et de nous aimer. Qui d'autre a eu cette opportunité ? Et qui l'a saisie ?

– Très bien. Mais qu'est-ce que cela change ? lance encore Max à Donald. Emily ou Mary, si ce sont les mêmes âmes, il n'y a pas de différence pour nous. Nous nous aimons et nous aimerons toujours. Quel rapport avec la fermeture de la porte ? Et avec ta *mission* ? Cet accident que tu as causé, cela ne nous concerne pas, non ?

– Si, justement. Voilà pourquoi je vous disais que l'histoire est compliquée, répond-il en se pinçant les lèvres. L'homme qui est décédé dans l'accident s'appelait Henry. Vous n'avez pas entendu parler de lui, mais vous connaissez sa fiancée de l'époque : Betty.

Je ne peux retenir un cri d'étonnement. Max et moi passons de surprise en surprise. Nous nous serrons fort sur le canapé, comme un couple bravant la tempête.

– Comme vous le savez, continue-t-il, à la suite de ça, je suis resté coincé dans le temps. Quand j'ai été convoqué au commissariat, j'ai dû prendre une nouvelle identité. J'ai réussi à ne pas être inquiété par la police, à devenir quelqu'un d'autre, en prenant un nouveau nom, ici, dans les années 1960. J'ai trouvé ce job de barman pour pouvoir vivre, tout en restant le plus anonyme possible. Je crois que j'ai toujours gardé l'espoir de revoir un jour les années 2000, sans attendre de vieillir quarante ans... Bref, quelque temps plus tard, j'ai commencé à voir Aaron et Betty passer au bar. Cette dernière s'est d'ailleurs mise à y venir souvent. Nous nous sommes reconnus, bien évidemment. Mon visage avait dû rester gravé dans sa mémoire depuis la tragédie. Mais, elle n'en a jamais reparlé. Plus étonnant encore : elle a toujours feint de m'ignorer. Soit. Ce devait être une sorte de défense. Je l'ai accepté bien sûr. J'étais en cause, après tout.

– Et donc, réparer cet accident, c'était devoir quoi ? Aider Betty ? lui lancé-je, incrédule.

– C'est ce que j'ai d'abord cru. Mais impossible de me lier d'amitié avec elle ou de lui proposer mon aide. Je l'ai donc « regardée » vivre, j'ai cherché ce qu'il fallait faire pour réparer. Mais tout ce que j'ai pu constater, c'est que tout ce qui est arrivé par la suite est entièrement de ma faute. Si je n'avais pas tué le fiancé de Betty, elle ne serait pas tombée dans les bras d'Aaron...

– Et ce n'était pas une bonne chose ? l'interromps-je.

– Je l'ai d'abord pensé comme toi : c'était génial qu'elle refasse sa vie ! Je m'en voulais un peu moins et puis j'espérais au fond que le destin avait « réparé » les choses tout seul. Et c'est alors que ça a dégénéré. Je ne sais pas si Betty était déjà un peu folle avant l'accident ou si c'est sa rencontre avec Aaron qui a tout déclenché, mais je voyais bien que sa seule grande obsession était la carrière de son mari. C'était clair, vu la façon dont elle en parlait constamment au bar. Mais ce que j'avais d'abord pris pour une simple obsession est devenu pure folie. Je l'ai entendue divaguer et raconter ses séances de voyance devant ses copines qui ne comprenaient rien et n'osaient pas la contredire. Elle s'est mise à parler d'« éliminer » tous ceux qui se trouveraient sur sa route, comme *on* le lui conseillait. Si les autres n'y voyaient que métaphore, j'ai commencé à réaliser que Betty était vraiment sérieuse.

Je sais maintenant de quoi parle Donald, et pour compléter son récit, je leur raconte les révélations que Betty m'a faites dans les bois au sujet des prophéties d'Atticus : Mary, talentueuse jeune femme, allait tomber follement amoureuse de Max, et leur vie professionnelle serait florissante. À côté, Aaron resterait dans l'ombre… Je comprends alors plus clairement la portée de ces révélations :

– Si je n'avais pas traversé la porte temporelle, Max n'aurait jamais rencontré son âme sœur puisque Betty s'était chargée de tuer Mary, commencé-je à expliquer en essayant de remettre de l'ordre dans mes idées. Et c'est cette réalité-là que je connais en 2015 : Mary morte, Max n'a pas eu le courage et l'inspiration pour continuer son travail. Aaron Sullivan, au contraire, a créé la multinationale Sullivan inc., plus tard reprise par son fils Jimmy et dans laquelle je travaille. Max n'étant plus un concurrent en course, il n'y avait plus aucun obstacle pour que se développe la firme Sullivan… Betty a gagné dans mon 2015. Elle est même encore vivante… C'est incroyable, tous les éléments s'ajustent à la perfection ! Betty est peut-être folle, mais elle a réussi. Sauf qu'elle n'avait pas prévu que je débarque par une porte temporelle. Cela change tout, non ?

Sauf si je dois partir pour toujours d'ici…

Donald s'éclaircit la voix après mon exposé :

– Cela change tout, mais pas dans le sens où tu l'entends, Emily. Oui, tu es revenue ; oui, Max a trouvé l'amour, mais je ne crois pas que tu puisses changer les choses en 2015. Ma mission consistait à *réparer* les dégâts que Betty commettrait, suite à mon accident. Je devais vous rencontrer, laisser votre amour fleurir, et enfin empêcher ce deuxième meurtre atroce.

Il se rassied bien droit. Il ferme les yeux, et je sens comme un sentiment de soulagement le prendre. Il respire profondément comme si, enfin, un fardeau accablant s'était évanoui de ses épaules. Et de fait, quand il rouvre les yeux :

– Cette mission est donc à présent accomplie… Et maintenant, Emily, tu *dois* partir.

– Mais c'est insensé ! proteste Max. On peut très bien choisir nous-mêmes notre destin !

– Parfois non… réplique Donald laconiquement.

– On ne peut pas être prisonnier des vies des autres ! m'écrié-je. Je ne veux pas n'être qu'un pion, qu'un personnage secondaire dans les vies d'Henry et de Betty ! Je ne veux pas payer pour *ton* erreur !

– Ce n'est pas de ça qu'il s'agit, insiste Donald touché par mon accusation. Oui, j'ai fait une erreur, mais je ne sais même pas si je vais pouvoir retourner chez moi. Tout sera réparé quand tu passeras la porte. Mais après ? Je n'en sais rien. Je ne vais pas me plaindre… Mais vous, vous avez *réellement* vécu votre amour. Vous avez été les personnages principaux de cette passion-là. Vous avez eu la chance de vous rencontrer et de vous aimer. Tant de personnes n'ont pas cette possibilité au cours de leur vie !

Il secoue la tête, se laissant gagner par l'agacement :

– Emily, si tu restes, tu ne sais pas ce que tu peux provoquer comme dégâts. Il n'y a pas de solution. Je suis désolé, mais il faut être raisonnable à présent. C'est trop dangereux. *Pour tout le monde !*

27

LES NOUVELLES DU JOUR

Madison Avenue, New York.
18 heures. Jeudi 12 décembre 1963.

Nous avons le sentiment de marcher vers l'échafaud. Il règne ce soir à New York une atmosphère curieuse, irréelle. Le ciel est violacé, et notre petit groupe de trois personnes chemine lentement, mutique, sur Madison Avenue, vers le Caraway Building. Est-ce moi, ou tout semble plus calme qu'à l'ordinaire ? Le bruit de fond constant des voitures paraît assourdi, la foule des trottoirs moins dense. Max me tient la main et la serre. Fort.

Je réponds à sa pression, mais je n'ose croiser son regard de peur de fondre en larmes, là, tout de suite.

Alors, c'est donc maintenant la fin de l'histoire ? Tout ça pour… Ça ?

Tous ces rêves d'amour éternel, ces moments intenses et enflammés, tout cela ne deviendra plus qu'un souvenir qu'une Emily du futur gardera en elle comme le reliquat d'un songe ? Quelque chose de tellement fou, qu'un jour je n'y croirai plus ? Je me persuaderai alors que ce ne devait être que des hallucinations. Dues à la fatigue, au surmenage. Ce serait donc ça le burn out ! Voyager dans le temps ? Mais quel délire ! Comment ai-je pu croire un instant que c'était vrai ? Rencontrer un mec sublime, bien au-delà de tout ce que j'aurais pu espérer, vivre des aventures haletantes, dangereuses même, était-ce vraiment ce que le destin avait prévu pour Emily Green ? Ne suis-je pas plutôt vouée à travailler sur mon petit bureau dans mon *open-space*, à supporter Voldemort, à monter progressivement les échelons, et à fonder une famille *normale*, dans une petite maison *ordinaire*, avec un mari *classique* mais gentil, complice mais sans passion ?

Je me mets à trembler. De colère et de peur. Nous allons pénétrer dans le Caraway, monter les étages, puis je partirai, tout simplement, pour toujours. L'idée que l'on puisse effacer d'un coup tout ce que nous avons vécu ensemble me donne la nausée.

Donald est trois pas devant nous. Je le vois marcher de dos, sans pouvoir déceler ses pensées, ses émotions. Sa démarche est souple et balancée, comme d'habitude. Peut-être est-il un peu plus voûté ? Max, lui, est à mes côtés, droit et puissant, bravant les éléments avec flegme et témérité. C'est sa manière d'être. C'est également sa manière à lui d'affronter la souffrance. Je le sais car j'ai appris à lire dans ses yeux.

Mon regard court tout autour de moi. C'est aussi la dernière fois que je me promène en 1963. J'essaie de m'imprégner de ce que je vois. Cette vie-là ne m'a été que prêtée. Ces vieilles Ford qui roulent avec un crépitement de feu et ces gens portant chapeau et costard, clope au bec. Toute cette vie que j'avais si longtemps fantasmée et que j'ai réellement *vécue* ! Ce n'est quand même pas donné à tout le monde, non ?

Nous arrivons au pied de l'immeuble. Sa haute façade est intimidante ce soir. Les volutes pourpres des nuages se dédoublent dans le reflet des vitres. Je me sens écrasée par le ciel.

Nous entrons.

Le grand hall est particulièrement tranquille. Il est tard et la journée de travail est terminée pour la plupart des employés. Mais ce calme est pesant, il bourdonne à mes oreilles. Les concierges nous saluent de loin tout en compulsant des papiers.

Ce geste, ce n'est pas un bonjour. C'est un adieu !

Je me sens si froide à l'intérieur. Je frissonne et je peine à me réchauffer, alors même que nous sommes entrés.

Nous voici debout à attendre les ascenseurs. Nous irons au trente-sixième d'abord. C'est notre endroit à nous. Et puis, il me faudra être seule. Les portes s'ouvrent, et nous pénétrons dans la cabine. Désormais tous les trois face à face, je peux évaluer l'ampleur de la lutte qui se mène dans les cœurs de Donald et de Max en ce moment difficile. Leur regard est intense et troublé. Max garde ses yeux dans les miens. Donald lève la tête, semblant éviter de nous observer. Je sais aussi à qui et à quoi cette situation le fait penser…

C'est dur pour tous.

La sonnerie tinte et les portes s'ouvrent au trente-sixième. Nous sortons. Sans hésitation, Donald s'éclipse. Il nous laisse pudiquement à nos adieux. Je tremble comme une feuille lorsque Max prend mes deux mains dans les siennes. Nous sommes face à face et le temps s'est comme arrêté.

Si seulement il s'arrêtait vraiment ! Rester avec lui, coincés dans une minute d'éternité…

– Je… Je suis désolée, Max, parviens-je à articuler entre deux sanglots.

– Ce n'est pas de notre faute, Emily, me rassure-t-il d'un ton incertain.

– Si je n'avais pas voyagé dans le temps, si je ne t'avais pas rencontré sur la terrasse ce soir-là, nous ne souffririons pas comme ça.

– Tu n'as rien choisi. Moi non plus. Nous n'avons été que les jouets du destin. Des *âmes sœurs* sont destinées à se rencontrer, non ? À ne jamais nous connaître, nous serions passés à côté de cette passion, de cette expérience unique. De la *seule* vie qui mérite d'être vécue !

– Ne dis pas ça ! Le reste de nos existences ne servira donc à rien ?! m'écrié-je, le visage baigné de larmes.

– Tout ce que nous avons vécu ensemble nous a nourris. Il reste dans nos cœurs comme un diamant que nous avons taillé tous les deux et qui luira à jamais, auquel nous penserons à chaque instant de doute ou de tristesse. Tu m'as changé, Emily Green. Jamais plus je ne pourrai mener ma vie comme avant.

Je serre fort le pendentif de Max que j'emporte avec moi.

– Et dire que je n'ai même pas pu te laisser un cadeau en souvenir, lui dis-je toute désolée.

– Tu plaisantes ! Ce que tu m'as offert est bien plus précieux que n'importe quel objet. Et puis, tu as entrouvert pour moi des possibilités immenses avec cet aperçu du futur, toute cette technologie. De quoi alimenter ma créativité pour des années !

Il parvient à me sourire. Il veut me consoler, m'apaiser, mais ses yeux sont brillants et vibrants d'émotion.

Nous nous embrassons follement, éperdument. C'est la dernière fois que mes lèvres goûtent les siennes. Je suis bouleversée. Nos larmes se mêlent, joue contre joue. J'ai l'impression que nous n'avons pas vécu un millième de ce que nous aurions pu vivre. J'aurais tant aimé profiter davantage, vivre plus pleinement tous ces moments, apprécier plus fortement la douceur éphémère de chaque baiser.

Mais on ne peut revenir en arrière. Et il s'agit maintenant de profiter au mieux de cette seconde-ci, éphémère, de cet instant présent, fugace.

Le seul qui compte vraiment.

– Je suis navré, je dois vous interrompre, dit Donald, soudainement réapparu. Je sens la porte temporelle commencer à s'effacer. Ce n'est plus qu'une affaire de minutes.

Sa voix tremble aussi. Il sait qu'il joue le mauvais rôle à nous presser, et ce n'est pas facile pour lui non plus. Max me serre dans ses bras. Je tiens son corps comme si je m'accrochais à la vie.

– Viens, Max, fait Donald doucement en lui posant la main sur l'épaule.

Max tourne la tête vers lui et acquiesce lentement. Notre étreinte se desserre comme des pétales se détachant sous l'effet du vent. Nos regards restent ancrés l'un à l'autre. Ses pas nous éloignent au ralenti, au rythme de secondes interminables et déchirantes.

Je ne sens plus mes membres, je ne sens plus mon corps. Je ne suis plus qu'une poupée de chiffon vidée de sa substance, hébétée et désolée. Seule, je le suis désormais face aux ascenseurs. Sans réfléchir, j'appuie sur le bouton. Danny s'ouvre.

J'entre dans la cabine.

***

Caraway Building, Madison Avenue.
19h12. Samedi 12 décembre 2015.

Les néons modernes grésillent d'un ton monocorde. Pas de moquette vert olive, mais un sol dur et froid, blanc et gris. Samedi soir, personne au travail. La plupart des lumières sont éteintes dans l'*open-space* que je peux apercevoir depuis le hall.

Je tremble comme une feuille. L'émotion est trop forte : je vacille. Je me tiens au mur, penchée, prête à m'effondrer. Mais je suis trop faible et je m'écroule au sol, prise de hoquets et de spasmes, pleurant tout mon soûl.

C'est la fin. La vraie fin.

Soudain, dans un geste désespéré, je me relève vivement, le cœur battant, et je me jette sur le bouton d'appel que je presse frénétiquement. Un ascenseur arrive. Ce n'est pas Danny.

Pourtant, je suis seule !

Je presse le bouton encore et encore, comme une folle furieuse, perdant totalement le contrôle. Les cabines s'ouvrent, se referment, se suivent dans un ballet mécanique insupportablement lent et indifférent, mais Danny reste de marbre : il ne s'ouvre pas.

Il ne s'ouvrira donc plus...

La porte temporelle est fermée, et je suis ici, bloquée à jamais à mon époque. Chose normale pour tout le monde, mais une torture pour moi.

À bout de forces, désespérée, je me laisse glisser le long du mur, mes larmes coulant sur ma chemise, mes joues marbrées de mascara. Je reste prostrée un long moment, là, impuissante...

Inutile.

***

Appartement d'Emily, quartier de Little Italy.
9h26. Dimanche 13 décembre 2015.

C'est en ouvrant les yeux que la réalité me retombe dessus comme un poids mort. Le sommeil m'a donné un répit de courte durée, presque cruel car éphémère. Je reste allongée sur le lit, mon corps ankylosé sur le matelas. Je pourrais passer la journée comme ça, regard perdu au plafond.

La déprime, quoi…

Mon téléphone sonne. Il insiste. Mes parents et Serena m'ont laissé des messages, et je n'ai pas pris le temps de leur répondre. C'est le monde réel qui se rappelle à moi… Et ce n'est peut-être pas plus mal. Ça me permet de sortir de ma torpeur.

Oui mais, se réveiller, pour quoi faire ?

Allez, on ne se pose pas de questions et on sort du lit ! Une petite voix en moi me force au mouvement. Sans réfléchir, je passe à la douche. L'eau chaude me fait du bien.

Un peu ragaillardie, j'appelle Serena. S'il y a quelqu'un qui peut m'aider alors que je suis au fond du trou, c'est bien elle.

– Allô, Serena ?

– Emily ! Comment tu vas ? Tu as une toute petite voix, s'inquiète-t-elle.

– Ça… va, bredouillé-je.

Un silence.

– Non, en fait, ça ne va pas, Serena, reprends-je la voix tremblante. Tu crois qu'on peut se voir ?

– Évidemment, s'écrie-t-elle. On n'a qu'à se retrouver à Brooklyn, au Wynberg ? D'ici une heure et demie ? On va se promener au square juste à côté, avec Jade, et elle pourra se reposer au café, après.

– OK, super. Merci, Serena.

– Hé, Emily ?

– Oui ?

– Ça va aller. Ne t'en fais pas, hein ?

– Oui. Tu as peut-être raison.

Je raccroche. L'envie de pleurer ne m'a pas quittée. J'essaie de ne pas y penser, mais j'ai l'impression de voir Max partout.

***

J'aperçois mon amie à travers la vitrine du petit café qui se trouve à l'angle de la rue, juste en face du square où s'ébattent une dizaine d'enfants souriants. Serena, assise face à un thé fumant, est en train de donner le sein, regardant tendrement Jade téter. Le tableau me fait sourire. Ne serait-ce que pour ça, j'ai bien fait de venir !

Serena m'accueille joyeusement. Elle sait que je ne verse pas dans les larmoiements. Une fois installée et mon café commandé, je me mets à lui raconter les derniers événements.

– Plus jamais ?! s'exclame-t-elle, abasourdie.

– La porte temporelle s'est refermée. Je ne peux pas y retourner.

– Mais... Et si tu venais à la boutique ? Tu pourrais peut-être...

– Non. Si elle est fermée pour moi au Caraway, elle le sera aussi à la boutique. C'est le destin, ajouté-je mélancoliquement.

– Mais on l'emmerde ce destin ! s'indigne-t-elle. Depuis quand on ne peut pas décider de ce qu'on fait dans la vie !

– Depuis que je ne sais pas ouvrir et fermer toute seule les portes temporelles, lui réponds-je avec regret.

– Mais Phoebe peut peut-être faire quelque chose...

Serena est gentille, elle essaie de me remonter le moral en tentant de trouver des solutions. Malheureusement, ce n'est pas si simple.

– C'est une longue histoire... Ce n'est pas possible, Serena. Je veux dire que, cette fois-ci, c'était réellement la dernière fois. Mais c'est adorable de ta part de t'en faire autant pour moi.

Elle se tait, visiblement troublée par mes soucis.

– Tu ne devrais pas être aussi affectée, la rassuré-je. Je ne voulais pas te mettre ma tristesse et mon stress sur le dos.

– Comment veux-tu que ça ne me touche pas ? Tu es ma meilleure amie.

Elle me sourit en me prenant la main. Jade, elle, s'est endormie, repue et heureuse dans les bras de sa maman.

– Bon, sinon, j'ai quelque chose pour toi, m'annonce-t-elle.

– Pour moi ?

Elle sort une grande enveloppe en kraft, apparemment pas de toute jeunesse, et me la tend.

– Quelqu'un a laissé ça à la boutique pour toi. Il y a longtemps.

– Longtemps ? Quel genre de *longtemps* ? Quelques mois ? Quelques années ? lui demandé-je.

Le mystère s'épaissit. J'ouvre et j'y trouve un journal daté de décembre 1963. Qui est derrière ça ? Max ? Donald ? Phoebe quand elle était jeune ?

– Je ne sais pas, Emily. Phoebe m'a juste dit – et je la cite – « tu donneras ça à ta copine ». Impossible d'en savoir plus.

– OK…

J'étale le journal devant moi. En une : la politique internationale. Puis, un sujet sur Johnson, le successeur de Kennedy, interviewé à propos du Vietnam : « Faut-il rapatrier les soldats ou en envoyer davantage ? » Bref, rien de plus que ce que j'ai déjà lu dans les livres d'histoire. Je tourne les pages distraitement, essayant de comprendre cet étrange message, envoyé par-delà les décennies. J'arrive sur la page des faits divers et tombe sur un article. Je le compulse, et mes yeux s'écarquillent au fur et à mesure de la lecture.

– Qu'est-ce que t'as trouvé, Emily ? Tu fais une de ces têtes… s'inquiète Serena.

– Là, dans ce journal…

– Mais tu n'es peut-être pas censée me raconter ?

– La neutralité temporelle ne me concerne plus désormais. Du moins, je ne crois pas.

Ou peut-être que je m'en fiche, maintenant que tout cela s'est si mal terminé…

– C'est comme tu le sens, dit-elle.

– En gros, il est écrit que la police vient d'élucider le meurtre d'une jeune femme – Mary Watson – dont le corps avait été retrouvé dans un étang à plusieurs kilomètres de New York. Les autorités penchaient jusqu'alors pour l'accident, voire le suicide, mais la mère de la défunte a pu identifier une femme qui avait été présente aux côtés de sa fille peu de temps avant de mourir. La police l'a interrogée. Ses réponses ont éveillé des soupçons. Suffisamment pour qu'ils aillent perquisitionner chez elle, où ils ont retrouvé… Le book de Mary. Betty Sullivan – la meurtrière, donc – l'avait gardé. Ils n'ont pour l'instant aucune précision quant à ses motivations. Ils notent simplement des divagations incohérentes au sujet d'« âmes sœurs », de « carrière de son mari », de « réincarnation ». Bref, le juge décidera si elle ira en prison ou à l'hôpital psychiatrique.

– L'histoire a l'air dingue, mais je ne comprends pas tout, fait Serena en fronçant des sourcils.

– Je t'expliquerai plus précisément. Mais attends, c'est pas fini… Donc, apparemment, le mari de la coupable, Aaron Sullivan, cadre à l'agence de publicité Taylor, Baxter & Morrison, est complètement sous le choc. La police le pense effectivement innocent et se tourne plutôt vers un certain Atticus Woodman, prétendu voyant, qui aurait pu avoir une certaine influence sur les agissements de la fameuse Betty Sullivan.

– Tu vas vraiment devoir me faire un récap', Emily.

– Oui, ne t'inquiète pas, je finis juste cet article, marmonné-je. Alors la suite, la suite… Ah oui, c'est là. « La police regrette malheureusement un incident survenu lors de l'arrestation de Betty Sullivan, qui s'est déroulée au bar du Caraway Building. » Non ! t'entends ça, Serena ?! Au Caraway ! « En effet, Mme Sullivan, dans un accès de folie, s'est jetée sur un client de l'établissement et l'a grièvement blessé au couteau. L'homme décédera malheureusement de ses blessures dans la nuit. Il s'appelait Max Whitman. »

MAX !

Je me fige. Tout mon corps se glace. Non, ce n'est pas possible ! Mon cœur se fissure. Il me semble que le ciel me tombe dessus. Serena comprend immédiatement. Elle pâlit et me serre la main, par-dessus la table. Je me mets à trembler et les larmes me viennent.

– Max… mort ? balbutié-je.

Max… *Mon* Max…

L'amour de ma vie.

Je suis effondrée, tremblante, frissonnante. Malgré tout, je pensais qu'il y avait encore un espoir… Qui vient d'être anéanti. Pour toujours.

– Emily, glisse doucement Serena. Je suis navrée… Tellement désolée. Tellement. Qu'est-ce que je peux faire pour toi ?

Je m'affale dans mon fauteuil, dépassée et bouleversée.

– Emily, je sais que c'est terrible, mais dis-toi que… Ça fait cinquante-deux ans qu'il est mort.

28

LES TEMPS CHANGENT

Appartement d'Emily, quartier de Little Italy.
6 h 45. Lundi 14 décembre 2015.

Qui a bien pu me laisser ce journal ? Je ressasse sans cesse cette question. Et surtout... Pour quelle raison ? Pourquoi m'a-t-on fait ça ? Pourquoi me dire par-delà les années que Max est décédé ? Pourquoi prendre cette peine ? Pour me faire du mal ? Pour bien me faire comprendre que je ne le reverrai effectivement *jamais* ?

Ne l'avais-je pas déjà trop bien compris ?

Dans ce cas, pourquoi ça me fait aussi mal d'apprendre sa mort ? Il était déjà entendu que nous ne nous reverrions plus. Alors quelle différence ?

Peut-être tout simplement parce que, maintenant, je n'ai vraiment plus *aucune chance* de le revoir. Est-ce que je me mentais ? Avais-je au fond de moi un secret espoir de le retrouver ? Espérais-je que quelque chose arriverait, un événement quelconque, qui m'aurait permis de repartir là-bas ? Le destin aurait-il donc lu en moi, au plus profond de mon cœur, y voyant des choses que moi-même je ne soupçonnais pas ? Et se rendant compte de ce qui s'y tramait, aurait-il décidé d'étouffer toute forme d'espérance et d'optimisme ?

J'ai les yeux grands ouverts, fixés au plafond. Le sommeil est peu venu cette nuit, et le réveil sonnera dans un quart d'heure. Il va falloir se lever, aller au travail et vivre une vie normale.

Normale ? Vraiment ?

Comment faire ? Et, surtout, pour faire quoi ? Pourquoi se lever, aller à l'agence et faire semblant ? Faire semblant que tout va bien et que la vie vaut effectivement la peine d'être vécue. Mais elle ne vaut la peine d'être vécue que si on a une raison de vivre, et pour l'instant ma raison de vivre a disparu.

Je repense à Max et à sa force de caractère. Qu'aurait-il fait, lui, en pareille situation ? Je l'imagine à mes côtés me susurrant à l'oreille des conseils, ses doigts caressant doucement mon bras. Lui me connaissait. Lui savait comment extraire le meilleur de moi-même. Et, évidemment, lui m'aurait exhortée de continuer à vivre et de partir travailler, vaille que vaille. En me quittant, il m'a dit que notre rencontre lui avait permis de nourrir son imagination. Et c'est pareil pour moi ! Il m'a donné matière à voir, à rêver, à penser plus que je n'aurais jamais pu me le figurer.

Il faut mettre ça à profit. Comme lui l'aurait fait. C'est crucial que je le fasse pour lui, pour sa mémoire, pour que ce qu'il était ne disparaisse pas avec lui.

Serai-je capable de trouver un jour de la joie dans l'idée qu'il vaut mieux avoir connu Max quelques semaines dans ma vie que pas du tout ? Peut-être. En attendant, essayons de ne penser à rien. Cela ne fait qu'empirer les choses. « Tête vide, cœur léger », me disait mon grand-père quand il m'arrivait de venir pleurer chez lui après une petite mésaventure arrivée à l'école. Alors, allons de l'avant !

Douche, puis vêtements. Je laisse mes gestes s'enchaîner de manière automatique. À remettre mes habits vintage, mon cœur se serre. Je me rends compte néanmoins que j'ai naturellement laissé de côté ceux que je mettais quand j'étais avec lui.

C'est trop tôt encore.

Dehors, je lève le regard au ciel. Heureusement, il fait beau. Le soleil brille dans l'air frais de décembre, et c'est très vivifiant. Je ferme les yeux et inspire un grand coup pour me donner du courage. Les vingt minutes de trajet passent en un éclair, et je pénètre dans le Caraway Building. J'ai le sentiment de repartir à zéro. Je me revois, plusieurs semaines auparavant, entrant comme d'habitude dans ce même hall, sans savoir encore ce qui allait m'arriver ; sans soupçonner un seul instant que ma vie était sur le point de basculer à tout jamais ; sans savoir même que Max existait – ou en fait *avait existé*. Car enfin, il a vécu il y a cinquante-deux ans, et…

Il est mort.

J'avale ma salive et j'essaie d'oublier la boule que j'ai dans la gorge. Je me fonds dans la foule pressante du lundi matin, m'imaginant transparente, presque à disparaître, visage anonyme parmi tant d'autres, naviguant au gré des vagues d'employés dans le hall d'entrée du Caraway.

Arrivée au pied des ascenseurs, j'ai de nouveau un pincement au cœur : ils fonctionnent tous.

Même Danny…

La page est donc définitivement tournée. Je ferme les yeux un instant, me remémorant tous ces moments à l'appeler et à sauter de joie à chaque apparition ; à pester parfois quand un collègue un peu collant m'empêchait d'être seule et de pouvoir ouvrir la porte temporelle. À voir tous ces gens qui se pressent dans *mon ascenseur à moi*, je sens ma gorge se serrer.

J'entre à mon tour dans une cabine. Les portes commencent à se refermer quand une personne se glisse en courant à l'intérieur. Je me pince les lèvres : c'est Voldemort !

Ce n'est pas une surprise. Je m'attendais bien évidemment à la voir ce matin au bureau, mais je n'étais pas encore préparée. Je suis trop fébrile et je n'ai aucune idée de la manière de l'aborder, ici, serrée entre dix personnes. Je m'arme courageusement d'un sourire. Elle me le rend plutôt gentiment.

– Avez-vous passé un bon week-end, Emily ? me demande-t-elle cordialement.

Ouf ! Pas de reproche !

Elle s'est levée du bon pied ce matin ! Tant mieux, je n'avais pas envie de supporter sa sévérité surjouée toute la journée. Mais ne sachant trop quoi lui répondre, je me fends d'un :

– À la fois le meilleur et le pire de ma vie.

Elle semble décontenancée par ma réponse, et plutôt que me questionner, elle se tait, respectant mon air incertain.

Aujourd'hui, elle est plus Carmen que Voldemort, et ça fait du bien. Elle a dû sentir que quelque chose n'allait pas ce matin. Finalement, elle est vraiment humaine. Il y a un cœur qui bat, même en Celle-dont-on-ne-doit-pas-prononcer-le-nom ! Je m'en doutais, mais sans trop y croire, ou j'y croyais comme à une sorte de légende urbaine dont les témoins sont forcément indirects.

Notre conversation s'en tient là, et nos regards naviguent au loin tandis que l'ascenseur monte en flèche à travers le bâtiment. Nos copassagers gardent également un air impassible, tous pressés de quitter la petite cabine exiguë. Je m'attarde un instant sur quelques visages. Le Caraway est grand, et entre les centaines de résidents et les businessmen de passage, il me semble ne jamais croiser deux fois la même personne.

Et pourtant, chacun de ces profils est la porte d'entrée vers une personnalité particulière, vivant les doutes et les joies de l'existence à sa manière, souffrant et jouissant de mille façons. Je ne m'étais jamais figuré les choses comme ça, et il m'apparaît tout à coup que ma douleur n'est pas seule. Là, parmi ces gens autour de moi, il y a un deuil, un chagrin d'amour, un abattement qui serre le cœur mais qu'on ne laisse pas voir, car il faut faire bonne figure et montrer sa force, même si elle n'est que *simulée.*

Cette proximité me console. Ma solitude n'est plus si aiguë, et je me surprends à doucement sourire à la ronde. Car c'est vrai : combien parmi les milliers d'individus que je croise sur un trottoir ou à la caisse d'un café ont déjà voyagé dans le temps ? Peut-être aucun ? Peut-être des dizaines ? Certains partant vers le passé, d'autres venant du futur, trouvant notre 2015 délicieusement vintage ?

Je réfléchis à tous les gens que je connais personnellement. Si, moi, je n'en parle à personne (hormis à Serena, mais c'est un cas à part), un autre voyageur ne le ferait pas non plus. Et mes amis ? Olympia, Agnès auraient-elles déjà pris une porte temporelle ? Et Mike, trop content de pouvoir tester *in situ* toute l'histoire du sandwich moderne, de 1750 à nos jours ?

L'ouverture des portes au trente-sixième interrompt mes pensées. Nous ne sommes plus que quatre dans la cabine, je la traverse en deux pas et je sors.

– Vous n'allez pas au trente-neuvième ?

C'est Voldemort qui m'a lancé cette question. J'ai à peine le temps de me retourner que les portes se referment et l'ascenseur repart.

Au trente-neuvième ? Mais de quoi parle-t-elle ? Y a-t-il quelque chose qui m'ait échappé ? Un poids descend dans mon estomac.

Merde. J'ai encore dû faire une bourde.

Je fouille dans mes souvenirs, essayant de me remémorer un détail, un indice, mais rien ne me vient. J'ai le sentiment que je vais encore me faire taper sur les doigts. Et ce n'est vraiment pas le moment…

Quoique, Carmen s'est peut-être tout simplement trompée ; sa langue aura fourché. Mais alors, pourquoi est-elle restée dans l'ascenseur ?

Toute à mes pensées, je me dirige vers l'*open-space*, quand je me fige soudain.

Mais c'est quoi, ce bordel ?!

Je ne reconnais rien. Tout est différent. Je ne suis *pas* au bon endroit, ça c'est sûr ! En admettant que j'aie encore toute ma tête – ce que j'espère –, il est évident que *rien* n'est comme avant. Et ce n'est pas une question de travaux qu'on aurait mystérieusement accomplis ce week-end, comme je l'avais d'abord cru pour le bar du *rooftop*.

Aurais-je encore voyagé dans le temps ? Réfléchissons : quand ai-je été seule et pu, malgré moi, passer une porte temporelle ? Non, je ne vois pas…

Merde, je suis de nouveau en train de me questionner sur ma santé mentale.

Au tout début, j'avais cru à un burn out, et ça s'est avéré être un voyage dans le temps. Aujourd'hui, je n'ai pas voyagé, alors c'est forcément… Un accès de folie ?

Trop de tristesse, trop de douleur, pas assez de sommeil ? Dans un réflexe, je regarde ma montre : je vais être en retard. Il s'agit de ne pas commettre trop d'impairs. Carmen a mentionné le trente-neuvième : c'est ma seule piste. Allons-y.

J'attends l'ascenseur de nouveau et m'y engouffre, pressant le bouton du trente-neuvième, le cœur battant. Une désagréable sensation me prend. Quelque chose se trame, et je ne comprends pas tout. Enfin, pas encore.

Les portes s'ouvrent, et c'est Jimmy Sullivan *himself* que je croise dans le hall.

– Bonjour mademoiselle Green, comment allez-vous ce matin ?

– Euh... bien, merci, lui fais-je, déconcertée par cet excès de politesse.

– La salle de réunion est prête. Vous pouvez déjà vous y installer en attendant la conférence, si vous voulez.

– Oh... bien sûr.

Bien sûr de quoi ?! Je n'en ai aucune idée ! Dans quoi suis-je embarquée ?

– Vous prendrez un café ? reprend Jimmy Sullivan, décidément très prévenant.

– Merci, oui. Un café, ce serait bien, marmonné-je.

Il s'éloigne. Mon bureau *doit* se trouver quelque part à cet étage, mais où ? J'avance dans les couloirs, mais il me semble marcher dans des lieux totalement inconnus. Comment diable est-ce possible ? Car ici, je suis censée être en terrain connu !

Où aller ? Je ne peux tout simplement pas demander au premier venu : « Bonjour, excusez-moi, sauriez-vous où se trouve mon bureau, j'ai comme un trou ? Non, non, je n'ai pas fumé la moquette. Enfin, vu la situation, j'en ai peut-être besoin. »

J'aperçois une grande porte ouverte : c'est manifestement celle de la salle de réunion. Il n'y a personne. J'en profite pour m'installer. Ça va me faire gagner du temps. Je m'installe au fond de la pièce, près du mur, et je sors mon portable pour discrètement appeler Serena. Je garde ma paume en coupe autour de ma bouche, histoire que l'on ne m'entende pas.

– Allô, Serena ? chuchoté-je.

– Emily, mais qu'est-ce qui t'arrive ? Pourquoi tu chuchotes ?

– Kennedy, il est mort ? lui soufflé-je.

– Hein, quoi ?! Encore ? Tu vas me faire le coup toutes les semaines ?

– Serena, s'il te plaît ! C'est important… Me fais pas répéter, *please* ! Ken-ne-dy, il est mort, oui ou non ?!

– T'es vraiment pas possible, Emily, s'exclame-t-elle.

– Serena !

– OK, OK, OK. Oui, il est mort. Oui, oui, mille fois oui, et ça s'est bien passé à Dallas le 22 novembre 1963. Et tout va bien, on est le lundi 14 décembre 2015 et tout est normal.

– Non ! Tout n'est *pas* normal ! m'écrié-je le plus silencieusement possible. Je suis au boulot, et ce n'est *pas* le boulot.

– C'est très clair, fait-elle placidement.

– Ne te moque pas. Je suis au Caraway, et *tout* a changé. Mon bureau n'est pas au même endroit, j'ai une réunion qui n'est pas dans mon agenda et tout le monde est sympa avec moi.

– Tout le monde est sympa avec toi ?! Tu as raison de t'inquiéter : quelle horreur ! se moque-t-elle gentiment.

– Arrête ! C'est pas le moment. Il s'est passé quelque chose, et je ne sais pas quoi. Tu as des nouvelles des voyageurs du temps ? Il s'est passé un truc depuis hier ?

– Non, depuis le journal que je t'ai donné : rien. Mais attends…

La voix de Serena s'éclaire :

– L'article du journal racontait comment Betty avait été arrêtée, non ?

– Oui, entre autres…

– Mais alors, le futur… Enfin, notre présent a pu en être changé, modifié, non ? Ça paraît logique, tu ne crois pas ?

– Euh… Oui, en effet, lui réponds-je, perdue.

– Si Betty n'a pas pu faire promouvoir Aaron, il n'est donc pas devenu le patron de Taylor, Baxter & Morrison ?

– Et donc Jimmy n'est pas le *big* boss aujourd'hui ? réfléchis-je.

– Ça ne s'appelle probablement même pas Sullivan inc. ! s'écrie-t-elle, avec le ton joyeux de celle qui a trouvé le nom du meurtrier à la fin d'un polar.

À ce moment-là, des bruits de pas : Jimmy revient, un café à la main.

– Serena, je dois te laisser, lui chuchoté-je rapidement.

– Tu me raconteras, hein, Emi…

Mais j'ai raccroché subitement, fourrant mon portable dans mon sac. Je ne suis pas censée passer de coups de fil perso au travail. Il pose une tasse de café devant moi, me sourit, puis s'éclipse.

Je n'ai rien osé dire. Tout ce qui peut sortir de ma bouche peut être une gaffe, vu la situation ! Alors quoi ? Je reste muette et souris bêtement en attendant d'en comprendre plus ?

Oui.

De nouveaux bruits de pas : c'est Agnès qui apparaît.

Ouf, sauvée !

Elle se met à disposer des documents bleu ciel tout autour de la table.

– Agnès ? Tu…

– Oui, mademoiselle Green ?

Mademoiselle Green ?! Ah merde alors, on n'est pas copines ! Je m'en sors comment maintenant ?

– Euh, Agnès… J'ai… Un mal de crâne terrible. J'ai très peu dormi. Pourriez-vous me rappeler *précisément* l'ordre du jour de notre réunion de ce matin ? lui demandé-je du ton le plus naturel dont je sois capable.

Vu ses yeux écarquillés, soit elle me prend pour une folle, soit elle pense que je me paie sa tête. Dans les deux cas, c'est quitte ou double. Heureusement, elle garde contenance, sourit et explique :

– Bien sûr, mademoiselle Green : Jimmy Sullivan a été contacté par l'actionnaire de l'entreprise et nous le recevons aujourd'hui.

– Oui, évidemment, fais-je d'un air maître de la situation.

– Ça ne doit pas être simple pour vous, me glisse Agnès.

– C'est-à-dire ?

– Eh bien, en tant que directrice artistique, vous allez devoir travailler étroitement avec lui, tous les jours. Et comme personne ne l'a jamais vu, on ne sait pas quel genre de type c'est…

– Oh, vous savez, Agnès, le travail, c'est le travail, lui répliqué-je d'un ton entendu.

– Et sinon, vous avez une idée du nom ?

– Comment ça ?

– Eh bien, le nouveau nom de la boîte. Ça ne sert à rien de continuer à s'appeler Whitman inc., j'imagine ?

Whitman inc. ?! Je déglutis difficilement.

– Vous le saurez en temps voulu, Agnès, lui réponds-je, un peu abrupte, histoire de me sortir de cette conversation compliquée.

– Oui, bien sûr. Excusez-moi d'avoir été indiscrète.

– Il n'y a pas de mal.

Elle incline la tête et sort de la pièce, me laissant de nouveau seule.

Oh la vache ! C'est quoi ce 2015 ?!

Directrice artistique ? Moi ? Et je n'ai toujours que 24 ans ? Mais c'est du délire ! Donc le présent a bien été modifié, et *profondément* si je comprends bien. Je n'aurais jamais cru que la simple arrestation de Betty aurait tant changé les choses, mais c'est vrai que c'est logique. Pourquoi je ne me souviens de rien ? Mon cerveau n'enregistre pas les modifications temporelles de *mon* passé ? Si je n'avais pas eu Serena au téléphone qui sait qui je suis et ce que j'ai vécu, je crois que je me serais évanouie sur-le-champ.

Du coup, je m'en sors comment, moi ? Comment avoir l'air naturel et compétent alors que je ne comprends rien de rien à ce qui se passe ? Le fameux président-actionnaire-mystère va me virer direct avant la fin de la journée. Ça va être joyeux, tiens.

Bip !

Mon téléphone : une alerte. Je regarde. Une notification Facebook ? Ce n'est pas le moment ! Un M. Emerson veut devenir mon ami : super, ça me fait une belle jambe. Maintenant, j'ai tout un tas d'amis et de connaissances que… Que je ne connais même pas !

Merci le destin…

– Bon, alors, tu m'acceptes comme ami ? Si tu déclines, je risque d'être vexé.

Je lève les yeux vers la personne qui vient de me parler. Là, à quelques mètres, debout, main dans la poche et sourire craquant :

Max !

29

LA TRACE EFFACÉE DU DESTIN

Caraway Building, 39e étage, salle de réunion.
9h59. Lundi 14 décembre 2015.

Mon cœur est sur le point d'éclater. Je sens mes joues devenir rouges d'émotion. Je vacille et me retiens de perdre connaissance.

Max, vivant ?

Et de plus…

Max, ici ?

Je suis parfaitement sidérée. Ma respiration s'est accélérée. Je ne peux y croire. Mais si, c'est bien lui. Beau comme un dieu, il n'a pas vieilli depuis… Depuis 1963 ! Mais comment est-ce possible ? Il porte un costume de 2015, cintré et anthracite, ses yeux ont toujours ce même éclat malicieux et viril. Comme dans un dessin animé, je me pince pour voir si je ne rêve pas.

OK, à tous les coups il s'agit d'une mauvaise blague du destin. Voire de l'univers ! Max est mort, je le sais, je l'ai lu. Et même si je l'ai rêvé, il est impossible qu'il puisse avoir voyagé dans le futur. La faille temporelle qui en résulterait serait fatale à terme.

Ou alors ce serait son fils ? Lui ressemblant trait pour trait et... Me connaissant ?

Non, c'est complètement débile.

Ou alors, serais-je tombé dans une faille temporelle qui va me perdre, moi, mon présent et mon futur, car toutes les époques se seraient mélangées, là, devant moi ? Ces mille pensées m'assaillent et me déstabilisent en quelques secondes.

– Max ? Max, c'est bien toi ? bredouillé-je, incrédule. Tu...

Il s'apprête à ouvrir la bouche, quand tout à coup une dizaine de personnes pénètrent dans la pièce. Tout le monde s'installe solennellement dans un bruit feutré de chaises poussées et tirées. Je repère des cadres de Sullivan inc. ainsi que certains visages inconnus. Le mouvement général me permet de masquer ma surprise et mon agitation. Max, lui, sans me quitter des yeux, articule silencieusement un « tu vas comprendre » en me faisant signe de m'asseoir. Il garde son sourire et s'installe à deux places de moi. Je m'assieds également, tremblant intérieurement. J'ai l'impression que le monde entier entend mes battements de cœur, et que tous peuvent lire sur mon visage à quel point je suis à la fois perdue, stupéfaite, et... Heureuse !

Mais personne ne fait allusion à quoi que ce soit et la réunion démarre sous l'impulsion de Jimmy Sullivan dans une ambiance studieuse et attentive. Il se lève, un peu nerveux, et a visiblement préparé un discours, car il sort un petit papier plié en quatre.

Il se racle la gorge et se lance :

– Merci à tous d'être présents ce matin. Maintenant que nous sommes au complet, nous pouvons commencer. J'ai le privilège de prendre la parole en tant que gestionnaire de cette entreprise florissante. J'avais pris la suite de mon père, Aaron Sullivan, présent à ce même poste il y a une quinzaine d'années. Il m'avait conseillé à l'époque de considérer cette agence comme ma propre famille, et c'est ce que j'ai fait. Lui avait suivi ce même conseil, donné par Max Whitman, notre fondateur, malheureusement décédé en 1963. Et c'est cet état d'esprit qui a fait notre réussite : nous avons racheté plusieurs de nos concurrents, dont à l'origine Taylor, Baxter & Morrison, et nous sommes devenus un groupe important et respecté dans le monde de la communication.

Quoi ?! Je ne comprends plus rien.

Max Whitman est mort ? Mais je le vois, là, juste devant moi ! Je délire, ou quoi ? Ce n'est pas un spectre : j'ai bien vu Agnès lui apporter un café...

Le « spectre » a un petit sourire en coin, comme s'il s'amusait à distance de mon air médusé.

Mais Jimmy, lui, continue :

– Cet état d'esprit vient aussi de la grande liberté que nous a offerte jusqu'à maintenant notre seul actionnaire. Notre propriétaire a toujours tenu à rester à l'écart. Il sort aujourd'hui de l'ombre pour notre plus grand plaisir, et nous espérons continuer sur cette voie et nouer des relations fructueuses. Veuillez accueillir cordialement M. Max Emerson ici présent !

Tout le monde applaudit tandis que Max... Emerson (!) se lève et prend la parole. Je suis bouche bée.

– Merci Jimmy, dit-il de sa voix grave. Je suis ravi d'être parmi vous aujourd'hui. Ma présence ici suscite peut-être des inquiétudes quant au devenir de cette entreprise. Il est de mon devoir de vous éclairer sur ce sujet au plus vite. Je tiens en premier lieu à rectifier une petite erreur que vous avez faite, Jimmy. Rien de grave, rassurez-vous. Il s'agit simplement d'un chiffre : je ne possède pas 100 % des parts de cette entreprise, mais seulement la moitié. Les 50 % restants sont détenus par une autre personne ici présente : Mlle Green, que vous connaissez tous.

Hein ? Je possède 50 % de Whitman inc. ? Et Max est vivant ? Et il est en fait Max Emerson ?

Et mon animal de compagnie est une licorne et je suis championne du monde de curling, peut-être ?

C'est quoi ce gros délire ? Une master-blague du père Noël ?

Tout le monde chuchote dans la salle, j'imagine qu'ils se demandent pourquoi je n'ai rien dit avant. Je sens des coups d'œil glisser discrètement sur moi. J'essaie de ne pas montrer mon embarras.

– Je tiens d'ailleurs à remercier chaleureusement Mlle Green pour l'excellent travail qu'elle a fourni jusqu'à présent…

Les gens acquiescent… Même Voldemort !

– … En tant que directrice artistique, jeune et pourtant si douée. Je la remercie aussi d'avoir investi, en toute discrétion, dans la moitié des parts du groupe, ce qui nous permet une certaine assurance pour l'avenir. À partir d'aujourd'hui, et si vous n'y voyez pas d'inconvénient, je souhaiterais que le groupe prenne le nom d'« Emerson & Green inc. » pour entamer cette nouvelle ère.

Je vois Carmen échanger un regard avec Jimmy. Ils doivent être inquiets pour leur avenir. Et je le suis un peu, moi aussi ! Je ne sais pas ce que Max a en tête… Je ne sais pas, non plus, comment il est arrivé là et pourquoi il n'est pas *mort*, en fait…

– Il est également tout naturel de remercier Jimmy Sullivan dont l'implication personnelle sans faille a été cruciale pour nous. La famille Sullivan nous a accompagnés depuis fort longtemps et a effectué un travail de gestionnaire remarquable. Enfin, il est évident que sans votre motivation à tous, nous ne serions rien. Je souhaite vivement continuer sur cette même lancée et poursuivre l'excellent travail qui a été accompli jusqu'ici, avec vous tous. Merci.

Les applaudissements fusent. Le bruit emplit mes oreilles. Je suis figée d'émotion, presque saisie de vertige, bien qu'assise.

L'assemblée se lève, et petit à petit se disperse, vidant la salle. Les gens viennent féliciter Max, Jimmy, et même moi ! Puis, enfin, ne restent plus que deux personnes : Max et moi. Nos regards sont aimantés. J'ai le souffle court. Il s'approche. Je peux à peine parler, tout juste parviens-je à articuler un faible :

– Mais… Comment ?

Il sourit et s'assied à mes côtés. De peur qu'on nous surprenne, il s'interdit de me prendre la main, et encore moins de me caresser ou de m'embrasser – quel dommage ! Mais ses yeux en disent long.

– Tu as peut-être besoin d'une explication ? me fait-il malicieusement.

– Peut-être, oui, lui réponds-je avec émotion.

– Après ton départ de 1963, Donald et moi nous avons finalement réussi à faire arrêter Betty. Tout cela grâce à la mère de Mary Watson. Elle l'avait vue avec sa fille, comme tu le sais.

– Oui, je sais bien tout ça ! En plus, je l'ai lu dans le journal hier. Enfin, pas celui d'hier : celui de 1963, mais je ne l'ai lu qu'*hier*.

Max sourit et me prend discrètement la main sous la table.

– Ainsi Betty a été mise hors course, continue-t-il. Malheureusement, un incident s'est déroulé lors de l'arrestation. Ça s'est passé au bar du *rooftop*. Betty est devenue comme folle. Elle a complètement perdu les pédales. Elle s'est mise à hurler comme une furie, renversant tout autour d'elle. Les policiers avaient même du mal à la maîtriser ! Des clients ont pris du vin dans la figure, d'autres des bouts de verre, et quelqu'un a été grièvement blessé.

– Mais oui ! C'était toi, c'était écrit dans le journal, l'interromps-je.

Le visage de Max devient grave.

– Non, pas exactement. Betty a seulement tenté de me tuer. Elle voulait savoir où tu étais et jurait en criant qu'elle se vengerait. J'ai été pris par surprise quand elle s'est jetée sur moi. Mais quelqu'un s'est interposé au dernier moment pour me protéger : Donald.

– Donald ! m'écrié-je. Lui ?

– Il a pris le coup de couteau à ma place. La lame lui a perforé le poumon. Il a été emmené immédiatement à l'hôpital, mais ils n'ont rien pu faire.

– C'est terrible, dis-je bouleversée.

– Je l'ai accompagné, j'étais si peiné pour lui. Mais il m'a fait promettre de ne pas l'être, car sa mission était terminée. Il pouvait enfin quitter 1963 et il n'a jamais pensé pouvoir partir autrement qu'en mourant, en fait. Il dit qu'il a *toujours su* que cela se terminerait ainsi.

– Comment a-t-il pu croire une chose pareille ? Je suis sûre qu'il devait y avoir une autre solution, me récrié-je.

– Il en savait beaucoup plus que nous, tu sais. Il a ajouté qu'il lui restait juste une dernière chose à accomplir : me permettre de te rejoindre. La solution lui est apparue d'elle-même, simple et évidente. Donald a dit au médecin qu'il s'appelait Max Whitman. Il allait mourir, mais officiellement, ce serait Max Whitman qui décéderait.

– Mais en quoi cela réglait le problème ?

– Si Max Whitman mourait en 1963, je devenais soudain libre de partir car, « n'existant plus », il n'y aurait plus de risque de faille temporelle. Je n'avais plus de famille depuis longtemps, aucune attache – hormis toi, bien sûr. Plus Donald m'en parlait, plus cela semblait tragique, mais judicieux.

– Crois-tu que Donald avait déjà songé auparavant à cette possibilité ? Qu'il avait préparé cette sortie, attendant simplement le bon moment ?

– Je ne sais pas. C'est possible. En tout cas, il n'avait pas l'air d'improviser ; il savait parfaitement où il voulait en venir. Il m'a simplement demandé un service : faire venir Phoebe à l'hôpital pour lui rendre une dernière visite. Il ne lui restait plus beaucoup de temps, donc il n'avait plus aucune raison de s'inquiéter de la neutralité temporelle.

– C'est si triste…

– Dans ses derniers moments, quand je lui ai dit adieu, il m'a confié qu'il ne fallait pas le plaindre et qu'il était heureux. Il avait la certitude que Phoebe et lui allaient se retrouver plus tard, dans une autre vie. Des « âmes sœurs » par-delà le temps… Et puis il m'a aussi demandé de te saluer.

– C'est gentil, dis-je, touchée.

– Il voulait aussi te dire que la première fois qu'il t'a vue, s'il a deviné que tu venais du futur, ce n'est pas parce qu'il avait des super-pouvoirs. C'est tout simplement qu'il n'avait jamais vu une personne habillée à la mode sixties qui portait des Louboutin ! Moi non plus d'ailleurs, dit Max en souriant.

Je lâche un éclat de rire. Je me remémore ma rencontre avec Donald, si étrange et mystérieuse. Il s'en est tant passé, depuis !

Et moi qui l'ai accusé de nous faire payer ses erreurs alors qu'il a toujours tout fait pour nous aider… Il me manquera.

– Mais comment es-tu venu en 2015 ? La porte temporelle s'était pourtant refermée, m'enquiers-je.

– La porte s'était refermée pour Max Whitman. Pas pour Max Emerson, fait-il avec un clin d'œil. En vrai, ça n'a pas été si simple. C'est Phoebe qui m'a aidé. Elle m'a d'abord demandé quelle identité je prendrais en 2015. « Emerson », tu te rappelles ? C'est le nom de l'hôtel dans lequel nous sommes descendus à Los Angeles. C'est la première chose qui m'est venue à l'esprit : un moment de bonheur avec toi. Après avoir réglé tous les détails de notre avenir, je suis allé à la librairie et l'ouverture de la porte s'est faite, mais… Pour une seule et unique fois. Ça n'a fonctionné que parce que je rejoignais mon âme sœur. Impossible pour moi de repartir en vadrouille dans les couloirs du temps, comme un voyageur du temps que je ne suis pas. C'était un départ sans retour, un grand saut dans l'inconnu.

– Mais tout ça, autour de nous, Whitman inc., les 50 % d'actions, comment as-tu fait ?

– Je n'avais que quelques jours pour tout organiser avant mon départ. Il me fallait assurer mon avenir et le tien. J'ai investi dans des actions que je savais florissantes en 2015, grâce à tout ce que j'ai appris avec toi. Les énergies renouvelables par exemple ! Qui en 1963 se serait lancé là-dedans ? C'était impossible de faire tout ça au nom de Max Emerson car j'aurais alors retrouvé une « identité » en 1963 et n'aurais pas pu te rejoindre ; et encore moins au nom de Max Whitman qui était officiellement mort. Donc, j'ai tout fait avec des bons au porteur : c'est le porteur des bons qui possède les actions. J'ai fait de même avec toutes mes possessions, dont l'appartement.

– Comment as-tu pensé à un stratagème pareil ?

– Grâce à toi, encore une fois ! sourit-il. Tu m'avais laissé l'ordinateur avec des films, et j'ai vu *Largo Winch*. C'est exactement le système qu'il utilise dans le film : son père lui lègue le groupe via des bons au porteur. Son nom reste ainsi secret jusqu'au dernier moment.

Je reste silencieuse un instant, essayant de mettre en ordre dans mon esprit tout ce dont Max vient de me parler. Je suis un peu submergée par la quantité d'informations. Voyant mon trouble, Max me propose de sortir prendre l'air.

– Allons sur la terrasse. Ça te fera du bien.

– Tu veux dire aller là-haut, et nous retrouver tous les deux, comme la première fois que je t'ai vu ?

– C'est ça.

Nous nous éclipsons. Max prévient Jimmy que nous allons

discuter affaire au bar du *rooftop*, et nous prenons l'ascenseur. Une fois dehors, l'air vif refroidit mes joues rosissantes. Nous sommes à l'abri des regards, et Max se penche vers moi. Nos lèvres se retrouvent comme une nouvelle première fois, tendre, électrique, éternelle. Mais il fait froid. Aussi, nous entrons dans le bar pour nous installer sur les grands fauteuils moelleux. Un serveur vient à nous. J'ai un pincement au cœur : nous ne verrons plus jamais Donald. J'espère qu'il est heureux, là où il est.

– Avant de partir, j'ai été voir Aaron, reprend Max. Après les révélations du meurtre et l'arrestation de Betty, il était bouleversé. Plus rien ne faisait sens pour lui. Comme il me fallait quelqu'un de confiance et que je savais pouvoir compter sur lui, je lui ai donc donné les rênes de Whitman inc. Je me suis débrouillé pour lui laisser une rente, ainsi qu'à son fils, si par hasard il reprenait la direction de l'entreprise. Il fallait que je sois sûr de retrouver mon bébé cinquante-deux ans plus tard, dans le futur !

– C'était un sacré pari ! Il aurait pu se passer n'importe quoi.

– C'était un risque à prendre. Il *fallait* que je te rejoigne, c'était la seule chose qui comptait. J'ai bien sûr fait attention à modifier le moins de choses possible du passé pour que 2015 ne soit pas trop différent, que tu deviennes toujours cette jeune femme pleine de talent, et que tu sois bien embauchée par Whitman inc. !

– Aaron a simplement accepté, comme ça ?

– Il a eu du mal à me faire confiance au début. Il trouvait cela bizarre que je lui confie si facilement ma raison de vivre, ce que j'avais bâti toutes ces années. Surtout que je ne lui demandais rien en échange. Ma seule condition était de ne pas me poser de questions et surtout de ne jamais parler de tout ça à personne. Jamais. Mais comme les choses se gâtaient chez Taylor, Baxter & Morrison – ils lui en ont fait un peu baver après l'arrestation de Betty, tu connais leur diplomatie et leur bon goût ! –, il a accepté. Il a tout de même trouvé ça dingue, mais il a dit oui. Pour le remercier, je lui ai alors laissé le fameux book de Mary Watson que sa mère m'avait confié. Cela permettait à toutes ces belles idées de voir enfin le jour, et puis ce vieux fou d'Atticus avait raison : cela a permis à Aaron de donner un coup de fouet à sa carrière et de développer le groupe.

Comme quoi, on ne trompe jamais complètement le destin...

– Depuis quand es-tu arrivé ? Je veux dire ici, en 2015 ?

– Ce matin même ! s'exclame-t-il joyeusement. À la librairie, Phoebe de 2015 m'a accueilli très gentiment. Elle m'a donné les papiers d'identité et l'extrait de naissance qu'elle avait eu le temps de faire faire en cinquante-deux ans, avec l'aide des voyageurs du temps, ainsi qu'un costume « moderne ». Je suis passé en vitesse à la banque pour prendre possession de mes biens et je suis venu à la réunion. D'ailleurs, il va falloir que tu passes à la banque aussi, pour y faire enregistrer tes bons te désignant comme propriétaire à 50 %.

– Tout s'est si bien déroulé. Je n'en reviens pas, lâché-je, ébahie.

– Je dois t'avouer que j'ai eu très peur. Je ne savais pas à quoi réellement m'attendre de l'autre côté de la porte temporelle... Tu aurais pu ne pas être là, être engloutie dans je ne sais quel abîme du temps. Ou pire... Tu aurais pu m'oublier.

– T'oublier ?! m'indigné-je. J'ai surtout cru que tu étais mort !

Nous nous sourions, perchés sur un nuage. Il me prend la main.

– Mais donc... Mon *propre* passé a été modifié, fais-je en me frappant le front.

– Oui, un peu.

La nouvelle me donne le vertige.

– Me voilà directrice artistique du groupe, c'est ça ? À 24 ans, en plus !

– Par exemple.

– Comment as-tu fait pour organiser ça ? lui demandé-je.

– Ah ça, je n'y suis pour rien ! Jimmy t'a engagée et apparemment tu as grimpé les échelons. Tu n'as qu'à remercier ton talent.

Je suis sidérée.

– Et qu'y a-t-il d'autre que je dois savoir de mon passé ? J'ai raté beaucoup de trucs ?

– Quand la porte s'est refermée définitivement, Phoebe m'a expliqué que tu as comme « zappé » ton nouveau passé. Mais comme j'ai modifié peu de choses en 1963, tout a dû se dérouler plus ou moins normalement, à quelques détails près. Qui seront des bonnes surprises, j'espère !

J'éclate d'un rire incrédule. Je secoue la tête tout en serrant fort sa main. C'est *tellement* bon d'être là, avec lui, ici. Mon cœur éclate de bonheur.

Je sais que mes parents sont vivants : j'ai reçu un SMS de ma mère ce matin. J'ai eu Serena au téléphone, elle aussi est toujours là. J'ai un boulot de rêve, et surtout Max est présent en 2015.

Pas de quoi faire ma difficile !

– Une dernière chose, Emily... me glisse-t-il doucement.

– Oui ?

– Il y a trop de monde ici.

Ses yeux brillent d'un éclat de fauve. Cette lueur, je ne la connais que trop bien. Une chaleur me prend le corps. Cela fait une heure que j'y songe, depuis que je l'ai aperçu dans la salle de réunion. Nous avons tous les deux envie, tous les deux besoin de la même chose : nous retrouver. Cela a été trop dur, cela fait trop longtemps. Certes, nous nous sommes quittés il y a deux jours, mais pour nous, il y a comme mille ans à rattraper.

Max me prend par la main. Nous nous levons de nos fauteuils. Il laisse un billet sur la table basse, et nous nous éclipsons.

– Ne vont-ils pas se demander où nous sommes partis ? lui

suggéré-je, me sentant un peu coupable.

– Whitman inc. a tenu cinquante-deux ans tout seul. Je pense qu'ils arriveront à tenir une journée de plus, me glisse-t-il avec un clin d'œil.

– Mais ça fait louche, non ? souris-je.

– Emerson et Green peuvent logiquement avoir du travail à faire pour Emerson & Green inc.

– Seuls ?

– Oui, pourquoi pas, seuls… Une question de secret professionnel.

– Et personnel.

Nous arrivons devant les ascenseurs. Nous sommes seuls à attendre, ici, au quarantième. J'ai tout à coup un rush d'adrénaline : et si Danny nous emportait tous les deux… quelque part ?

Mais non, rien de tel ne se produit.

Dans la cabine, nos corps n'en peuvent plus. La tension est si forte que je me colle malgré moi tout contre lui. Je niche mon visage dans son cou, humant son parfum. Nos mains agissent librement sans laisser le temps au consentement. Mes paumes courent sur son torse, sous sa veste. Lui me prend par la taille et sa bouche vient tout contre mon oreille. Ses caresses descendent sur mes fesses.

Mon cœur bat fort : l'ascenseur pourrait s'arrêter à tout moment, et on pourrait nous surprendre. Je suis partagée entre la pudeur qui m'interdit ce genre de débordement en public et l'excitation explosive qui me tient puissamment. Mais pas une fois la cabine ne ralentit durant la descente.

Une fois arrivés au rez-de-chaussée, nous nous séparons juste avant l'ouverture des portes. Nous jouons l'indifférence face aux anonymes qui pénètrent dans la cabine. Il est impossible qu'ils ne se rendent pas compte…

Nous filons à l'anglaise par le grand hall d'entrée, puis nous hélons un taxi.

– À l'hôtel *Empire*, s'il vous plaît, lance Max au chauffeur.

– Nous n'allons pas chez toi ? lui demandé-je.

– Il y a peut-être un peu de ménage à faire d'abord : ça fait cinquante-deux ans que l'appartement est inhabité !

Il n'y a pas à dire : notre histoire est carrément spéciale !

Le taxi nous laisse devant l'hôtel. Max me prend par la main et me mène vers la réception. Vu notre empressement, j'ai le sentiment d'être une fugitive n'ayant plus que quelques heures à vivre. Pour laquelle, seul le présent compte.

En quelques minutes, Max nous enregistre auprès du concierge et, clef en main, nous disparaissons dans les couloirs cossus tapissés de tissu épais.

La carte magnétique nous ouvre la serrure de notre suite, et à peine la porte refermée derrière nous, nous n'y tenons plus, nous avons trop attendu. Notre désir brûle en nous.

Nous allons enfin nous retrouver.

Nous sommes presque incontrôlables. Je me jette sur Max. Lui m'agrippe comme un fauve enragé. Nos bouches s'entredévorent, nous n'avons jamais été aussi volcaniques. Sa langue pénètre ma bouche avec virtuosité, tournoie et m'explore. Nos salives se mêlent. Je le mordille, il geint. Il me croque et je crie.

Il se débarrasse de sa veste qui tombe au sol. Je défais les boutons de sa chemise en en faisant sauter quelques-uns. Je fonds sur son torse athlétique et passe ma langue sur toutes les saillies de ses muscles. Je ne veux pas rater un centimètre de sa peau. Je ne veux plus jamais être séparé de lui. J'ai besoin de m'imprégner de chaque parcelle de son corps.

Max, suivant son désir impérieux, faufile ses mains sur ma nuque, sous mon col, pour faire glisser, puis tomber ma veste. Il relève mon visage à sa hauteur et revient manger mon cou, juste à l'orée de mon lobe, m'arrachant des gémissements plaintifs.

Mes mains courent dans ses cheveux, sur ses épaules. Je suis devenue entièrement palpitante, embrasée.

Lui, tout aussi excité, arrache les pans de ma chemise. Je plaque mon corps contre le sien, peau contre peau. Il fait tomber d'un geste mon soutien-gorge. Nous ne sommes plus que deux flammes incandescentes de désir, sans aucune forme de pudeur ou de contrôle. Je sais *parfaitement* où je veux en venir : satisfaire son envie irrépressible et goûter un plaisir démesuré, renversant, comme seul Max sait me le procurer. J'ai cru ne jamais plus ressentir rien de tel, j'ai cru le perdre pour toujours et voilà qu'on me rend l'amour de ma vie. Je ne suis que bonheur, plaisir, désir…

Sans réserve, je déboucle sa ceinture et baisse son boxer. Je ne réfléchis pas une seconde et je fonds dessus. Je le rends dingue, je le vois par en-dessous dans ses yeux qui brillent d'un éclat fiévreux. Max ne peut retenir un cri rauque, viril, qui m'emplit de bonheur. Être capable de procurer autant de plaisir à cet homme parfait me rend tellement fière de moi. Mais aussi de lui, de nous.

N'y tenant plus, Max me relève d'un coup, m'emmène vers le canapé bordeaux de la suite et m'allonge dessus. Je me laisse faire. Il baisse subitement ma jupe pour la retirer tout à fait. La culotte suit. Nous nous retrouvons entièrement nus en l'espace de quelques secondes. Allongée sur l'assise moelleuse, jambes écartées, offerte à lui, il ne me reste que mes escarpins noirs à double lanière.

Avec la même voracité dont j'ai fait preuve tout à l'heure, il plonge en moi pour venir goûter mon intimité avec l'ardeur et la fougue que lui dicte son désir. Ses baisers me tirent des gémissements et des frémissements inédits. Je ne veux pas qu'il s'arrête, qu'il navigue ailleurs, qu'il quitte mes délicieux rivages.

Reste. Reste. C'est si bon.

– Max !

– Un problème, Emily ? demande-t-il de son air malicieux que j'aime tant.

– Non, mais ne t'arrête pas, jamais, haleté-je sous l'emprise de mon désir.

À cet instant, je ne sais plus qui je suis… Je sais seulement que :

– Je t'aime, Max, murmuré-je.

– Moi aussi, Emily… Et je vais te le prouver.

À ces mots, mon amant accentue ses caresses. Je ne peux plus tenir, il me fait monter trop haut.

Soudain, il se libère de mon emprise et embrasse mon ventre, ma taille, mes hanches, mordant et croquant ma chair, remontant vers ma poitrine gonflée de volupté. Puis il vient profondément en moi. Je laisse ma tête aller en arrière, dos cambré et jambes emprisonnant son bassin. Son visage, fin et racé, ses yeux en amande luisant de désir et ses lèvres pulpeuses me rendent dingue.

Il commence ses va-et-vient, immédiatement fougueux et déchaînés. Je suis ensorcelée par ses gestes, totalement sous son emprise, presque plus qu'une palpitation entre ses mains. J'enfonce mes ongles dans son dos, lui arrachant un cri de mâle, empli de plaisir et de feu.

Nos mouvements s'accélèrent, nos gestes perdent leur sens. Nos voix se répondent comme des vibrations de la passion qui nous anime.

Est-ce encore possible de monter plus haut ?

Il ne cesse de caresser mes seins, les étreint. J'attrape sa main, la serrant fort contre ma poitrine. Max accélère comme pour prendre totalement possession de moi. Il ne me laisse aucune chance, aucun choix : je suis vouée à jouir. Progressivement, l'émotion monte comme la lave d'un volcan entrant en éruption.

L'excitation me submerge, la force du désir me contraint complètement ; c'est là que notre amour atteint son point culminant… Et soudain, nous atteignons le point de non-retour. Nous nous rejoignons dans un torrent de volupté qui nous emporte et finalement nous laisse sans voix, tressaillant de sensualité, incandescents de désir et brûlés d'amour.

Nos corps meurtris d'émotion s'étreignent et se cajolent. Nous nous allongeons, enlacés sur le canapé, nous fondant l'un dans l'autre. Max caresse mon visage avec tendresse et, dans ses yeux, je peux deviner tout son amour. À cet instant, s'il peut lire dans mon regard – et je ne doute pas qu'il puisse le faire –, l'homme de ma vie peut voir l'impérieuse pensée qui m'anime :

Max, mon seul et unique amour. Tu es ma raison de vivre. Tu es… Ma vie.

30

ROBE BLANCHE ET CŒUR HEUREUX

Connecticut.
13h41. Samedi 25 juin 2016.

Le soleil tape fort à travers les hautes fenêtres à croisée de bois. Olympia est surexcitée. Elle saute partout et donne des ordres avec de grands gestes vifs et gracieux.

Il n'aura pas fallu longtemps pour que nous devenions amies… De nouveau. Car bien sûr, je suis la seule à savoir que, dans une autre vie, nous l'étions déjà. Au début, il a fallu que je fasse de mon mieux pour jouer l'étonnée quand elle me racontait des choses personnelles que je connaissais déjà. Et très vite, notre relation est redevenue celle qu'elle a toujours été. Avec Agnès, ça a été pareil. À croire que, quels que soient les événements de ma vie, le destin sait où me mener.

L'atmosphère, aujourd'hui, est effervescente dans notre propriété du Connecticut, à quelques kilomètres à peine de la maison familiale des Sullivan – là où Max et moi avions été invités pour la fameuse *party* en 1963. Du haut d'une colline verdoyante, notre demeure surplombe un gazon à l'anglaise, avec vue sur l'océan quelques centaines de mètres plus bas. C'est absolument magnifique : je ne peux pas m'en lasser !

La maison est entièrement blanche, reflétant le soleil avec force. La bâtisse est composée de plusieurs parties imbriquées, avec sur chacune une petite toiture reliée au grand bloc principal. Une longue terrasse longe le deuxième étage dont la rambarde est faite de pierres sculptées d'arabesques florales. Au rez-de-chaussée, de grandes baies vitrées donnent sur le jardin. C'est l'endroit idéal pour un jour comme celui-ci.

Les allées et venues commencent à me donner le tournis. Mais je n'ai pas le droit de bouger un orteil. La chaleur dans la pièce est étouffante et me fait presque défaillir.

– Les fenêtres, les fenêtres ! s'agite Olympia.

Elle a vu que je tournais de l'œil et a eu le bon réflexe. La brise douce et tiède est très agréable. Exactement ce qu'il me fallait ! À mes pieds, l'habilleuse met la dernière touche à ma tenue, tandis que la coiffeuse lance un coup de laque final.

Cette propriété, nous en sommes tombés amoureux avec Max. Nous y passons presque tous nos week-ends. La semaine, nous sommes bien sûr à New York, dans son appartement. J'ai lâché mon studio de Little Italy pour m'installer avec lui.

Mieux vaut ça que le contraire !

Quand nous avons redécouvert son chez-lui, inhabité pendant cinquante-deux ans, ça nous a fait un choc ! Même Max était déstabilisé. Depuis, nous avons tout refait (les normes électriques ont un peu évolué depuis 1963 !), même si nous avons gardé pas mal de meubles vintage. Et entre nous, au quotidien, la passion, plutôt que de s'atténuer avec le temps, n'a fait que s'attiser. Elle paraît grandir de jour en jour !

C'est en avril que Max et moi avons pris un bateau pour longer la côte entre le Connecticut et Long Island. Et c'est sur ce bateau, à la lueur de la lune naissante, qu'il s'est agenouillé, un éclat doré dans les yeux, pour me demander en mariage.

Ce souvenir m'émeut si fort à chaque fois...

– Ah non ! Interdit de pleurer ! me gronde Cyllia, la maquilleuse.

Je souris.

– Ah non ! Interdit de sourire aussi ! me reprend-elle.

Fuck alors ! Je n'ai le droit ni de sourire, ni de pleurer à mon propre mariage ?

– J'ai presque terminé, fait-elle d'un air concentré. Après, Emily, tu feras ce que tu veux de ton corps et de ta bouche : je ne serais plus responsable de rien !

Je ne peux m'empêcher de glousser. Je regarde le visage radieux de mes copines, qui s'affairent autour de moi dans la pièce – un bureau reconverti pour l'occasion en loge. Olympia, Agnès, et bien évidemment, Serena sont toutes les trois ravissantes dans leurs robes blanches à bustier.

La petite Jade est au rez-de-chaussée, gardée par Amos, un homme plus-adorable-tu-meurs avec lequel Serena s'est liée cet hiver. Je n'ai pas bien saisi les circonstances de leur rencontre ; je sais simplement qu'il y était question de méditation, de points d'énergie, d'encens, et au final, de massages traditionnels chinois qui ont dérapé pour le plus grand bonheur des deux. Aujourd'hui, Amos, un grand brun à la peau mate et aux yeux verts, s'occupe de la petite fille comme s'il s'agissait de la sienne.

Pour l'instant, la clique des filles – dont je fais partie – est recluse à l'étage pour les ultimes préparatifs, tandis que Max m'attend en bas, entouré des invités, arrivant les uns après les autres, sur la petite esplanade de gazon meublée pour l'occasion.

Les convives ne seront pas nombreux. Max n'a pas de famille et la mienne est limitée. Quant à nos amis, ils ne se comptent pas par centaines. Mais peu importe : le principal est d'être entouré de nos proches – ceux que nous aimons et qui nous aiment – et surtout *d'être heureux*.

Allez, c'est parti pour le top 5 des trucs qui me rendent la plus heureuse !

5. Voir Max au réveil.

Ses yeux au matin ont une telle douceur…

4. Sortir avec Max.

Et sentir sa main dans la mienne quand nous nous promenons.

3. Faire l'amour avec M…

Mais enfin, ça sert à quoi, ce top 5 ? Max sera maintenant toujours numéro 1. Allez, fini le stress et « l'uber-organisation » ! Fini les listes et les classifications à gogo ! À moi la liberté totale nimbée d'amour ! Max est le seul top qu'il me faut !

Je sors de ma rêverie :

– Alors ? demandé-je d'une voix fébrile.

Je tourne tout doucement sur moi-même, avec l'impression que mon chignon de princesse risque à tout moment de faire tomber le lustre.

– Ma-gni-fique ! s'exclame Agnès.

– Fabuleuse ! lance Serena.

– On dirait que t'es photoshopée, mais en vrai ! s'écrie Olympia.

– C'est un compliment, ça ? lui réponds-je.

Et nous éclatons toutes de rire.

Ça fait du bien et ça fait redescendre un peu – un tout petit peu – la pression. Mais je tremble encore, de trac, de stress et de joie.

Mon père pousse la porte : ça y est, c'est le moment de descendre. Nous sortons sur l'immense palier donnant sur un large escalier de pierre. J'entends monter le murmure des voix qui se mélange au chant des oiseaux pénétrant par la baie vitrée entièrement ouverte.

Je ferme les yeux, prends une grande inspiration et pose le pied gauche sur la première marche. Mon père me donne le bras et mes amies m'entourent, toutes avec des fleurs dans les mains et les cheveux. En bas des marches, Max m'attend. Il porte une redingote au col tissé, un gilet cintré à la taille et une chemise blanche avec une cravate légèrement bouffante. Il est *la classe incarnée*. Son sourire est radieux. Il me fait fondre, mais ce n'est pas le moment de perdre mes moyens.

Enfin, au rez-de-chaussée, mon père, avec un large sourire, passe le relais à son futur gendre qui me donne le bras à son tour. Nous n'avons pas vraiment cherché à respecter la coutume : la cérémonie n'a pas encore commencé que je suis déjà au bras de mon futur mari pour accueillir nos invités qui déambulent entre le salon de jardin et le buffet. J'entends soudain un sanglot. Je me tourne vers la droite : c'est ma mère ! Elle a tout fait pour ne pas craquer, mais c'est plus fort qu'elle : elle pleure de bonheur, comme une Madeleine. Elle fait un effort surhumain pour me sourire à travers les larmes en me caressant le bras.

– Ah non, maman ! Si tu continues comme ça, je vais me mettre à pleurer aussi ! C'est pas le moment, la grondé-je en la serrant contre moi.

Elle rit, et mon père, yeux brillants, aussi. Ils sont si émus, cela fait battre mon cœur.

– Ma toute petite fille, comme tu as grandi, me chuchote mon père à l'oreille, en me prenant lui aussi dans ses bras.

Quand mes parents ont rencontré Max, ça a été un coup de foudre immédiat. Ils l'ont tout simplement a-do-ré ! Je me demande même si ma mère ne l'adopterait pas si elle pouvait. Lui les aime énormément aussi. Il est toujours prêt à déjeuner avec sa belle-mère chérie ! Du coup, je ne reçois plus les reproches continuels concernant mon boulot qui me bouffe la vie, et ça, c'est appréciable !

Nous nous dirigeons vers le reste des invités. Phoebe est là, un peu à l'écart, sirotant une coupe de champagne.

– Tu mérites tant de remerciements, c'est indécent, lui dit Max. Tout ça, c'est grâce à toi.

Elle sourit modestement.

– C'est vous qui vous êtes battus pour cet amour. Je n'ai fait que vous accompagner quand j'ai pu, et cela grâce à Donald.

Je l'embrasse sur la joue. Elle est visiblement émue.

La petite famille, là, à notre gauche, c'est Jimmy Sullivan, accompagné de son épouse, Martha, et de leurs jumelles, Philippa et Josepha. Nous sommes devenus proches de Jimmy, qui se montre toujours très affable et prévenant.

– Ça a été tellement vite ! s'exclame-t-il. Quand je pense que vous vous êtes rencontrés il y a à peine six mois. Et pourtant, on a le sentiment que vous vous êtes toujours connus.

– C'est vrai, fais-je en regardant Max dans les yeux. Parfois, j'oublie presque qu'il y a eu une vie *avant*.

Martha nous embrasse, tout sourire, alors que les filles font une petite révérence polie. Par-derrière, une silhouette s'approche : c'est Aaron Sullivan !

– Papy ! s'exclament les petites en lui courant dans les bras.

J'ai eu un choc lorsque j'ai compris il y a quelques mois qu'Aaron était toujours en vie. Il habite désormais à l'étranger, et c'est la première fois que je le vois, à notre époque, en 2016. Quand Jimmy nous a demandé si ses parents pouvaient venir à notre mariage pour s'occuper des petites, avec Max nous n'avons pas hésité une seconde. Je suis à la fois impressionnée et émue de me retrouver devant Aaron. Il nous présente ses félicitations de son air tendre et délicat. Mais il a un tressaillement lorsqu'il serre la main de Max. Quelque chose passe dans leurs yeux, une lueur indescriptible.

– Ne vous aurais-je pas déjà rencontré ? dit Aaron d'un ton incertain. Il y a bien longtemps… Mais non, c'est impossible.

– La vie est pleine de mystères, n'est-ce pas ? lui répond Max de manière sibylline.

– Vous me rappelez quelqu'un, continue le vieil homme. Quelqu'un de grande valeur, qui a su autrefois m'aider à sortir la tête de l'eau alors que je vivais un drame. Cet homme, je lui serai à jamais redevable.

– Je suis certain que cet homme vous entend, de là où il est, dit Max sans se trahir.

– J'espère que vous avez raison, dit Aaron en plissant les yeux malicieusement.

Max et moi nous regardons : est-il possible qu'Aaron ait deviné ? Je hausse les épaules. Après tout, pourquoi pas ?

À côté d'Aaron se trouve Ornella, son épouse. Sa *deuxième* femme, bien sûr.

– Enchantée, fait-elle d'un ton simple et distingué.

Un soir, alors que nous prenions un verre *after work* avec Jimmy au bar du *rooftop*, il nous a livré quelques confidences familiales. Aaron avait en fait été marié une première fois, avait-il expliqué, avec une jeune femme du nom de Betty, qui avait fini à l'asile. Une fois le divorce prononcé, Ornella est apparue dans la vie d'Aaron, et ils ont eu trois enfants ensemble : Jimmy, Nigel et Sam. Eh oui, dans cette vie, Betty n'est plus la mère des enfants d'Aaron !

Nous les quittons poliment et saluons tout à tour les autres cadres d'Emerson & Green que nous apprécions, puis quelques cousins éloignés qu'il fait toujours plaisir de revoir.

Soudain, un tintement de cloche se fait entendre. C'est l'annonce du début de la cérémonie. Tout le monde se presse pour s'installer sur les bancs de fer forgé disposés sur le gazon. La musique retentit, et le pasteur nous attend, l'air doux et paternel, debout sur la petite estrade.

Max et moi nous avançons vers l'autel, le cœur battant. Les regards sont tous tournés vers nous. C'est ce moment-là que j'aimerais garder gravé à jamais dans ma mémoire : Max et moi marchant vers notre *futur commun.*

– Emily Louise Green, acceptez-vous de prendre pour époux Max James Emerson ici présent ? demande l'homme d'Église après son discours traditionnel.

– Oui, je le veux.

– Max James Emerson, acceptez-vous de prendre pour épouse Emily Louise Green ici présente ?

– Oui, je le veux.

– Vous pouvez embrasser la mariée ! s'exclame-t-il gaiement.

Nos lèvres se rejoignent. Mon cœur explose. Je suis submergée par une vague scintillante et moelleuse. L'amour nous prend et nous étreint fort. Ce baiser est donc le premier du reste de ma vie. Celui qui scelle la fin d'une histoire et le commencement d'une autre... à suivre. Avons-nous eu raison du destin, ou est-ce lui qui finalement a eu raison de nous ? Car n'était-il pas tout naturel qu'au final nous nous retrouvions ensemble, « âmes sœurs » que nous sommes ?

Combien existe-t-il de vies parallèles auxquelles nous avons échappé ?!

Cette pensée me hante souvent depuis que j'ai vécu toutes ces aventures temporelles, mais très vite, je me rappelle la plus importante leçon que j'ai apprise : la seule seconde qui compte est celle qui passe *maintenant.*

– D'ailleurs, peut-être que cette seconde est le meilleur moment pour l'annonce ? me glisse Max.

Lit-il dans mes pensées ?

Je regarde ma mère et mes amies, et avec un grand sourire, je me caresse le ventre dans un geste on ne peut plus clair.

J'ai l'impression que ma mère va tomber dans les pommes !

Max se penche vers mon oreille et me chuchote :

– Si c'est un garçon…

– Nous l'appellerons Donald, lui réponds-je dans un souffle.

FIN

Extrait

Dans la collection Luv découvrez :

EFFET DE VAGUE

Jana Rouze

1

ALEX

Dans la vie, il y a parfois de toutes petites décisions qui ont des conséquences incroyables sur le cours de notre existence et, des années plus tard, on se demande comment elle se serait déroulée si l'on n'avait pas pris cette petite décision mais une autre. La plupart du temps, on ne sait pas ce qu'il serait advenu.

Si seulement j'avais su ce qui allait m'arriver !

Dans le hall d'entrée de notre clapier, j'ai encore du mal à y croire. J'en ai fini avec les études et les sempiternels sermons de ma mère à propos des filles qui n'ont pas de temps à perdre pour tracer leur route et tout ça. D'ailleurs, dans la boîte aux lettres brille ma première réponse :

Chère mademoiselle Sand,

Nous avons pris connaissance de votre candidature et vous remercions de l'intérêt que vous portez à la Cour pénale internationale de La Haye. Toutefois, notre commission consultative a estimé que vous étiez trop jeune pour traiter des génocides, des tortures, et autres crimes bla-bla-bla…

– Merde !

Quand on essuie un refus injustement, c'est à l'intérieur que ça se passe. Honnêtement, j'en ai marre qu'on me reproche mon âge. C'est toujours pareil. OK, j'ai trois ans d'avance, mais ça ne veut pas dire que c'est entièrement ma faute. L'excuse est pitoyable. Margo me pousse pour rentrer dans notre appartement les bras chargés de victuailles.

– Avance, Alex ! De qui est la lettre ?

– Mon rêve de gosse a dit non. Tu le crois ? Je suis sûre qu'ils n'ont même pas regardé mes notes.

– Les pauvres chéris ne savent pas à quoi ils ont échappé, se moque ma coloc' en ouvrant la porte du frigo. Allez ! On a juste le temps de ranger tout ça avant la conf'.

Merde, la conférence !

Je feinte, presque triomphante :

– Tu n'es pas au courant ? Toi, moi et Leila ne sommes plus étudiantes.

– Allez, la dernière, rouscaille-t-elle en attrapant les plats préparés que je lui passe.

J'enchaîne avec les bricks de jus d'orange, le lait, les bagels de chez Shakestars qu'on adore…

Puis, pour en finir avec cette partie importante de ma vie, j'ouvre une nouvelle note dans mon iPhone pendant que Leila, ma deuxième coloc', s'affaire dans nos placards. Non sans lancer pleine d'ironie :

– J'y crois pas ! Tu fais déjà une nouvelle liste ?

J'aime bien les listes, j'en fais tout le temps. Ça m'aide à y voir clair.

Je tape à voix haute :

1. Trouver du boulot.
2. Trouver un mec ou Max.
3. Lutter contre mon éreutophobie avant ma première plaidoirie.
4. Me faire une garde-robe spécial bureau.
5. Remplacer les Dalloz par *Le Sexe pour Les Nuls*.

– Peut-être un peu ambitieux sur la fin, non ? ironise Leila, pleine d'humour.

– Je te connais, tu n'en feras rien, décrète Margo à son tour.

Je hausse les épaules de mépris, verrouille mon téléphone et relève la tête pour m'apercevoir que Margo me lorgne depuis le salon en triturant une mèche blonde. Derrière elle, sur ses talons, Leila s'attarde avec un pack de bières entre les mains.

– Bah quoi ?

– Pas question de sécher, Alex ! C'est la dernière, m'assène Margo.

– Salle des actes, à 14 heures, renchérit Leila.

– Mais enfin ! Vous savez bien que la finance n'est pas ma tasse de thé. Pourquoi crois-tu que j'ai choisi pénal ? J'aime les geôles et mon jean, pas les accords petits fours autour d'une table de réunion.

Margo souffle de découragement.

– Vois-le comme la carte « Chance » du Monopoly, m'assène-t-elle à bout d'arguments.

– Je préfère nettement la carte « Allez en prison ».

– Ah, ah ! Très drôle.

Tout à coup mon téléphone clignote :

[Je sens que tu as envie d'un verre avec moi.
Bar préféré dans 15 minutes ? ;-) Max]

Max est mon meilleur ami depuis toujours. Pour lui, je suis sa jumelle à qui on dit tout, sa copilote pour aborder les autres filles. Le voir à l'œuvre me fait toujours rire. Bref, impossible de dire non.

– C'est bon, Max me propose d'aller prendre un verre. Je vous rejoins sur place.

– Alléluia ! s'exclame Margo en levant les yeux au ciel. Merci Max. Tu peux retourner distribuer des policiers aux détenus, poulette.

Je retiens un fou rire.

– Le détenu me demandait si je préférais les « romans » policiers, Marg. Pas les « flics », dis-je tout en tapant ma réponse à Max.

Cinq minutes plus tard, je sors de la douche et traverse le salon, enroulée dans une serviette pour regagner ma chambre, la seule à être éloignée de la salle de bains. Je me demande bien pourquoi je prends cette précaution puisque personne ne me regarde jamais de toute façon.

– Alex, je dois passer au RESO, me lance Leila au moment où je vais disparaître à l'angle du couloir. On fait un bout de chemin ensemble ?

Margo en séductrice chic blonde, Leila en brune piquante romantique. Et moi en biquette des fossés maquisarde, juste au milieu. On ne peut pas être plus différentes toutes les trois. Mais on s'entend à merveille.

– Accorde-moi deux minutes, fais-je en croassant depuis ma chambre.

RESO comme résolution. Leila et moi bossons durant nos heures de loisirs dans ce centre d'aide aux femmes battues d'Aix-en-Provence. Pas que ça contribue à remplir le frigo, mais régler les emmerdes des autres est depuis toujours ma spécialité.

Margo passe ma tenue en revue :

– Un short ? Sérieusement, Alex !

J'abaisse mon regard sur mes cuisses.

– J'ai des collants noirs.

– Il s'agit d'une conférence sur les challenges de la finance, me rappelle-t-elle, pas d'un truc baba cool sur le climat.

– Et alors ? Mes fringues sont au sale.

– Moi, il me tarde de voir si MHG est à la hauteur de sa réputation, intervient Leila pour me sauver la mise. Mon frère dit qu'il mérite bien le surnom que lui ont donné les marchés.

Je ne résiste pas :

– My Holy Grail ? Encore un intervenant qui se croit attendu comme le Saint-Graal, dis-je avec ironie en récupérant mon sac près du canapé.

– Tu te trompes d'acronyme, poulette, me corrige Margo d'un ton sec. MHG est le nom de sa boîte. MHG Industrie fait la pluie et le beau temps dans le monde, chérie !

– Super. Et c'est quoi son surnom ?

– *Déferlante*. Tu sais, la vague scélérate qui…

Je la coupe :

– Tu veux dire qu'il sait faire une ola dans un stade ?

Margo lève les yeux au ciel, l'air de dire : « C'est mal barré », tandis que sur le seuil, Leila me rappelle qu'il est temps de partir.

Dehors, de gros nuages noirs menacent de ruiner un peu plus cette journée. Aussi, je place mes écouteurs dans mes oreilles avec « The Scientist », ma chanson préférée, en sourdine. Ce morceau est aussi mélancolique que ma vie mais j'assume. Quelques minutes plus tard, je pousse la porte de notre bar préféré et je cherche Max dans la salle.

– Hé, Sand ! m'appelle-t-il sur ma droite. Par ici.

Lorsqu'il se lève pour m'accueillir, je retrouve tout de suite cette lambda attitude chez lui qui me fait craquer. Mais c'est Max, mon meilleur ami. L'homme que je connais le mieux. Le seul homme en qui j'ai une totale confiance. Aussi je m'interdis d'y penser.

– J'ai commandé ton coco-choco et un burger végétarien pour moi, déclare-t-il en m'embrassant sur la joue. Tu en veux un ?

Avec lui, tout est simple et naturel.

– Nan merci, Max.

Je me glisse à côté de lui sur la banquette tandis qu'il abandonne les restes de son burger dans son assiette. Avec sa vie de patachon dans les hôpitaux, ce garçon se bâfre de sucré ou de salé à n'importe quelle heure.

– Grande nouvelle, j'accompagne mon chef de service au Japon dans quinze jours, m'annonce-t-il très fièrement. Je compte toujours sur toi pour ma thèse, hein, petit biscuit ?

Un garçon de café arrive avec une tasse de chocolat brûlant pour moi et une bière blanche pour Max qui m'oblige à me demander en combien de temps il a avalé son burger.

– Bien sûr. Je l'ai noté dans mon portable. Attends, je regarde…

En tant que parano, je me sens obligée de vérifier. Après quoi, je repose mon mobile à côté de ma tasse. Max s'essuie les lèvres avec sa serviette en me regardant avaler ma première gorgée.

– Tu sais, Alex, maintenant que tu as fini, j'aimerais bien prendre des vacances avec toi et te sortir de tes bouquins.

– Des vacances comment ?

– En copains… ou plus si affinités, décoche-t-il avec un clin d'œil éloquent.

La salle commence doucement à se remplir. Le bavardage avec Max est chose facile, on dit ce qu'on pense mais, franchement, je l'ai vu avec tellement de filles… Comment lui dire sans le vexer ?

– Tu ne crois pas qu'être copain avec une fille revient à tuer tout le mystère qui te donne envie d'en avoir plus ?

– Toi oui ?

– C'est juste une question que je me pose.

Son sourire faiblit, comprenant où je veux en venir.

– Je ne suis pas assez mystérieux pour toi ? Je t'assure, tu n'as jamais vu ma bite, sinon tu ne dirais pas ça, élude-t-il d'un air égrillard.

– Qu'a-t-elle d'aussi mystérieux ? réponds-je en riant.

– Tu ne crois pas que je vais te le dire, raille-t-il en scrutant la couleur de sa bière. Ce serait contre-productif.

Toute à mon fou rire, je lève les yeux vers la table d'en face où deux individus en costumes sombres sont en train de s'installer. Un noir, un gris.

– Sérieux, les hommes devraient commencer par changer leurs habitudes, fais-je mécaniquement tout en continuant à les observer.

Seul le premier me fait face. Un grand Noir pas commode qu'on n'a pas l'habitude de voir dans les parages. Étrange. Le petit serpentin blanc qui sort de son oreille suggère aussi qu'il vaut mieux le prendre au sérieux.

– Que faut-il que je change pour que tu viennes dans mon lit ? demande Max à ma droite.

– Déjà, tu n'aurais jamais dû faire de moi ta meilleure amie. En te mettant à nu devant moi, tu agis comme une espèce de repoussoir.

Le grand Noir me sourit puis se ravise brusquement.

– Ciel ! s'exclame Max en se frappant le front. Beauté, si tu étais nue devant moi, je ne sais pas qui tu repousserais mais certainement pas moi.

Je m'empourpre aussitôt en réalisant ce que je viens de dire.

– Idiot, ce n'est pas ce que je voulais dire et tu le sais très bien.

– Tu m'as déjà imaginé nu ?

Je ris de bon cœur, soulagée qu'il ne m'en tienne pas rigueur.

– Voilà une chose que je m'interdis, imbécile.

– Et tu y arrives ? Parce que moi, non.

– Max ! Tu es un cochon dégoûtant de me dire un truc pareil.

Il hausse les épaules, grognon.

– Je renonce. De toute façon, tu es irrécupérable. Tu sais ce que disent mes potes quand ils te voient ? Que tu ne dois baiser qu'en pyjama pilou ou sous des couches de vêtements.

Sans le vouloir ma voix monte d'un cran :

– C'est toi qui es irrécupérable. Quand un homme voit une femme, il la classe dans deux catégories. Soit copine pour toujours, soit baise possible. Dis-toi que si tu n'av…

Et soudain, tranchant l'espace comme un éclair :

– Vous manquez affreusement de civilité, mademoiselle, vibre une voix masculine inconnue à faire dresser les poils et fondre le reste.

Je prends un coup dans le plexus et dois cligner des yeux deux ou trois fois pour être sûre d'avoir bien entendu. La voix grave a guidé mon regard vers un autre visage : celui du costume gris. Le mec est CANON. Sa coupe a beau être courte, on dirait qu'il sort des draps tout chauds du matin. Instinctivement, je cherche les effluves du four du boulanger et du croissant chaud. J'attends l'aérosol.

Lui aussi se focalise sur moi. Pendant une seconde, il se contente de me regarder en silence comme s'il s'attendait à ce que je m'excuse. En tout cas, la force qui émane de lui montre qu'il est à l'aise dans l'adversité. Surtout dans l'adversité. Un guerrier.

– Qu'est-ce qui vous fait croire que vous pouvez me regarder ?

Connard.

J'en ai le souffle coupé avec une vague envie de le gifler. Je sais que je le dévisage d'une façon inconvenante. Inutile de me le rappeler. Le hic, c'est qu'après sa remarque, détourner le regard serait un signe de soumission. Le soutenir : un défi. Aussi, je tiens bon.

L'ennui aussi, c'est que, face à son calme, aucune remarque intelligente ne me vient. Mieux encore, je perds tous mes moyens. Ce qui est assez révélateur, car même face aux détenus ou aux geôliers bien décidés à me déstabiliser parce que je suis une fille, je ne perds jamais mes moyens. Or là, je suis muette.

Max pose sa main sur mon avant-bras.

– Laisse tomber, me conseille-t-il. Il faut absolument que l'on reprenne cette conversation dans un lieu plus approprié.

La conversation en question est devenue le cadet de mes soucis.

Bizarrement, l'atmosphère a changé dans la salle. Ce type est trop calme et moi, trop muette. Avec le besoin de comprendre ce qui m'arrive, je tente des regards furtifs vers la table d'en face. Lui par contre m'ignore totalement. Il fixe sa tasse de café, les sourcils rapprochés, comme s'il voulait lire dedans.

Arrête, Alex ! Fiche la paix à ce bonhomme.

Pour ce que j'en ai vu, cet homme est assurément le spécimen le plus sexy de la planète mais aussi le moins chaleureux. Ce n'est pas une question d'allure, ni de posture ; il dégage une impression de confiance en soi que peu de gens ont. Ou d'arrogance pas possible. D'où vient une telle assurance ?

– Et si on partait le week-end prochain ? suggère Max, bien décidé à changer de sujet. Je veux approfondir ce problème de mystère.

– Hein ? Je croyais que j'étais irrécupérable.

– Tu ne veux pas que j'aille au fond des choses ?

– Max ! Tu es lourd, dis-je en essayant d'avoir l'air fâché.

Impossible d'en vouloir à ce garçon. Mon record ? Cinq minutes.

– Tu n'aimerais pas me sentir lourd ?

Pitié. Je plonge mon visage entre mes mains pour ne plus rien entendre.

– Tu es vraiment irrécupérable. Je m'en vais, décide-t-il.

Je me lève pour lui dire au revoir.

– On se fait une toile, lundi ? propose-t-il. Si tu ne viens pas, il ne me restera plus qu'à aller draguer dans un cinéma devant le genre de bonne daube qu'aiment les filles. Pitié, évite-moi ça.

– Maxime Elio Sega ! Va bosser ou j'appelle ta mère !

– SUIVANNNNTE ! lance-t-il d'un ton retentissant avant de sortir.

J'éclate de rire.

Maintenant que je suis debout et seule, le Guerrier me déshabille des yeux de haut en bas. Il a l'air curieux sans plus, comme si on venait de lui mettre sous les yeux un plat de nouilles qu'il n'a pas commandé. Normal. Beau comme il est, c'est le mannequin de lingerie qui doit l'intéresser. Autant dire que je ne me fais pas prier pour m'asseoir. Pour mieux l'ignorer, je décide de répondre au dernier message de ma mère avant qu'elle me harcèle.

Mais je ne suis pas encore assez calme. Ou alors je me sens épiée. Mes doigts tremblent en écrivant un message pourtant pas très compliqué. Le correcteur d'orthographe s'en mêle. Bref, je m'énerve et mon portable bascule entre mes doigts pour atterrir magnifiquement dans ma tasse de chocolat. Oh, non ! Je regarde ma main sans y croire : mon iPhone blanc est couvert de cacao.

Reste calme, Alex ! Cool.

Afin de me rassurer, je me repasse mentalement les huit conseils du fabricant pour sauver un iPhone de la noyade. C'est simple, je les ai appris par cœur. Procédure d'urgence :

1. Retirer autant de liquide que possible : j'éponge avec un Kleenex.
2. Retirer la coque : j'en ai pas. Ça gagne du temps.
3. Éteindre le portable : j'appuie sur le bouton d'alimentation. Rien.
4. Absorber le liquide avec une chaussette : un collant ça irait ? Je délibère.
5. Sécher. Un souffleur. Il me faut un souffleur. Toutes les toilettes ont un séchoir à main, non ?

Je décide de foncer aux toilettes. Ne cours pas, imbécile ! Choc de portable plus noyade, il n'y survivra pas. Une fois seule, je pose mon sac sur la tablette des lavabos et m'autorise une grande respiration. Ça existe des yeux pareils ? Un saphir si profond qu'il en est presque noir, tel un bleu identique à l'obscurité de la nuit dont la clarté du regard figurerait les étoiles.

Reprends-toi, bon sang !

L'instant est crucial. Après un passage éclair par les toilettes dames pour retirer mes collants, j'en ressors en short, les jambes nues dans mes mocassins. Ridicule. Le cœur serré, je frotte l'écran avec le lycra, puis les côtés et le dos de mon mobile afin d'enlever les traces restantes. Finalement, ça marche encore mieux que les chaussettes. Plus tard, je pourrai même en rire. Maintenant, le séchage, mais d'abord, se laver les mains.

Stop, Alex ! Feu rouge.

Il s'agit d'éviter au patient une seconde noyade. Je place délicatement l'iPhone derrière mon sac pour le protéger des éclaboussures. Pleine d'espoir, je me penche en avant sur le lavabo, j'appuie sur le distributeur de savon liquide. Oh, non ! Le truc s'emballe, j'en mets partout. Je me sers de mon coude pour actionner le bouton pressoir du robinet. Catastrophe ! L'eau crache à pleine pression comme s'il y avait eu une coupure. Ça gicle droit sur mon short. Oh, bonté !

Décidément, ce n'est pas mon jour. Je finis rapidement de me laver les mains puis, sans trop réfléchir, je descends le petit vêtement sur mes fesses quand un grognement derrière moi m'interrompt à mi-parcours :

– Vous avez conscience de votre comportement ? siffle une voix tranchante d'une beauté brute.

Crise cardiaque !

Je fais un bond en l'air en remontant tout en même temps : le short sur mes fesses, mon cœur dans ma bouche, et mon regard dans le miroir. Le Guerrier est planté sur le seuil à zieuter mes fesses. Et l'eau continue de couler. Pour rien.

Il va arrêter de me faire la morale, oui ?

– Oh, ça va ! C'est parce que je suis mouillée.

Aïe, moment gênant.

– Et vous pensez que je peux faire quelque chose pour vous ?

Dit à voix basse, c'est encore pire.

– Vous ? Faire quelque chose pour moi ? Vous êtes aussi aimable qu'une porte de prison !

Le silence qu'il m'inflige alors me fait mal.

Comme si ma sottise ne valait rien de mieux que son indifférence, ses yeux se posent une dernière fois sur moi avant de me contourner pour rejoindre les lavabos, m'empêchant par la même occasion de m'excuser ou de le défier. Peu importe. Prise à mon propre piège, je choisis de l'imiter en l'ignorant comme si j'avais eu l'idée en premier.

Enfin, ce n'est pas comme s'il n'avait jamais vu une culotte de sa vie ? Avec la tête qu'il a, elles doivent tomber à ses pieds comme des mouches. Je réfléchis rapidement à celle que j'ai mise ce matin : un modèle en coton blanc plus confortable que glamour. Mes culottes, quoi !

On s'en fout, Alex ! Secoue-toi !

Je me retourne vers le mur pour situer le séchoir à main. Un pas. Je n'ai qu'un pas à faire avant de pouvoir sortir le plus vite possible de cette pièce. Pas la mer à boire. Eh bien non ! Mon talon de cuir glisse sur une flaque de savon et je pars à la renverse.

– Oooooohhhhh… merde ! fais-je en décollant, comme arrachée du sol, la taille encerclée par des bras puissants.

Tout s'est passé trop vite. Ou c'est moi qui lui suis tombée dessus, ou c'est lui qui m'a rattrapée. Pas facile à dire. En tout cas, avant même de m'en apercevoir, je me retrouve en sécurité, blottie contre lui, le dos contre son torse « hyperionesque », mes fesses collées contre une érection.

Attends ! Une érection ?

Encore un moment gênant, ça faisait longtemps.

Quelque chose de chaud et de lourd nous enveloppe alors. Son odeur. Une odeur indescriptible qui m'empêche d'avoir peur, à me rendre claustrophobe. Pas une odeur superficielle dans le but de sentir bon, non. La sienne, c'est… comment dire ? Autre chose. Je me sens rougir tandis qu'il m'aide à me relever en émettant un bruit de gorge bizarre.

Est-ce qu'il pense que je suis bâtie comme une gamine ?

– Vous pouvez vous retirer, râle-t-il d'une voix sourde en lissant sa veste.

– Me retirer ? Vous voulez dire vous laisser… seul ?

Le Guerrier suit mon regard vers les toilettes hommes et fronce les sourcils.

– Si vous essayez de me faire des avances pour me faire entrer là-dedans avec vous, je vous préviens, ça ne marche pas avec moi.

Charmant ! Vraiment A-DO-RA-BLE.

Comme si je voulais l'entraîner là-dedans, moi ! Il m'a fallu un an pour mettre la main dans le boxer de Patrick Sullivan, le seul type dont j'ai cru être amoureuse. J'ai compris, ce type est définitivement un abruti. Tout en faisant volte-face vers le séchoir à main, je marmonne assez bas ce que je pense tout haut : « Si ça se trouve, c'est le gay de Mortal Kombat. »

Aussi sec, il me fait pivoter face à lui.

– Attention à vous ! Je n'essaierai même pas d'être délicat.

Fuis !

Impossible. De près, ce qui me frappe chez lui, c'est ce regard martial, fixe, sans ciller, difficile à soutenir, qui rend toute émotion indétectable. Qui est-il ? De surcroît, il a vraiment un accent infernal quand il parle. Une manière de sortir tous les mots en un seul. À côté de lui, je parle lentement comme si j'étais idiote.

Merde, je suis avocate.

Je devrais savoir parler, non ?

– Ça vous arrive d'être gentil ? dis-je en m'efforçant d'être plus polie tout en me reprochant immédiatement la platitude de la remarque.

Deux éclats saphir fascinants testent ma résistance. Regard que je soutiens moi aussi pour ne pas perdre la face.

– Approche, m'ordonne le Guerrier sans me quitter des yeux.

Là, ça m'étonne.

J'avance vers lui et je sens sa main appuyer légèrement sur le bas de mon dos. À présent, il n'est plus question de me renvoyer. Au contraire, il m'attire contre lui. Le bel indifférent daigne même me sourire. Sans essayer d'avoir l'air sympathique pour autant. Son arrogance naturelle l'en empêche, de toute façon.

Qu'est-ce qu'il sent bon ! Il sent le vent.

– Une orgueilleuse ne doit pas s'écarter du chemin. Compris ?

J'éclate de rire :

– Alors, maintenant, je suis orgueilleuse parce que je vous regarde ?

Le Guerrier fixe ma bouche en mordant la sienne. Je vois bien qu'il se paie ma tête avec ce sourire qu'il retient. Sans me toucher, il m'oblige à reculer contre la cloison en me traquant des yeux comme s'il piégeait un animal.

Pour s'arrêter à quelques centimètres.

– Trop proche ? demande-t-il d'un air galant.

Je n'ai jamais rien entendu d'aussi sexy.

– Trop proche pour quoi ?

– N'aie crainte, te toucher n'est pas dans mes prérogatives, m'informe-t-il droit dans les yeux. Mais je ne veux pas te parler sans voir ton visage.

Ça commence à m'agacer toutes ces précautions.

J'ai certainement côtoyé plus de pervers que lui. L'ennui, c'est qu'il suffirait que cette voix basse me murmure des choses excitantes pour me donner du plaisir. Même le « tu » est excitant dans sa bouche. Il m'aspire, m'honore, me trouble. D'ailleurs, je sens malgré moi une chaleur naître le long de mes jambes. Il se passe clairement quelque chose avec mes hormones.

Je n'ai plus aucun contrôle dessus.

– Tu réalises ce que tu dis quand tu annonces à un homme que tu es mouillée ?

J'ai du mal à tenir le choc.

– Qu'est-ce qui vous fait croire que vous pouvez me parler ainsi ? fais-je de nouveau irritée. J'ai senti votre joie alors, hein ?

Le Guerrier lève un sourcil, clairement surpris.

– Tu me trouves joyeux ?

– Vous savez bien, dis-je en fixant son pantalon.

Perplexe, il suit mon regard vers sa braguette.

– Alors, c'est comme ça que tu appelles une érection ? Intéressant.

Notre conversation sort dangereusement des sentiers battus.

– Vous voulez rire ? Parce que vous avez vu une culotte de coton ?

– J'aime *regarder*, confesse-t-il d'une voix rauque encore plus basse que d'ordinaire tout en posant ses mains de part et d'autre de ma tête.

Trop près. Je sens sa chaleur, son savon, son dentifrice mentholé. S'il bougeait juste un peu la tête, ses lèvres seraient sur les miennes.

– Que voulez-vous regarder ?

– Toi. Tout ce que tu me montreras.

Mes jambes flageolent, je dois bloquer le dos pour ne pas lui montrer.

– Allez-y doucement quand même.

Encore plus proche.

– J'irai aussi doucement ou aussi vite que tu voudras, me souffle-t-il à l'oreille.

Punaise ! Je refuse de rougir. Je RE-FU-SE ! Est-ce que quelque chose le gêne seulement ? Le Guerrier a l'impolitesse provocatrice d'un voyou mais je voudrais bien avoir le dernier mot.

– J'adore quand tu rougis pour moi seul. Ça me donne envie de t'embrasser.

– Q… quoi ?

Dans l'instant, mon cœur cesse de respirer.

Je n'ai jamais été embrassée de la sorte. Ce n'est pas un baiser. Ni même un baiser profond de cinéma avec la langue et tout. Il ne va pas jusque-là. Il ne me touche même pas. Et pourtant, c'est plus. Beaucoup plus. Infiniment plus. Il caresse mes lèvres entre les siennes, chacune individuellement. Il les goûte avec une infinie douceur, jouant avec ses dents, prenant tout son temps.

Le genre de baiser à vous faire subir une lobotomie, vous rendre toute floconneuse et vous ôter la moindre résistance. Ce guerrier est un danger pour ma culotte. Beaucoup trop doué avec sa bouche pour qu'on le laisse faire. Stop !

Je le repousse des mains, il recule, surpris.

– Je me suis égarée, dis-je en guise d'excuse.

Il me fixe avec aplomb.

– Tu en as envie mais tu as peur, devine-t-il.

Il a raison. J'ai très envie… de tout et ça m'effraie. Ça ne peut pas être réel. Cet homme est un fantasme directement sorti de mon imagination. Mes lèvres devenues insensibles se mettent à trembler sous le poids de l'envie. Je regarde les siennes et je ne sais plus ce que je dis :

– Tes lèvres sont froides.

Un petit rire bref, séduisant.

– Réchauffe-les !

Ses lèvres sont sur moi sans que je sache qui a attiré l'autre. En fait, je ne veux pas le savoir parce qu'il semblerait bien que ce soit moi. En tout cas, je l'embrasse comme si j'allais mourir demain. Je le sens reprendre sa respiration, il m'attrape par les hanches et me ramène contre lui. De mon côté, j'enfonce mes doigts dans ses cheveux et je tire dessus pour le retenir, ce qui le fait grogner dans ma bouche et m'excite davantage. Rapidement, nos corps se mélangent comme s'il n'existait plus aucune frontière entre les deux. C'est à la fois doux, violent, avide et ravageur. Oh, mon Dieu !

Surpris par ma fougue, il râle et s'écarte de moi.

– Tu sais ce que tu fais au moins ?

M'en fous ! Je suis si perturbée que je n'arrive plus à penser. Si seulement il ne me faisait pas autant d'effet. Je le regarde et la douleur grandit. Je n'ai jamais ressenti une telle impatience pour un homme.

Un cookie, oui, pas un homme.

– Tu gardes les yeux ouverts, comme ça, quand tu es sur le point de jouir ? J'espère que oui, tu es magnifique.

Personne ne m'a jamais dit un truc pareil. Je prends un violent coup de chaud et j'ai à peine conscience qu'il déplace ma main droite en la glissant entre nous.

Brusquement, je sais où il va.

– Regarde dans quel état tu m'as mis.

Ça ne peut pas être réel. Cet homme est un fantasme. Voilà, je suis en train de rêver. Du coup, une extraordinaire bouffée de confiance m'envahit, j'ouvre sa braguette sans *aucune* hésitation. C'est tellement intime, tellement confidentiel que je me sens honorée. Ou confuse. Surtout si l'on considère qu'il durcit à vue d'œil.

– Désolée, dis-je en me sentant rougir.

– Ne t'excuse pas. Pas pour ça, me chuchote-t-il dans le cou.

J'ai chaud, très chaud et très envie.

– Ne t'inquiète pas, je ne te touche pas. Mais toi, touche-moi comme tu aimes, m'encourage-t-il tout en continuant à éveiller de drôles de sensations sous mon oreille avec ses lèvres.

Cette perspective me rassure. Il me laisse le capturer maladroitement… une barre de chair, douce comme la soie. Agréable à toucher. Il est si doux, impossible de rompre le contact. C'est trop bon. Lui a posé son front contre la cloison, les yeux clos, la bouche légèrement entrouverte.

– Aaaah ! c'est bon… Mon Dieu, et c'est seulement ta main !

Mais qu'est-ce qu'on est en train de fabriquer ?

Au moment où il ouvre les yeux, il y a de la souffrance sous ses prunelles, une sorte de faille bizarre qui me donne envie de le protéger. Sauf qu'il retire ma main et remonte sa braguette.

Je le vois réfléchir à toute allure :

– Vous êtes majeure au moins ?

– Je vous promets que oui. J'ai vingt-deux ans.

Un léger sourire retrousse ses lèvres. Son regard me détaille inlassablement, comme s'il pouvait tout se permettre. Ce n'est pas un regard qui déshabille. Non. Comme pour ses baisers, le sien c'est… autre chose. Son regard prend possession, comme si j'étais chose acquise, que je le veuille ou non.

Aucun autre homme ne m'a regardée comme ça.

– Vous êtes… libre ? se préoccupe-t-il.

Je dois déglutir avant de répondre :

– Oui.

– Accro aux médocs ?

– Non.

– Crack ou autres saletés ?

– Non.

Le silence pèse du plomb après ces questions. Je me demande à quoi tout ça rime. Je cherche la réponse sur son visage. Il me fixe toujours, l'air de mener une étrange bataille intérieure. Le cœur battant, j'attends qu'il décide de mon sort. Mais ce silence, ce calme chez lui, c'est… troublant. Anormal.

– Demande-moi, fait-il d'une voix calme.

– Que *moi* je vous demande ? Pourquoi je ferais ça ?

Le Guerrier me gratifie alors d'un sourire indulgent, comme s'il parlait à une enfant têtue indisciplinée. Ça m'énerve.

– Tu en fais trop là, proteste-t-il. Cette demande, ce n'est rien. Il n'y a aucune intention cachée. J'ai besoin de savoir ce que *toi* tu veux.

En même temps, quelque chose vibre dans la poche de sa veste. Il recule et me fait signe d'attendre en sortant un iPhone anthracite. Ce qui me rappelle où je suis, et surtout, qu'il est un inconnu. Impossible.

Sors d'ici tout de suite, Alex !

Un reste de raison ou d'éducation vient me donner le top du départ, j'attrape à l'aveugle mon sac en tissu bariolé posé près du lavabo. Tout se passe très vite. Trop vite. En un éclair, il me retient par le bras :

– Ton nom !

– Civilité. Il paraît que j'en manque !

Et toc ! Le Guerrier écarquille les yeux, ahuri par ma réponse, et me relâche pour se concentrer sur son mobile.

Une fois dehors, je me précipite vers la fontaine circulaire afin de m'inonder le visage. J'atterris. Comment ai-je fait pour oublier ? Je n'ai pas peur des hommes. Des psychopathes, des pervers et des gros méchants, j'en côtoie tous les jours. Ce qui me terrifie, c'est l'approche du mâle capable de me faire perdre totalement la raison. En quelques secondes. Comme lui.

Et ça, c'est hors de question !

Éditions A Addictives

Romans déjà parus et à paraître

Lucy Allen
Secret Love (à paraître en février 2017)

Rose M. Becker
Le Bébé, mon milliardaire et moi
Désirs & Désastres
Sex Friends, et plus si affinités
Noël, mon milliardaire et moi
Protège-moi… de toi
Agaçant, sexy & dangereux

Anna Bel
Spicy Games (à paraître en février 2017)

Eva M. Bennett
Sex Friends, Chloé et Alistair
Sex Friends, Lucy et Arthur

Phoebe P. Campbell
Tes ordres sont mes désirs – volumes 1 à 3
Promets-moi ! Au mariage du milliardaire
Oui, je le veux ! Au mariage du milliardaire
Lui résister… ou pas – volumes 1 et 2
Coffret *Tes ordres sont mes désirs*

Anna Chastel
Toute à toi

Olivia Dean
À lui, corps et âme – volumes 1 et 2
Tous ses désirs – volumes 1 et 2
Beautiful Mistake

Lola Dumas
Lui, moi et le bébé

Juliette Duval
Ma rock star, son chat et moi
Bad Games

Stuart Evans
Roméo & Jules

Emma M. Green
Cent facettes de Mr Diamonds – volumes 1 et 2
Toi + Moi – volumes 1 à 3
Coffret *Toi + Moi*
Call me Baby – volumes 1 et 2
Call me Bitch
Coffret *Call me Baby/Call me Bitch*
Bliss. Le faux journal d'une vraie romantique – volumes 1 et 2
Jeux interdits
Jeux insolents
Fallait pas me chercher! – volumes 1 et 2
Corps impatients

Emma M. Green et Felicity Stuart
Love me if you can
Kiss me if you can

Kim Grey
Ma vie, mes rêves et lui
Sexy comédie – Recherche (fausse) fiancée

Megan Harold
Tout pour lui – volumes 1 et 2
Sublime-moi!
Juste toi et moi – volumes 1 et 2
Coffret *Tout pour lui*
Insupportable... mais à tomber!

Kate B. Jacobson
Aime-moi. Corps et âme
Révèle-moi – volumes 1 et 2
Famous Bastard – volumes 1 et 2

Amber James
Emprise
Contrôle-moi
Moonlight. Bloody Lily – volumes 1 et 2
Addictive Player

Lucy K. Jones
Mr Fire et moi – volumes 1 et 2
Envoûte-moi!
Encore!

Alice H. Kinney
Dark Light. Vampire Brothers
Dark Light. À lui pour toujours

Sienna Lloyd
Mords-moi !
Mords-moi ! Captive du vampire – édition augmentée avec textes inédits

Nina Marx
Soumets-moi ! – volumes 1 à 3
Diamonds Private Club
Prétentieux, insolent, mais irrésistible – volumes 1 et 2
Rock You. L'intégrale de la trilogie *Soumets-moi !*
Night Fires (à paraître en février 2017)

June Moore
Déshabillez-moi ! – volumes 1 et 2
Étreinte – volumes 1 à 3
Étreinte. L'intégrale

Heather L. Powell
Je te veux – volumes 1 et 2
Le Jeu du milliardaire

Mina Shepard
Je t'aime… toi non plus
Mon milliardaire, mon mariage et moi

Ève Souliac
Le milliardaire était (presque) parfait

Lisa Swann
Possédée
Adore-moi ! – volumes 1 et 2
Dark Fever. Sublime mais dangereux
Résiste-moi !

Hannah Taylor
Désire-moi ! – volumes 1 et 2
Je suis à toi

Lindsay Vance
Kidnappe-moi

Chloe Wilkox
Ordonne-moi ! – volumes 1 à 3
Soul Lights – volumes 1 et 2
Prête à tout ?

Roman chez Luv

Découvrez dans cette nouvelle collection les talents français que vous allez adorer !

Déjà paru

***Effet de Vague – saison 1*, Jana Rouze**

Un premier roman magistral !

Le sexe, c'est facile. L'amour, c'est une évidence qui s'impose. La confiance, c'est plus compliqué. Que fait un homme qui n'a confiance en personne et ne ressent aucune émotion quand le « coup d'un soir » fait ressurgir le passé sombre qu'il avait enterré ?

Matt et Alex sont liés par la découverte d'un secret. Chacun a le pouvoir de détruire l'autre. Ou de le sauver.

Pour des news exclusives, des bonus
et plein d'autres surprises, retrouvez-nous sur :
Facebook : **facebook.com/editionsaddictives**
Twitter et Instagram : **@ed_addictives**
et sur notre site **www.editions-addictives.com**

Auteur : Gabriel Simon

Édisource

100, rue Petit, 75019 Paris

Imprimé par FINIDR – Lipova cp. 1965 – 73701 Cesky Tesin,
République tchèque

Dépôt légal : janvier 2017 – Achevé d'imprimer : décembre 2016

ISBN : 978-2-37126-135-8

Réf. contrats : ZPAR_001, ZPAR_002, ZPAR_003, ZPAR_004, ZPAR_005, ZPAR_006